HOCH AM WIND

Hannes Nygaard ist das Pseudonym von Rainer Dissars-Nygaard. 1949 in Hamburg geboren, hat er sein halbes Leben in Schleswig-Holstein verbracht. Er studierte Betriebswirtschaft und war viele Jahre als Unternehmensberater tätig. Hannes Nygaard lebt auf der Insel Nordstrand.
www.hannes-nygaard.de

HANNES NYGAARD

HOCH AM WIND

Hinterm Deich Krimi

emons:

Bibliografische Information der Deutschen Nationalbibliothek
Die Deutsche Nationalbibliothek verzeichnet diese Publikation
in der Deutschen Nationalbibliografie; detaillierte bibliografische
Daten sind im Internet über http://dnb.d-nb.de abrufbar.

© Emons Verlag GmbH
Alle Rechte vorbehalten
Umschlagmotiv: haddel/photocase.de
Umschlaggestaltung: Nina Schäfer, nach einem Konzept
von Leonardo Magrelli und Nina Schäfer
Umsetzung: Tobias Doetsch
Gestaltung Innenteil: César Satz & Grafik GmbH, Köln
Lektorat: Dr. Marion Heister
Druck und Bindung: CPI – Clausen & Bosse, Leck
Printed in Germany 2018
ISBN 978-3-7408-0275-2
Hinterm Deich Krimi
Originalausgabe

Unser Newsletter informiert Sie
regelmäßig über Neues von emons:
Kostenlos bestellen unter
www.emons-verlag.de

Dieses Werk wurde vermittelt durch die Agentur Editio Dialog,
Dr. Michael Wenzel (www.editio-dialog.com).

Für Petra und zur Erinnerung an Werner

EINS

Altweiß. Matt. Alles schlicht. Fast steril. Kein Farbtupfer. Kein Bild, nicht einmal ein Kalender. Die hohen schmalen Türen der Einbauschränke waren geschlossen. Die Senkrechtlamellen standen offen und gaben den Blick zur Straße frei. Die gegenüberliegende Wand war komplett aus Glas. Dahinter verbarg sich der eigentliche Geschäftsraum. Jeder, der sich dort aufhielt, konnte sehen, wer am Tisch mit der schlichten Kunststoffplatte und den vier Stühlen saß.

Müller raffte die vor sich ausgebreiteten Papiere zusammen.

»Geht das in Ordnung?«, fragte er.

Robert Muchow nickte geistesabwesend. »Sicher.«

»Wann bekomme ich die Zusage?«

»In Kürze.«

»Sie wissen, dass es drängt«, sagte Müller.

»Ja.«

»Ich stehe unter Zeitdruck. Am Freitag ist bei mir Deadline.«

»Ich bemühe mich.«

»Mir wäre es lieber, wenn ich etwas Konkretes hören würde.«

»Geben Sie mir noch ein paar Tage.«

»Ich warte jetzt schon seit zwei Wochen. Was ist daran so kompliziert?«

»Ich werde es prüfen«, wich Muchow aus.

Müller legte die flache Hand auf die Unterlagen. »Ich habe Ihnen alles offengelegt.«

»Sie werden von mir hören«, erwiderte Muchow gereizt.

»Bis Donnerstag?«

Muchow stand auf. »Herrj…«, entfuhr es ihm. Erschrocken hielt er die Hand vor den Mund. »Ich tue mein Bestes«, versicherte er.

»Sie verstehen meine Situation nicht. Bei Ihnen ist alles geordnet. Ich muss mich täglich den neuen Herausforderungen stellen.«

Muchow ging zu der in die Glasfront integrierten Tür, öffnete sie und nickte Müller zu. »Bitte«, sagte er nachdrücklich. Es war ein Rauswurf.

»Ich hatte mehr erwartet«, sagte Müller und stahl sich enttäuscht mit gesenktem Kopf davon.

Muchow sah ihm hinterher, bewegte nachdenklich den Kopf und trat an den Tresen. »Ich müsste mal kurz außer Haus. Kommen Sie ein paar Minuten allein zurecht, Gesa?«

Die junge Frau mit dem blonden Kurzhaarschnitt lächelte. »Sicher, Robert. Wie lange sind Sie weg?«

»Zehn Minuten.«

Muchow ging zur Automatiktür, die sich vor ihm öffnete. Dann verließ er die Filiale der Uthlande-Sparkasse. Die milde Luft eines Maitages empfing ihn. Ein leichter Lufthauch wehte um seinen etwas zur Fülle neigenden Körper. Während der wenigen Schritte bis zur nächsten Ecke schenkte er der St.-Laurentius-Kirche keine Beachtung, sondern bog auf den Marktplatz ein.

Fast wäre er mit einem Mann zusammengestoßen, der einen Karton unterm Arm trug und ihm im letzten Moment auswich.

»Moin, Robert«, grüßte der Mann. »So dynamisch heute?«

»Moin, Wilken«, erwidert Muchow einsilbig. Ein paar Schritte weiter umrundete er eine Frau mit einem Kinderbuggy. »Moin, Frau, äh …«

»Moin, Herr Muchow.« Die junge Mutter sah ihm irritiert hinterher. Es begegneten ihm zwei weitere Passanten, die ihm unbekannt waren.

Müller!, dachte er. Der Mann hatte einen kleinen Betrieb mit fünf Mitarbeitern. Treppenbau. Früher war die Auftragslage besser, als Häuser noch individuell geplant wurden. Heute baute man nach System. In die Häuser wurden industrielle Fertigtreppen eingesetzt. Müller hatte die Zeichen der Zeit nicht rechtzeitig erkannt. Er hätte sich zur Ruhe setzen und von seinem Ersparten eine Weile gut leben können. Aber nein. Im letzten Jahr musste sich der Witzworter Handwerksmeister ein neues Segelboot leisten. Ein über zehn Meter langes Schiff mit Schlafplätzen für sechs Personen.

»Spinner«, murmelte Muchow vor sich hin und schüttelte instinktiv den Kopf. Er hatte kein Verständnis für die Segler. Was war so reizvoll daran, sich im rauen Gebiet vor Nordfrieslands Küste den Gefahren von Wind und Wetter auszusetzen? Und dafür ein Vermögen in die Boote zu investieren? Niemand mochte es zugeben, dachte er, aber es war nicht immer die sportliche Herausforderung, sondern oft die Wahrung des äußeren Scheins. So wie bei Müller. Und jetzt benötigte der Mann einen Betriebsmittelkredit. Es galt, eine Auftragslücke zu überbrücken. Erneut: Nein! Dafür wollte Robert Muchow, der Leiter der kleinen Uthlande-Filiale in Tönning, nicht einstehen.

»Hi, Robert«, rief ihm jemand zu, der aus seinem Pkw ausstieg, den er auf dem kopfsteingepflasterten Platz geparkt hatte.

Muchow hob zur Erwiderung nur leicht die Hand. Zehn Meter weiter steuerte eine Frau auf ihn zu. Mit unverkennbar dänischem Akzent fragte sie nach dem Parkscheinautomaten. Er hob stumm den Arm und zeigte halb rechts in Richtung Bootfahrt, einen früheren Kanal, der Tönning mit dem Hinterland verband und lebenswichtig war, da die morastigen Straßen oft unpassierbar waren.

Muchow passierte die Eisdiele und den Laden, in dem es außer Lebensmitteln – fast – alles zu kaufen gab. Schräg gegenüber befand sich die Zweigstelle der größeren Nord-Ostsee-Sparkasse. Er steuerte die Brücke über die Bootfahrt zum Schlossgarten an. Im Hintergrund lag das Gebäude des Nationalparkamtes. Muchow ignorierte die in der Mitte des Parks in einem Pavillon aufgestellten Schmuckelemente des ehemaligen Tönninger Schlosses und ging direkt zum unscheinbaren Nebengebäude, in dem die Polizeistation untergebracht war. Ein Schild verkündete, dass diese abhängig von der Einsatzlage nicht ständig besetzt sei, und verwies auf den Notruf oder das weit entfernte Husumer Revier. Er betätigte die Klingel und musste einen Moment warten, bis ihm geöffnet wurde. Ein stämmiger Polizist, der seine Uniformjacke abgelegt hatte, sah ihn fragend an. Dann schien er den Sparkassenleiter erkannt zu haben.

»Herr Muchow? Moin.«

»Moin, Herr … äh …« Muchow suchte nach dem Namen. Er kannte den Beamten wie viele Tönninger vom Sehen.

»Seeler«, nannte der Polizeihauptmeister seinen Namen. »Wollen Sie zu uns?«

Muchow zog die Nase hoch. Er war fast versucht zu sagen, dass er sich bei seinem Morgenspaziergang in der Tür geirrt haben könnte.

»Ich brauche Ihre Hilfe.«

Der Beamte trat zur Seite. »Kommen Sie rein«, forderte er Muchow auf, führte ihn in ein Büro und bat ihn, auf dem Besucherstuhl Platz zu nehmen. Seine Uniformjacke mit den vier blauen Sternen hing über der Stuhllehne.

»Was kann ich für Sie tun?«

Der Sparkassenleiter knetete seine Finger.

»Ich weiß nicht, ob ich bei Ihnen richtig bin. Meine Frau … Sie ist weg.«

»Soso«, sagte Seeler und spitzte die Lippen. »Seit wann?«

»Das … äh … weiß ich nicht so genau.«

»Seit wann vermissen Sie sie?«, half der Polizist aus.

»Seit gestern. Nein. Eigentlich seit Sonntagabend.«

»Heute ist Dienstagvormittag«, sagte Seeler mehr zu sich selbst und warf automatisch einen Blick auf den Wandkalender. »Wo ist sie denn?«

Muchow biss sich auf die Unterlippe. »Das weiß ich nicht so genau. Sie wollte zu ihrer Großtante nach Münster.«

»Haben Sie dort angerufen?«

»Das geht nicht. Tante Hilde liegt im Krankenhaus.«

»Hat Ihre Frau ein Handy? Natürlich«, schob der Polizist hinterher. »Heute hat jeder eins.«

»Ich habe versucht, sie zu erreichen. Berrit, meine Frau, vergisst manchmal, das Gerät aufzuladen. Sie denkt auch nicht immer daran, das Ladegerät mitzunehmen.«

»Liegt es bei Ihnen zu Hause?«

Muchow zuckte hilflos mit den Schultern. »Ich weiß es nicht«, sagte er leise. »Ich habe nicht nachgesehen.«

»Ist Ihre Frau mit dem Auto unterwegs?«

»Nein. Mit dem Zug. Ihr Wagen steht bei uns vor dem Haus.«

»Wo übernachtet Ihre Frau, wenn Sie die Großtante besucht?«

»Na – bei Tante Hilde.«

Polizeihauptmeister Seeler griff sich einen Kugelschreiber und spielte damit. »Die Tante hat doch sicher Telefon.«

Muchow nickte.

»Und? Haben Sie es dort versucht?«

»Ja. Aber vergeblich.«

Seeler lehnte sich zurück. »Machen Sie sich keine Sorgen«, sagte er. »Wenn etwas passiert ist, hätten Sie schon eine Nachricht erhalten. Ihre Frau ist nicht mit dem Auto unterwegs. Hmh.« Er legte die Stirn in Falten. »Rufen Sie doch einmal im Krankenhaus an, in dem ihre Tante liegt. Kennen Sie den Namen?«

»Berrit hat etwas gesagt. Ich habe aber nicht zugehört.«

»Warten Sie noch ab. Ihre Frau ist seit einem Tag überfällig. Das hat nichts zu sagen. Wir können noch nicht einmal eine Vermisstenanzeige aufnehmen. Dazu ist es noch zu früh. Versuchen Sie noch einmal, Ihre Frau zu erreichen.«

»Ja – wenn Sie meinen.« Muchow erhob sich.

Seeler folgte seinem Beispiel und streckte dem Sparkassenleiter die Hand entgegen.

»Sonst kommen Sie Ende der Woche noch einmal vorbei. Aber bestimmt hat sich dann alles geklärt. Ich nehme an, dass Ihre Frau dort aufgehalten wird. Wie alt ist Tante Hilde?«

»Fünfundneunzig.«

Seeler lächelte. »Sehen Sie. In dem Alter kann schnell etwas passieren, das die Anwesenheit Ihrer Frau in Münster erforderlich macht. Wenn sie wirklich ihr Handy oder das Ladegerät vergessen hat, ist sie nicht erreichbar. Und wenn sie im Krankenhaus bei der Tante ist, wird sie darüber keine Gelegenheit zum Telefonieren haben.« Der Polizist legte seine Hand vorsichtig auf Muchows Oberarm. »Scheun Dag ock«, sagte er, als er Muchow zur Tür begleitete.

ZWEI

Eine Stunde später saß Seeler dem Husumer Oberkommissar Große Jäger gegenüber. Der Polizeihauptmeister hatte Kaffee gekocht und schenkte bereits die dritte Tasse nach.

»Wir sind so weit durch«, sagte Große Jäger und schlürfte am heißen Getränk. »Gut«, sagte er anerkennend. »Macht doch einen Unterschied, ob ein Mann oder eine Frau Kaffee aufsetzt.«

»Ich bin mit meiner Wiltrud zufrieden«, erwiderte Seeler. »Auch Kaffee kochen kann sie.«

Große Jäger klopfte mit der flachen Hand auf den Aktendeckel vor sich. »So ein Blödmann. Der Warnschuss vom letzten Mal hat offensichtlich nicht gereicht. Begreift Hähnel das nicht, dass er seinen Nachbarn weder beschimpfen noch verunglimpfen darf? Jetzt hat er schon wieder eine Anzeige wegen Verleumdung am Hals. Dieser Trottel. Läuft durch die Stadt und behauptet, der Nachbar würde es mit Ziegen treiben.«

»Die Fehde zwischen den beiden ist in Tönning legendär. Das nimmt schon keiner mehr für voll.«

»Ich würde es auch ignorieren. Aber wir müssen der Anzeige nachgehen. Ich war vorhin bei Hähnel. Der hat mir glatt einen Küstennebel angeboten. Ich vermute, das war nicht sein erster heute. Der soll mit dem Saufen aufhören, habe ich ihm gesagt. Dann hat er mich angegrinst. ›Wieso? Der komische Typ im Fernsehen hat doch auch behauptet, der türkische Präsident würde Ziegen vögeln.‹ Ich habe ihm erklärt, dass solche Beleidigungen strafbar sind. Außerdem ist sein Nachbar … Da ist er mir glatt ins Wort gefallen und hat gesagt, auch Sachsen ist alles zuzutrauen.« Große Jäger schlug sich mit der flachen Hand gegen die Stirn. »So ein Idiot.« Er nahm den nächsten Schluck zu sich. »Gibt's sonst noch was?« Er hob die Kaffeetasse leicht an. »Für das Gesöff komme ich glatt ein weiteres Mal zu euch nach Tönning.«

Seeler lachte laut auf. »Den Rest erledigen wir allein.« Dann schien ihm etwas einzufallen. »Du kannst natürlich eine Frau suchen.«

Große Jäger winkte ab. »Eine reicht mir.«

»Ist keine Ärztin«, erwiderte Seeler. Das war der Fluch des platten Landes. Offenbar wusste jeder der achtzehntausend Eiderstedter von der Liaison des Oberkommissars mit der Gardinger Ärztin Heidi Krempl. »Unser Wallstreetmanager vermisst seine Frau.«

»Wallstreetmanager?« Große Jäger zog fragend eine Augenbraue in die Höhe.

»Ja, der Leiter unserer Sparkasse.«

Der Oberkommissar zeigte mit dem Daumen über die Schulter. »Von der da drüben?«

»Nee. Das ist die Nord-Ostsee-Sparkasse. Muchow ist Zweigstellenleiter der Uthlande-Sparkasse. Die ist hinten beim Rathaus. Gleich rechts um die Ecke.«

»Und der vermisst seine Frau?«, wollte Große Jäger wissen.

Seeler berichtete vom Besuch Muchows. »Ich habe ihn wieder nach Hause geschickt.«

»Kennst du seine Frau?«

Seeler grinste. »Mensch, ich bin glücklich verheiratet.«

»So meine ich das auch nicht.«

Der Polizeihauptmeister rieb sich die Nasenspitze. »Die ist zur kranken Tante nach Münster gefahren. Ich würde mich nicht wundern, wenn sie sich bei der Gelegenheit von einem jungen Assistenzarzt privat ausführlich untersuchen lässt.«

Jetzt grinste auch Große Jäger. »Das sollen die untereinander ausmachen.« Im zweiten Versuch gelang es Große Jäger, sich zu erheben. »Danke für den Kaffee« sagte er. »Mach's gut, Uwe.«

»Seeler – ja, Uwe – nein«, erwiderte der Schutzpolizist. »Und wenn du noch einen Kaffee möchtest … Kannst ja Muchow in seiner Spaßkasse besuchen.«

Der Oberkommissar verließ die Polizeistation durch den Hintereingang. Große Jäger stolperte auf den beiden abwärtsführenden Stufen, ruderte mit den Armen, fing sich und ging zu den für die Polizei reservierten Stellplätzen auf dem Hinterhof, der gegenüber von einer Garagenanlage mit himmelblauen Türen begrenzt wurde. Auch auf der Rückseite hatte man das zweisprachige Schild mit dem Landeswappen und der Aufschrift »Polizei – Politii« angebracht. Er stieg in den Ford Focus aus dem Dienstwagenpool und umrundete das Gebäude der Nationalparkverwaltung. Es waren nur etwas mehr als zweihundert Meter bis zum Ende des Marktplatzes. Er fand eine Parkmöglichkeit direkt vor der Stadtverwaltung und suchte die Zweigstelle der Sparkasse auf. Die junge Frau mit dem blonden Kurzhaarschnitt sah auf, als er den Kassenraum betrat.

»Moin. Ich suche Herrn Muchow.«

»Moment«, sagte sie, ging zu einer offenen Tür und informierte den Zweigstellenleiter, dass ein Besucher ihn zu sprechen wünsche. Kurz darauf tauchte Muchow auf.

»Ja, bitte?«

Große Jäger kramte seinen Dienstausweis hervor und hielt ihn so, dass die junge Frau nichts erkennen konnte. »Ich hätte Sie gern privat gesprochen«, sagte er.

»Privat?«, echote Muchow. »Um was geht es denn?«

»Sie haben vor Kurzem jemandem einen Besuch abgestattet.«

»Einen Besuch abgestattet?« Für einen Moment schien Muchow ratlos zu sein, dann begriff er. »Kommen Sie bitte«, sagte er, zeigte auf den gläsernen Besprechungsraum und schloss hinter sich und Große Jäger die Tür. Er zeigte sein Erstaunen darüber, dass so kurz nach seinem Besuch bei der örtlichen Polizei die Kriminalpolizei vorstellig wurde.

»Ich war zufällig in einer anderen Sache vor Ort«, erklärte Große Jäger. »Der Kollege Seeler hat recht, dass er zum Abwarten rät. In allen anderen Fällen würde ich ihm zustimmen, da Sie aber eine Position in einem sensiblen Wirtschaftszweig innehaben, interessieren mich schon ein paar Details.« Er ließ sich von Muchow noch einmal das vortragen, was der Sparkassenleiter mit Seeler besprochen hatte.

»Sie haben versucht, Ihre Frau zu erreichen?«

Muchow bestätigte es ausdrücklich. Dann fragte Große Jäger nach dem Namen der erkrankten Tante und ließ sich deren Anschrift und Telefonnummer geben. Ein Handy, versicherte Muchow, habe Tante Hilde nicht.

»Ist Ihre Frau berufstätig?«

»Ja«, erklärte Muchow. »Sie arbeitet halbtags im Kirchenbüro von St. Laurentius.« Er zeigte aus dem Fenster. »Gleich da drüben.«

Große Jäger fragte noch nach Muchows Handynummer und verabschiedete sich. Sein Weg führte ihn über die Bootfahrt und den Marktplatz, der fast ein wenig an ein an der Spitze stumpfes Dreieck erinnerte. Dort stand die mittelalterliche Saalkirche St. Laurentius mit ihrem weithin sichtbaren Barockturm, der den Marktplatz überragte und schon aus der Entfernung die kleine Stadt an der Eidermündung ankündigte.

Hinter der Kirche lag das Pastorat mit dem Kirchenbüro in einem unscheinbaren weißen Haus, an dessen Fassade vier Rosenstöcke gepflanzt waren. Die Holz-Kassettentür war verschlossen. Er klingelte.

Eine Frau in einer Kittelschürze öffnete ihm, nachdem er zuvor durch die geschlossene Tür das Brummen eines Staubsaugers gehört hatte.

»Ich wollte eigentlich Frau Muchow sprechen«, sagte er.

»Die ist nicht da.«

»Und wer kann mir Auskunft erteilen?«

»De Paster«, erklärte die Frau kurz und bündig. »Komm' Sie man mit dörch.«

Er folgte ihr, umrundete den Staubsauger in der Diele und stand kurz darauf dem Pastor gegenüber.

»Pastor Seifert«, stellte sich der Mann mit dem mächtigen Bauch, der dicken Hornbrille und dem schütteren Haar vor. Jeans und ein buntes Karohemd ließen ihn nicht wie einen Geistlichen aussehen.

»Große Jäger, Polizei Husum. Vorweg sei angemerkt, dass mein Besuch reine Routine ist. Ich bin zufällig in einer anderen Sache in Tönning gewesen. Frau Muchow arbeitet in Ihrem Büro?«

Der Pastor bestätigte es. »Halbtags. Ist etwas mit ihr? Sie sollte eigentlich gestern Vormittag wieder hier sein.« Eine Spur Besorgnis schwang in seiner Stimme mit.

»Es gibt keinen Anlass zur Sorge«, versicherte Große Jäger.

»Ich habe heute Morgen mit dem Ehemann telefoniert. Er arbeitet gleich um die Ecke bei der Sparkasse. Robert hat gesagt, Berrit müsse sich um eine erkrankte Tante kümmern. Er wisse nicht, wann sie wiederkomme. Das ist ein Zufall, dass sie gerade jetzt ihre Tante besucht.«

»Wieso?«

»Sie hat Donnerstag und Freitag letzter Woche Urlaub genommen.«

»Kurzfristig?«

Pastor Seifert schüttelte den Kopf. »Nein. Das haben wir schon vor ein paar Wochen besprochen. Das war langfristig geplant.«

»Hat sich Frau Muchow bei Ihnen gemeldet und Bescheid gesagt, dass sie nicht zeitig zurückkommt?«

Noch einmal schüttelte Seifert den Kopf. »Das macht mich stutzig. Berrit ist die Zuverlässigkeit in Person. Das ist noch nie vorgekommen. Deshalb habe ich auch beim Ehemann nachgefragt. Aber der hat mich beruhigt und gesagt, alles sei in Ordnung.«

Große Jäger bedankte sich beim Pastor und fuhr nach Husum zurück.

Merkwürdig, dachte er unterwegs. Muchows Aussage ihm und dem Polizisten Seeler gegenüber klang anders. Warum hatte sich Berrit Muchow nicht bei ihrem Mann und im Kirchenbüro gemeldet?

Im Flur des Polizeigebäudes in der Poggenburgstraße traf er Hundt. Der Hauptkommissar strafte ihn mit Missachtung, drehte sich aber im Vorbeigehen um, als Große Jäger zur Begrüßung bellte. Große Jäger riss die Bürotür mit Schwung auf, sah Cornilsen an und hob lässig die Hand, dann deutete er eine leichte Verbeugung in Richtung des leeren Schreibtisches im Hintergrund an und meinte: »Moin, Christoph. Hier sind nur

Trottel unterwegs. Zu deiner Zeit durften tollwütige Hunde nicht frei herumlaufen.«

»He, he«, beschwerte sich Cornilsen. »Was soll das heißen: Hier laufen nur Trottel herum?«

»Denk nach, Hosenmatz«, erwiderte Große Jäger. »Du sitzt doch, oder?«

Cornilsen zeigte sich zufrieden und wollte wissen, wie die Tönninger Mission des Oberkommissars verlaufen sei. Große Jäger berichtete und erzählte auch von der vermissten Frau Muchow. Cornilsen hatte den Widerspruch ebenfalls bemerkt.

»Das ist trotzdem kein Fall für uns«, sagte er. »Es liegt nicht einmal eine Vermisstenanzeige vor.«

»Der Sparkassenheini ist einfach nur zu doof«, meinte Große Jäger. »Ein Telefonat, und die Sache ist erledigt.«

»Dann gut Schnack«, erwiderte Cornilsen und widmete sich wieder der Arbeit am Computer.

Große Jäger griff zum Telefon und wählte die Rufnummer der Tante an. Er ließ es ewig klingeln.

»Kein Wunder, dass Muchow seine Frau nicht erreicht«, meinte er und wollte auflegen, als es im Hörer knackte, dann polterte. Es war das Atmen eines Menschen zu vernehmen, dann meldete sich die brüchige Stimme einer alten Frau.

»Ja?«

»Frau von Rietberg?«, wollte Große Jäger wissen.

»Wer ist da?«

»Polizei Husum.«

Einen kurzen Augenblick war es still in der Leitung.

»Wollen Sie einen Trick anwenden?«, fragte die alte Dame entschlossen. »Das verfängt bei mir nicht. Ich lege jetzt auf und rufe die Polizei an.«

»Ich bin von der Polizei«, versicherte Große Jäger.

»Ich weiß, dass mit solchen Tricks gearbeitet wird«, sagte Frau von Rietberg. »Nicht mit mir. Wenn ein Verwandter anruft, erkenne ich den. Da fragt auch keiner nach Geld. Ich bin zwar alt, aber deshalb nicht blöde.«

»Das finde ich prima«, sagte Große Jäger. »Solche aufgeweckten Senioren wünschen wir uns von der Polizei. Es geht um Ihre Nichte Berrit aus Tönning.«

»Also doch«, fuhr die alte Dame dazwischen. »Die ist in finanziellen Schwierigkeiten, was? Nicht mit mir, junger Mann.«

»Nein. Ich möchte nur wissen, ob Berrit bei Ihnen in Münster ist.«

»Warum wollen Sie das wissen?«

»Sie wollte Sie besuchen und hat ihren Urlaub verlängert, weil Sie ins Krankenhaus mussten.«

»Ich? Ins Krankenhaus? Hören Sie! Mit fünfundneunzig geht man nicht ins Krankenhaus.« Es klang empört.

»Sie waren also in den letzten Tagen nicht krank?«

»Ich erfreue mich bester Gesundheit. Körperlich und geistig. Also lassen Sie solche Scherze. Auf Wiedersehen.« Dann hatte sie aufgelegt.

»Kein Rendezvous?«, fragte Cornilsen über die Schreibtische hinweg.

»Nein«, sage Große Jäger. »Mannomann. Die hat Haare auf den Zähnen. Toll. Und das in dem Alter.« Dann wählte er noch einmal die Münsteraner Telefonnummer an.

»Legen Sie bitte nicht auf. Ich bin wirklich von der Polizei«, versuchte er Frau von Rietberg zu erklären. »Ihre Nichte Berrit hat Sie also nicht in Münster besucht. Wann haben Sie mit ihr telefoniert?«

»Wie immer – am Donnerstag. Nein. Stimmt nicht. Ich habe mich gewundert. In der letzten Woche hat sie einen Tag früher angerufen. Am Mittwoch. Ich weiß das genau. An diesem Tag treffen wir uns immer zum Kaffee in den Arkaden.«

»Wer ist ›wir‹?«, unterbrach Große Jäger die alte Dame.

»Weshalb wollen Sie das wissen?« Ein misstrauischer Unterton schwang in Hilde von Rietbergs Stimme mit.

»Ich wollte nur wissen, ob Sie sich mit Ihrer Nichte getroffen haben.«

»Mit meinen Freundinnen. Die sind aber alle jünger als ich. Erst knapp über neunzig. Mir kam es merkwürdig vor, dass Berrit schon am Mittwoch anrief.«

»Hat sie gesagt, weshalb?«

»Das wollte sie mir nicht verraten. Sie ist ausgewichen.«

»Hat Ihr Neffe Sie danach angerufen?«

»Sie meinen Robert Muchow? Der ist nicht mein Neffe, sondern der Ehemann meiner Nichte«, belehrte sie den Oberkommissar. »Robert hat nicht angerufen. Das macht er nie.« Dann wollte sie unbedingt wissen, weshalb sich die Polizei »von da oben« für Berrit interessiert. »Suchen Sie die etwa?«

»Wir versuchen nur, ihren Aufenthaltsort herauszufinden«, versicherte Große Jäger und wünschte Hilde von Rietberg alles Gute. »Ich finde es toll, wie wachsam und misstrauisch Sie sind«, sagte er zum Abschied.

Cornilsen war dem Telefonat neugierig gefolgt. »Das klingt widersprüchlich«, stellte er fest. »Aber was kümmert uns das? Wenn die Frau nur mal für ein Wochenende allein auf Achse sein wollte, hat sie ihrem Alten vorgegaukelt, die kranke Tante zu besuchen. Da er dort nie zurückruft, war das eine gute Ausrede.«

»Das mag sein«, erwiderte Große Jäger. »Und es wäre unauffällig geblieben, wenn sie rechtzeitig wieder zurückgekommen wäre. Der Pastor hat sie als zuverlässig beschrieben. Selbst wenn sie ihren Ausflug – aus welchem Grund auch immer – überziehen wollte, hätte es nur zweier kurzer Anrufe bedurft. Beim Ehemann und beim Pastor.«

»Hmh«, überlegte Cornilsen laut. »Als Ehemann hätte ich es zunächst auf dem Handy der Frau und dann bei der Tante versucht. Ich hätte nachgesehen, ob sie das Handy zu Hause vergessen hat. Ich hätte auch nachgesehen, ob sie das Ladegerät nicht mitgenommen hat. Aber Tante Hilde hat ja auch ein funktionierendes Telefon, das Berrit Muchow hätte nutzen können. Es klingt schon ein wenig merkwürdig.«

»Von beiden Seiten«, stimmte Große Jäger zu. »Auch vonseiten des Ehemanns, der sich besorgt zeigt, ohne eigene Anstrengungen zu unternehmen.«

Cornilsen lachte und malte mit beiden Händen großflächig in der Luft herum. »Die Schlagzeile in der ›Husumer‹: Eiderstedter Bankmanager verbuddelt Ehefrau im Schlick der Eider. Ganz Nordfriesland ist entsetzt.«

»Schöne Überschrift. Vielleicht könnte man noch ergänzen: Ganz Nordfriesland und Norderdithmarschen.«

Cornilsen schüttelte heftig den Kopf. »Nee. Die Ditschis interessiert das nicht.«

»Und diese Überschrift ist zu lang«, kritisierte Große Jäger. »Solche Schlagzeilen erscheinen nicht in der ›Husumer‹, sondern in der anderen Zeitung mit den großen Buchstaben. Da kennt man keine langen Sätze. Die Überschrift ist ja fast schon ein Artikel.« Er wedelte mit der Hand. »Und nun: Los. An die Arbeit.«

DREI

Ein weiter Himmel spannte sich über das Wattenmeer. Am Himmel hingen Federwolken. Uwe Feddersen wusste, dass sie manchmal eine Warmfront mit Regen ankündigten. Er war mit der Natur verwachsen, verstand es, die Zeichen zu lesen. In vielen Dingen war er eins mit ihr. Für ihn war es eine Selbstverständlichkeit, in einer der schönsten Regionen Deutschland – Deutschlands? Der Welt! – leben zu dürfen. Und zu arbeiten. Sein Blick glitt versonnen über das schimmernde Wasser des Wattenmeeres. In den sich leicht kräuselnden Wellen reflektierte die Sonne. Er kniff die Augen zusammen, drehte sich nach rechts und sah über die Schulter zum Himmel empor. Wie hoch mochten die Zirruswolken sein? Er schätzte sie heute auf ungefähr zehn Kilometer Höhe, da einige Kondensstreifen sie durchpflügten. Es sah aus, als würden sie die Federwolken in die Breite ziehen. Die Menschen da oben in der beengten Kabine – wohin wollten sie? Geschäftstermine wahrnehmen? In den Urlaub fliegen? Er hatte alles hier vor Ort.

Wozu nach Amerika reisen, den Grand Canyon besuchen? Oder das Great Barrier Reef in Australien? Bestimmt waren es großartige Monumente der Natur. Zu Recht gehörten sie zum Weltnaturerbe der UNESCO. Na und? Er war ebenfalls in einem Weltnaturerbe. Mittendrin im Nationalpark Schleswig-Holsteinisches Wattenmeer. Noch besser. Er arbeitete für den LKN, den Landesbetrieb für Küstenschutz, Nationalpark und Meeresschutz Schleswig-Holstein.

Uwe Feddersen lächelte in sich hinein. In Amerika würde man ihn und seine Kollegen womöglich Ranger nennen. Hier hieß seine Tätigkeit Wasserbauer, auch wenn er als Matrose unterwegs war.

»All'ns klor?«, riss ihn die Stimme des Schiffsführers aus seinen Gedanken.

Uwe Feddersen hob müde die Hand und fingerte eine zerknitterte Zigarettenschachtel aus der Brustasche seiner Latzhose. Die vier Mann der Besatzung hatten eine Ladung Steine zum Anleger Rixwarf auf der Hallig Langeneß transportiert. Die heftigen Frühjahrsstürme hatten einen Teil der Uferbefestigung weggerissen, die das einzige Haus auf der Rixwarf und den Fähranleger schützen sollte. Die Kollegen würden es in mühevoller Knochenarbeit wieder richten. Für ihn war heute Feierabend. Fast. Der Schubschlepper »Odin« war mit dem Ponton »Gröde« zurück auf dem Weg zum Umschlagplatz Holmer Siel, dem »Heimathafen« des Schiffes. Dort, auf Nordstrand, hatte der Landesbetrieb seinen Stützpunkt errichtet und lagerte die unterschiedlichsten Arten von Steinen, die zum Küstenschutz verbaut wurden. Der Schiffsführer musste das Fahrzeug noch durch die Süderaue an den Halligen Gröde und Hamburger Hallig vorbeinavigieren und dann hinter Nordstrandischmoor in das Fahrwasser Holmer Fähre abbiegen, das sie zum Liegeplatz führen würde. Das Wattenmeer galt mit seinen Untiefen und Sänden als schwierig. Haucke, der Schiffsführer, kannte sich hier aus und steuerte die »Odin« in weitem Bogen durch die enge Fahrrinne.

Feddersen stellte ein Bein auf die untere Strebe der Reling, stützte sich oben ab und stierte ins Wasser. Die Flut hatte eingesetzt, und das Wasser strömte mit der »Odin« ins Wattenmeer hinein. Neben Haucke standen der Steuermann Jochen und Heini auf der Brücke. Der Maschinist hielt einen Kaffeebecher in der Hand und prostete Feddersen zu, als dieser kurz dorthin aufsah.

»So 'n Job as du wüll ick ock heb'n«, rief ihm Heini zu.

Feddersen hob den Arm und streckte den Mittelfinger in die Höhe. »Du mi ock«, knurrte er.

Dann blickte er wieder ins Wasser. Es sah aus wie zerknittertes Schokoladenpapier, auf das jemand eine Lampe gerichtet hatte. Plötzlich stutzte er. In der Bugwelle, die von der geschobenen Steinschute vor dem Schlepper ausging, wogte ein Paket auf und ab und wurde zur Seite gedrückt. Für einen kurzen Moment verharrte es auf einem Wellenkamm, um dann ins nächste Wellental abzutauchen, kurz aus seinem Blickfeld zu verschwinden und sich dann auf die nächste Welle aufzuschwingen.

»Hest dat seh'n?«, brüllte Feddersen zur Brücke und streckte den Arm aus. »Dat söht wie 'n Leich ut.«

Heini lachte lauthals, dass sein mächtiger Bauch, der die Latzhose spannte, vibrierte. »Mensch, Uwe, hast 'nen Joint im Hals?«

»Nee«, mischte sich Haucke ein. »Ick heff dat ok seh'n.« Sein Steuermann bestätigte es.

Ein Ruck ging durch den Schleppverband, als der Schiffsführer auf volle Fahrt rückwärts umschaltete. Heini war trotz seiner Körperfülle behände aus dem Steuerhaus herausgesprungen und Feddersen gefolgt, der zum Heck des Schleppers gelaufen war. Dabei riss er eine lange Stange los, die an der Reling hing und an deren Ende ein Haken befestigt war. Der Bootshaken.

»Tatsächlich«, bestätigte Heini, als er neben Feddersen auftauchte und ebenfalls das auf und ab schaukelnde Paket entdeckt hatte. »Könnte sein. Sieht aus wie ein Mensch.« Dann lachte er. »Oder ist es ein Stück vom Wal, der uns damals vom Haken gehüpft ist, als eine ganze Reihe von denen vor unserer Küste und an unseren Stränden verendet sind?« Er legte die Hände an die Stirn, um die Blendung durch die Sonne zu mindern. Dann schlug er Feddersen unvermittelt auf das Schulterblatt. »Mensch, Uwe. Dat kann nich sein. Ick glöv dat nich. Sieht nich wie Neptun oder 'ne Meerjungfru ut.«

Haucke hatte sich aus dem Steuerhaus gebeugt und hielt ein Fernglas vor die Augen. »Seid ihr sicher? Ich seh nix.«

»Uwe is zwar 'nen Blindfisch«, antwortete Heini. »Aber hier hat er recht.«

Die »Odin« war noch ein ganzes Stück weitergefahren, obwohl die beiden Schrauben der Verstellpropelleranlage volle Kraft rückwärtsliefen. Ein Schiff hatte einen anderen Bremsweg als ein Auto. Noch immer vibrierte das Wasserfahrzeug. Auf Laien wirkte es oft so, als würde es den Kahn zerreißen. Schließlich hatte der Schlepper seine Fahrt verloren.

»Ich geh auf langsame Fahrt zurück«, kündigte Haucke an. »Passt auf, dass uns der Fund nicht in die Schraube kommt. Sonst haben wir Hackfleisch.«

Der Maschinist und Feddersen hatten am Heck Position bezogen. Es war nicht einfach, im Auf und Ab der Wellen etwas zu erkennen. Das machte es auch so schwierig, auf hoher See Menschen wiederzufinden, die über Bord gegangen waren. Heute war das Wasser ruhig. Es herrschte nur mäßiger Wellengang. Trotzdem war kaum etwas zu sehen, auch wenn nur wenige weiße Kämme auf den Wellen ritten. Haucke ließ die »Odin« so langsam laufen, dass nur mäßig Gischt entstand.

Heini sah kurz zum Steuerhaus hinüber. »Wie macht der das bloß?«, fragte er leise. »Ich glaube, der geht mit dem Kahn zärtlicher um als mit seiner Frau.«

»Er ist ja auch öfter und länger auf der ›Odin‹ als auf seiner Ollen«, erwiderte Feddersen. »Da«, rief er, als er glaubte, etwas entdeckt zu haben.

»Wo?«, wollte Heini wissen, als er es auch sah. »'nen Schlag nach Steuerbord«, rief er Haucke zu. »Und dann stopp.«

Die beiden lehnten sich über die Reling und versuchten, das Bündel mit ihren Bootshaken vom Schiff fernzuhalten und an die seitliche Bordwand zu bugsieren. Es war ein hartes Stück Arbeit.

Dann hinterfasste Feddersen mit dem Bootshaken das Bündel. »Mist«, fluchte er, als es abzurutschen drohte.

Aber Heini war ihm zu Hilfe geeilt und stach mit seinem »Enterhaken« ebenfalls zu. Jetzt hatten sie es fixiert. Fast wäre Feddersen die Stange entglitten, als er sah, dass es sich bei ihrem Fund tatsächlich um einen Menschen handelte.

»Das gibt's doch nicht«, sagte er entsetzt.

Heini wollte antworten. Aber dem Maschinisten versagte die Stimme.

»Und? Was ist?«, wollte Haucke von der Brücke aus wissen.

»'ne Leiche«, brachte Feddersen schließlich hervor. »Und nun?«

»Holt sie an Deck«, wies Haucke die beiden an.

Heini schüttelte sich. »Mach du doch«, sagte er mechanisch.

»Los«, sagte Feddersen.

Sie wussten beide, dass Haucke das Ruder nicht verlassen

24

konnte. Das Wasser war so schwierig zu befahren, dass sie beim kleinsten Fehler auf einer Sandbank oder Untiefe auflaufen könnten.

Sie zogen am Bootshaken, griffen nach und versuchten, das Bündel hochzuhieven. Es hatte sich voll Wasser gesogen und war entsprechend schwer.

»Gleichmäßig«, wies Feddersen an, als Heini etwas hinterherhing und ihnen das Bündel wieder ins Wasser zu gleiten drohte.

Schließlich hatten sie es geschafft. Feddersen spürte, wie ihm die Knie nachzugeben drohten. Er warf Heini einen kurzen Blick zu. Sein Kollege war leichenblass geworden.

»Mein Gott«, stöhnte der Maschinist. »Das sieht ja aus wie … wie …« Und es roch unerträglich.

Feddersen beugte sich über die Reling und würgte. Es blieb beim Versuch, während Heini sich abgewandt hatte.

Haucke war ins Ruderhaus verschwunden. Feddersen hörte, wie der Schiffsführer den Fund an die Zentrale durchgab. Kurz darauf beugte er sich wieder heraus.

»Die informieren den Wasserschutz.« Dann wies er seine beiden Gefährten an, den Fund so zu sichern, dass er nicht wieder über Bord rutschte.

»Ist sicher«, sagte Feddersen, auch wenn er nicht ganz überzeugt war. Er wollte nur weg. Weg vom grausigen Fund. Weg vom üblen Geruch. Weg vom Anblick, der so erschreckend war und doch immer wieder seine Augen anzog. Heini hatte sich schon entfernt.

»Die ›Sylt‹ liegt im Hörnumtief«, erklärte Haucke.

»Das sind zwanzig Meilen«, überschlug Feddersen. »'ne Stunde, dann sind sie hier.«

Es ging schneller. Ihr fieberhaftes Absuchen des Horizonts wurde belohnt. Bald tauchte die Silhouette des Polizeibootes auf, dann legte sich die »Sylt« neben den Schubverband.

Ein Beamter mit drei goldenen Balken auf dem Schulterstück und einem goldenen Riemen an der Mütze stand backbord auf dem Boot, an dessen Bordwand »Küstenschutz« stand. Auf den Aufbauten des bullig wirkenden Schiffes ragte der Mast empor, an dem Radar, Sirenen und Lichter befestigt waren. Die Aufschrift »Polizei« und das Landeswappen waren seitlich angebracht. Auf dem hinteren Schiffsteil befand sich ein Speedboot, das mit einem Kran schnell zu Wasser gelassen werden konnte.

Feddersen wusste, dass die »Sylt« in Husum beheimatet war und sechs Mann Besatzung hatte. Man begegnete sich im Wattenmeer.

Hauptkommissar Kirchner war der Bootsführer. Er tippte sich lässig an den Mützenschirm und fragte: »Na? Was habt ihr denn?«

»'ne Leiche. Sieht nicht gut aus«, rief Haucke zur »Sylt« hinüber.

»Wir kommen mal rüber«, erklärte Kirchner. Die »Sylt« legte sich längsseits, Feddersen und Heini nahmen die Tampen entgegen und befestigten sie an den Krampen auf der »Odin«. Dann enterten Kirchner und ein weiterer Beamter auf den Schubschlepper hinüber. Die Polizisten gingen zur Wasserleiche und beugten sich hinab.

»Hmh«, knurrte Kirchner. »Sieht ja übel aus. Könnte 'ne Frau sein. Schwimmt wohl 'ne Woche hier rum. Erst sinkt der Leichnam zum Boden hinab. Dann bilden sich Gasblähungen durch den Fäulnisprozess. Um diese Jahreszeit und bei diesen Temperaturen könnte das hinkommen. Nach der Casper-Regel entspricht der Fäulnisgrad im Wasser etwa dem Doppelten wie an der Luft.« Er sah die Männer der »Odin« an, die sich im Hintergrund hielten. »Die Leiche schwamm in Bauchlage?«

Feddersen musste sich freiräuspern, bis er antworten konnte. »Ja«, krächzte er.

»Wir haben eine flächenhafte Ablösung der Oberhaut und ausgedehnte Antragungen von Algen. Deshalb sieht die Tote auf den ersten Blick fast wie verbrannt aus.«

»Hör auf«, keuchte Feddersen. »Das wollen wir gar nicht wissen.«

Dem Wasserschutzpolizisten gelang ein Grinsen. »Wir nehmen sie mit nach Husum. Oder wollt ihr das übernehmen?«

»Haut bloß ab«, fluchte Feddersen und wandte sich ebenso

wie seine beiden Kollegen ab, um nicht mit ansehen zu müssen, wie die Polizisten die Leiche auf ihr Schiff bargen.

»Wo habt ihr den Fund gemacht?«, wollte ein Polizeiobermeister von der Besatzung der »Sylt« wissen. Haucke nannte ihm die Position in Grad und Minuten. Der Beamte fragte noch nach den Umständen der Sichtung. Nachdem auch das beantwortet war, löste Feddersen die Leinen und sah erleichtert der »Sylt« hinterher, die sich auf den Weg nach Husum machte. Von einem Satelliten aus sah der Kurs durchs Wattenmeer wie ein Fragezeichen aus.

Ein Fragezeichen stand auch Große Jäger ins Gesicht geschrieben. Der Oberkommissar der Husumer Kriminalpolizeistelle stand am Kai des Husumer Außenhafens und wartete auf die Ankunft des Bootes. Die Wasserschutzpolizei hatte seine Dienststelle informiert. Da er Sachbearbeiter für Todesfallangelegenheiten war, war das Gespräch zu ihm durchgestellt worden.

»Komm, Hosenmatz«, hatte er seinen Kollegen, Kommissar Mats Cornilsen, aufgefordert, der mit ihm das Büro in der Poggenburgstraße teilte. Jetzt standen die beiden Polizisten am Husumer Außenhafen vor dem Klinkergebäude des Hafenamtes, in dem auch die Wasserschutzpolizei untergebracht war. Wie an allen behördlichen Einrichtungen und vielen Ortsschildern war die Dienststelle auch auf Friesisch ausgeschildert: WÅÅDERPOLITII.

Cornilsen wollte Einzelheiten wissen, aber Große Jäger verfügte auch nur über die vage Information, dass man eine Leiche aus der Süderaue zwischen den Halligen Langeneß und Hooge geborgen hatte. Der Kommissar trippelte ein wenig unruhig auf und ab.

»Meine erste Wasserleiche«, sagte er gepresst. »Im Original.«

»Man gewöhnt sich daran – oder nicht«, brummte Große Jäger. »Sie sehen nicht schön aus, wenn sie eine Weile im nassen Element waren. Zum Glück ist das nicht unser Alltag.«

»Wie kommt eine Leiche ins Wattenmeer?«, fragte Cornilsen.

»Denk nach«, erwiderte Große Jäger und zog an der Zigarette. Es war die zweite, die er sich angezündet hatte.

»Ein Unfall«, meinte Cornilsen. »Jemand ist zu weit ins Watt gelaufen und wurde von der Flut überrascht.«

»Denkbar.«

»Oder jemand ist beim Segeln über Bord gegangen. Oder von einem Schiff gefallen.«

»Und?« Große Jäger zog fragend eine Augenbraue in die Höhe.

»Was, und?« Dann schien Cornilsen verstanden zu haben. Er zog sein Handy hervor und rief auf dem Husumer Polizeirevier an. Anschließend folgten die Reviere in Niebüll und auf Sylt.

»Es liegt keine passende Vermisstenmeldung einer Seglercrew vor«, sagte er und zuckte mit den Schultern. »Wenn jemand über Bord geht oder von einer Wanderung nicht zurückkehrt, fällt das auf. Dann geht man zur Polizei. Merkwürdig.«

Große Jäger gab ihm recht. »Da kommt sie«, sagte er kurz darauf und wies auf die Biegung. Dahinter lag das Sperrwerk, das die Stadt bei Hochwasser schützten sollte. Sonst war Husum ein Tidehafen, das heißt, der Wasserstand passte sich Ebbe und Flut an, und bei Niedrigwasser lagen die Schiffe im Binnenhafen durchaus im Schlick. Von dort waren es nur wenige Schritte bis hierher.

Fast bedächtig schob sich die »Sylt« an der Zugbrücke entlang, die den Binnen- vom Außenhafen trennte.

Große Jäger sah auf die andere Uferseite zur Rödemishallig. Dort lagen Krabbenkutter. »Da sind auch die Liegeplätze der Segler«, sagte Große Jäger.

Gegenüber türmten sich die Getreidesilos in die Höhe, die bei der Anfahrt auf Husum weit über die Marsch zu sehen waren. Ein Stück weiter lag die »Meike«, die von Husum aus Windkraftanlagen über die See transportierte.

Die »Sylt« fuhr langsam an ihnen vorbei und wendete dann, bevor sie elegant an den Kai manövrierte und anlegte. »Es gibt viele, die ihren Kleinwagen nicht halbwegs so elegant einparken können wie die Jungs ihren Kahn«, sagte Große Jäger. Nachdem das Schiff festgemacht hatte, winkte der Bootsführer lässig herüber. »Seid ihr das Empfangskomitee?«

»Wir wollen begutachten, wie pfiffig ihr seid«, erwiderte Große Jäger und betrat die »Sylt«. »Habt ihr schon etwas herausbekommen?«

Kirchner nickte. »Klar. Die Leiche ist tot.«

»Habt ihr keine Reanimation unternommen?«

»Doch. Sicher.« Er zeigte auf einen Mann seiner Besatzung. »Claas hat es die ganze Zeit über versucht. Erst kurz vor der Hafeneinfahrt hat er gestanden, dass er gestern Abend beim Griechen war. Kein Wunder, dass es mit der Beatmung nicht geklappt hat.« Dann wurde er ernst. »Viel können wir nicht sagen. Ich schätze, die Tote ...«

»Die? Eine Frau?«, unterbrach ihn Große Jäger.

»Das ist das Einzige, was wir feststellen konnten. Die Leiche trägt eine Damenarmbanduhr. Den Rest muss die Rechtsmedizin feststellen. Es könnte sein, dass es sich bei der Toten um eine Seglerin handelt. Hier.« Sie waren zur inzwischen geborgenen Leiche gegangen, und Kirchner hatte die Plane, in die sie die Tote gewickelt hatten, geöffnet. »Das sieht wie eine typische Seglerkleidung aus. Eine wetterfeste Jacke in Rot, wasserundurchlässig. Festes Schuhwerk. Geschnürt. Auch wenn es wie Turnschuhe aussieht – die Schuhe haben eine rutschfeste Sohle mit genügend Grip. Ein guter Bootsschuh ist ein Muss.«

»Aber sie trägt kein Ölzeug.«

Kirchner lachte. »Das war gestern. Heute trägt man funktionelle Segelbekleidung, die absolut wasserdicht, atmungsaktiv und bequem ist. Die Segelhosen sind an den Knien und am Gesäß verstärkt. Dieser Ring hier dient dem Einhaken von Sicherheitsleinen. Er hat zudem eine Aufhängeschlaufe.«

»Sie sind Segler?«, wollte Große Jäger wissen.

»Nein, aber wir von der ...«

»Entenpolizei«, fuhr Große Jäger dazwischen.

Kirchner schenkte ihm einen bösen Blick. »Blöder Spruch. Und ausgerechnet von einem Landbullen. Wir von der Wasserschutzpolizei haben genauso wie ihr das Polizeihandwerk gelernt. Zusätzlich hat aber jeder von uns noch eine nautische Ausbildung. Während wir auch im dichten Nebel navigieren können, stochert ihr nur hilflos im Dunst herum.«

»Keine Schwimmweste?«, fragte Große Jäger.

»Die wird nicht von allen Seglern angelegt. Das verstehe ich auch nicht.«

»Und wenn sie abends über Bord gefallen ist? Im Hafen?«

Kirchner schüttelte den Kopf. »Theoretisch denkbar, aber nicht sehr wahrscheinlich. Ich vermute, sie ist irgendwo zwischen den Halligen und den Inseln, also Amrum oder Föhr, über Bord gegangen. Dafür könnten die Strömungsverhältnisse sprechen.«

»Eventuell draußen auf See?«

»Denkbar ist vieles. Aber vorausgesetzt, sie ist Seglerin, ist es eher unwahrscheinlich. Das Wattenmeer ist kein einfaches Segelrevier. Und wer hier unterwegs ist, sollte sich auskennen. Es gibt welche, die Helgoland ansteuern. Aber nur ganz wenige kurven mit ihren Booten vor der nordfriesischen Küste entlang. Da draußen kann es ganz schön püsterig sein. Wenn ich davon ausgehe, dass sie zwischen einer Woche und zehn Tagen im Wasser gelegen hat, dann muss es vielleicht am vorletzten Wochenende gewesen sein. So round about. Da hatten wir teilweise Windstärke sieben. Das ist nicht mehr jedermanns Sache, da draußen herumzutoben. Es kann schon einmal Böen geben, die in den Spitzen darüber hinausgehen.«

»Hmh.« Große Jäger strich sich über die Bartstoppeln, dass es ein kratzendes Geräusch gab. Auch mit Wohlwollen konnte man es nicht einen Dreitagebart nennen. Er war schlichtweg unrasiert. Das passte zu den Trauerrändern unter seinen Fingernägeln. »Und wenn die doch da draußen unterwegs waren? Bei dem Wetter wäre es doch denkbar, dass jemand über Bord geht.«

»Davon hätten wir erfahren«, wandte Kirchner ein. »Die Mitsegler hätten sich gemeldet.«

»Und wenn ein ganzes Schiff verloren geht?«

»Eine gewagte These«, sagte der Wasserschutzpolizist.

»Gibt es einen Hinweis auf die Identität?«

»Die Handtasche mit ihren persönlichen Dingen haben wir drinnen aufbewahrt.« Kirchner lachte. »Natürlich nicht! Ihr müsst ja auch irgendetwas tun. So!« Es klang entschieden. »Wir sorgen dafür, dass die Leiche nach Kiel geschafft wird.«

»Danke, Kollegen«, sagte Große Jäger zum Abschied. Dann fuhr er mit Cornilsen zur Dienststelle zurück.

»Ich verstehe das nicht«, sagte er unterwegs mehr zu sich selbst. »Kaum jemand segelt allein. Und wenn, dann hätte man schon lange das leere Boot gefunden. Und niemand vermisst die Segelkameradin?«

»Und wenn sie gar nicht von einem Schiff gefallen ist, sondern wirklich beim Spaziergang auf einer Sandbank überrascht wurde?«

»Dann hätte sich jemand gemeldet.«

Im Büro setzte sich Cornilsen an seinen Rechner. Wenig später sagte er: »Wir haben wenig Vermisstenfälle. Zwei Asylbewerber sind verschwunden. Ein dementer Siebenundachtzigjähriger wird seit gestern Abend vermisst. Und ein junger Mann, einundzwanzig, den wir wegen eines Rauschgiftdelikts suchen. Bleibt noch die Frau aus Tönning.«

»Die soll angeblich in Münster bei ihrer Tante sein. Das macht einen Unterschied, ob jemand in Münster ist oder im Wattenmeer segelt. Das hätte uns ihr Mann gesagt.«

»Und wenn sie ...«, begann Cornilsen.

Große Jäger schnitt ihm das Wort ab. »Hosenmatz. Du nervst.« Er schlug mit der flachen Hand auf die Tischplatte. »Also los. Besuchen wir den Bankdirektor in Tönning.«

Robert Muchow stand am Tresen der Sparkassenfiliale und sah auf, als die beiden Polizisten eintraten.

»Haben Sie etwas herausgefunden?«, fragte er ohne Begrüßung.

Große Jäger zeigte auf den gläsernen Besprechungsraum, nachdem er Cornilsen vorgestellt hatte.

»Haben Sie ein Segelboot?«, fragte er, nachdem sie die Tür zum Kundenraum geschlossen hatten.

»Ein Segelboot?«, wiederholte Muchow. »Nein. Wieso fragen Sie danach?«

»Segeln Sie manchmal? Zum Beispiel als Gast auf anderen Schiffen?«

Muchow schüttelte sich. »Ich hasse Wasser, zumindest wenn ich darauf schwimmen muss. Das ewige Geschaukel.«

»Und Ihre Frau?«

»Die ist in Münster bei ihrer Tante Hilde. Das habe ich Ihnen schon erklärt.«

»Da ist sie aber nicht angekommen.«

»Herrje noch mal«, brauste Muchow auf. »Deshalb war ich bei der Polizei. Aber Sie unternehmen ja nichts. Tun Sie endlich etwas.«

»Wir sind gerade dabei«, erwiderte Große Jäger.

»Davon merke ich aber nichts.«

Der Oberkommissar stand auf. »Hat Ihre Frau Seglerkleidung?«

»Was soll sie damit, wenn wir kein Boot haben?«

»Wir hätten gern ein paar persönliche Gegenstände von Ihrer Frau. Haar- oder Zahnbürste.«

»Warum das denn?« Muchow streckte den Beamten den Zeigefinger entgegen. »Das sagen Sie doch nicht einfach so.«

»Routine«, erwiderte Große Jäger und gab keine Ruhe, bis Muchow sie zu sich nach Hause begleitete.

Muchow wohnte in einem Neubaugebiet, das am westlichen Stadtrand entstanden war. Auf dem Kreisverkehr stand das Tönninger Schloss, zumindest eine Nachbildung. Das Original hatte der dänische König bereits 1735 abreißen lassen, nachdem die Tönninger es den verfeindeten Schweden zur Verfügung gestellt hatten. Zum Wohngebiet mit den abzweigenden Nebenstraßen gab es eine einzige Zufahrt. In einer Einfahrt war ein Wohnmobil geparkt, in einem anderen Vorgarten standen Spielgeräte für kleine Kinder. Hätte man einen Sammelbegriff finden müssen, hätte man die Siedlung als »gutbürgerlich« beschrieben.

Muchow wohnte in einem der Rotklinkerhäuser mit den liebevoll angelegten und gepflegten Gärten. Ein Friesenwall grenzte das Grundstück von der ruhigen Sackgasse ab.

Hinter der Haustür fand das Biedere seine Fortsetzung. Die Doppeltür zum Wohnbereich war mit farbigen Glasscheiben ausgestattet. Die Dielenmöbel waren aus dem gleichen Holz wie die Treppe und die Türen: Eiche. Die Einrichtung stammte mit Sicherheit nicht aus einem Laden, in dem Elche bedienten. Es wirkte auf Große Jäger düster.

Im Badezimmer griff der Sparkassenmitarbeiter eine Haarbürste und eine der beiden Zahnbürsten.

»Das sind Berrits Sachen«, erklärte er und drang noch einmal darauf, zu erfahren, weshalb die Polizei danach fragte. Große Jäger verweigerte die Auskunft und ließ, nachdem sie nach Husum zurückgekehrt waren, die beiden Gegenstände per Boten nach Kiel bringen.

VIER

Es waren mittlerweile zwei Tage vergangen, an denen die Husumer Polizisten laufende Fälle aus dem Tagesgeschäft bearbeiteten, als sich die Rechtsmedizin der Kieler Christian-Albrechts-Universität meldete.

»Ich wollte wieder einmal Nordseeluft schnuppern«, erklärte der Oberarzt Dr. Diether. »Wenn auch nur durch die Telefonleitung.«

»Das ist etwas anderes als die Luft an Ihrem Binnensee«, antwortete Große Jäger.

»Meinen Sie den Kleinen Kiel?«, fragte der Arzt und spielte auf den gleichnamigen See im Herzen der Landeshauptstadt an.

»Binnensee schon, aber nicht in Kiel. Ich denke, Sie nennen diesen Teich Ostsee.«

»Was in diesen Teich fällt, stinkt aber nicht so wie das, was bei Ihnen aus dem Wasser gefischt wird. Ich weiß, die Nordsee ist eines der bedeutendsten Erdölfördergebiete der Welt. Dort gewinnt man auch in großen Mengen Erdgas. Aber warum pumpen Sie das in die Leichen? Die war so aufgebläht, dass wir sie auf dem Seziertisch festbinden mussten, damit sie nicht wie ein Luftballon an die Raumdecke schwebte.«

»Hat es ›buff‹ gemacht, als sie den Y-Schnitt angesetzt haben?«

Dr. Diether stutzte kurz. »Eh, Mann. Gut. Sie haben die richtige Art von Humor, mit der wir hier inmitten der Toten überleben. Kommen wir zur Sache, oder wollen Sie den schriftlichen Bericht abwarten?«

»Wenn Sie uns vorab ein paar Stichworte nennen könnten, wäre das hilfreich.«

»Es handelt sich um eine Frau, Mitteleuropäerin. Alter zwischen vierzig und fünfzig. Das Gewicht lässt sich beim Zustand der Leiche nicht mehr exakt feststellen. Sie war keine Miss Piggy, aber auch kein Hungerhaken. Gehen Sie davon aus, dass sie eine leichte Neigung zum Propersein hatte. Also das, was manche Männer mögen.«

»Sie haben eine merkwürdige Art der Berichterstattung«, warf Große Jäger ein.

»Wollen Sie es lieber auf Lateinisch hören? Die äußere Besichtigung ergab keine signifikanten Narben, Hautveränderungen et cetera, wenn man von zwei Dingen absieht. Das eine ist der Tierfraß. Deshalb erspare ich Ihnen auch ein Bild des Gesichts. Zum anderen komme ich noch. An Händen und Füßen hat sich die Waschhaut ausgebildet. Sie können die Haut wie einen Handschuh abziehen. Das sollten …«

»Können wir uns solche Details sparen?«, bat der Oberkommissar.

»Das ist aber wichtig«, widersprach Dr. Diether. »Ich habe einen Zahnstatus aufgenommen. *By the way:* Wissen Sie inzwischen, wer das Mädchen ist?«

»Nein. Haben Sie Anhaltspunkte gefunden?«

»Keine. Keine Papiere, keine Schlüssel oder Ähnliches. Sie muss verheiratet gewesen sein. Das verrät ein Ehering.«

»Mit Initialen?«

»Nein.«

»Können Sie ein Foto des Rings schicken?«

»Ich gebe Ihren Wunsch weiter an die Forensik vom LKA. Dort liegt auch der Anhänger, den sie um den Hals trug.«

»Sie sagten, es gebe noch einen zweiten Anhaltspunkt.« Große Jäger war ungeduldig.

»Gemach, gemach. Nach dem Y-Schnitt«, fuhr der Rechtsmediziner fort, und ihm war anzumerken, dass er die Beschreibung seiner Tätigkeit auskostete, »habe ich mir das Innere angesehen. Nichts Bemerkenswertes. Keine morphologisch sichtbaren Organveränderungen. Sie hätte noch viele Jahre gesund und zufrieden leben können, wenn da nicht das Ding an der Stirn gewesen wäre. Sagt Ihnen die Hutkrempenregel etwas?«

»Natürlich«, versicherte Große Jäger. »Sind die Verletzungen oberhalb einer gedachten Hutkrempe, könnten Schläge oder Gewalteinwirkungen vorliegen, also Dritteinwirkungen.

Liegen sie darunter, sind sie möglicherweise durch Verletzungen entstanden. Und?« Es lag ihm auf der Zunge, den Arzt aufzufordern, flüssiger zu berichten. Unhörbar murmelte er: »Willst du Streicheleinheiten für dein Wissen?«

»Es hat einen kräftigen Schlag auf die Stirn der Toten gegeben. Davon zeugt ein doppelkonturiertes Hämatom. Das entsteht durch Verdrängung des Blutes zu beiden Seiten der länglichen Auftrefffläche. Dabei zerreißen die subkutanen Kapillaren. Sie als Laie nennen es wohl auch Doppelstriemen.«

»Sie wollen sagen, die Frau hat einen Schlag gegen den Kopf bekommen. Mit einem länglichen Gegenstand. Wo denn nun?«

»Unterhalb der Hutkrempe.«

»Es könnte also ein Unfall vorliegen?«

»Das ist nicht auszuschließen.«

»Daran ist sie gestorben?«

»Nein. Sie ist ertrunken, und zwar im Salzwasser. Das dauert länger als das Ertrinken im Süßwasser. Wollen Sie wissen, weshalb?«

»Nein!«, sagte Große Jäger entschieden und laut.

»Gut. Da wäre zunächst das Emphysema aquosum, das sind stark überblähte Lungen. Die Paltauf-Flecken …«

»Danke, Dr. Diether«, unterbrach Große Jäger den Kieler. »Ich besuche Sie gern einmal in Ihren Vorlesungen. Sie haben uns weitergeholfen. Das toxikologische Untersuchungsergebnis bekommen wir noch?«

»Das bleibt Ihnen ebenso wenig erspart wie der Obduktionsbericht.«

Große Jäger bedankte sich und beendete das Telefonat. Dann stöhnte er hörbar auf. »Viel ist das nicht. Das sind keine Ansatzpunkte.« Noch einmal prüfte er, ob Vermisstenmeldungen eingegangen waren. Keine, die passte. Es war merkwürdig. Wenn die Frau zu einer Segelcrew gehörte, die im Wattenmeer unterwegs war, konnte es sein, dass sie allein an Deck war und das Boot steuerte. Vielleicht waren der oder die anderen unter Deck. Wenn der … der … Große Jäger warf Cornilsen eine Büroklammer hinüber. Als der Kommissar aufsah, fragte er:

»Sag mal, wie heißt das Ding da auf dem Segelboot, an dem das Segel befestigt ist?«

Cornilsen sah ihn ratlos an. »Meinst du den Mast?«

»Nee, nicht das senkrechte Ding, sondern das waagerechte Teil, mit dem das Segel bewegt wird, wenn man den Kurs ändern will. Das da unten, das am Mast angebracht ist.«

Der Kommissar lachte schallend. »Das war eine Supererklärung. Du meinst den Baum.«

»Genau. Also, wenn man auf einem Segelboot unterwegs ist, und plötzlich ändert sich die Windrichtung, man passt nicht auf, und der Baum ist nicht richtig festgezurrt, dann könnte es doch sein, dass der Wind ins Segel fährt und es mitsamt dem Baum mit Schwung herumhaut.«

Cornilsen spitzte die Lippen. »Denkbar«, sagte er zögernd.

»Das sind recht stabile Dinger«, fuhr Große Jäger fort. »Wenn man nicht aufpasst und sich rechtzeitig duckt, kann der Baum herumschlagen und den Segler treffen. Nehmen wir an, das Boot ist nicht sehr groß, und der Segler am Ruder ist in der Nähe der Bordwand. Der Baum trifft den Segler an der Stirn, und der kippt über Bord.«

»Das wäre ein Unfall, ja«, gab Cornilsen zu.

»Der Rechtsmediziner sagte, dass der Schlag unterhalb der Hutkrempe traf. Das spricht im Allgemeinen für einen Unfall.«

»Könnte sein. Aber …«

Große Jäger winkte ab. »Ich kenne deinen Einwand. Wenn die Frau allein unterwegs war, hätte man das leere Boot gefunden. Die Erfahrung zeigt, dass in diesem Revier aber kaum jemand solo segelt.«

»Dann ist es unverständlich, weshalb die Mitsegler nicht das Verschwinden ihres Crewmitglieds melden. Selbst wenn es nicht direkt ist, sollten sie es irgendwann registrieren. Dann wird sofort Alarm ausgelöst.«

»Genau. Weshalb ist das hier nicht geschehen? Es kann sein, dass das Boot nicht von hier stammt. Deshalb wird hier niemand vermisst.«

»Und wenn die restliche Besatzung einen Grund hat, sich nicht zu melden?«, gab Cornilsen zu bedenken.

»Wir hatten den Fall, dass jemand mit einem Segelboot den Atlantik überquert hat. Kurz vor der nordfriesischen Küste ist das Boot abgesoffen. Dabei gab es Todesopfer. Die Ermittlungen ergaben, dass im Boot eine große Menge Rauschgift aus Südamerika transportiert wurde.«

»Hat jemand diese Idee aufgegriffen?«

»Das sind alles Spekulationen. Mich stört der Widerspruch: Es sieht wie ein Unfall aus – andererseits hat sich niemand gemeldet. Hosenmatz! Du bist doch Nordfriese?«

»Ja«, erwiderte Cornilsen gedehnt mit einem lauernden Unterton.

»Schön. Dann kennst du dich hier aus. Im Unterschied zur Ostsee schippert hier nur eine überschaubare Anzahl von Seglern herum.«

»Immer noch genug«, murrte Cornilsen.

»Wenn unsere Kollegen Hunderte von Männern zur Abgabe ihrer DNA auffordern, können wir uns nach ein paar Segelbooten umsehen. Fang oben im Norden an. List und dann abwärts. Inseln und Halligen bis einschließlich Eidermündung und Tönning.«

»Beim DNA-Test ... Da hatten wir ein paar Fälle in Schleswig-Holstein. Da waren ganze Hundertschaften beteiligt.«

Große Jäger grinste. »Mag sein. Aber *du* bist besser als hundert andere.«

Der Kommissar verzog das Gesicht, als würde er zu weinen beginnen. »Ich hatte ein so tolles Angebot. Ein Onkel von mir hat eine Bäckerei. Dort hätte ich anfangen können.«

»Hier darfst du die großen Brötchen backen«, erwiderte Große Jäger, schnappte sich seinen Kaffeebecher und verließ den Raum.

Es war ein mühsames Unterfangen. Große Jäger staunte, wie viele für Segelboote geeignete Häfen es gab. Cornilsen hatte Kontakt zur Wasserschutzpolizei aufgenommen und sich eine Aufstellung geben lassen.

»Da sind welche dabei, die hat man nicht auf der Rechnung«, stöhnte er. Noch aufwendiger war es, die Verantwortlichen zu ermitteln, die die Aufgabe des Hafenmeisters übernommen hatten. »Wenn ich damit fertig bin, habe ich graue Haare.«

»Die stehen dir sicher gut«, antwortete Große Jäger, der die Zeit nutzte und sich mit anderen Fällen beschäftigte. Zum Feierabend hatten sie erst ein Drittel der Adressen nachgefragt. Auch der nächste Tag, ein Freitag, beschäftigte die beiden Polizisten mit dieser Aufgabe. Am Ende des Tages fassten sie zusammen, dass nirgendwo etwas Auffälliges gemeldet worden war. Sie hatten noch nicht alle Häfen erreicht. Auch die Angaben zu den Schiffen waren nicht vollständig. Als wenig zielführend hatte sich die Frage nach »einer Seglerin zwischen vierzig und fünfzig Jahren« erwiesen. Es war ein Stochern im großen Heuhaufen. Die Nadel hatten sie nicht gefunden.

Große Jäger hatte täglich in Tönning bei Robert Muchow nachgefragt, ob sich seine Frau wieder gemeldet habe.

»Hören Sie«, hatte der Sparkassenleiter ihn am Nachmittag angeschnauzt, »ich hätte Ihnen umgehend Bescheid gegeben. Und was sollte die Sache mit der Zahnbürste und der Haarbürste? Sie müssen doch einen Verdacht haben, oder?«

Eine Abfuhr fing sich Große Jäger auch bei »Tante Hilde« ein.

»Hören Sie auf, mich zu behelligen«, hatte ihn die alte Dame beschimpft. »Ich bin nicht senil. Im Unterschied zu Ihnen. Begreifen Sie es endlich. Meine Nichte Berrit ist nicht in Münster.«

Immerhin verriet sie noch, dass sich Berrit auch nicht bei ihr gemeldet hatte. Bei Pastor Seifert von der St.-Laurentius-Gemeinde in Tönning hatte Berrit Muchow auch keine Nachricht hinterlassen. Ihr Verschwinden blieb ein Rätsel.

Kriminalrat Mommsen hatte es übernommen, eine Genehmigung zum Einholen einer Anrufliste sowie für eine Telefonüberwachung für das Handy der Frau zu erwirken. Das Mobiltelefon war seit dem vorletzten Wochenende nicht mehr benutzt worden. Das ergab auch die Anrufliste.

»Sie hat wenig mit ihrem Handy telefoniert«, sagte Cornilsen. »In den letzten drei Tagen, bevor die Sendepause eintrat, waren es zweimal eine Kfz-Werkstatt, einmal der Zahnarzt und dann mehrfach ein Festnetzanschluss, der einer Kerrin Böckmann gehört.«

Die Kfz-Werkstatt, die zu einer Tankstelle gehörte, bestätigte, dass Berrit Muchow nach einem Termin für die kommende Woche gefragt hatte. In einem zweiten Anruf hatte sie noch weitere Wünsche zur Durchsicht angegeben.

»Sie ist dann aber nicht gekommen. Das hat uns gewundert«, sagte die ältere Männerstimme am Telefon. »Wir haben sie angerufen, aber niemand ist rangegangen. Komisch.«

Das fanden die Polizisten auch.

Freitagnachmittag. Bei der Zahnarztpraxis meldete sich ein Anrufbeantworter und gab die Sprechstunden bekannt. Auch Kerrin Böckmann ließ ihren Anrufbeantworter mitteilen, dass sie derzeit nicht erreichbar sei. Große Jäger folgte ihrer Aufforderung, eine Nachricht auf Band zu hinterlassen. Er rief noch einmal Robert Muchow an und fragte, wer die Frau sei.

»Kerrin ist Berrits Freundin. Ewig unterwegs. Kein Wunder, dass die geschieden ist.«

Er erfuhr auch, dass Kerrin Böckmanns Ex-Mann die »Wulf-Isebrand-Apotheke« in Heide betrieb. Dort dauerte es eine Weile, bis man nach seinem Anruf den Apotheker ans Telefon holte.

»Kerrin? Lassen Sie mich mit der in Ruhe. Mein schönstes Erlebnis im Leben war die Scheidung von ihr. Wo sie jetzt steckt?« Große Jäger nahm erschrocken den Hörer vom Ohr, weil Böckmann offensichtlich kräftig ins Telefon blies. »Keine Ahnung. Wissen Sie was? Das interessiert mich aber genauso wenig wie die Frage, was Frau Nguyen Thanh in Hanoi heute zu Mittag kocht.«

»Ihre Frau ...«

»Ex-Frau«, unterbrach Böckmann ihn sofort.

»... ist mit Berrit Muchow befreundet. Kennen Sie Berrit?«

»Ja – sicher. Von früher. Wir haben damals auch mit den Ehepartnern gelegentlich zusammengehockt. In einer Kleinstadt wie Tönning läuft man sich ständig über den Weg.«

»Könnten die beiden Frauen zusammen unterwegs sein?«

»Woher soll ich das wissen?« Böckmann gab auch vor, keine Handynummer seiner Ex-Frau zu kennen.

Die beschaffte sich Cornilsen. Sofort nach Vollendung des Wahlvorgangs sprang die Mobilbox an. »Hier ist Kerrin Böckmann. Ich bin derzeit nicht erreichbar. Sprecht mir etwas auf die Mobilbox. Wenn es interessant ist, rufe ich zurück.« Cornilsen bat darum.

»Wir müssen uns in Geduld üben«, sagte Große Jäger. »Jetzt ist Wochenende. Vielleicht taucht Berrit Muchow bis Montag wieder auf.«

»Und wenn sie schon zwischen den Halligen Langeneß und Hooge aufgetaucht ist?«, warf Cornilsen ein. »Ganz lässt dich dieser Gedanke nicht los.«

»Zur Beantwortung dieser Frage müssen wir noch bis Montag warten. Dann liegt hoffentlich der DNA-Abgleich vor«, sagte Große Jäger und wünschte seinem Kollegen ein schönes Wochenende.

FÜNF

Als Cornilsen am Montagmorgen das Büro betrat, stutzte er. »Moin!« Große Jäger sah ihm mit einem breiten Grinsen entgegen. Der Oberkommissar saß an seinem Schreibtisch, hatte die Füße in der Schreibtischschublade geparkt und sich so weit zurückgelehnt, wie der Stuhl es zuließ.

»Du bist schon da?«, fragte Cornilsen erstaunt, nachdem er das »Moin« erwidert hatte.

»Sprich es aus«, forderte ihn Große Jäger auf.

»Ich ... äh?«

»Ich sehe es dir an.«

Cornilsen war verunsichert. »Geraten oder Intuition?«, fragte er.

»Können. Soll ich dir sagen, was in deinem Gehirn vor sich geht?« Große Jäger legte eine kleine Pause ein. »Du fragst dich, ob ich überhaupt zu Hause war.«

Cornilsen musterte den Oberkommissar eingehend. Die Haare waren heute Morgen nicht frisch gewaschen worden. Ein leichter Fettglanz hatte sich in ihnen ausgebreitet. Die Bartstoppeln – das war Routine. Was Große Jäger auch immer am Wochenende getrieben haben mochte – die Fingernägel hatte er nicht bearbeitet. Er trug das gleiche Holzfällerhemd wie immer, darüber die Lederweste mit dem Einschussloch. Nur die fast liegende Haltung verhinderte, dass der Schmerbauch die Gürtelschnalle der schmuddeligen Jeans verdeckte.

Cornilsen wedelte mit der Hand. »Hast du im Büro geraucht?«

»Ich habe nachgedacht.«

»Das ganze Wochenende?«, wollte Cornilsen wissen.

»Nein«, versicherte Große Jäger und berichtete unaufgefordert davon, dass er die Tage in Garding verbracht und am Sonntag mit Heidi Krempl und deren Sohn einen Ausflug mit der Marschenbahn-Draisine von Marne nach St. Michaelisdonn unternommen hatte.

Cornilsen fuhr seinen Rechner hoch und erinnerte Große Jäger an die Abteilungsbesprechung.

Nun war es fast zwei Wochen her, dass Robert Muchow seine Frau als vermisst gemeldet hatte. In der Fallbesprechung der Kriminalpolizeistelle trug Große Jäger den Sachverhalt vor. »Es muss doch Anhaltspunkte geben«, sagte Hauptkommissar Hundt. »Habt ihr alle Möglichkeiten abgeklopft?«
»Ja.«
»Gründlich?«
»Nein. Das machen wir nie. Aber wir haben auch nicht so einen Riechkolben wie Hunde.«
»Wilderich!«, fuhr Mommsen mit einem Ordnungsruf dazwischen.

Große Jäger warf Hundt einen giftigen Blick zu und berichtete, dass sie Vergleichsmaterial nach Kiel geschickt hatten. »Die Antwort steht noch aus. Wir wüssten dann, ob es sich bei der Langeneßer Wasserleiche um die vermisste Frau aus Tönning handelt.«

»Ich kann mir nicht vorstellen, dass sich keiner meldet: ›Bei uns ist jemand über Bord gegangen‹«, zeigte sich Hundt skeptisch.

Mommsen fuhr dazwischen. »Ihr bleibt am Ball«, sagte er an Große Jäger und Cornilsen gewandt und ergänzte, dass das auch für die Ermittlungen in Sachen Wasserleiche galt.

»Warum bekommen wir immer die krummen Fälle aufgebürdet?«, fragte Cornilsen, als sie wieder in ihrem Büro saßen.
»Soll Hundt diese Sachen bearbeiten?«, antwortete Große Jäger mit einer Gegenfrage.

Ein spöttisches Lächeln in Cornilsens Gesicht ließ jeden weiteren Kommentar überflüssig werden.

»Ich spiele dann den Sisyphos«, sagte der Kommissar resigniert, »und versuche, die Liste mit den Booten, die zum fraglichen Zeitpunkt unterwegs waren, zu vervollständigen. Ganz wird das nicht gelingen. Gastsegler müssen im jeweiligen Hafen eine Liegegebühr entrichten. Darüber erhalten sie eine Quittung. Die Kopie verbleibt beim Hafenmeister als Nachweis für das Finanzamt. Wir erfahren aber nicht, welche einheimischen Segler unterwegs waren. Die entrichten häufig zu Beginn der Saison die Gebühren und werden demzufolge nicht bei jedem Törn erfasst.«

Große Jäger knurrte etwas Unverständliches. Er befasste sich mit einem Vorgang, in dem mehrere Asylbewerber des Sozialhilfebetrugs bezichtigt wurden, indem sie sich unter verschiedenen Identitäten angemeldet und mehrfach Sozialhilfe bezogen hatten. Er war dankbar, als sein Telefon klingelte und sich Dr. Diether meldete.

»Ist es bei Ihnen an der Küste so üblich?«

Große Jäger war ratlos. »Was meinen Sie? Dass man nicht ›Hallo‹ sagt, wenn man jemanden anruft?«

»Wir sind ein Hightech-Land«, erwiderte der Kieler. »Sie sehen doch im Display, wer Ihnen Neuigkeiten mitteilen will. Ich wollte wissen, ob man dort ständig Alkohol trinkt?«

»Nur, wenn wir Anrufe von der Ostküste erwarten. Das ist sonst nicht auszuhalten.«

»Dann habe ich eine wichtige Spur für Sie. Die unbekannte Tote auf meinem Seziertisch muss mit einem Kieler zusammengesessen haben. Sie war ein Früchtchen.«

»Ein Früchtchen?«, wiederholte Große Jäger. »Heißt das, sie hat extensiv …«

»Moment. Ihre Phantasie geht mit Ihnen durch«, unterbrach ihn der Rechtsmediziner. »Mit Früchtchen meine ich, dass sie gut in Rum oder Ähnlichem konserviert war, wie die Früchte im Rumtopf. Für einen Eintrag in der Bibel hätte es nicht mehr gereicht. Jungfrau war sie keine mehr. Das wundert aber nicht in dem Alter. Und Kinder hat sie auch noch keine geboren. Stopp.«

»Ich habe doch gar nichts gesagt«, warf Große Jäger ein.

»Ich kenne Sie. Sie wollten … Im Unterschied zu den Fernsehkommissaren kann ich Ihnen nicht sagen, was sie zuletzt gegessen hat. Der exakte Alkoholgehalt ist auch nicht mehr bestimmbar. Mit Sicherheit waren es mehr als zwei Weinbrandbohnen.«

»Mit Ihrem Hinweis auf die Hutkrempenregel könnte das heißen, sie war alkoholisiert, hat den Baum gegen den Kopf bekommen und ist über Bord gegangen.«

»Das ist nicht auszuschließen. Wenn der Baum oder, wie Laien es sagen würden, der waagerechte Mast mit Schwung herumschlägt und jemanden an der Stirn trifft, kommt es zu einem Schädel-Hirn-Trauma. Das war auch hier der Fall, ohne dass es zu erkennbaren inneren Verletzungen oder Knochenbrüchen gekommen ist. Bei der Commotio cerebri, also der Gehirnerschütterung, kann es zu einer vorübergehenden Bewusstlosigkeit kommen. Das bleibt meistens ohne Folgen für den Betroffenen. Etwas anders ist es, wenn er dabei ins Wasser stürzt. Wir hatten schon festgestellt, dass die Frau ertrunken ist.«

»Gibt es Hinweise auf Drogenkonsum?«

»Wir haben nicht einmal Spuren von Kopfschmerztabletten gefunden.«

»Und wie ist es … Hatte sie Verkehr vor dem Tod?«

»Wissen Sie, wie aggressiv Salzwasser ist, besonders wenn es länger einwirkt? Ich kann es nicht mit Bestimmtheit sagen. Wenn ja, finden wir auch keine DNA-Spuren mehr.«

»Wir haben eine Zahn- und eine Haarbürste nach Kiel geschickt zum DNA-Abgleich.«

»Das hat mich natürlich auch interessiert. Ich will schließlich wissen, wem wir die Rechnung für unsere Arbeit zukommen lassen können. Deshalb habe ich mir vorhin das Analyseergebnis beschafft.«

»Und?«

»Ich habe eine schlechte Nachricht für Sie. Sie müssen weitersuchen. Die Zahnbürste und die Tote aus dem Watt passen nicht zusammen. Es sind nicht einmal entfernte Verwandte.«

»Mist«, fluchte Große Jäger. »Ich hätte von Ihnen hilfreichere Ergebnisse erwartet.«

»Dann müssen Sie das blaue Auftragsformular nehmen und es Ihrer nächsten Leiche beilegen.«

»Das blaue Formular?«, fragte Große Jäger.

»Ja«, bestätigte Dr. Diether. »Da gibt es Rubriken, in denen

Sie Ihr Wunschergebnis eintragen können. Ansonsten arbeiten wir streng nach wissenschaftlichen Methoden. Noch etwas, außerhalb des Protokolls.«

»Lassen Sie hören.«

»Ich bin auch gelegentlich auf einem Segelschiff unterwegs. Wir sind hier nicht im Mittelmeer. Besonders bei Ihnen an der Nordsee ist das Wetter ein Faktor.«

»Die Kollegen von der Wasserschutzpolizei haben gesagt, zum Zeitpunkt des vermutlichen Ertrinkens herrschte Wind bis Stärke sieben.«

»Da kann es ungemütlich sein. Und wenn es auch noch regnet, trägt man eine Kopfbedeckung oder zieht die Kapuze des Segelanzugs über den Kopf. Das war hier nicht der Fall. Außerdem trug die Frau keine Segelhandschuhe.«

»Was wollen Sie damit sagen?«

»Vielleicht war sie gar nicht auf dem Wasser, sondern das Boot lag irgendwo in einem Hafen.«

»Aber der Segelanzug?«

»Um diese Jahreszeit ist es abends manchmal recht frisch. In Verbindung mit dem Wind würde ich auch meine Segeljacke anziehen. Sonst reicht eventuell eine Fleecejacke. Die trägt man bei schlechtem Wetter auch unter dem Segelanzug. Das traf hier aber nicht zu. Ich denke an den Alkohol. Es gäbe die Option, dass die Frau nicht auf dem Wasser, sondern am Anleger saß, als sie getroffen wurde. Vielleicht haben die in der Plicht …«

»Plicht?«

Der Rechtsmediziner lachte. »Für Sie als Landratte: Das ist die Veranda auf dem Segelboot, also der Freisitz, da, wo das Lenkrad ist. Also, wenn die dort gesessen und getrunken haben … Dazu könnte die Bekleidung passen.«

»Puhhh«, sagte Große Jäger. »Ihre These macht alles noch komplizierter. Wenn man angelegt und das Boot am Steg vertäut hat, ist es auch abgetakelt. Da knallt der Baum nicht plötzlich herum und trifft jemanden. Und außerdem sprachen Sie im Plural. Da müssten also noch andere Leute dabei gewesen sein.«

»So ist es.«

»Das heißt, es könnte eine Fremdeinwirkung vorliegen. Totschlag oder Mord.«

»Ich wünsche Ihnen eine erfolgreiche Suche«, verabschiedete sich der Kieler.

Cornilsen zog die Stirn kraus, als ihm Große Jäger von der neuen Entwicklung berichtete. »Wir haben es nach wie vor mit zwei Fällen zu tun«, sagte er. »Die stille Hoffnung, bei der Toten aus dem Watt könnte es sich um Berrit Muchow handeln, hat sich also nicht erfüllt.«

»Statt der Aufklärung dienlich zu sein, hat der Leichenschänder aus Kiel zur Verwirrung beigetragen«, knurrte Große Jäger. »Dumm ist nur, dass seine Überlegungen richtig sein könnten. Aber dann hätten wir es mit einem Tötungsdelikt und keinem Unfall zu tun, weil es jemanden geben muss, der vom Überbordgehen der Frau Kenntnis hat. Oder er hat zugeschlagen. Der Baum als Instrument für einen Unfall würde dann ausscheiden.«

»Und wenn die Frau im Alkoholrausch gestürzt ist?«, gab Cornilsen zu bedenken. »Wenn sie nachts wieder auf das Schiff zurückwollte und dabei ins Wasser gestürzt ist? Es kann sein, dass ihre Segelkameraden davon nichts mitbekommen haben, weil sie schon schliefen oder auch betrunken waren.«

»Möglich, aber dann hätten sie spätestens am nächsten Morgen die Frau als vermisst melden müssen. Es ist wie beim Schach – die Anzahl der Möglichkeiten ist riesig. Und wir finden im Augenblick keinen Ansatz, die Fragen zu klären. Wie weit bist du gekommen?«

Cornilsen zeigte auf seinen Bildschirm. »Die Ansprechpartner sitzen nicht im Hafenbüro und warten darauf, dass die Husumer Polizei anruft. Andererseits ist die Frequenz in den kleinen Häfen nicht so groß, dass die Leute keinen Überblick mehr haben. Viele wissen auch nicht, welche einheimischen Segler bei ihnen festgemacht haben. Meistens sind es Schiffe, die öfter dort vorbeikommen. Man kennt sich zum Großteil. Aber niemand garantiert, dass das Bild vollständig ist.«

Sie wurden durch das Klingeln des Telefons unterbrochen. Die Angestellte aus der Telefonzentrale meldete sich.

»Ich habe jemanden in der Leitung, der möchte mit dem Beamten sprechen, der sich um seine vermisste Frau kümmert.« Die Mitarbeiterin ließ ein leises Lachen hören. »Seiner Beschreibung nach müssest du es sein.« Dann stellte sie das Gespräch durch.

»Muchow hier«, polterte der Sparkassenleiter los, nachdem die Verbindung hergestellt war. »Ich will wissen, ob Sie endlich eine Spur von meiner Frau gefunden haben.«

»Es kommt oft vor, dass Menschen für eine Weile untertauchen. Meistens kehren sie nach einer Weile wieder in ihr altes Leben zurück. Sie brauchen eine Auszeit, sind vor Alltagsproblemen geflüchtet, wollten in Ruhe nachdenken. Es gibt viele Gründe für ein solches Verhalten.«

»Quatschen Sie doch keinen Blödsinn«, schrie Muchow ihn an. »Ich bin doch nicht bescheuert. Warum haben Sie die Zahnbürste mitgenommen? Wegen DNA und so. Das stand doch in allen Zeitungen, dass man oben bei Langeneß eine Frau aus dem Wasser gefischt hat. Ist das Berrit?«

»Wir müssen alle Möglichkeiten in Betracht ziehen«, gab Große Jäger zu. »Uns liegt das Ergebnis der DNA-Analyse vor. Es handelt sich bei der Toten nicht um Ihre Frau.«

»Verflixt. Irgendwo muss sie doch sein. Niemand löst sich in Luft auf.«

»Können Sie uns eine Liste mit den Namen von Freunden und Verwandten geben? Haben Sie dort selbst schon nachgefragt?«

»Selbstverständlich.«

»Tante Hilde aus Münster haben Sie aber nicht angerufen, obwohl Sie behauptet haben, Ihre Frau wäre dorthin gefahren, weil die Tante krank ist.«

»Das hat mir Berrit erzählt. Und als sie sich nicht gemeldet hat, habe ich mit der Tante gesprochen.«

»Die behauptet etwas anderes.«

»Sie wissen doch, wie alt die ist. Fast hundert. Da vergisst man so etwas.«

Große Jäger hatte nicht den Eindruck, dass die alte Dame aus Münster senil war.

»Könnte es sein, dass Berrit mit ihrer Freundin Kerrin Böckmann unterwegs ist?«

»Kerrin? Nie im Leben. Was meinen Sie, weshalb sich ihr Mann hat scheiden lassen? Kerrin ist doch eine Art Matratze.«

»Das sind böse Worte.«

»Sie entsprechen der Wahrheit. Berrit hat schon lange keinen Kontakt mehr zu dieser ... dieser ...« Muchow suchte nach dem richtigen Wort. »Person«, fiel ihm ein. »Jeder zweite Mann in Tönning hatte schon einmal etwas mit der.«

»Sind Sie auch ein ›Zweiter‹?«, fragte Große Jäger.

»Sie haben überhaupt keine Ahnung! Ich leite die Sparkassenfiliale. Wir sind eine Kleinstadt. Da kennt man sich, besonders, wenn man im Licht der Öffentlichkeit steht wie ich. So etwas könnte ich mir nicht erlauben.«

»Gibt es Probleme in Ihrer Ehe?«

»Hören Sie mal. Was wollen Sie damit sagen? Ich habe Ihnen eben erklärt, dass mich viele Leute in Tönning kennen. Solches Gerede wäre schädlich für meine berufliche Entwicklung.«

»Sie haben alles erreicht. Ich nehme an, Sie stehen auf der obersten Sprosse Ihrer persönlichen Karriereleiter.«

Muchow holte hörbar tief Luft. »Zweigstellenleiter – das ist kein Erbhof. Und wenn man ins Gerede kommt, reagiert die Geschäftsleitung.«

»Trotzdem. Sie haben keine Kinder. Es wäre folglich nur auf Ihre berufliche Stellung Rücksicht zu nehmen.«

»Vergessen Sie nicht, dass Berrit auch berufstätig ist. Sie arbeitet bei der Kirche. Da ist ein guter Leumund gefragt.«

»Es ist also auszuschließen, dass Ihre Frau sich mit einem anderen Mann eingelassen hat?«

Muchow röchelte durch das Telefon. »Wenn Sie solche Gerüchte im Umlauf bringen«, drohte er, »hänge ich Ihnen eine Verleumdungsklage an, die sich gewaschen hat.« Dann legte er auf.

»Was hat ihn so aus der Fassung gebracht?«, sagte Große Jäger mehr zu sich selbst. »So etwas lässt mich hellhörig werden.

49

Es klingt fast so, als wäre es Muchow peinlich, wenn wir auf so eine Spur stießen. Ich kann mir gut vorstellen, dass es mächtig am Lack des sauberen Sparkassenmannes kratzen würde.«

»Das ist aber nicht unsere Aufgabe, abtrünnigen Ehefrauen nachzuspüren«, stellte Cornilsen fest.

»Wir wissen nicht, ob dieser Gedanke zutreffend ist«, mahnte Große Jäger zur Besonnenheit und drehte sich zum leeren Schreibtisch in seinem Rücken um. »Jetzt wärst du stolz auf mich, Christoph«, sagte er. »Langsam nehme ich deine Rolle ein: erst einmal nachdenken und dann lospoltern. Na ja.« Er hob die Hand und drehte sie im Gelenk. »Klappt noch nicht immer, aber ich arbeite daran.« Als er wieder Cornilsen ansah, fuhr er fort: »Don Camillo hatte es besser als ich. Wenn der mit seinem Gott sprach, hat er eine Antwort bekommen.«

»Also – bei allem Respekt, aber Christoph war doch kein Gott.«

»Doch. Für mich war er ein Heiliger. Und nicht nur für mich.«

»Und wie machen wir jetzt weiter?«, lenkte Cornilsen ab.

Große Jäger griff zum Telefon. »Ich versuche noch einmal, die Freundin anzurufen.«

Es war vergeblich. Wie in der letzten Woche sprang sofort die Mailbox an. Das galt für den Festnetzanschluss und das Mobiltelefon.

»Die muss doch irgendwann ihre Mobilbox abhören«, sagte er und rief noch einmal in der Heider Wulf-Isebrand-Apotheke an. Während er wartete, dass man den Apotheker ans Telefon holte, fragte er Cornilsen: »Weißt du, wer Wulf Isebrand war?«

Der Kommissar verneinte es.

»Ein Dithmarscher Freiheitsheld. Er war maßgeblich daran beteiligt, als die Dithmarscher in der Schlacht bei Hemmingstedt deine Vorfahren, also die Dänen, mächtig verprügelt haben. Das war aber vor deiner Zeit. So um 1500.«

Cornilsen wollte etwas sagen, aber Große Jäger winkte ab. »Ich weiß, deine Oma war dabei.« Dann wurde er abgelenkt. Der Apotheker meldete sich.

»Polizei Husum. Wir sprachen am Freitag über Ihre Ex-Frau.«

»Lassen Sie mich mit der an Land«, fluchte Böckmann. »Von der will ich nichts wissen.«

»Wir haben ein paar dringende Fragen an sie. Wo arbeitet sie?«

Böckmann nannte den Namen eines großen Husumer Unternehmens. »Im Gewerbegebiet. Dort ist sie in der Buchhaltung tätig. Und wenn Sie sie erwischen – richten Sie ihr keine Grüße von mir aus. Eher das Gegenteil.«

»Der ist aber mächtig geladen«, erklärte Große Jäger nach dem Telefonat und nahm Kontakt zu dem Betrieb auf. Man bestätigte ihm, dass Kerrin Böckmann dort beschäftigt sei. Sie habe Urlaub, ordnungsgemäß beantragt und genehmigt. Seit heute, also Montag. Bis Freitag habe sie gearbeitet.

»Warum geht sie nicht ans Handy?«, fragte Große Jäger, ohne eine Antwort zu erwarten. Er bekam sie trotzdem.

»Sie ist zum Segeln auf der Ostsee. Das macht sie jedes Jahr so. Seit Urzeiten«, erklärte die Mitarbeiterin des Unternehmens. »Da hat sie keinen Empfang.«

»In den letzten zwei Wochen hat sie aber noch gearbeitet und war zu Hause«, dachte Große Jäger nach dem Gespräch laut nach. »Und Muchow hat behauptet, Berrit hätte keinen Kontakt mehr zu ihrer Freundin Kerrin. Dennoch hat Berrit die letzten nachgewiesenen Telefonate mit Kerrin geführt.«

Cornilsen hob den Zeigefinger, als würde er sich melden wollen. »Muchow gibt sich den Anschein des Biedermanns. Gewalt in der Ehe ist leider keine Seltenheit. Was ist, wenn er seine Frau verdroschen hat, die ist vor ihm geflüchtet und bei ihrer Freundin Kerrin untergeschlüpft? Weshalb dringt er so heftig darauf, dass wir von einer unproblematischen Beziehung zwischen ihm und Berrit überzeugt sein sollen?«

»Ich rufe Seeler in Tönning an«, beschloss Große Jäger. »Der soll die Wohnung von Kerrin Böckmann aufsuchen und nachsehen, ob sich Berrit Muchow dort versteckt hält.«

»Ist es Zufall, dass Kerrin Böckmann eine fanatische Seglerin ist?«, warf Cornilsen ein.

»Sie kann aber nicht unsere Wasserleiche sein«, erwiderte Große Jäger. »Bis Freitag hat sie noch an ihrem Husumer Schreibtisch gesessen.«

Zwei Stunden später meldete sich der Tönninger Schutzpolizist. »Die Wohnung ist sauber«, berichtete er. »Dort hat sich niemand gemeldet. Ich habe die Nachbarn befragt. Die haben gesagt, dass sich niemand in der Wohnung aufhält, nachdem die Böckmann verreist ist. Da sind sie sich absolut sicher. Das wäre ihnen nicht entgangen. Kleinstadt eben«, schloss Seeler seinen Bericht.

Das Telefon schnarrte. Das Display zeigte eine Handynummer an. Große Jäger hob ab.

»Hallo?«, rief er mehrfach, weil sich niemand am anderen Ende meldete. Nachdem er es ein weiteres Mal versucht hatte, hörte er eine undeutliche Frauenstimme, die zwischendurch immer wieder durch Störungen unterbrochen wurde.

»Frau Böckmann? Kerrin Böckmann?« Er riet mehr, als dass er es verstanden hatte.

»Ja«, kam es undeutlich durch die Leitung. »Sie baten um Rückruf? Ich bin in Skälderviken. Das ist eine Marina in Schweden. Hallo? Halllooo? Ich kann Sie nicht verstehen. Die Verbindung ist schlecht.«

»Wissen Sie, wo Ihre Freundin Berrit Muchow ist?«, brüllte Große Jäger ins Telefon.

»Berrit?« Rauschen und Knacken. »...ing.«

»In Tönning? Ich habe Sie nicht verstanden.«

»Ja.«

»Wo könnte sie noch sein?«

»Weiß nicht. Sie hat keinen Urlaub.«

Große Jäger hielt den Telefonhörer ein Stück vom Ohr entfernt, als es im Lautsprecher krachte.

»Sie haben vor zwei Wochen miteinander telefoniert?«

»Ja, das war vor ihrem Wochenende.«

»Was hat sie da unternommen?«

»Wie bitte? Halloo? Sind Sie noch da?«

»Wohin wollte Berrit an dem Wochenende? Wissen Sie das?«

»Ja. Sie hat es mir erzählt.«

»Wohin ist sie gefahren? Mit wem?«

»Sie war doch zum …« Es knisterte und rauschte in der Leitung.

Als es sich nach einer Weile beruhigte, war die Verbindung unterbrochen. Große Jäger versuchte, Kerrin Böckmann zurückzurufen. Es dauerte ewig, bis die Verbindung hergestellt war. Dann sprang sofort die Mobilbox an. Er hinterließ noch einmal die Bitte um Rückruf, ergänzt um die Frage, welche Pläne Berrit für das in Frage kommende Wochenende gehabt hatte.

»Das klang nicht so, als hätten die beiden Frauen keinen Kontakt mehr, wie es uns der Ex-Mann weismachen wollte«, stellte der Oberkommissar fest. »Berrit Muchow hatte etwas vor an diesem Wochenende. Und ihre Freundin war eingeweiht. Aber was?«

»Wir müssen unbedingt den Kontakt zur Böckmann herstellen«, meinte Cornilsen. »Die weiß etwas.«

»Richtig«, murmelte Große Jäger geistesabwesend und spielte gedankenverloren mit einem Kugelschreiber. »Da war etwas im Gespräch. Eine Kleinigkeit.« Unzufrieden trommelte er mit der Spitze des Schreibgeräts auf die Tischplatte. Dann ließ er im Wechsel die Mine verschwinden und wieder herauskommen. Klack – klack. Klack – klack. »Das war es«, sagte er plötzlich und stach mit dem Kugelschreiber in Cornilsens Richtung. »Die Böckmann sagte: ›Sie war doch zum …‹« Er warf Cornilsen einen herausfordernden Blick zu.

»Wohin, hat sie nicht gesagt«, stellte der Kommissar ernüchtert fest.

»Sie wollte es sagen. Zummmm – Hosenmatz. Nicht: zuuuuu. Mit ›uuuu‹ spricht man es aus, wenn man zu einem bestimmten Menschen fährt, zum Beispiel zuuuuu Tante Hilde.«

Cornilsens Gesichtsausdruck erhellte sich. »Ah – zum Beispiel zum Skifahren.«

»Das ist eher selten in Schleswig-Holstein«, erwiderte Große Jäger. »Besonders im Mai.«

Cornilsen schlug sich mit der flachen Hand gegen die Stirn. »Klar. Zum Segeln. Aber der Ehemann hat doch gesagt …«

»Und wenn der nichts davon wusste?«

»Aber die DNA ... Kiel hat eindeutig festgestellt, dass die Tote nicht Berrit Muchow ist.«

»Wir hatten versucht, die Zahnarztpraxis zu erreichen, deren Telefonnummer wir auf der Anrufliste von Berrit Muchow gefunden haben.«

»Die waren am Freitag nicht mehr in der Praxis. Das hat sich auch erübrigt, weil wir ja die DNA gecheckt haben.«

Große Jäger bohrte nachdenklich im Ohr, bevor er sagte: »So ein Segelanzug ist wetterfest. Der hat einen Reißverschluss und zusätzlich Druckknöpfe oder einen Klettverschluss. Doppelt ist sicherer.«

»Ich kümmere mich darum«, versicherte Cornilsen und nahm Kontakt zur Tönninger Zahnarztpraxis Wolfram Stoffregen in der Johann-Adolf-Straße auf. Der Mediziner befand sich gerade in einer Behandlung. Er werde aber zurückrufen, versprach die Helferin.

Zehn Minuten später meldete sich der Zahnarzt und hörte sich Cornilsens Bitte um einen Zahnstatus von Berrit Muchow an. Stoffregen leugnete nicht, dass die Frau seine Patientin war, merkte aber an, dass »Zahnärzte auch Mediziner sind und der ärztlichen Schweigepflicht unterliegen«. Er sei gern bereit, zu helfen, wenn das Formelle geklärt sei.

Diese Aufgabe übernahm Mommsen, nachdem der Oberkommissar ihn in Kenntnis gesetzt und darum gebeten hatte.

SECHS

Nach der Frühbesprechung am nächsten Morgen händigte ihnen Mommsen den Beschluss aus, der den Tönninger Zahnarzt von seiner Schweigepflicht entband. Große Jäger fuhr in die Eiderstadt, parkte auf dem Marktplatz vor dem Rathaus und lief die paar Schritte bis zur Johann-Adolf-Straße. Es war eines der schönen alten Häuser, die den Charme Tönnings ausmachten. Im Giebel prangte die Jahreszahl. Das Haus würde bald zweihundert Jahre alt sein. Auch das Moos auf dem Dach unterstrich die äußere Würde des Hauses. Ein mächtiger Baum im Vorgarten überragte alles.

Hinter der Tür erwartete Große Jäger eine Überraschung. Man fühlte sich in eine andere, moderne Welt versetzt. Alles war in einem funktionalen freundlichen Weiß gestaltet. Er wurde gebeten, im Wartezimmer Platz zu nehmen. Die Delinquenten, so kamen ihm die Wartenden vor, blätterten in Illustrierten, hatten die Husumer Nachrichten aufgeschlagen oder beschäftigten sich mit ihrem Smartphone. Irgendwo aus dem Hintergrund war das hochfrequente Geräusch des Bohrers zu vernehmen. Mit einem Schmunzeln erwartete er im Stillen, dass ein gellender Schrei durch die Räume hallte.

Nach einiger Zeit öffnete sich die Tür des Wartezimmers, und die Mitarbeiterin von der Anmeldung winkte ihn heraus. »Kommen Sie bitte?«

Unfreundliche Blicke der anderen Patienten verfolgten ihn. Irgendjemand murmelte unzufrieden: »Privatpatient.«

»Noch besser – gar keiner«, gab Große Jäger unhörbar von sich und stand dem Zahnarzt gegenüber.

»Stoffregen«, stellte sich der Zahnmediziner vor und vermied es, ihm die Hand zu reichen. »Um was geht es?«

»Sorry, aber genau wie Sie unterliegen auch wir der Schweigepflicht. Haben Sie im Gegenzug auch einen richterlichen Beschluss, der mich davon befreit?«

Stoffregen lachte auf. »Gut gekontert«, sagte er fröhlich und gab etwas auf einer Tastatur ein. Dann erschien ein Gebiss auf dem Bildschirm. »Das ist der Status.«

Große Jäger sah auf das Bild. »Was sagt mir das?«

»Ich weiß ja nicht, was Sie suchen. Vielleicht kann ich Ihnen behilflich sein.«

»Können Sie mir das ausdrucken?«

»Wollen Sie es nicht in elektronischer Form mitnehmen?«

»Das geht?«

»Sicher.« Wieder gab Stoffregen das freundliche Lachen von sich. »Wir betäuben nicht mehr mit Äther, und der Bohrer wird auch nicht mehr wie Omas Nähmaschine mit dem Fuß angetrieben. Haben Sie einen Datenträger mitgebracht?«

Große Jäger verneinte.

»Ein Stück die Straße runter – am Marktplatz – finden Sie ein Geschäft. Dort bekommen Sie so etwas. Oder – warten Sie. Haben Sie ein Smartphone?«

»Ja.«

»Dann spiele ich Ihnen den Status darauf.«

Der Zahnarzt musste keine Hilfe herbeirufen. Wenn er mit dem Bohrer genauso geschickt umgeht wie mit dem Smartphone, dachte Große Jäger, ist er eine Empfehlung wert. Unwillkürlich fuhr er sich mit der Zunge über die Zähne. Dankend nahm er sein Telefon zurück.

»Geht es um das Verschwinden von Frau Muchow?«, fragte der Zahnarzt.

»Was wissen Sie darüber?«

»Nun ja.« Stoffregen spitzte die Lippen. »Die Stadt spricht davon. Das Ehepaar ist in Tönning bekannt. Er als Sparkassenfilialleiter, sie als Sekretärin im Kirchenbüro.«

»Kennen Sie Berrit Muchow näher?«

»Nein. Sie ist meine Patientin. Sonst haben wir keinen Kontakt.«

»Gibt es Gerüchte über die Ehe der Muchows?«

Stoffregen hob beide Hände in die Höhe. »Da halte ich mich heraus.«

Große Jäger war hellhörig geworden. »Sie haben es nicht dementiert.«

»Ich bin Zahnarzt. Mehr nicht.« Er tippte auf das Mobiltelefon, das Große Jäger immer noch in Händen hielt. »Falls Sie dazu noch Fragen haben ... Sie kennen meine Telefonnummer. Nun muss ich mich wieder um meine Patienten kümmern.«

Große Jäger kehrte zu seinem Auto zurück. Er warf einen Blick durch die Scheibe in die Zweigstelle der Uthlande-Sparkasse und entdeckte Muchow. Der Mann stand hinterm Tresen und sortierte irgendwelche Papiere. Er blickte auf, als er den Oberkommissar bemerkte. Muchows Gesicht war grau. Die Augen lagen tief in den Höhlen, dunkle Ränder hatten sich darunter breitgemacht. Seine Bewegungen waren fahrig.

»Neuigkeiten?«, fragte er mit stockender Stimme.

Große Jäger zeigte auf den gläsernen Besprechungsraum und ging voran. Muchow folgte ihm und schloss die Tür hinter sich. Beide sahen, wie die junge Angestellte sie mit offener Neugierde bedachte.

»Ich war eben bei Zahnarzt Stoffregen«, begann Große Jäger.

»Na und?«

»Ich habe mir den Zahnstatus Ihrer Frau besorgt.«

»Dürfen Sie das überhaupt?« Muchow wartete die Antwort nicht ab. »Wozu?« Dann schien ihm etwas einzufallen. Er kam auf Große Jäger zu und packte den Oberkommissar mit beiden Händen am Revers. Er schüttelte ihn. »Haben Sie etwas gefunden?« Muchow stöhnte auf. »Mein Gott.«

»Wir sind noch in den Ermittlungen«, wich Große Jäger aus.

»Wie lange dauert es noch? Ich hätte nicht geglaubt, dass die Polizei ein so schwerfälliger Apparat ist. Sind Sie der Richtige für diese Aufgabe?«

Du könnest ja darum bitten, dass Hundt deiner Frau hinterherspürt, dachte Große Jäger. Vielleicht erschnüffelt der etwas.

Laut sagte er: »Sagen Sie mir endlich, wo Ihre Frau hingefahren ist, und ersparen Sie mir das Märchen mit der kranken Tante in Münster.«

»Ich weiß es doch nicht«, antworte Muchow in fast weinerlichem Tonfall.

Immerhin gab er zu, dass sie nicht in die Westfalenmetropole gefahren war.

»Warum haben Sie uns das Märchen von Münster aufgetischt?«, hakte der Oberkommissar nach.

»Da ist sie oft hingefahren.«

»Aber nicht dieses Mal. Das haben Sie gewusst, oder?«

Muchow bestätigte es durch Schweigen.

»Wohin ist Ihre Frau gefahren?«

Der Sparkassenleiter faltete die Hände. »Ich weiß es doch nicht«, wiederholte er sich.

»Ihre Ehe ist nicht so, wie Sie es uns gegenüber vorgegeben haben«, stellte Große Jäger fest.

»Da ist alles in Ordnung«, versicherte Muchow. »Man ist nicht mehr so euphorisch aufeinander fixiert wie in den ersten Jahren. Aber das heißt doch nichts.«

»Hatte Ihre Frau andere Beziehungen?«

»Um Himmels willen – nein!« Er schrie es fast heraus.

»Wo waren Sie an dem besagten Wochenende?«

»Ich?« Muchow starrte Große Jäger aus glasigen Augen an. »Sie wollen doch nicht behaupten …«, stammelte er. »Ich soll Ihnen ein Alibi liefern?«

»Beantworten Sie einfach meine Frage.«

»Ich war zu Hause.«

»Allein?«

»Ja.«

»Hat Sie jemanden gesehen? Besucht? Angerufen? Waren Sie einkaufen? Im Garten?«

»Ich weiß es nicht.« Er schlug die Hände vors Gesicht und begann zu schluchzen.

»Sie hören von uns«, sagte Große Jäger zornig und ging.

In ihm kochte es. Er war sich sicher, dass ihn der Mann anlog. Grimmig machte er sich auf den Weg nach Kiel. Seinen Zorn bekamen auch die anderen Verkehrsteilnehmer ab, die ihm unterwegs begegneten, zumindest verbal. Dazu gehörten die landwirtschaftlichen Fahrzeuge, die »Scheintoten«, die mit einhundertzehn Stundenkilometern über den Erfder Damm krochen, der Bus, der sich erdreistete, im Schneckentempo durch Hohn zu bummeln, und der Verkehrsminister – ach was, die gesamte Landesregierung, die für den Stau im dauersanierten Rendsburger Kanaltunnel verantwortlich zeichnete. Vermutlich trug auch der Papst einen Teil der Schuld. Die skandinavischen Trucker auf der Autobahn waren ohnehin kriminell.

Ganz schlimm wurde es im Umfeld des Universitätsklinikums, in dem sich das Institut für Rechtsmedizin befand. Große Jäger fand keinen Parkplatz. Nicht weniger aufreibend war der Versuch, Dr. Diether zu erreichen. Endlich stand er dem Oberarzt gegenüber – und sah zu ihm auf. Es kam nicht oft vor, dass sich Große Jäger hinter jemandem verstecken konnte. Der Rechtsmediziner war bestimmt zwei Meter groß und von massiger Gestalt. Einfach nur kräftig.

»Ich habe Sie mir anders vorgestellt«, sagte Dr. Diether zur Begrüßung und strich sich dabei durch den grau melierten Bürstenhaarschnitt.

»Ich Sie mir auch««, erwiderte Große Jäger und sah auf die Hände des Arztes. »Kein Wunder, dass Sie nicht Chirurg geworden sind. Mit den Heuwendern können Sie keinen Operationsfaden einfädeln.«

»Stimmt«, bestätigte Dr. Diether. »Bevor ich dieser Passion nachging, haben sich die Patienten immer über die groben Nähte beschwert. Von den jetzigen Kunden kommt keine Klage.« Dann wollte er wissen, was den »Provinzler« in die »Zivilisation« führe.

Große Jäger zog sein Handy hervor.

Dr. Diether lachte schallend auf. »Klar, damit kommen Sie als Nordfriese nicht zurecht. Und jetzt soll ich es Ihnen erklären.« Dann ließ er sich den Grund für den Besuch erläutern. »Kommen Sie mal mit«, forderte er Große Jäger auf und führte ihn in die Kühlkammer.

Dr. Diether baute sich vor den Schubladen auf, kratzte sich den Schädel und sagte: »Wo haben wir sie denn liegen?« Er zeigte auf ein Fach. »Nee. Da kühlen die Sektionsgehilfen ihr Bier. Ich weiß, ich habe zu der Leiche meine Packung mit Kartoffelsalat gepackt.« Als Große Jäger ihn ungläubig ansah, fuhr er fort: »Kartoffelsalat verdirbt schnell. Und die Kühlung hier ist exzellent.« Dann streckte er grinsend den Arm aus, nahm das Smartphone des Oberkommissars entgegen und forderte ihn auf, ihm in sein Büro zu folgen.

Dr. Diether suchte ein wenig auf dem Smartphone, bis er mit einem »Ach, da« die Datei mit dem Zahnstatus aus der Tönninger Praxis gefunden hatte. Dann rief er seine eigenen Daten auf, legte die Ellenbogen auf die Tischplatte und stützte seinen Kopf in die Handflächen. »Interessant«, murmelte er, blickte zu Große Jäger und fragte: »Sehen Sie das auch?«

Der Oberkommissar sah gar nichts. Erst als Dr. Diether die beiden Bilder übereinanderschob, erkannte er bis auf eine winzige Stelle, dass sie gleich waren.

»Die Abweichung«, erklärte der Rechtsmediziner, »rührt daher, dass der Zahnreißer die Aufnahme gemacht hat, bevor er diese kariöse Stelle behandelte.« Jetzt drehte sich der Rechtsmediziner ganz zu Große Jäger um. »Glückwunsch. Sie haben es herausgefunden. Jetzt hat das Opfer einen Namen.«

Zufrieden machte sich Große Jäger auf die Rückfahrt zur Westküste, nachdem er sich von Dr. Diether noch Proberöhrchen für einen DNA-Test erbeten hatte.

Im Unterschied zur Hinfahrt fuhr er jetzt nahezu beschwingt von Küste zu Küste.

Die Sparkassenfiliale in Tönning hatte schon geschlossen. Große Jäger traf Robert Muchow im Einfamilienhaus in der Landrat-Bähr-Straße an, an dessen rückwärtiger Gartenfront die Bootfahrt entlanglief.

Muchow hatte den Anzug gegen eine Cordhose und ein Freizeithemd getauscht, über dem er eine dunkelblaue Strickjacke trug. Er sah Große Jäger irritiert an. »Sie?«, fragte er.

»Ich komme als Geist, allerdings mit schlechten Nachrichten.«

Ein Erschrecken überzog Muchows Antlitz. Seine Mundwinkel zuckten nervös. Der Adamsapfel hüpfte auf und ab. Er öffnete die Tür ganz.

»Kommen Sie herein.«

Sie gingen durch die Diele ins Wohnzimmer, von dem ein Blumenfenster in den Garten hinausführte. Die Einrichtung wirkte altbacken, auch wenn die Stollenwand aus massivem Holz gebaut war. Das galt auch für die Sessel mit dem dunkelgrünen Lederbezug. Die Bilder an den Wänden waren keine Drucke, auch wenn ernsthafte Sammler ihnen keinen Wert zumessen würden. Große Jäger war überrascht, dass auf dem Tisch eine Vase mit frischen Tulpen stand. Muchow musste sie dort platziert haben. Seine Frau war zu lange abwesend, als dass sie noch von ihr hätten stammen können.

»Setzen Sie sich«, forderte Große Jäger den Mann auf und blieb vor dem niedrigen Couchtisch stehen. Muchow folgte der Anweisung.

»Sie haben Berrit gefunden«, sagte er, ohne die Stimme zu senken. Es war keine Frage, sondern eine Feststellung.

Große Jäger nickte. »Es tut mir leid, Ihnen diese Nachricht überbringen zu müssen. Wir konnten sie eindeutig anhand des Zahnstatus identifizieren.«

»Wo?«, fragte Muchow tonlos.

»Ein Schiff des Landesbetriebs Küstenschutz hat sie in der Süderaue zwischen den Halligen Hooge und Langeneß entdeckt. Alles deutet darauf hin, dass Ihre Frau von einem Segelboot ins Wasser gefallen ist. Sie trug Seglerkleidung.«

Muchow nickte stumm. Er vermied jeden Blickkontakt.

»Wie kommt Ihre Frau auf ein Segelboot?«

Der Sparkassenleiter warf ihm einen kurzen Blick zu, dann stierte er wieder auf die gefalteten Hände in seinem Schoß.

»Warum haben Sie es uns verschwiegen?«

»Ich wusste …«, setzte Muchow an, verschluckte sich und musste sich freihusten. »Ich wusste es doch nicht.«

»Behaupten Sie nicht, dass Sie von der Segelbekleidung Ihrer Frau nichts wussten.«

»Doch«, hauchte Muchow.

»Warum haben Sie uns nichts davon erzählt?«

»Ich habe es nicht gewusst.«

»Ihre Frau war nicht das erste Mal zum Segeln, oder?«
Die Antwort bestand in einem hilflosen Schulterzucken.

»Mit wem war sie unterwegs?«

»Ich weiß es nicht. Wirklich«, sagte er flehentlich.

»Sie lügen«, warf ihm Große Jäger vor. »Sie haben mir auch
eine falsche Zahn- und Haarbürste ausgehändigt, als ich Sie
danach fragte. Warum haben Sie uns hinters Licht geführt?
Wir hätten Ihre Frau schon früher identifizieren können.«

»Die Aufregung«, stammelte Muchow. »Ich habe mich ver-
griffen.«

»Das nehme ich Ihnen nicht ab. Sie wollten etwas verbergen.«

Muchow hob die Hände wie zum Gebet. »Doch. So war es.
Bitte. Sie müssen es mir glauben.«

»Für den Glauben ist der Chef Ihrer Frau zuständig. Bei
mir zählen nur Fakten. Also. Mir reicht es jetzt. Die Wahrheit.
Nur die zählt. Warum haben Sie uns nichts von der Segeltour
erzählt?«

»Ich wusste nichts davon.«

»Haben Sie nicht die Sachen Ihrer Frau kontrolliert? Ihnen müsste doch aufgefallen sein, dass ihre Segelkleidung verschwunden ist.«

»Daran habe ich nicht gedacht.« Muchow legte die Hände
gegen die Schläfen. Dann sah er Große Jäger direkt an. »Ertrunken, sagten Sie. Aber wie kommt das?«

Das konnte ihm der Oberkommissar auch nicht beantworten. »Mit wem war Ihre Frau unterwegs?«

Muchow wurde laut. »Ich weiß es doch nicht.«

»Sie war nicht das erste Mal zum Segeln. Auf wessen Schiff
ist sie mitgefahren?«

»Unterschiedlich, je nachdem, welche Möglichkeit sich ihr
bot.«

»Ich will Namen wissen.«

»Dr. Fehlandt müsste das wissen. Leander Fehlandt. Er ist
der Vorsitzende des Yachtclubs Nordereider. Es gibt hier noch

den größeren Tönninger Yachtclub. Der hat aber nichts mit dem Club Nordereider zu tun.«

Von Robert Muchow waren keine weiteren Informationen mehr zu erwarten. Bereitwillig öffnete der Mann aber den Mund und ließ sich einen Abstrich für die DNA-Probe entnehmen. Dann fuhr Große Jäger zurück nach Husum.

SIEBEN

Hauptkommissar Hundt lehnte sich in der Morgenbesprechung zurück, verschränkte die Arme vor der Brust und sagte: »Das habe ich mir gleich gedacht. Es war doch sonnenklar, dass die beiden Fälle zusammengehören. Wäre das nicht so, hätte ich mich schon lange angeboten, den beiden sichtbar Überforderten eine Sache abzunehmen. Damit dürfte alles klar sein. Die Frau war nicht das erste Mal unterwegs. Das hat dem Ehemann nicht gepasst. Deshalb hat er sie umgebracht und versucht, die Polizei mit der falschen Zahnbürste hinters Licht zu führen. Hat er schon gestanden?«

»So weit sind wir noch nicht«, erwiderte Große Jäger.

Hundt sah den Kripochef an. »Soll ich mich um das Geständnis kümmern? Ich bin mir sicher, Muchow hält nicht lange durch.«

Bevor Mommsen antworten konnte, fuhr Große Jäger dazwischen.

»Hundt, willst du den Trump machen? Wasserboarding? Oder Fußpflege à la Köter?«

»Fuß... was?«, fragte der Hauptkommissar.

»Nägel herausziehen. Wir wissen doch gar nicht, ob Berrit Muchow oft allein, das heißt ohne Ehemann, unterwegs war.«

Hundt schlug sich mit der flachen Hand gegen die Stirn. »Denk doch nach, kleiner Jäger. Wer schafft sich komplette Segelkleidung an, wenn er diesem Sport nicht öfter nachgeht?«

»Mensch, Hundt. Du solltest dir Tauchklamotten besorgen und dann an der tiefsten Stelle der Nordsee abgluckern«, fluchte Große Jäger. »Wie soll Muchow seine Frau über Bord gekippt haben, wenn er weder ein Boot hat noch segelt?«

»Sagt er ... sagt er ...«, wiederholte Hundt mehrfach.

Mommsen gebot der Diskussion Einhalt, indem er mit dem Kugelschreiber auf die Tischplatte klopfte.

»Schluss jetzt. Herr Hundt! Wilderich! Wir sind hier nicht im Kindergarten. Die Sache ist zu ernst, um solche überflüssigen Diskussionen zu führen.« Er zeigte mit der Spitze des Schreibgeräts auf Große Jäger. »Wie wollt ihr vorgehen?«

Der Oberkommissar berichtete, dass Muchow sich mit einem »Irrtum« bei der Aushändigung der Zahnbürste herausgeredet hatte. »Damit kommt er im Zweifelsfall vor Gericht durch. Wir wissen einfach zu wenig ...«

»Das ist ja die Crux ...«, rief Hundt dazwischen und handelte sich einen weiteren Ordnungsruf des Kriminalrates ein.

Anschließend konnte Große Jäger vortragen, wie sie weiter vorgehen wollten.

Mommsen gab nickend seine Zustimmung.

»Na denn dann«, sagte Cornilsen, als sie aufstanden.

Sie fuhren nach Tönning. Unterwegs fluchte Große Jäger, als ihnen auf der kurvigen Bundesstraße zwischen der Abzweigung nach Friedrichstadt und der Eiderstadt ein leichtsinnig überholendes Fahrzeug entgegenkam.

»Der Nichtsnutz von Köter sollte gegen die Verantwortlichen ermitteln, die diesen Unfallschwerpunkt immer noch nicht entschärft haben. Auf dieser Straße sterben mehr Menschen, als in einem Jahr in ganz Schleswig-Holstein ermordet werden. Man kann es dem Bürger nicht mehr vermitteln, mit welchen Argumenten begründet wird, dass hier nichts geschieht.«

Dr. Fehlandt hatte seine Praxis Am Markt, direkt zwischen der Königlich Privilegierten Wassenberg-Apotheke und dem Edeka-Markt. Den Treppengiebel des ehemaligen Bankgebäudes zierte ein Glockenspiel, das zur Begeisterung der Touristen unter anderem auch »Wo die Nordseewellen« intonierte.

Das Wartezimmer war so voll, dass einige Patienten keinen Sitzplatz gefunden hatten. Entsprechend ungnädig war die Mitarbeiterin an der Rezeption, als die beiden Beamten die Bitte um ein Gespräch mit dem Allgemeinmediziner vortrugen. Obwohl Große Jäger hartnäckig blieb, ließ man sie eine halbe Stunde warten.

»Machen Sie es bitte kurz«, sagte der Arzt, als sie ihm im Behandlungszimmer gegenübersaßen. Er streckte den Arm aus. »Sie sehen selbst: Das ist die Ärzteschwemme in Nordfriesland. Man ist der Meinung, hier gäbe es zu viele von uns. Aber Sie sind nicht gekommen, um mein Klagelied zu hören.« Silbergraue Locken schlossen das runde Gesicht des Arztes ab. Er wirkte ein wenig bullig. Die Brille mit dem schmalen Goldrand hatte er abgenommen und vor sich auf den Schreibtisch gelegt.

»Wir ermitteln in Sachen Berrit Muchow«, begann Große Jäger.

»Schlimm«, bemerkte Dr. Fehlandt mehr zu sich selbst.

»Wir gehen davon aus, dass sie vor zweieinhalb Wochen bei einem Segelunfall ums Leben gekommen ist. Der Ehemann sagt, er hätte weder ein Boot noch persönlichen Bezug zu diesem Sport.«

»Stimmt«, bestätigte Dr. Fehlandt.

»War Berrit Muchow oft mit einem Segelschiff unterwegs?«

Der Arzt nickte nachdenklich. »Berrit ist schon lange Mitglied in unserem Yachtclub. Wir sind hier vor Ort die kleine Ausgabe neben dem Tönninger Yachtclub. Man kann bei uns Mitglied sein, auch wenn man kein eigenes Boot hat. Berrit hat jede Gelegenheit zum Segeln genutzt, die sich ihr bot. Sie ist ja nicht ganztags berufstätig. So konnte sie auch nachmittags mit Segelkameraden aus dem Club auf die Eider raus. Wir haben auch Fünf- bis Acht-Meter-Boote.« Dr. Fehlandt zog die Stirn kraus. »Ich bin nicht immer am Hafen. Deshalb ist meine Auskunft möglicherweise unvollständig. Aber da wäre Linde Drews. Die beiden Frauen sind miteinander befreundet.«

»Ich denke, Kerrin Böckmann ist Berrit Muchows Freundin gewesen.« Große Jäger benutzte im Unterschied zum Arzt die Vergangenheitsform.

»Kerrin hat keinen eigenen Segelschein. Genau wie Berrit. Die beiden Frauen sind nur mitgesegelt. Kerrin ist allerdings nicht mehr in unserem Club. Sie hat jetzt andere Kontakte.«

»Nach ihrer Scheidung?«

Dr. Fehlandt sah auf. »Sie wissen davon?«

Große Jäger bestätigte es.

»Das hat ... nun ja ... gewisse Reibereien gegeben. Kerrins Ex hat ein Boot und ist auch bei uns im Club.«

»Böckmann, der Apotheker aus Heide?«, fragte der Oberkommissar erstaunt.

»Warum nicht? Daniel Böckmann hat sogar ein ziemlich großes Schiff.«

»Kann man damit Mehrtagestouren unternehmen, zum Beispiel durchs Wattenmeer bis nach Langeneß?«, wollte Große Jäger wissen.

»Sicher«, bestätigte der Arzt. »Das macht Böckmann auch. Er nimmt sich Auszeiten und ist dann unterwegs. Nach Helgoland. Die Küste hoch an Sylt und Fanø vorbei bis Thyborøn, dann durch den Limfjord rüber in die Ostsee, runter bis Kiel und über den Nord-Ostsee-Kanal und die Eider wieder nach Tönning.«

»Allein?«

»Nein.« Dr. Fehlandt lachte. »Da ist immer eine bunte Gesellschaft an Bord. Es geht munter zu. Wie würden jüngere Leute es nennen? Da ist Party angesagt.«

»Wissen Sie, ob Daniel Böckmann Mitte Mai mit seinem Schiff unterwegs war?«

»Woher sollte ich das wissen? Da müssen Sie ihn selbst fragen.« Dr. Fehlandt sah demonstrativ auf die Armbanduhr. »Sie haben schon mehr Zeit in Anspruch genommen als vertretbar«, mahnte er.

»Mit wem war Berrit Muchow noch auf dem Wasser?«, wollte Große Jäger wissen.

»Mal mit diesem, mal mit jenem.« Plötzlich schien dem Arzt doch noch etwas einzufallen. »Mit Ingbert.«

»Ingbert – wer?«

»Ingbert Steenbock. So!« Es klang entschieden. »Das war's, meine Herren.« Dr. Fehlandt stand auf. »Meine Patienten brauchen mich.« Er wartete die Antwort nicht ab, sondern betätigte einen Knopf auf seiner Telefonanlage. »Wer ist der Nächste?«, fragte er, als sich eine schnarrende Frauenstimme meldete.

»Frau Petersen in der Zwei.«

Der Arzt zeigte Richtung Tür. »Bitte.«

Als sie vor dem Haus standen, stöhnte Große Jäger laut auf. »Ich brauche jetzt unbedingt einen Kaffee.«

Am Marktplatz fanden sie ein Café-Bistro mit ein paar Tischen. Es war gut besucht. Hausfrauen und Rentner machten den Großteil der Gäste aus. In der Ecke hatte ein älterer Mann wie ein Hahn im Korb eine Schar gleichaltriger Damen um sich versammelt.

Sie bestellten Kaffee, Große Jäger wählte belegte Brötchen, während sich Cornilsen für Gebäck entschied.

Zwischen zwei Bissen bemerkte der Oberkommissar: »Warum lügt uns der Ehemann an?«

»Oder ist er so naiv und weiß nicht, was seine Frau trieb?«, gab Cornilsen zu bedenken.

»Öhh – öhh«, quetschte Große Jäger aus dem vollen Mund heraus. »Die reden hier alle davon, dass in einer Kleinstadt nichts verborgen bleibt. Wohin wir auch kommen – jeder weiß Bescheid. Der Zweigstellenleiter einer Sparkasse ist natürlich bekannt. Und wenn es etwas über sein Privatleben zu tuscheln gibt, sind alle mit Begeisterung dabei. Er muss es gewusst haben.«

Cornilsen fasste sich nachdenklich ans Kinn. Große Jäger lachte auf, weil der Kommissar dabei ein wenig Zuckerguss des Berliners, den er aß, dort abstreifte.

»Du machst jetzt den Loriot«, sagte er und verwies auf die Szene, in der Loriot eine Liebeserklärung abgab und dabei immer wieder unfreiwillig eine Nudel an anderer Stelle im Gesicht platzierte.

»Also gehört Muchow auf die Liste unserer Verdächtigen«, sagte Cornilsen. »Aber wie hat er es angestellt?«

»Bei Tötungsdelikten findet man den Täter fast immer im Umfeld des Opfers«, bestätigte Große Jäger. »Wir werden ihm auf die Schliche kommen. Er wäre der Erste, der uns entkommt.«

Cornilsen verzichtete auf eine Antwort. Er aß sein Gebäck zu Ende, trank den Kaffee aus und folgte anschließend Große Jäger zum Hafen. Ihr Weg führte sie an der Bootfahrt und dem Hafen entlang bis zum alten Packhaus. Dieser Teil des Hafens war heute den Sportbooten vorbehalten. Zu Große Jägers Erstaunen herrschte ein reges Treiben an den Liegeplätzen. Auf der anderen Seite des Hafenbeckens sahen sie Leute auf zwei Booten. Sie überquerten die Weiße Brücke, eine Hubbrücke, der ein neuer Anstrich gut gestanden hätte, und blieben vor dem ersten Schiff stehen. Nach Cornilsens durchdringendem »Hallo!« erschien ein älterer Mann in Jeans und weißen Turnschuhen an Deck.

»Ja?«

»Kennen Sie Berrit Muchow?«

»Warum?«

»Wir sind von der Polizei.«

»Weil sie verschwunden ist? Ist sie die Tote aus dem Watt?«

Große Jäger ging nicht darauf ein.

»Kennen Sie die Frau?«

»Ja – warum?«

»Wir suchen Kontaktpersonen, mit denen sie gesegelt ist.«

Der Mann streckte den Arm aus. »Da sind Sie hier falsch. Die Boote vom Yachtclub Nordereider liegen da drüben.« Dann verschwand er wieder unter Deck.

Die beiden Polizisten wandten sich den Liegeplätzen des Clubs zu. Dort trafen sie auf eine ältere Frau mit kurzen grauen Haaren, die dabei war, die Fenster der Kajüte eines Bootes zu putzen. Der Oberkommissar wiederholte seine Frage nach Berrit Muchow.

»Berrit? Ja. Ich habe davon gehört. Wir alle«, sagte die Frau, die nach einer weiteren Frage ihren Namen nannte: »Wiebke Geldmacher-Kramer.«

»Ist das Ihr Schiff?«, wollte Große Jäger wissen.

»Ja. Es gehört meinem Mann und mir.«

»Ist Berrit auch mit Ihnen gesegelt?«

»Selten.« Sie zeigte auf ihr Boot. »Das ist für einen Kurztrip bis zur Eiderabdämmung oder zur Eisenbahnbrücke zu groß. Berrit ist mit einem kleineren Schiff unterwegs gewesen. Stundenweise.« Sie legte die Hand an die Stirn und sah sich suchend um. »Das da drüben. Das von Hansens. Das durfte sie benutzen. Manchmal war sie mit Linde Drews draußen.

Oder mit Daniela Aufderheide. Deren Mann, Torsten, muss ja arbeiten.«

»Ist Berrit auch mit anderen Segelkameraden unterwegs gewesen?«

»Sie ist eine begeisterte Seglerin. Fast fanatisch. Deshalb hat sie jede sich bietende Gelegenheit genutzt. Muchows haben kein eigenes Schiff. Ihr Mann hat nichts für unseren Sport übrig.«

»Nicht mal für einen Kurztrip als Gast?«

»Neee.« Frau Geldmacher-Kramer schüttelte den Kopf. »Der Muchow – den hätten keine zehn Pferde an Bord bekommen. Der ist ja nicht einmal mit der Fähre unterwegs gewesen. Da war nichts zu machen.«

»Gibt es noch mehr Segelkameraden, mit denen Berrit draußen war?«

Die Frau zog die Stirn kraus, als würde sie angestrengt nachdenken. »Ich glaube, sie ist auch schon mal mit Ingbert Steenbock unterwegs gewesen.«

»Auch mehrtägig?«

»Kann sein. Über Vatertag sind oft mehrere Boote unterwegs. Die fahren dann bis Sonntag nach Hooge, Amrum oder Pellworm.«

»Auch nach Langeneß?«

»Weniger. Da ist nicht viel los.« Sie lachte.

»War Berrit vor zweieinhalb Wochen auf so einem Mehrtagestrip?«

Plötzlich hatte sie es eilig. »Weiß nicht«, erwiderte sie kurz angebunden. »So. Ich muss weitermachen. Ich habe noch andere Dinge auf dem Zettel.« Sie wandte ihnen den Rücken zu und setzte ihre Arbeit fort.

»Ich habe den Eindruck, hier wird gemauert«, meinte Große Jäger auf dem Rückweg zu ihrem Auto. »Immerhin wissen wir, dass Berrit Muchow aktiv gesegelt ist.«

»Ich kann mir nicht vorstellen, dass sie mit den Leuten vom Yachtclub Nordereider unterwegs war, dort von Bord gefallen ist und niemand es bemerkt hat. Und falls es doch so war, hätten die Leute doch danach Alarm geschlagen«, sagte Cornilsen.

»Sie muss ja nicht mit einer Gruppe unterwegs gewesen sein.«

Cornilsen blieb stehen. »Das klingt abenteuerlich. Eine stadtbekannte Persönlichkeit wie die Frau des Sparkassenleiters begibt sich auf eine mehrtägige Segelreise. Unterwegs geht sie über Bord, und der Skipper verschweigt es?« Der Kommissar war skeptisch. »Das wäre eine Schlagzeile.« Er malte mit beiden Händen ein imaginäres Bild in die Luft. »Sparkassenmanager aus der Provinz dingt klammen Kreditnehmer zum Mord an seiner Ehefrau.«

»Schön«, sagte Große Jäger. »Dann begeben wir uns auf die Suche nach dem armen Tropf, dessen Existenz sonst vernichtet worden wäre.«

»Äh?« Cornilsen hatte den Mund geöffnet. Dann beeilte er sich, Große Jäger zu folgen. »Okay. Tun wir das machen.«

Sie fuhren von Tönning aus nach Heide. Große Jäger sah aus dem Fenster.

»Ist das nicht ein Wahnsinn?«, stellte er fest. »Da pflastern die die Landschaft mit den Windkraftanlagen zu. Das sieht schlimm aus. Noch ärger ist, dass die Strom produzieren, und keiner nimmt ihn ab. Weil es zu viel ist, oder weil sie keine Leitung dafür haben. Wenn jemand auf Hallig Hooge eine Fabrik für Knopflöcher errichtet, muss er selbst dafür sorgen, dass er seine Produkte von dort zum Kunden transportiert bekommt. Und wenn er zu viele Knopflöcher herstellt, ist es sein Problem, und er bleibt darauf sitzen.«

Cornilsen sah ihn von der Seite an. »Eine Fabrik für Knopflöcher? Davon habe ich noch nie gehört.«

Große Jäger klopfte sich mit der Faust gegen die Brust. »Meine Geschäftsidee. Genial, was? Aber ich bin ja Beamter und muss Verbrecher jagen. Allein schaffst du das nicht. Und der blöde Hundt …« Er vollendete den Satz nicht.

Sie parkten den Dienstwagen auf dem Heider Marktplatz. Dithmarschens Metropole beanspruchte den Titel »größter Marktplatz Deutschlands« für sich und stand damit im Widerspruch zu Freudenstadt, das ebenfalls diesen Rang für sich einnehmen wollte. Inzwischen hatten sich die beiden Städte salomonisch geeinigt, dass beide Plätze »annähernd gleich groß« seien. Unbestritten hatte Heide aber den größten unbebauten Marktplatz.

Einen Teil der Fläche nahm die St.-Jürgen-Kirche ein, in der sich verschiedenen Baustile vereinigten. Die Fußgängerzone mündete an der Stelle der großen Buchhandlung in den Marktplatz und setzte sich dort fort. Die Häuserzeile wurde geprägt vom Kaufhaus, das trotz Besitzerwechsel immer noch bei seinem alten Namen genannt wurde. Das düstere Gebäude der ehemaligen Westholsteinischen Bank eröffnete den Reigen sehenswerter Häuser, die repräsentativ mit ihren Giebeln dem Markt zugewandt standen. Zwischen der Touristeninformation und dem nüchternen Bau der Volksbank befand sich die Wulf-Isebrand-Apotheke in einem mit zahlreichen Schnörkeln und Zierrat ausgestatteten Treppengiebelhaus. Die Fenster in den oberen Etagen waren mit Blumen geschmückt.

Zwei Kunden warteten vor ihnen, als sie die Apotheke betraten. Ein halbrunder Tresen, auf dem Ständer mit verschiedenen Angeboten untergebracht waren, umrahmte die beiden Bedienplätze. An einem beriet eine jüngere Frau eine ältere Kundin, am zweiten ließ sich eine Frau mit einem unruhigen Kleinkind auf dem Arm die Wirkweise eines Medikaments gegen Husten bei Kindern erläutern. Der hochgewachsene Mann im weißen Kittel trug ein Namensschild: Böckmann. Apotheker. Er hatte wellige lange Haare, die über den Ohren lagen. Große Jäger fand die runde Goldrandbrille auf der etwas zu spitzen Nase unpassend. Der friseurgepflegte Dreitagebart passte auch nicht zum Haarschnitt.

Die junge Mutter entschied sich, das Präparat zu kaufen, und bezahlte. Sie war enttäuscht, dass das Kind den Traubenzuckerbonbon des Apothekers brüsk von sich wies.

»Kluges Mädchen«, wisperte Cornilsen. »Von dem würde ich auch nichts nehmen.«

Mit einem geschäftsmäßigen Lächeln wandte sich Böckmann den beiden Beamten zu. »Was kann ich für Sie tun?«

Cornilsen hielt ihm diskret den Dienstausweis hin.

»Uns ein paar Fragen beantworten«, sagte er leise.

Böckmann sah an ihnen vorbei. »Das ist jetzt unpassend«, stellte er fest.

»Das passt schon«, erwiderte Große Jäger. »Kann man hier ein vertrauliches Gespräch führen? Oder haben Sie eine bessere Möglichkeit dafür?«

Der Apotheker zögerte einen Moment. »Kommen Sie«, sagte er schließlich und zeigte auf das Ende des Tresens. »Da entlang.« Dann lotste er sie durch den hinteren Bereich, einen Raum mit einer Unmenge beschrifteter Schubladen. Hinter einer Glaswand sahen sie Tiegel und Gefäße. »Das Labor«, erklärte Böckmann, als er den fragenden Blick bemerkte.

Am Ende der Räume befand sich das Büro, ein kleiner enger Raum mit einem Schreibtisch, auf dem sich eine Unmenge Papiere stapelten.

»Wir haben leider keinen Besprechungsraum«, sagte der Apotheker und nahm auf der Schreibtischkante Platz.

Die Polizisten mussten stehen bleiben.

Böckmann wartete nicht ab, bis ihm die erste Frage gestellt wurde. »Berrit Muchow«, sagte er und strich sich mit Daumen und Zeigfinger über die Mundwinkel. »Ich wusste, dass Sie kommen.«

»Haben Sie ein schlechtes Gewissen?«, fragte Große Jäger.

»Leander – also Dr. Fehlandt –, der Vorsitzende unseres Yachtclubs, hat mich angerufen und gesagt, Sie würden Fragen zu Berrit stellen. Aber was soll ich Ihnen sagen?«

»Ist Frau Muchow mit Ihnen gesegelt?«

»Mit mir? Wie kommen Sie darauf?«

»Wir haben gehört, dass sie jede passende Gelegenheit zum Mitsegeln wahrgenommen hat.«

Böckmann nickte versonnen. »Das ist zutreffend. Berrit war versessen darauf, aufs Wasser zu kommen. Sie hätte zu gern ein eigenes Boot gehabt, aber ihr Mann war strikt dagegen. Man kann fast sagen, er hat alles gehasst, was mit unserer Passion zusammenhängt.«

»Wie kommt es, dass ausgerechnet seine Ehefrau dieser Leidenschaft verfallen ist?«

Ein fast verklärter Ausdruck erschien in Böckmanns Augen. »So etwas kann nur jemand fragen, der noch nie auf einem Schiff war. Wer von diesem Virus infiziert ist, kommt von dieser Sucht nicht wieder los.«

»Sie sind doch der Fachmann, um Mittel gegen Süchte zu verpassen«, sagte Große Jäger.

»Ich habe ein großes Schiff. Das ist viel zu unhandlich, um damit mal eben schnell an einem Nachmittag ein paar Stunden unterwegs zu sein. Dazu eignen sich die Fünf- bis Acht-Meter-Boote besser.«

»Ist Berrit Muchow mit Ihnen auf längeren Segeltörns unterwegs gewesen?«

Böckmann lachte auf. »Ist das ein Scherz? Wer hat Ihnen diesen Blödsinn erzählt? Ah.« Ein Erkennen überzog sein Gesicht. »Sie haben mit meiner Ex gesprochen. Die lässt nichts unversucht, mich mit übler Nachrede zu verfolgen. Kerrin war stets von einer rasenden Eifersucht beseelt. Völlig zu Unrecht. Früher waren sie und Berrit dick befreundet. Sie waren auch oft zusammen unterwegs. Nicht nur mit dem Boot. Aber dann hat sich bei Kerrin festgesetzt, ich hätte ein Verhältnis mit Berrit gehabt. Das war eine fast pathologische Eifersucht. Richtig krank. Sie hat Berrit für das Scheitern unserer Ehe verantwortlich gemacht. Seitdem ist Krieg zwischen den beiden Frauen. Dabei war Kerrin es, die wie ein Schmetterling durch Tönning geflattert ist. Sie ist ein richtiges Luder. Sie hat mit jedem zweiten Mann in Tönning rumgemacht«, übertrieb Böckmann.

»Können Sie uns Namen nennen?«, wollte Große Jäger wissen.

Böckmann winkte ärgerlich ab. »Ich will davon nichts mehr wissen. Das Thema ist abgehakt. Es hat mir gereicht, dass Kerrin mir so viele Hörner aufgesetzt hat.« Sein stechender Blick fixierte Große Jäger. »Nein!« Dabei schlug er sich mit der Faust auf den Oberschenkel. »Mit Berrit war nichts.«

»Sie war aber doch mit Ihnen unterwegs.«

»Das ist schon mal vorgekommen. Am Vatertag sind wir vom Club aus traditionell mit mehreren Booten unterwegs. Man trifft sich in irgendeiner kleinen Marina. Auf Hooge. Amrum. Pellworm oder so. Dann wird abends zusammengesessen. Man ist fröhlich.«

»Und trinkt etwas?«

Böckmann bestätigte es.

»Berrit Muchow hatte keinen Segelschein«, stellte Große Jäger fest.

»Das hat ihr Mann unterbunden. Sie hat immer von einem größeren Törn geträumt. Rund um die Balearen. An der kroatischen Küste oder den griechischen Inseln entlang.«

»Mit wem?«

Böckmann hob die Hände in die Höhe. »Keine Ahnung. Wir waren Segelkameraden im selben Yachtclub. Das war alles. Über persönliche Dinge haben wir uns nie ausgetauscht.«

»Waren Sie an dem Wochenende Mitte Mai mit Ihrem Boot unterwegs?«

»Ich bin öfter draußen im Watt. Wenn sich mir eine Gelegenheit bietet – mit großem Vergnügen.«

»Es geht konkret um dieses Wochenende.«

»Ich führe darüber kein Buch.«

»Das ist jetzt zweieinhalb Wochen her. Daran werden Sie sich erinnern können.«

Der Apotheker stach mit dem Finger in Große Jägers Richtung.

»Was haben Sie vorgestern zu Mittag gegessen?« Er wartete zwei Sekunden und fuhr fort, als er keine Antwort erhielt: »Sehen Sie.«

»Sie müssen die Frage beantworten«, forderte ihn der Oberkommissar auf.

»Das klingt so, als würden Sie nach meinem Alibi fragen.«

»Es wäre gut, wenn Sie eines vorweisen könnten.«

»Lächerlich. Das hätte jeder im Hafen mitbekommen, wenn ich mit Berrit losgesegelt wäre. Was meinen Sie, was hier am Wochenende bei gutem Wetter los ist.«

»Weshalb zieren Sie sich, zu sagen, dass Sie mit dem Schiff unterwegs waren?«

»Ich glaube, wenn ich mich nicht im Datum irre, dass ich mit ein paar Jungs aus dem Club auf dem Wasser war.«

»Mit wem?«

»Herrgott noch mal. Mit Torsten Aufderheide, Ingbert Steenbock und Reinhard Geldmacher.«

»Geldmacher?« Große Jäger erinnerte sich an die Frau, die auf dem einen Boot die Fenster geputzt hat. »Der ist verheiratet und hat ein eigenes Schiff?«

»Ja«, bestätigte Böckmann.

»Wo waren Sie?«

»Wie immer. Im Watt. Das ist unser Revier.«

»An dem Wochenende war es recht windig.«

»So sehen es vielleicht Landratten. Wir kennen uns aus im Watt. Wenn man um Eiderstedt rum ist, an St. Peter-Ording vorbei, kann man prima durch den Heverstrom zwischen Pellworm und Nordstrand durch und dann zwischen den Halligen herumkurven.«

»Sind Sie dabei auf andere Segler gestoßen?«

»Natürlich. Selbst im Naturpark Wattenmeer sind Sie nicht mehr allein.«

»Fremde?«

»Viele kennt man vom Sehen. Man trifft sich in dieser kleinen Welt immer wieder.«

»Können Sie uns eine Aufstellung anfertigen, wem Sie an diesem Wochenende begegnet sind?«

Der Apotheker sprang von der Schreibtischkante herunter. »Nein«, sagte er entschlossen. »Man kennt mich. In Heide und in Tönning. Wenn die Leute da draußen erfahren, dass ich hinter ihrem Rücken Spitzeldienste für die Polizei leiste, bin ich erledigt. Glauben Sie, der von meiner Ex-Frau angezettelte Rosenkrieg hat keine Spuren hinterlassen? Noch so ein Ding, und ich kann einpacken.«

»Sie haben von Frauen die Nase voll?«, fragte Große Jäger. »Auch von Berrit Muchow?«

»Verdammt. Wie oft soll ich es wiederholen? Mit Berrit – da war nichts. Ich habe eine neue Partnerin, mit der ich zusammenlebe.«

»In Tönning?«

Böckmann nickte.

»Und wie heißt Ihre Lebensgefährtin?«

»Deike De Graaf – eine Holländerin«, fügte er ungefragt an. Dann zeigte er auf die Tür. »Das reicht jetzt.«

Kurz darauf standen die beiden Polizisten auf dem Heider Marktplatz.

»Ich dachte immer, Frauen würden tratschen. Weit gefehlt. Da hatte der Vorsitzende vom Yachtclub nichts Eiligeres zu tun, als seine Segelfreunde anzurufen und sie vorzuwarnen.« Große Jäger inhalierte tief den Rauch der Zigarette, die er sich angezündet hatte.

»Böckmann müssen die Anschuldigungen seiner Ex-Frau schwer getroffen haben. Das muss eine heftige Auseinandersetzung gewesen sein, die in aller Öffentlichkeit geführt wurde«, stellte Cornilsen fest. »Warum hat Kerrin Böckmann mehrfach mit Berrit Muchow an den Tagen vor deren Verschwinden telefoniert?«

»Das kann viele Gründe gehabt haben«, erwiderte Große Jäger und sah den Ringen nach, die er kunstvoll in die Luft geblasen hatte. »Wir sollten die Böckmann befragen.« Er holte sein Mobiltelefon hervor und wählte die Nummer an. Enttäuscht betätigte er die Ende-Taste. »Da sprang sofort die Mobilbox an«, erklärte er. »Ich frage mich, weshalb Böckmann uns nicht verraten will, wer sich zum fraglichen Zeitpunkt mit seinem Boot im Watt zwischen den Halligen herumgetrieben hat. Das könnten wichtige Zeugen für uns sein.«

»Vielleicht ist einer von denen ein Mörder«, ergänzte Cornilsen. Er zeigte mit dem Daumen über die Schulter. »Böckmann scheint ein Alibi zu haben, wenn er mit drei anderen unterwegs war.«

»Vielleicht sind die eher bereit, uns weiterzuhelfen«, meinte Große Jäger. »Jetzt besuchen wir den Tönninger Pastor und befragen ihn zu den Gerüchten, dass Berrit Muchow einen unerbittlichen Streit mit Böckmanns Ex-Frau hatte.«

Auf der Bundesstraße Richtung Norden herrschte der übliche Verkehr. Die Einheimischen wussten, dass die Tanklastwagen von der einzigen Raffinerie in Heide bedächtig durch die Marsch schlichen und ungeduldige Touristen beim Versuch, sie an unübersichtlichen Stellen zu überholen, oft brenzlige Situationen herbeiführten. Hinter der Eiderbrücke verließen sie die B 5, fuhren ein paar Meter Richtung St. Peter-Ording und waren kurz darauf im Zentrum der ihnen mittlerweile vertrauten kleinen Stadt.

Pastor Seifert öffnete ihnen persönlich die Tür zum Gemeindehaus.

»Sie?«, sagte er geistesabwesend, bis er registriert zu haben schien, wer vor der Tür stand. »Entschuldigung, aber ich arbeite gerade an einem Text für eine Beerdigung. Ich war noch darin vertieft und habe meine Gedanken sortiert.« Er lachte. »Ein Konfirmand hat einmal gesagt, er will auch Pastor werden. Am Sonntag eine Stunde arbeiten. Der Rest der Woche ist frei. Schön wär's.« Dann wurde er ernst. »Gibt es Neuigkeiten?«

»Wir sind am Ermitteln«, wich Große Jäger aus. »Dazu gehört auch, dass wir uns ein Bild vom Opfer und dessen sozialem Umfeld machen.«

»Ich verstehe«, sagte der Pastor. Sie hatten in der geräumigen Diele Aufstellung gefunden. »Kann ich Ihnen behilflich sein?«

»Ja«, bestätigte der Oberkommissar. »Wir haben inzwischen herausgefunden, dass Ihre Mitarbeiterin eine begeisterte Seglerin war.«

»Oh ja. Das kann ich bestätigen«, sagte Seifert.

»Sie hat offenbar jede sich bietende Gelegenheit genutzt, aufs Wasser zu kommen.«

»Auch das ist zutreffend.«

»Wissen Sie, mit wem sie dabei Umgang hatte?«

Der Pastor hob die Schultern und ließ sie wieder fallen. »Nicht genau. Da gab es einige. Sie musste ja immer warten, bis ihr jemand eine Gelegenheit zum Mitsegeln anbot.«

»Berrit Muchow hat Ihnen gegenüber nichts verlauten lassen, mit wem sie am Wochenende ihres Verschwindens unterwegs war?«

»Tut mir leid. Über so etwas haben wir nicht gesprochen. Sie war seit zehn Jahren unsere Gemeindesekretärin und mir eine wertvolle Hilfe. Immer zuverlässig. Sie hat alles selbstständig erledigt, war stets hilfsbereit und hat auch einen guten Kontakt zu den Mitgliedern unserer Gemeinde gepflegt. Jeder schätzte und mochte sie, ihre umgängliche und zuvorkommende Art. Es ist unfassbar, dass sie nicht mehr bei uns ist.«

»An uns sind Gerüchte herangetragen worden, dass es in ihrer Ehe gekriselt haben soll. Hat Berrit Muchow eine Beziehung unterhalten?«

»Berrit? Undenkbar. Bestimmt nicht. Dafür war sie nicht der Typ. Das wäre in unserer überschaubaren kleinen Welt auch nicht mit ihrer Tätigkeit für die Kirche vereinbar gewesen. Nein! Das kann ich mir nicht vorstellen.«

Große Jäger hob den Zeigefinger. »Ihre Formulierung ist sehr vorsichtig. Sie weisen eine solche Möglichkeit nicht von sich, sondern sagen nur, dass Sie es nicht glauben.«

»Irgendwann käme das ans Tageslicht«, stellte der Pastor fest. »Und kraft meines Amtes höre ich von vielen Dingen. Es sei Ihnen versichert, dass ich es Ihnen erzählt hätte, wüsste ich davon.«

»Und Kerrin Böckmann? Die war mit Berrit befreundet.«

Pastor Seifert runzelte die Stirn. »Das Gerücht heißt auf Griechisch ›phama‹. Man definiert es als unverbürgte Nachricht, die diffus verbreitet wird und dabei mehr oder weniger starken Veränderungen unterliegt. Kennen Sie das Gemälde zum Thema von A. Paul Weber? Wer nicht?«, gab er sich selbst die Antwort. »Heute sind die *fake news* in aller Munde. Mehr möchte ich dazu nicht anmerken.« Er reichte den beiden Polizisten die Hand. »Falls ich Ihnen behilflich sein kann – jederzeit. Wir alle sind an einer Aufklärung interessiert.«

»Die Rache ist mein, spricht der Herr«, warf Cornilsen ein.

Seifert lächelte milde, ohne es zu kommentieren. Dann verabschiedeten sie sich von dem Pastor.

»Wir haben von mehreren Seiten gehört, dass es keine Anzeichen für eine außereheliche Beziehung von Berrit Muchow gegeben hat. Lediglich Daniel Böckmann hat so etwas angedeutet.«

»Nein«, berichtigte Große Jäger seinen Kollegen. »Der Apotheker hat es geschickter angestellt. Er hat diese Unterstellung seiner Ex-Frau in den Mund gelegt. Ich frage mich, was er damit bezweckt. Ist er immer noch bestrebt, das Feuer zu schüren, das zwischen ihm und Kerrin Böckmann so lichterloh gebrannt hat?«

»Das ist nicht unsere Baustelle«, sagte Cornilsen.

»Wir dürfen kein Puzzleteil außer Acht lassen«, meinte Große Jäger. »Hast du dir die Namen der Leute gemerkt, mit denen Böckmann zur fraglichen Zeit unterwegs gewesen sein will?«

Cornilsen nickte. »Moment. Ich notiere es mir.«

So ist die Jugend, dachte Große Jäger, als der Kommissar die Daten in sein Smartphone tippte. Wir hätten dazu unser Notizbuch hervorgeholt.

Cornilsen versuchte anschließend, die Adressen der Leute herauszufinden. Torsten Aufderheide wohnte im Ortsteil Olversum.

»Dann nehmen wir uns den zuerst vor«, beschloss Große Jäger.

Als sie Richtung Bahnübergang abbogen, zeigte Große Jäger nach rechts.

»Da gab es eine heftige Diskussion zur Schließung des Tönninger Krankenhauses. Nicht jeder konnte sich mit dem Beschluss des Kreistages anfreunden, die Notfallversorgung für Eiderstedt auszudünnen. Die fünfzig Kilometer von St. Peter-Ording bis zum Husumer Klinikum sind eine große Distanz. Man vergleicht zwar Äpfel mit Birnen, was nicht passt, aber die Menschen fragen sich dennoch, ob die Kosten für das kleine, aber von den Einheimischen und Gästen geschätzte Krankenhaus wirklich nicht tragbar waren in Anbetracht der Milliarden, die das Land bei der HSH Nordbank in den Sand gesetzt hat. Rein rechnerisch hätte man das Tönninger Krankenhaus noch zweitausend Jahre erhalten können, wenn fähigere Aufsichtsräte damals dem offenbar inkompetenten Vorstand der Bank auf die Finger gesehen hätten.«

Große Jäger sah träge aus dem Fenster, registrierte den Rundbau der ehemaligen Mühle, die Schule und den Kreisverkehr an der modernen Jugendherberge. Seine Gedanken schweiften kurz zu dem aufwühlenden Vorgang zurück, in dem sie mühsam einen lang zurückliegenden Fall von Missbrauch in einem Kinderheim aufklären mussten, das früher hier gestanden hatte. Kurz darauf bogen sie in den Ortsteil Olversum um. Hier standen die roten Backsteinhäuschen mit dem Giebel der Satteldächer zur Straße. In einem wohnte die Familie Aufderheide.

Sie standen noch vor dem Haus, als sie die lautstarke Auseinandersetzung zweier Kinder vernahmen.

Große Jäger lachte. »Die Beleidigungen – wären das Erwachsene, hätten zwei Anwälte gut zu tun.«

Der Streit hörte auch nicht auf, als ihnen eine zu leichter Fülle neigende Frau mit einem roten Pagenschnitt öffnete. Sie sah genervt aus. Das wandelte sich in ein Erschrecken, als sie erfuhr, dass die Besucher von der Polizei waren.

»Ist was passiert?«, fragte sie, um sich kurz umzudrehen und mit der geübten Stimme einer Mutter zu brüllen: »Ist da jetzt Schluss?« Tatsächlich hörte das Gezänk auf. »Also?«, wiederholte sie.

»Wir ermitteln im Fall Berrit Muchow«, begann Große Jäger.

Sie wischte sich mit der Hand eine vorwitzige Haarsträhne aus der Stirn. »Schlimm. Das ist in ganz Tönning Thema. Aber – was habe ich damit zu tun?«

»Segeln Sie auch?« Wie auf Kommando begann der lautstarke Streit im Obergeschoss aufs Neue. Sie nickte mit dem Kopf in die Richtung der Lärmquelle.

»War die Frage ernst gemeint? Sie hören es doch selbst. Meinen Sie, das ist heute eine Ausnahme?«

»Aber Ihr Mann ist Segler.«

»Nicht so richtig. Er freut sich, wenn er Gelegenheit findet, mit aufs Boot zu kommen. Ein eigenes – das ist bei drei

Kindern nicht drin. Für Torsten ist das Entspannung pur. Er kommt sonst nicht raus.«

»Was macht Ihr Mann beruflich?«

»Torsten ist Beamter. Er ist im Amt Eiderstedt beschäftigt.«

»Ist er jetzt in Garding?«

Sie bestätigte es. »Was ist eigentlich los? Warum fragen Sie nach?«

»Wir suchen Zeugen, die Mitte Mai ...«, begann Große Jäger.

»Torsten ist doch kein Zeuge«, fuhr sie dazwischen.

Der Oberkommissar setzte noch einmal an. »Irgendjemand könnte Berrit Muchow gesehen haben. Wir wissen, dass Ihr Mann zum fraglichen Zeitpunkt mit Daniel Böckmann und anderen im Wattenmeer unterwegs war.«

Erneut wischte sie die Haarsträhne aus der Stirn. »Das ist eine Art Tradition, dass die Männer von Himmelfahrt bis Sonntag auf Tour sind. Das machen die schon seit Jahren.«

»Immer dieselbe Crew?«

»Da sind viele unterwegs. Ich war noch nie mit. Mir wird schlecht auf den schwankenden Planken. Wenn die zurückkommen, ist aber Totensonntag.«

»Bitte?«, fragte Cornilsen nach.

Frau Aufderheide deutete die Geste des Trinkens an. »Der Vatertagstörn verläuft nie trocken. Da wird ordentlich gebechert. Torsten ist das nicht gewohnt. Das ist sonst nicht seine Art. Darum ist er immer geschafft, wenn er zurückkommt. Na ja – eben Totensonntag.«

»War Berrit Muchow mit den Männern unterwegs?«, fragte Große Jäger.

»Ich kenne sie nur vom Sehen. Sonst haben wir keinen Kontakt zu den Muchows. Aber eine Frau mit auf Vatertagstour?« Sie schüttelte energisch den Kopf. »Bestimmt nicht.«

Der Streit unter den Kindern schien sich noch zu steigern.

»Ich muss da oben jetzt für Ruhe sorgen«, sagte Daniela Aufderheide. »Sonst gibt es noch Mord und Totschlag.«

»Macht nix«, entgegnete Große Jäger. »Wir sind vom Fach.«

Die Frau hatte nicht mehr zugehört. »War's das? Tschüss«,

sagte sie kurz angebunden und ließ die Tür mit Schwung ins Schloss fallen.

»Ist es von Vorteil, keine Kinder zu haben?«, fragte Cornilsen.

»Es gibt auch die schönen Seiten. Und die überwiegen«, erwiderte Große Jäger. »Stress gibt es überall. Und niemand bestreitet, dass Hausfrau und Mutter ein anstrengender Fulltime-Job ist.«

Sie blieben vor dem Dienstwagen stehen.

»Und?«, fragte Cornilsen.

Große Jäger klopfte schon mit der flachen Hand gegen die Taschen seiner schmuddeligen Jeans.

»Ah – hier«, sagte er und fingerte das zerknautschte Päckchen Zigaretten hervor.

Während er genussvoll inhalierte, meinte Cornilsen: »Die kleinen Teilchen, die zu einem großen Ganzen zusammengesetzt werden. Einen Splitter haben wir eben wieder gehört.«

»Gut aufgepasst«, lobte Große Jäger seinen jungen Kollegen. Er streckte den Zeigefinger in die Höhe. »Erstens: Wir haben eine weitere Bestätigung dafür, dass zumindest die Böckmann-Crew im fraglichen Seegebiet unterwegs war.« Es folgte der Mittelfinger. »Zweitens: Es scheint Usus zu sein, dabei kräftig zu bechern. Nicht nur auf Böckmanns Schiff. Berrit Muchow hatte laut Kieler Gerichtsmedizin kräftig Alkohol getrunken, bevor sie über Bord ging. Das lässt vermuten, dass sie auch mit einer Truppe zwischen den Halligen unterwegs war.«

»Und wenn es doch ein Unfall war?«, wagte Cornilsen zweifelnd anzumerken. »Sie könnte im Alkoholrausch ins Wasser gefallen sein.«

Große Jäger zog kräftig an seiner Zigarette, dass die Glut aufglomm. »Das ist theoretisch denkbar, auch wenn manches dagegenspricht. Aber das müsste ihren Mitseglern doch aufgefallen sein. Dass niemand ihr Verschwinden bemerkt haben will – das macht mich stutzig.«

»Hmh«, knurrte Cornilsen zustimmend.

Nachdem Große Jäger zu Ende geraucht hatte, fuhren sie

über die Nebenstrecke zur Landesstraße, die über die Eiderabdämmung zum Seebad St. Peter-Ording führte. Nach zwei Kilometern verließen sie die gut ausgebaute Straße wieder, durchquerten das kleine Dörfchen Welt mit der sehenswerten St.-Michaels-Kirche aus dem 13. Jahrhundert und erreichten kurz darauf Garding. Das moderne Gebäude der Amtsverwaltung lag noch vor den Bahngleisen am Ortseingang. Es bedurfte einiger Anstrengungen, bis ihnen jemand öffnete.

»Öffnungszeiten siehe da.« Der unfreundlich wirkende junge Mann zeigte auf ein Schild.

»Für uns öffnet sich jede Tür«, erwiderte Große Jäger. »Wir wollen zu Herrn Aufderheide.«

»Kommen Sie mit.« Der Mann führte die beiden Polizisten zum Büro des Beamten. »Die wollen zu dir«, sagte er und blieb abwartend im Türrahmen stehen.

Große Jäger wedelte mit der Hand. »Ist gut. Sie können gehen.« Demonstrativ schloss er die Tür. »Wir haben mit Ihrer Frau gesprochen«, begann er und nahm unaufgefordert vor dem Schreibtisch Platz.

Aufderheide wirkte jugendlich, auch wenn nur noch ein spärlicher Haarkranz seinen Kopf umschloss. Im Unterschied zu seiner Frau war er schlank, fast schlaksig.

»Sie waren von Himmelfahrt bis Sonntag mit Böckmann und weiteren Leuten im Wattenmeer zum Segeln.«

Der Mann starrte auf die Tischplatte vor sich und betrachtete seine Finger. »Mit der ›Watt'n Nixe‹«, bestätigte er.

»Ist das der Name des Bootes?«

»Böckmanns Yacht.«

»Wo waren Sie?«

»Puuh. Wie immer, wenn man mit Übernachtung draußen ist.«

»Also rund um Eiderstedt und dann in die Halligwelt.«

Aufderheide bewegte kaum merklich den Kopf.

»Da sind alle?«

Erneutes Bestätigen.

»Kommt man sich da nicht ins Gehege?«, wollte der Oberkommissar wissen.

»Nö. Das Revier ist nicht dicht befahren. Außerdem ist es im Mai oft noch recht kühl. Zumindest an der Nordsee. Drüben an der Ostküste sieht es anders aus.«

»In diesem Jahr blies zudem ein kräftiger Wind«, merkte Große Jäger an.

»Aus Nordwest. Bis Stärke sieben«, bestätigte Aufderheide leise. »Da sind manche gar nicht erst rausgefahren. Das kam nicht überraschend. Das war angekündigt.«

»Aber Sie haben sich getraut.«

Der Mann vermied es, die Beamten anzusehen. »Die ›Watt'n Nixe‹ ist groß. Außerdem ist Böckmann ein erfahrener Skipper.«

»Man trifft bei solchen Witterungsbedingungen nicht allzu viele andere Schiffe.«

»Es geht.«

Der Oberkommissar fasste es als Bestätigung auf. »Mit welchem Boot war Berrit Muchow unterwegs?«, fragte er unvermittelt.

»Berrit?« Der Schreck saß. Aufderheide verhaspelte sich. Er nahm die Hand vor den Mund und hüstelte. »Ich weiß nicht …«

»Sie kennen Berrit?«

»Ja. Schon. Sie ist auch Mitglied im Yachtclub. Wie man sich eben so kennt.«

»Es gibt doch ein *social life*. Clubabende. Grünkohlessen, Weihnachtsfeier. Und so weiter.«

Aufderheide fixierte einen Punkt an der Wand hinter den Polizisten. »Ich bin nicht auf jeder Veranstaltung dabei.«

»Sie sind sich aber oft begegnet.«

»Ja, aber nicht so richtig. Klar – man trifft sich. In der Stadt. Beim Edeka. Oder am Hafen.«

»Oder Mitte Mai im Wattenmeer.«

Aufderheides Augenlider flatterten.

»Wo haben Sie Berrit Muchow gesehen?«

Der Mann schluckte heftig. »Ich weiß nicht mehr so genau. Ich bin mir auch nicht sicher, ob sie es war. Wir sind an einem Tag bis Langeneß.«

»An einem Tag? Das ist ein ganzes Stück.«

Aufderheide nickte. »Richtig. Aber wir sind motort.«

»Sie sind – was?«

»Wir sind nicht gesegelt, sondern haben den Motor benutzt. Dann schafft man es.«

»Das ist aber unsportlich«, stellte Große Jäger fest.

»Böckmann ist der Skipper. Der hat das Sagen. Er wollte es am Vatertag bis Langeneß schaffen. Das wäre unter Segeln knapp geworden.«

»Warum hatten Sie es so eilig?«

Ein Rotschimmer überzog das Gesicht des Mannes. »Weil ... weil ...«, stammelte er unvollendet.

Große Jäger hakte nach.

»Es war Vatertag. Und wir hatten ein paar Vorräte an Bord.«

»Man kann stilecht nur an diesem Tag saufen?«, vermutete der Oberkommissar.

Aufderheide schien erleichtert. »Genau.«

»Sie sind aber erst am Sonntag zurückgekommen?«

»Am Freitag waren wir ziemlich groggy. Alle. Sonnabend sind wir dann bis zum alten Hafen Pellworm gesegelt. Und Sonntag zurück nach Tönning.«

»Und wie war das nun mit Berrit Muchow?«

Aufderheide bewegte fahrig die Hände. »Ich weiß es nicht mehr. Filmriss.«

»Wir möchten von Ihnen die Namen der Boote oder Leute wissen, denen Sie unterwegs begegnet sind.«

»Wie soll ich die zusammenbekommen?«

»Das muss sein.«

Der Mann fuhr sich mit der Hand über die kahle Mitte des Kopfes und besah sich erschrocken die feuchte Hand. Er hatte offenbar nicht bemerkt, dass zahlreiche Schweißtropfen auf seinem Kopf perlten. Dann nannte er stockend ein Dutzend Namen. Auf Nachfrage fügte er bei einem Teil auch den Heimathafen an. Er hatte schon abgeschlossen, als ihm noch etwas einfiel. Er streckte den Zeigefinger in die Höhe.

»Auf Langeneß lag neben uns ein Holländer. Das waren drei Typen.«

»Wo kamen die her? Haben Sie Namen von den Leuten oder dem Schiff?«

»Tut mir leid. Die haben ein eigenes Ding gemacht. Ganz schön trinkfest, die Holländer. Ich war am Freitag nicht der Erste, der den Kopf zur Kajüte rausstreckte. Steenbock hatte schon Kaffee gekocht, als ich in den Salon kam. ›Die sind schon weg‹, hatte er gesagt. ›Die müssen doch auch einen dicken Kopf haben.‹«

»Wohin wollten die Holländer?«

»Weiß nicht. Nach Norden. Richtung Dänemark. Die haben irgendetwas von ›Deense meiden versieren‹ gesagt. Oder so ähnlich.«

»Und was heißt das?«, fragte Cornilsen.

»Die wollten dänische Mädchen aufreißen«, übersetzte Große Jäger und ergänzte, nachdem ihm Cornilsen einen fragenden Blick zugeworfen hatte: »Holland ist nur einen Steinwurf von Münster entfernt. Am Wochenende oder auf dem Weihnachtsmarkt ist die ganze Stadt fest in der Hand der Käsköpfe.«

»Käsköpfe«, monierte Cornilsen.

»Klar doch. Die nennen uns doch auch abwertend Moffen.«

Die Rückfahrt nach Husum nutzten sie, um nach weiteren Umschreibungen für Menschen aus anderen Regionen oder aus Nachbarländern zu suchen. Es tat gut, für eine halbe Stunde die Rätsel um den aktuellen Fall zu vergessen. Der holte sie auf der Dienststelle wieder ein.

Cornilsen verglich die von Aufderheide genannten Namen mit seiner Liste und entdeckte Übereinstimmungen. Das traf auch auf andere Fälle zu, in denen Namen doppelt auftauchten. »Das ist mit Sicherheit nicht vollständig, aber wir kommen voran, wenn auch nur millimeterweise.«

»Das verstehen die Menschen nicht. Für die zählen nur die schnellen Erfolge. Andererseits weckt es große Aufmerksamkeit, wenn heute dank neuer wissenschaftlicher Methoden Morde aufgeklärt werden, die dreißig Jahre zurückliegen. Und wenn es hundert Jahre sind … Ich finde, die Opfer haben es verdient«, sagte Große Jäger. »Ich bin mir sicher: Auf einem der Schiffe war Berrit zu Gast.«

»Bei den Holländern? Wie sollte sie mit denen in Kontakt gekommen sein?«

»Tja. Das ist eine von vielen Fragen. Du siehst, Hosenmatz: Dieses ist einer der Fälle, bei denen wir mit zäher Ermittlungsarbeit Teilchen für Teilchen zusammensuchen.«

»Ich versuche, etwas über die Holländer in Erfahrung zu bringen. Wenn die neben Böckmanns ›Watt'n Nixe‹ auf Langeneß gelegen haben, ist ihnen eventuell etwas aufgefallen.«

»Vergiss darüber nicht, die anderen Segler zu befragen, die angeblich an diesen Tagen im Watt unterwegs waren.«

»Tu ich machen«, versicherte Cornilsen und vertiefte sich in die Aufgabe, während Große Jäger versuchte, Informationen über die Mitsegler auf Böckmanns Boot zusammenzutragen. Keiner von ihnen war bisher straffällig geworden. Ingbert Steenbock schien es am Steuer nicht immer mit den Vorschriften genau zu nehmen. Er sammelte reichlich Punkte in Flensburg. Überhöhte Geschwindigkeit. Nötigung am Steuer. Drängelei auf der Autobahn. Er hatte auch schon einmal eine Zeit lang ohne Fahrerlaubnis auskommen müssen.

»Was hat er für ein Auto?«, fragte sich Große Jäger und fand heraus, dass ein Porsche 911 Carrera auf ihn zugelassen war.

»Heiße Kiste«, stellte Cornilsen fest. »Der kostet über einhunderttausend Mücken.«

»Das sind zweihunderttausend Deutsche Mark«, murmelte Große Jäger.

»DM«, erwiderte Cornilsen. »Da war doch was. Oma erzählt, dass sie in ihrer Jugend damit bezahlt hat.« Er wich der Akte aus, die ihm als Antwort über die beiden Schreibtische entgegenflog. »Wie kann man sich so eine Karre leisten?«

»Steenbock ist ledig.«

»Das bin ich auch. Trotzdem.«

»Er ist selbstständig.«

»Na und? Ich kenne einen, der verkauft im Eingang des Supermarktes die Obdachlosenzeitung. Der ist auch selbstständig. Trotzdem kommt er täglich zu Fuß.«

»Ingbert Steenbock ist Architekt«, sagte Große Jäger. »Und Torsten Aufderheide sitzt als Beamter in der Bauabteilung der Amtsverwaltung.«

»Nun konstruiere hier nicht irgendetwas«, mahnte ihn der Oberkommissar. »Steenbock ist siebenundvierzig. Aufderheide ist achtunddreißig. Übrigens fünf Jahre jünger als seine Frau.«

»Da war doch noch einer.«

»Reinhard Geldmacher.«

Cornilsen gluckste vor Lachen. »Nun sag nicht, dass der bei dem Namen Handwerker ist.«

»Doch«, erklärte Große Jäger. »Geldmacher ist Glasermeister und hat sich auf Fensterbau spezialisiert. Das Geschäft läuft wohl ganz gut. Er hat ungefähr zehn Mitarbeiter in seinem Betrieb in Kotzenbüll.«

»Bringt uns das weiter?«, fragte Cornilsen skeptisch.

»Für mich sind diese Fakten interessant. Berrit Muchow passt nicht in dieses Schema. Sie ist sechsundfünfzig.«

»Eine nicht mehr jugendliche Frau, verheiratet und nach all dem, was wir bisher von ihr gehört haben, untadelig. Wer sollte ihr nach dem Leben trachten?« Für einen kurzen Moment hingen beide ihren Gedanken nach. »Mir fällt spontan nur der Ehemann ein. Aber reicht es aus, gegen das Hobby Segeln der Ehefrau mit einem Mord aufzubegehren? Und wenn er es war – wie hat er es angestellt?«

Die Frage konnte Große Jäger auch nicht beantworten.

Am Ende des Tages wussten sie dank Cornilsens mühevoller Kleinarbeit, dass die »Mooie Dame«, Große Jäger hatte es mit »Pretty Woman« übersetzt, am Freitag nach Himmelfahrt in List auf Sylt festgemacht hatte. Die Holländer waren dort für eine Nacht geblieben. Man wusste lediglich, dass sie weiter nach Norden wollten. Dafür erfuhren sie, dass das Schiff aus Oostmahorn im Lauwersmeer kam und der Skipper Wim ter Smitten hieß.

»Mein Gesprächspartner aus List sagte, es seien trinkfeste Burschen gewesen«, berichtete Cornilsen.

Große Jäger wollte ihn loben, aber der Kommissar unterbrach ihn, indem er die Hand hob.

»Das ist noch nicht alles. Heute ist Mittwoch«, sagte er. »Die ›Mooie Dame‹ ist gestern in Hörnum eingetroffen. Dort liegen sie jetzt.«

»Dann sollten wir sie morgen besuchen und sie befragen«, sagte Große Jäger nach einem Blick auf die Uhr.

»Wir könnten die Kollegen aus Westerland bitten, das für uns zu übernehmen«, schlug Cornilsen vor.

»Die stehen nicht im Thema«, erwiderte Große Jäger. »Welche Fragen sollen wir den Westerländern vorgeben? Wir kennen sie doch selbst nicht.«

»Sie könnten die Personalien aufnehmen.«

»Morgen!«, sagte Große Jäger. »Punktum.«

ACHT

Es näherten sich die längsten Tage des Jahres. Die Freude daran wurde aber durch das trübe Wetter gestört. Der Himmel war wolkenverhangen. Ein leichter Nieselregen ließ das Pflaster glänzen, auch wenn der Feuchtigkeitsfilm schnell wieder trocknete. Das frische Maigrün entschädigte – zumindest optisch – dafür, dass der Wonnemonat nicht den Ausklang fand, den sich die Frühlingsenthusiasten gewünscht hätten.

Große Jäger schien vom Wetter gefangen zu sein. Seine Miene ähnelte dem Himmel.

»Was unterscheidet Sommer und Winter in Nordfriesland?«, fragte er, um selbst die Antwort zu geben: »Der Regen ist im Sommer einen Tick wärmer.«

»Bei dem Wetter macht das Segeln keinen Spaß«, erwiderte Cornilsen.

Große Jäger war dankbar, dass der Kommissar es vermied, darauf herumzureiten, dass die Holländer heute in aller Frühe den Hafen von Hörnum verlassen hatten. Das hätte er bedenken müssen. Aber gestern Abend hätten die Polizisten die Südspitze Sylts nur noch mit Mühe erreichen können. Und seine Entscheidung, keine Unterstützung durch die Sylter Kripodienststelle einzuholen, hielt er immer noch für richtig. Auch wenn es mittlerweile von Kriminalromanen nur so wimmelte, in denen jede Menge »Mordkommissionen« in Husum, Niebüll, Westerland und sogar auf Föhr oder Amrum angesiedelt waren, fielen Mordermittlungen in die Zuständigkeit der Flensburger Bezirkskriminalinspektion. Dort war das K 1 angesiedelt. Es war jedes Mal ein Ritt am Rande der Legalität, wenn die Husumer im Rahmen der »Amtshilfe« bei Tötungsdelikten aktiv wurden. Diesen Status hatten sie in langjähriger Praxis erworben, nur halbherzig von Flensburg geduldet. Der Oberkommissar drehte sich mit seinem Schreibtischsessel um und sah in Richtung des leeren Schreibtisches hinter sich.

»Nicht wahr, Christoph? Was haben wir schon alles durchgemacht. Als du nach Husum kamst, waren wir eine Polizei-inspektion. Dann wurden wir die kleinste, aber feinste Poli-zeidirektion des Landes. Und jetzt? Polizeirevier Husum. Wenn das so weitergeht, werden die Ordnungshüter noch vor meiner Pensionierung nur noch mit einer Notrufsäule in der Storm-Stadt vertreten sein.«

»Wir sind einzigartig«, mischte sich Cornilsen ein.

Große Jäger nickte nachdenklich. »Wahrlich. Husum ist die einzige Dienststelle in unserem schönen Schleswig-Holstein, die einen eigenen Polizeihundt hat.«

»Und das im Rang eines Hauptkommissars«, stimmte Cornilsen zu. »Ich habe aber noch etwas über die Hollän-der herausgefunden. Sie haben verlauten lassen, dass sie nach Hause wollen. Heute ist Donnerstag. Ende der Woche sei ihr Urlaub vorbei. Sie sind heute früh losgefahren, weil sie Helgoland als Zwischenstation ansteuern wollen.« Cornilsen berichtete weiter, dass es in Hörnum Zoff mit vier Deutschen gegeben hatte. Zwei Paare. Die kamen aus Wedel und wollten rund um Dänemark. Die Holländer hatten sich an die beiden Frauen herangemacht. Die hatten sich das verbeten, aber die Holländer hatten sich offenbar Mut angetrunken und waren zunächst verbal über die Frauen hergefallen. Dann hatten sie es handgreiflich versucht. Es kam zu leichten Rangeleien mit den Begleitern der Frauen. Nachdem sich noch ein paar an-dere Segler von anderen Booten eingemischt hatten, war die Situation schließlich befriedet worden.

»Ist die Polizei gerufen worden?«

»Man hat mir gesagt, so etwas regeln Segler selbst nach ihren eigenen Methoden«, erwiderte Cornilsen.

»Ich werde morgen nach Helgoland fahren«, beschloss Große Jäger und versuchte, eine Verbindung herauszufinden, da die Wasserschutzpolizei keine Möglichkeit sah, ihn mit einem ihrer Boote hinüberzubringen. Er nahm auch Kontakt zur Poli-zeistation Helgoland auf, die nicht von der Schutz-, sondern von der Wasserschutzpolizei betrieben wurde. Man sicherte ihm zu, Ausschau nach der »Mooie Dame« zu halten und die Holländer bis zum Eintreffen des Oberkommissars festzuhalten.

»Das kann Ärger geben«, vermutete der Kollege auf dem roten Felsen in der Nordsee.

Große Jäger erklärte ihm, dass es um Untersuchungen in einem Mordfall ging. Zuvor war sein Versuch, von Mommsen einen Flug genehmigt zu bekommen, gescheitert. »Die Anhaltspunkte sind zu vage«, bedauerte der Kriminalrat. »Die Holländer sind weder dringend der Tat verdächtig, noch gelten sie als Zeugen. Wenn wir ehrlich sind – es ist nur eine Idee. Und außer diesem …«

»Torsten Aufderheide«, warf Große Jäger ein.

»… hat noch keiner bestätigt, dass Berrit Muchow im Wattenmeer unterwegs war. Weshalb hat Böckmann das nicht erwähnt?«

»Das ist für mich auch rätselhaft«, gestand Große Jäger. »Nun wollen wir uns anhören, was Ingbert Steenbock zu erzählen hat.«

Das Vorankommen auf der Bundesstraße war zäh. Zunächst behinderte ein landwirtschaftliches Fahrzeug den Verkehr. Bei Bütteleck zwängte sich aus Friedrichstadt kommend ein Wohnmobil statt des Treckers an die Spitze. »Rentner müsste man sein«, fluchte Große Jäger. »Dem ist es egal, ob er noch diese Woche ankommt.«

Steenbocks Architekturbüro befand sich in einem der reizvollen Häuser »Am Hafen«. Das war auch der Name der Straße. Im Wasser lagen die Segelboote. Gegenüber streckte sich der lange Bau des Packhauses, von dem die Einheimischen gern erzählten, dass es der größte Adventskalender der Welt sei.

Im Büro bedauerte man, aber der Chef sei nicht im Hause. Es bedurfte Großes Jägers Hartnäckigkeit, um zu erfahren, dass Steenbock zu Hause arbeitete.

»Dann besuchen wir ihn dort«, beschloss Große Jäger und schimpfte, als der Dienstwagen über das Kopfsteinpflaster der kleinen Stadt rumpelte. »Der Zug kommt hier nur zweimal die Woche«, übertrieb er, als sie am Bahnübergang warten mussten. Am Kopfbahnhof trafen sich die beiden Züge der eingleisigen Strecke aus und nach St. Peter-Ording.

Schließlich war auch dieses Hindernis überwunden. Am Kreisverkehr bei der Jugendherberge bogen sie ab und fuhren in ein Neubaugebiet mit den sehenswerten Häusern hinein. Gleich zu Beginn gab es eine Straße, in der schöne Schwedenhäuser aus Holz standen. Man wäre nicht überrascht gewesen, wenn auf einer Veranda ein kleines Mädchen mit abstehenden roten Zöpfen gestanden und einen Schimmel mit schwarzen Punkten in die Luft gehalten hätte. Der Skaerbaeckvej verdankte seinen Namen der hübschen dänischen Kleinstadt nördlich der Grenze.

Vor einem der Grundstücke stand der silberne Porsche 911 Carrera mit dem Kennzeichen »NF-IS«.

»Die Buchstabenkombination nach Nordfriesland verschafft kein Renommee«, stellte Große Jäger fest. »Sie dient aber der Befriedigung der Eitelkeit.«

Nach dem Betätigen der Türklingel ertönte der Schlag von Big Ben. Es hörte sich an, als würde ein Echo durch das Haus wandern. Der Ton begann hinter der Haustür und pflanzte sich im Inneren von Raum zu Raum fort. Es rührte sich nichts. Erst als ein ungeduldiger Oberkommissar seinen Finger auf dem Klingelknopf ruhen ließ, wurde die Haustür aufgerissen, und ein sportlich durchtrainierter Mann funkelte ihnen böse entgegen.

»Was soll der Scheiß?«, sagte er scharf. »Ich bin nicht darauf erpicht, gestört zu werden.«

»Wir stören nicht. Wir machen genauso wie Sie unsere Arbeit.« Große Jäger hatte mit Absicht so leise gesprochen, dass Ingbert Steenbock sich konzentrieren musste, um es zu verstehen.

»Wir sind …«, setzte er an, aber Steenbock unterbrach ihn.

»Polizei. Ich weiß.« Vermutlich hatte ihn sein Büro informiert. »Ich habe nichts getan.« Ein herablassender Blick wanderte von Große Jägers fettigen Haaren langsam bis zur Gürtelschnalle hinab. »Und von der Verkehrspolizei sind Sie wohl nicht.«

»Die schicken Briefe«, erwiderte Große Jäger und zeigte zum Porsche. »Bei Ihnen ist es noch einfacher. Bei Ihren Ein-

trägen in Flensburg lohnt ja fast schon eine Einzugsermächtigung. Wir wollen Sie in einer Mordsache befragen.«
»Damit habe ich nichts zu tun«, geiferte Steenbock.
»Sind Sie überhaupt Ingbert Steenbock?«
»Nein. Der Hausmeister!« Er zog vernehmlich die Nase hoch. »Wer soll ich sonst sein?«
»Vielleicht der Waldschrat, der hier zu Besuch ist.« Der Oberkommissar streckte die Hand vor. »Zeigen Sie mir bitte Ihren Ausweis.«
»Muss ich das?«
Große Jäger drehte sich zu Cornilsen um. »Man hört so viel von Einbrechern. Wollen wir dem Hauseigentümer einen Gefallen tun und den unbekannten Herrn vor uns mitnehmen?«
»Bei mir verfangen solche Drohgebärden nicht.« Es ergab sich ein weiterer kleiner Dialog, bis Steenbock die Haustür zuwarf und ein paar Minuten später mit dem Personalausweis wieder auftauchte.

Cornilsen nahm das Dokument entgegen und ließ sich Zeit mit der Prüfung. Mehrfach wechselte sein Blick vom Ausweis zu Steenbock und zurück. Dabei legte er den Kopf ein wenig schief und spitzte die Lippen. Große Jäger hatte Mühe, ein Lachen zu unterdrücken, als Cornilsen den Ausweis zurückgab und meinte: »Er könnte es sein.«

Steenbock steckte den Ausweis in die Brusttasche seines Seidenhemdes, dessen obere Knöpfe geöffnet waren und den Blick auf eine braun gebrannte Brust freigaben, auf der ein Amulett baumelte. Die nackten Unterarme waren muskulös, das glatt rasierte Gesicht ebenmäßig. Die Brille steckte im vollen blonden Haar. Im Ohrläppchen glitzerte ein Brillant.

»Ich kann nichts zu Berrit Muchow sagen«, erklärte Steenbock.

»Oh«, antwortete Große Jäger. »Dr. Fehlandt. Daniel Böckmann. Und Torsten Aufderheide. Sie sind bestens informiert.«

Steenbock leugnete es nicht.

Der Oberkommissar sah über die Schulter und stellte belustigt fest, dass auch hier im Neubaugebiet die Neugierde der Nachbarn überwog. Eine Frau beschäftigte sich auf dem

Nachbargrundstück mit einem Busch, ohne ihn wirklich zu bearbeiten.

»Wir sind von der Polizei.« Große Jäger hatte seine Stimme erhoben und sprach laut und vernehmlich. »Wir möchten von Ihnen wissen, welche Beziehung Sie zum Mordopfer hatten.« Steenbock erstarrte für einen Moment. Hastig warf er einen Blick zur Nachbarin. Dann trat er einen Schritt zurück und forderte die Beamten auf, einzutreten.

Man musste das Interieur des Hauses nicht mögen, aber es war perfekt durchgestylt. Modern. Sachlich. Aus Materialien, die keine Wärme ausstrahlten. Dafür hätte es jede Kleinigkeit von der Einrichtung bis zur Dekoration auf die Titelseite eines Lifestyle-Magazins geschafft.

Steenbock hatte wirklich die Ruhe seines Hauses gesucht, um zu arbeiten. Auf einem Glastisch, der auf Chromböcken ruhte, waren gleich mehrere Apple-Rechner aufgebaut, verbunden mit großen Bildschirmen. Große Jäger war kein Experte, aber den neuesten Apple Mac Pro erkannte auch er. Papier oder Zeichnungen suchte man vergebens.

Steenbock blieb mitten im Raum stehen. Er wartete die Fragen gar nicht erst ab.

»Natürlich kannte ich Berrit Muchow. Ich habe oft mit ihrem Mann zu tun. Rein geschäftlich. Die Uthlande-Sparkasse finanziert zahlreiche Bauvorhaben, die ich plane. Da kennt man sich. Privaten Umgang haben wir nicht gepflegt. Weder mit ihrem Mann noch mit Berrit.« Er fuhr mit der Hand durch die Luft. »Wie man sich eben so kennt. Vom Sehen. Und vom Yachtclub.«

»Sie sind aber auch zusammen unterwegs gewesen.«

Steenbock wich dem Blick des Oberkommissars kurz aus.

»Ja«, sagte er knapp.

»Auch in diesem Jahr zu Himmelfahrt?«

Der Architekt ließ ein verächtliches Lachen hören. »Himmelfahrt. Das ist traditionell eine Männersache.«

»Sie waren mit Böckmanns Schiff auf Langeneß.«

Steenbock ging nicht darauf ein.

»War Berrit Muchow bei Ihnen an Bord?«

»Hören Sie mir nicht zu? Das war ein Vatertagstörn.«

»Berrit war aber zur selben Zeit auch auf Langeneß. Wie ist sie dorthin gekommen?«

»Was weiß ich. Finden Sie es heraus.«

»Wir sind gerade dabei. Da Neptun sie nicht dorthin gebeamt hat, muss es eine andere Variante geben. Sie haben den ganzen Freitag auf Langeneß gelegen. Wer war noch da?«

»Ein paar.«

»Namen!«

»Kannte ich nicht.«

»Und die Holländer?«

Steenbock legte die Handkante an den Hals. »Hören Sie mit denen auf. Ein unmögliches Pack. Sie saufen. Und machen Lärm.«

»Hatten Sie Stress mit denen?«

»Nein – wieso? Wir haben uns von denen ferngehalten.«

»Sitzt man abends im Hafen nicht mit anderen Segelkameraden zusammen und trinkt Hochprozentiges?«

»Was haben Sie für Vorstellungen?«

»Wir wissen, dass es in dieser Hinsicht bei Ihnen an Bord der ›Watt'n Nixe‹ hoch hergegangen ist.«

»Alles halb so schlimm. Glauben Sie nicht jeder Übertreibung.«

»War Kerrin Böckmann auch auf Langeneß? Schließlich ist sie mit Berrit Muchow eng befreundet gewesen.«

»Ha!« Steenbock lachte heiser auf. »Wenn das der Fall gewesen wäre, hätten Sie jetzt in einem anderen Mordfall zu ermitteln.«

»Bei den Böckmanns?«

Der Architekt nickte.

»Man sagt, Berrit Muchow wäre früher auch mit Ihnen auf Ihrem Boot unterwegs gewesen.«

»Na und?«

»Wie ist das abgelaufen?«

»Ich habe nicht so ein großes Schiff wie Böckmann. Mit meinem kann man eher eine Nachmittagstour auf der Eider unternehmen. Berrit war immer ganz versessen darauf, aufs

Wasser zu kommen. Sie hat jede sich ihr bietende Gelegenheit genutzt. Warum sollte ich ihr nicht eine Mitfahrt ermöglichen, wenn ich das gute Wetter für einen Halbtagstrip ausnutze?« Er klopfte sich mit der Faust gegen die Brust. »Wo sind wir hier gelandet? Muss man jetzt schon aufpassen, wenn man freundlich sein will?« Er bewegte seinen Zeigefinger hin und her. »Nun bringen Sie nicht das Gerücht in Umlauf, wir seien schwul, nur weil wir keine Frauen mitgenommen haben.«

»Aber Berrit war auf Langeneß. Sie haben sie dort gesehen?«

»Ganz kurz. Ja.«

»Haben Sie nicht miteinander gesprochen?«

»Worüber?«, antwortete Steenbock mit einer Gegenfrage.

»War Berrit bei den Holländern an Bord?«

»Ich weiß es nicht«, rief Steenbock unwirsch.

»Mit wem war sie sonst auf Langeneß zusammen?«

»Herrje noch mal. Ich bin nicht der Blockwart. Das interessiert mich auch nicht.« Steenbock fasste Cornilsen am Oberarm und drängte ihn Richtung Tür. »Das war's. Auf Wiedersehen.« Es war ein Rausschmiss.

Auf der Straße lehnte sich Große Jäger mit dem Rücken gegen den Dienstwagen und rauchte. Während er Cornilsen etwas von der neuen Nolde-Ausstellung in Seebüll erzählte, streckte er immer wieder den Arm aus und zeigte auf Steenbocks Haus. Für Unbeteiligte sah es so aus, als würde er seinem Begleiter etwas zu diesem Anwesen und dessen Bewohner erklären. Amüsiert registrierte er, wie die neugierige Nachbarin ihn dabei ohne Unterlass beobachtete. Sie nahm vermutlich viele Fragen mit zum Tratsch beim nächsten Nachbarn.

Zu gern hätte er Mäuschen gespielt und gelauscht, wie sich die Frauen die Köpfe heißredeten und Vermutungen anstellten, was es mit dem merkwürdigen Besuch der noch merkwürdiger aussehenden beiden Männer für eine Bewandtnis haben mochte. Es blieb ihm auch nicht verborgen, dass Steenbock ihnen nachsah.

Der Architekt war nicht dumm. Er würde auch wissen, dass das Verhalten der Polizisten Anlass zu Gerede in der Nachbarschaft bot. Große Jäger hatte kein schlechtes Gewissen dabei. Auch Polizisten durften sich eine ganz persönliche Meinung bilden und Menschen in sympathisch und weniger angenehm einteilen. Christoph hätte ihn vom Haus weggezerrt. Aber der hatte auch keinen so kräftigen Schmerbauch gehabt. Gedankenverloren strich er sich über seine Wampe. Was heißt hier Bauch? Das war der Resonanzboden für seine Gefühle.

»Können wir endlich?«, fragte Cornilsen ungeduldig, als Große Jäger den letzten Zug inhaliert hatte.

Der Oberkommissar spreizte die rechte Hand und hielt den Daumen ans Ohr, während er den kleinen Finger zum Mund führte. Die Geste des Telefonierens richtete er deutlich gegen das Fenster, in dessen Hintergrund Steenbock sie beobachtete.

»Was war das jetzt?«, wollte Cornilsen wissen, bevor er einstieg.

»Ich habe ihm signalisiert, dass er Geldmacher anrufen soll. Den wollen wir jetzt besuchen.« Mit einem breiten Grinsen folgte er Cornilsen ins Auto. »Na los. Worauf wartest du?« Er knuffte dem Kommissar freundschaftlich in die Seite. »Das Wetter wird nicht besser. Auf nach Kotzenbüll.«

Der kleine Ort mit nur knapp über zweihundert Einwohnern beherbergte in seinen Grenzen eine der achtzehn historischen Kirchen Eiderstedts, die allein eine Reise auf die Halbinsel lohnten. Wer sich für die anderen Attraktionen und die unbeschreibliche Vielfalt der Natur und Vogelwelt Eiderstedts begeistern konnte, bekam die Gotteshäuser als Attribut zusätzlich obendrauf.

»Es geht voran«, sprach sich Große Jäger auf der Fahrt selbst Mut zu. »Steenbock hat gemauert. Wie die anderen auch. Was verschweigt man uns, der Ehemann eingeschlossen? Auf Eiderstedt gibt es so viele Kirchen. Die Leute waren hier früher sehr fromm und gottesfürchtig. Das passt nicht zu den Lügen, die man uns heutzutage auftischt. Immerhin war Steenbock der Zweite, der bestätigt hat, dass Berrit Muchow zur fraglichen Zeit auch auf Langeneß war. Aber wie ist sie dorthin gekommen?«

Kotzenbüll bestand eigentlich nur aus einer einzigen Straße, wenn man großzügig die kleine Siedlung am Rand übersah. Geldmachers Betrieb lag nicht direkt im Ort, sondern etwas abseits auf einem ehemaligen Bauernhof. Ein großes Holzschild wies an der Straße auf das Unternehmen hin, zu dem ein schmaler Weg führte. Die Werkstatt befand sich in der ehemaligen Scheune, an die ein schmuckloser Zweckbau für das Büro angelehnt war.

Auf dem Hofplatz standen zwei Pritschenwagen mit Aufbauten, die zum Transport von Fenstern dienten. Sie parkten den Dienstwagen neben einer Reihe Pkw, die offenbar Mitarbeitern gehörten.

»Wo finden wir den Chef?«, fragte Große Jäger einen Mann in Arbeitskleidung, der zu einem der Fahrzeuge ging und eine Zigarettenkippe im Mundwinkel hielt.

»In der Werkstatt«, erwiderte der Mann, ohne den Glimmstängel aus dem Mund zu nehmen. Er kniff dabei die Augen zusammen. Große Jäger kannte diese Mimik. Sie war eine Reaktion auf den beißenden Rauch, der beim Sprechen aufstieg.

Nachdem sie die schwere Eisentür passiert hatten, fanden sie sich in einem großen Raum wieder, in dem das Chaos zu wohnen schien. Halb fertige und komplette Fenster in unterschiedlichen Größen lösten sich mit gestapelten Profilen und gegeneinandergestellten Glasscheiben ab. Dazwischen standen Maschinen. Aus dem Hintergrund sahen ihnen zwei Männer entgegen. Ein kleinerer Mann mit einem Wohlstandsbauch und einem grauen Bart stand an einer Spanneinrichtung, während ihm ein hagerer jüngerer Mann mit dunklem Teint und Schnauzbart zusah.

»Raus hier«, brüllte der Ältere mit einer durchdringenden Kommandostimme.

»Wir wollen zu Herrn Geldmacher.«

»Dies ist eine Werkstatt und kein Teesalon.«

»Wir sind von der Polizei«, rief Große Jäger.

»Macht nix. Neulichst waren der Papst und der Kaiser von China hier. Die habe ich auch rausgeschmissen.«

Große Jäger ging gemessenen Schrittes auf die beiden zu.

Cornilsen folgte ihm zögernd.»Hätte ich auch gemacht. Nur *wir* bleiben an Bord.«

Der Mann hielt für einen Moment verdutzt inne.»Kess, was?«

»Immer. Frechheit siegt«, sagte Große Jäger.»Nach Nordfriesenart. Wären wir höflich, würden wir bei den Pfeffersäcken an der Elbchaussee wohnen. Also? Was ist? Sind Sie Geldmacher?«

Der Mann mit den stämmigen behaarten Unterarmen zeigte zwei Reihen tadellos blitzender Dritter.»Ich bin Handwerker und nicht Geldmacher. So heiße ich nur.«

»Und ich bin Großer Jäger, weil ich mich nicht abwimmeln lasse.«

Jetzt grinste der Mann.»Großer Jäger – Superspruch.«

»Nix da. Ich heiße wirklich so.«

»In echt?«

»Urkundenfest in zahlreichen Dokumenten verbrieft.«

»Was wollt ihr?«

»In Süditalien würde ich sagen: zehn Prozent. In Schleswig-Holstein ist die Polizei unbestechlich.«

»Momang«, sagte Geldmacher und wandte sich dem jungen Mann zu.»Pass auf, Danyal. Du packst das Ding hier an. Klaro? Dann drückst du mit dem Oschi da drüben gegen. Nicht zu fest, sonst kracht es. Kapiert? Ich heiße Geldmacher und du nicht Bruchpilot. Okay?«

Der junge Mann nickte.

»Praktikant aus Afghanistan«, erklärte der Handwerksmeister.»Nix verstehen Deutsch. Wenn du es denen aber erklärst, so ungeschickt sind die gar nicht.« Dann sah er wieder Danyal an.»Mach die hier. Aber schön vorsichtig. Ist nicht aus Lehm wie bei euch.« Er sah zu, wie der Afghane das erste Stück bearbeitete.»Kann noch ein bisschen besser werden.« Geldmacher formte aus Daumen und Zeigefinger einen Kreis.»›Made in Germany‹ reicht nicht mehr als Qualitätsmaßstab. Es muss schon ›made in Eiderstedt‹ sein.« Nachdem das zweite Stück besser ausgefallen war, wandte sich der Glasermeister an die beiden Polizisten.»Und? Was wollt ihr von mir?«

»Fragen beantwortet haben.«

»Schieß los.« Er zeigte auf eine Tür in der Zwischenwand. »Komm, wir gehen ins Büro.«

Der kleine Raum war genauso chaotisch zugestellt wie die Werkstatt. Die Büroeinrichtung stammte aus den sechziger Jahren. Ein zerschrammter Schreibtisch, Aktenschränke mit hölzernen Rollläden und ein Bürostuhl, der an der Seite aufgeplatzt war und aus dem die Polsterfüllung hervorquoll. Geldmacher bemerkte den Blick der Beamten.

»Was soll ich hier noch Mäuse reinpumpen? Nächstes Jahr geh ich in Rente. Dann habe ich fünfzig Jahre Maloche auf dem Buckel. Ich verschrubb den Laden und nach mir die Sintflut.«

»Dann wird nur noch gesegelt?«, fragte Große Jäger.

»Logo. Karibik. Hawaii. Und sonst wo.«

»Wo die heißen Mädchen sind?«

Wieder zeigte Geldmacher die weißen Zahnreihen. »Geht nicht. Meine Olle kommt mit. Wollt ihr 'nen Kaffee?« Er wartete die Antwort nicht ab, sondern griff sich leicht angeschlagene Becher von einem Sideboard und füllte sie aus einer Pumpkanne mit Kaffee. »Gibt's nur pur«, erklärte er. »Zucker und Milch ist was für Weicheier. So! Ran an die Buletten. Was wollt ihr von mir?«

»Es geht um Ihre Segeltour, die Sie mit Böckmann, Aufderheide und Steenbock Himmelfahrt unternommen haben.«

Geldmacher kniff die Augen zu schmalen Schlitzen zusammen. »Und?«

»Wir wissen, dass Sie mit der ›Watt'n Nixe‹ auf Langeneß waren. Sie sind morgens ab Tönning motort, um abends am Zielhafen einzutreffen.«

»Ist doch nicht verboten, oder? Wir haben keine Seehunde von ihren Bänken verjagt und auch sonst nichts angekratzt.«

»Es geht nicht um den Naturschutz.«

»Wussten Sie, dass wir fünfzehn Nationalparks in Deutschland haben? Einer davon ist das Schleswig-Holsteinische Wattenmeer. Er ist der größte zwischen dem Nordkap und Sizilien und ein einzigartiger Lebensraum für Hunderte von Pflanzen-

und Tierarten, die nur hier vorkommen. Er ist zudem eines der vogelreichsten Gebiete Europas.«

»Das ist uns alles bekannt«, sagte Große Jäger. »Es geht um Berrit Muchow. Die haben Sie auf Langeneß getroffen?« Geldmacher grinste. »Ihr wollt uns was mit Frauen anhängen? Nix da. Ihr kennt den Spruch. Nahe Pellworm gibt es eine Untiefe, die heißt Rummelloch. Unter den Seglern kursiert der Spruch: ›Willst du zum Rummelloch?‹ – ›Nee. Mit Uschi will ich nichts mehr zu tun haben.‹« Geldmacher lachte über seine Bemerkung. »Die Fahrrinne wird mit jungen Bäumen abgesteckt. Wisst ihr, weshalb?«

»Klar«, antwortete Große Jäger. »Die Seehunde brauchen auch Bäume.«

Der Handwerksmeister zeigte sich enttäuscht, dass sein Witz nicht ankam.

»Was ist mit Berrit?«

»Haben Ihnen Ihre Kumpel nicht erzählt, was wir wissen möchten?«

»Mich? Nee. Wieso das denn?«

Entweder war Geldmacher ein hervorragender Schauspieler, oder man hatte ihn wirklich nicht vorgewarnt.

»Sie sind öfter mit den anderen drei unterwegs gewesen?«

»Nö. Eigentlich immer nur am Vatertag. Das aber schon seit ein paar Jahren. Das hat sich so ergeben.«

»Wie ist der Törn abgelaufen?«, wollte Große Jäger wissen.

»Versteh ich nicht, die Frage. Ihr wisst doch schon, dass wir motort sind. Zurück sind wir gesegelt. Da haben wir Zwischenstation auf Pellworm gemacht. Alter Hafen.«

»Wo haben Sie Berrit Muchow getroffen?«

»Ah – ich verstehe. Es geht darum, dass man Berrit vor Hooge aus dem Wasser gefischt hat. Schöne Scheiße, das. Ich versteh nicht, wie sie ins Wasser fallen konnte. Kommt nicht oft vor.« Er runzelte die Stirn. »Ich bin schon 'ne Ewigkeit mit Booten unterwegs. So was ist noch nie vorgekommen. Wisst ihr schon, wie das passiert ist?«

Große Jäger ging nicht darauf ein. »Wie ist Berrit Muchow nach Langeneß gekommen?«

»Null Ahnung. Ich hab sie nur von Bord aus gesehen. ›Moin, Berrit‹, hab ich ihr zugerufen. Mehr nicht.«

»Wo kam sie her? Wo ist sie hingegangen?«

»Weiß ich doch nicht.« Geldmacher klang plötzlich gereizt. »Ich geh aufs Männerklo. Deshalb spionier ich auch nicht anderen hinterher. Das ist Weiberkram.«

»Haben Sie sich nicht gewundert, Frau Muchow dort zu treffen?«

»Wieso denn? Im Watt siehst du immer mal einen, den du kennst. Wenn du hier ein paar Jahre rumkurvst, triffst du immer dieselben Leute.«

»Auch Fremde?«, fragte Große Jäger.

»Kommt auch vor, aber nicht so oft.«

»Zum Beispiel Holländer?«

»Ach«, meinte Geldmacher. »Ihr wollt auf die Suffköppe raus, die auch auf Langeneß lagen. Die konnten einen ordentlichen Stiefel vertragen. Mannomann. Was haben die in sich reingeschüttet.«

»Bei Ihnen floss das Bier aber auch in Strömen.«

»Na ja«, gab Geldmacher kleinlaut zu. »Aber das ist was anderes.«

»Wodurch unterscheiden Sie sich von den Holländern?«

»Nun ja …« Der Handwerksmeister suchte nach den richtigen Worten. »Das ist unser Heimatrevier.«

»Was hat das mit dem Alkoholkonsum zu tun?«

Geldmacher blieb die Antwort schuldig.

»Wenn Sie alle kennen … Wem sind Sie noch begegnet?«

»Diesem und jenem. Hab nicht so genau darauf geachtet. Wenn ich geahnt hätte, dass ihr das wissen wollt, hätt ich mir doch glatt die Namen notiert.«

»Wir benötigen sie trotzdem.«

Geldmachers Miene hellte sich auf, begleitet von einem »Ach ja. Hab mich ein bisschen gewundert«.

Der Oberkommissar hakte nach.

»Hubert Müller war unterwegs. Ich glaub, der wollte nach Hooge. Sah so aus. Ich war bass erstaunt.«

»Aus welchem Grund?«, fragte Große Jäger.

»Das pfeifen die Spatzen vom Dach. Dem ist die Knete ausgegangen. Sein Laden läuft nicht mehr. Bei mir hier – das funktioniert. Alles paletti. Aber Müller hat sich übernommen. Böse Zungen sagen, sein neues Schiff ist zu groß geraten. Aber der hat sich verspekuliert.«

»Wobei?«

»Müller macht Treppenbau.«

»Also auch Bau – wie Sie.«

Geldmacher nickte.

»Dann haben Sie geschäftlich auch mit Steenbock zu tun?«

»Als Architekt weiß der natürlich, wer welches Gewerk ausübt. Es ist schon hilfreich, wenn man sich kennt.«

»Und Müller?«

»Man munkelt, dass er keinen neuen Kredit mehr bekommen hat. Muchow von der Sparkasse kann ihn wohl nicht ab.«

»Was hat Muchow gegen Müller?«

»Weiß nicht«, wurde Geldmacher einsilbig. »Ich will da nichts mit zu tun haben. Wir Kleinen hängen doch alle am Tropf der Geldsäcke. Wenn die den Hahn zudrehen, dann ist der Ofen aus. Daddeldu. Jeder weiß, dass Muchow was gegen das Segeln hat. Bei dem musst du nicht ankommen und nach 'nem Kredit für ein neues Boot fragen. Da läuft nix.«

»Aber Müller hat Geld bekommen?«

»Das ist es ja. Muchow und die Uthlande-Sparkasse waren die Hausbank von Müller. Immer schon. Und als Müller sich das neue Boot gekauft hat, hat ihm Muchow den Geldhahn zugedreht. Weil Muchow nichts für das Schiff herausgerückt hat, hat Müller es sich woanders besorgt. Keine Ahnung, wo. Die haben ihm aber nichts für seinen Laden geben wollen. Baugewerbe. Das ist vielen zu riskant. Und Muchow lässt ihn nun hängen. Das war's dann wohl. Jeder ahnt: Müller ist pleite. So war ich überrascht, als ich Müller in der Süderaue rumgurken sah.«

»Allein?«

»Das habe ich nicht gesehen. Glaube ich aber nicht. Da war noch jemand an Bord.«

»Wer?«

»Null Ahnung. Das siehst du nicht, wenn der zweite Mann unten sitzt.«

»Mann oder Frau?«

»Mensch. Sagte ich schon. Weiß ich nicht.«

»Weshalb eskalierte die Situation zwischen Muchow und Müller, nachdem sie offenbar lange Jahre erfolgreich miteinander Geschäfte gemacht haben?«

»Also der Muchow – der hat einen fast krankhaften Hass auf alles, was schwimmen kann. Liegt wohl auch daran, dass seine Frau sich so sehr für unseren Sport begeistern konnte.«

»Und oft mit anderen Seglern draußen war?«

»Ja«, stimmte Geldmacher zu.

»Auch mit Ihnen?«

»Nee«, antwortete der Handwerksmeister rasch. »So! Nun muss ich wieder in die Werkstatt. Sonst kloppt mir der Afghane alles in die Grütze, und ich muss zu Muchow, um mir neues Geld zu besorgen.«

»Mit wem ist Berrit …«, setzte Große Jäger noch einmal an, aber Geldmacher legte ihm und Cornilsen jeweils eine Hand auf den Rücken und schob die beiden Polizisten kurzerhand aus dem Büro.

»Ende der Sendung«, verkündete er.

Als sie wieder im Auto saßen, überließ es Große Jäger seinem Kollegen, die Adresse von Hubert Müller herauszufinden. Sie fanden nur eine Anschrift, die passen konnte. Der Betrieb und die Privatwohnung befanden sich in Witzwort. Der Ort beherbergte auch die größte Frischmilch produzierende Meierei des Landes, die zudem zu den modernsten in Europa gehörte.

Die Ortsdurchfahrt ähnelte einem »S«, in dem sich die kleinen Spitzgiebelhäuser entlang der schmalen Straße duckten. Wie auf einer Warft thronte die Backsteinkirche St. Marien über dem Ort, die zu den achtzehn historischen Gotteshäusern Eiderstedts gehört. Müller wohnte mitten in einem Wohngebiet, in das eine Straße gleich hinter der Kirche hineinführte.

Vor dem Haus standen zwei Fiat Ducato Pritschenwagen

sowie eine Maschine, die wie ein Betonmischer aussah. Direkt vor dem Haus parkte ein VW Polo.

Die beiden Beamten versuchten es an der Tür des Hintergebäudes, an dem das Firmenschild angebracht war. An einem Tisch mit einer fleckigen Wachstuchdecke saßen drei Männer in Arbeitskleidung. Sie sahen auf, als die Polizisten eintraten.

»Moin«, sagte Große Jäger. »Wir suchen Hubert Müller.« Der Älteste der Arbeiter hielt einen fleckigen Kaffeebecher mit beiden Händen umklammert. »Wir auch«, sagte er. Es klang sarkastisch.

»Ist er im Hause?«

»Was wollt ihr denn von ihm?«, wollte der Arbeiter wissen. Sein Nachbar grinste. »Sieh sie dir doch an. Oder wollt ihr uns den Lohn vorbeibringen?«

»Gibt es Probleme im Betrieb?«, fragte Große Jäger.

»Probleme?« Der Dritte, dessen Aussprache deutlich einen polnischen Akzent hatte, lachte bitter auf. »Der Chef hat uns sitzen lassen. Kann ja sein, dass die ihn haben hängen lassen. Sind schon ganz schöne Schweine, die von Bank.«

»Hör doch auf, Wojciech«, mischte sich der Ältere ein. »Manchmal läuft es schief.«

Wojciech trank einen Schluck aus der Bierflasche, die vor ihm stand. Dazu legte er die selbst gedrehte Zigarette auf die Tischkante, dass die Glut darüber hinausragte. »Wer fragt nach uns? Frau und Kinder warten zu Hause. Ich nix schicken Geld. Sie auch kriegen nix von Bank. Warum ich muss bluten, wenn Chef Geld gibt für andere Sachen aus.«

»Ruhig Blut, Wojciech. Das ist nicht so. Nur ein vorübergehender Engpass.«

»Pah. Chef ist mit großes Schiff in Nordsee. Soll verkaufen Luxusyacht. Dann genug Geld für Löhne.«

»Das eine hat nichts mit dem anderen zu tun.« Der Ältere sah Große Jäger an. »Ich bin jetzt vierzehn Jahre bei Müller. Ist immer korrekt gelaufen. Mal waren die Zeiten besser, mal schlechter.« An Wojciech gewandt fuhr er fort: »Wenn es früher einmal klamm war, hat der Chef uns die Löhne später nachgezahlt. Du kannst ihm vertrauen.«

»Nix vertrauen. Vermieter und Supermarkt mir auch nicht vertrauen. Muss Rate für altes Auto bezahlen. Sonst … Aber – du nicht geantwortet, warum Chef Lohn nicht bringt, aber mit Schicksen auf Yacht rumgeigt.«

»Ist das wahr?«, fragte Große Jäger den Älteren.

Der wiegte den Kopf hin und her. »Scheißhausparolen. Gesehen hat das keiner.«

»Wer behauptet es denn?«

»Die Leute sabbeln immer. Manche haben 'nen fusseliges Maul.« Er schlug sich leicht auf den Mund. »Das ist das Schlimmste, wenn irgendwelche Arschlöcher herumdröhnen. Das schnappt dann einer auf, dichtet was dazu, und hinterher bist du der Gekniffene. Man sollte den Tratschtüten das Maul stopfen.«

»Ist Ihr Chef oft mit Frauen auf dem Schiff gewesen?«, fragte der Oberkommissar.

»Nee«, wiegelte der Ältere ab. »Dumm Tüch. Und du, Wojciech, hältst jetzt die Klappe.« Plötzlich schien ihm etwas einzufallen. »Sagt mal – wer seid ihr überhaupt, dass ihr uns hier aushorcht?«

»Machen wir das?« Große Jäger hatte die Frage an Cornilsen gerichtet.

Der versuchte, eine unschuldige Miene aufzusetzen.

»Tun wir das machen? *Wir* doch nicht.«

»Dann seht zu, dass ihr Land gewinnt«, sagte der Ältere unfreundlich. »Schießt in Wind.« Er zeigte zur Tür. »Da hat der Mauermann das Loch gelassen.«

Die beiden Beamten zogen es vor, zu gehen.

»Warum haben wir nicht noch ein wenig nachgebohrt?«, wollte Cornilsen wissen, als sie wieder auf dem Hofplatz standen.

»Die Männer sind frustriert«, erwiderte Große Jäger. »Das wären wir doch auch in ihrer Situation.«

»Was ist mit den Frauen, die angeblich bei Müller an Bord gewesen sein sollen?«

»Dumme Sprüche – vielleicht«, schränkte Große Jäger ein. »Wenn es einen trifft, schlagen andere zusätzlich auf den Kopf des Sargnagels. Du weißt doch: Der Teufel macht immer auf den größten Haufen.«

Cornilsen war mit der Antwort nicht zufrieden. »Geldmacher hat gesagt, er hätte Müller mit dessen Schiff gesehen. Er hat auch angedeutet, dass dort eine weitere Person an Bord war.«

»Möglicherweise«, korrigierte ihn der Oberkommissar. »Die Männer von der ›Watt'n Nixe‹ haben – allerdings erst auf Nachfragen – bestätigt, dass Berrit Muchow auf der Hallig Langeneß war. Von Müller wissen wir nur, dass er auch in diesem Segelrevier unterwegs war, vielleicht auf Hooge. Das könntest du eruieren«, schlug Große Jäger vor, als sie auf dem Weg zum Wohnhaus waren.

Die verhärmt aussehende Frau musste hinter der Tür gestanden haben. Die Türklingel schrillte noch, als geöffnet wurde. Ihre Augen waren gerötet. Sie hatte geweint.

»Sie sind von der Polizei, oder?«, fragte sie mit brüchiger Stimme. Im »oder« klang eine Spur Zweifel mit.

Große Jäger bestätigte es. Er verzichtete darauf, seinen Dienstausweis zu zeigen.

Frau Müller wankte leicht. »Haben Sie schlechte Nachrichten?«, fragte sie und benötigte dafür zwei Anläufe.

»Bitte?« Große Jäger war überrascht.

»Ja – wegen Hubert.« Eine Träne stahl sich aus ihren Augenwinkeln. »Entschuldigung. Aber das ist alles zu viel. Erst heute Morgen ...«

»Was war da?«, erkundigte sich Große Jäger.

»Da war der Vollstreckungsbeamte vom Finanzamt hier. Es geht um die Steuern, die wir nicht überwiesen haben.«

»Was hat Ihr Mann gesagt?« Große Jäger sah an ihr vorbei ins Hausinnere. »Ist er da?«

»Nein.« Ein Schauder erfasste sie. »Hubert ist seit dem Wochenende weg.«

»Wohin?«

»Das ist es ja. Weg. Er hat sich ohne Verabschiedung ins Auto gesetzt und ist weggefahren.«

»Haben Sie versucht, ihn zu erreichen?«

Sie nickte schwach. »Er nimmt nicht ab.«

»Wo könnte er sein?«

»Ich weiß es nicht.«

»Bei Verwandten? Freunden? Haben Sie ein Ferienhaus?«

»Ich habe es schon überall probiert. Vergeblich.«

»Waren Sie bei der Polizei und haben eine Vermisstenanzeige aufgegeben?«

»Nein. Wozu? Das hat er früher schon gemacht, wenn es brenzlig war. Es ist seine Art, dann das Weite zu suchen. Er sagt immer, er muss den Kopf frei bekommen.«

»So wie Himmelfahrt?«

Überrascht sah sie den Oberkommissar an. »Woher wissen Sie ...?«, setzte sie an und packte plötzlich Große Jägers Unterarm. »Sie wissen doch etwas. Sonst würden Sie nicht solche Fragen stellen. Was ist mit Hubert? Ich kann die Ungewissheit nicht mehr ertragen.«

»Wir wollten Ihrem Mann nur ein paar Fragen in einem anderen Fall stellen.«

»Das ist ein Trick«, stieß sie hervor. »Behörden arbeiten so. Nachdem der vom Finanzamt heute Morgen keinen Erfolg hatte, schickt man jetzt die Polizei. Sie sollen uns einschüchtern. Pfui. Was sind das für Methoden?«

Große Jäger legte seine Hand so auf ihren Oberarm, dass er sie kaum berührte. »Beruhigen Sie sich, Frau Müller. Die Polizei hat nichts mit dem Finanzamt zu tun. Und solche Methoden, wie Sie sagen, gibt es bei uns in Deutschland nicht. Es geht um Berrit Muchow.«

»Muchow?« Sie ballte die Faust. »Der ist an allem schuld. Mein Mann ist mehrfach zu ihm hin, hat ihm die Situation erklärt, gebettelt, ihn angefleht. Er lässt uns eiskalt vor die Hunde gehen.«

»Kann es sein, dass Ihr Mann sich mit dem Kauf des neuen Bootes übernommen hat?«

Hektisch wischte sie Große Jägers Hand von ihrem Oberarm. »Das wird überall behauptet. Besonders der Steenbock, dieser falsche Fünfziger, steckt dahinter. Erst erzählt er hinter vorgehaltener Hand, dass wir am Ende sind. Wir könnten uns

an. »Was ist, wenn Müller Berrit Muchow Himmelfahrt zu den Halligen mitgenommen hat? Geldmacher hat gesagt, bei Müller sei noch eine Person auf dem Schiff gewesen. Und wir wissen immer noch nicht, wie die Frau nach Langeneß gekommen ist. Wenn Müller – wie früher schon geschehen – Berrit zum Segeln mitgenommen hat, könnte es unterwegs zum Streit gekommen sein. Müller hat ihr vorgeworfen, dass ihr Mann ihn ruinieren würde. Sie hat ihm widersprochen. Die Situation eskalierte. Und dann …«

»Und wenn es doch ein Unfall war?«, gab Große Jäger zu bedenken. »Müller durfte nicht zulassen, dass jemand mitbekam, dass die Frau des Sparkassenleiters mit ihm unterwegs war. Und das über Nacht. Wenn Müller noch einen letzten Funken Hoffnung hatte, konnte er bei einem Unfall nicht zur Polizei gehen und den Vorfall melden. Das würde erklären, dass wir nichts gehört haben.«

»Angelika Müller hat sich nicht klar davon distanziert, dass ihr Mann ein Verhältnis mit Berrit hatte.«

»Die beiden waren zusammen zum Segeln«, warf Große Jäger ein.

»Wirklich nur? Kann man nicht auch etwas anderes machen, wenn man in trauter Zweisamkeit unterwegs ist? Man kann sich bei Ebbe trockenfallen lassen. Da ist man ungestört. Niemand ist in der Nähe. Und wenn man zu zweit über Nacht unterwegs ist, da ist die Verlockung doch unwiderstehlich.«

»Alle haben uns bestätigt, dass Berrit Muchow keinen schlechten Ruf hatte. Niemand würde ihr so etwas zutrauen. Auch ihr Chef, der Pastor, hat nur Gutes über sie berichtet.«

»Es bleibt mysteriös«, stimmte Cornilsen zu.

Sie fanden Müllers Boot, die »Lika«, verschlossen im Tönninger Hafen. Ein Mann, der auf einem benachbarten Schiff eine Arbeit verrichtete, bestätigte, dass die »Lika« die ganze Woche über nicht bewegt worden war.

Ob er Müller gesehen habe, wollte Große Jäger wissen.

»Schon lange nicht mehr«, sagte der Mann. »Ich bin jeden Tag hier gewesen. Aber Müller … Nein. Der war nicht beim Schiff.«

Auch auf dem Boot selbst fanden sie keine Anzeichen dafür, dass sich Hubert Müller darauf zurückgezogen hatte.

»Hoffentlich fischen wir nicht einen zweiten Toten aus dem Watt«, meinte Cornilsen, als sie nach Husum zurückfuhren.

Der Anruf aus Helgoland erreichte Große Jäger abends auf dem Handy in Garding. Heidi Krempl hatte erstaunt aufgesehen, als er sich entschuldigte.

»Das ist wichtig.«

Die Helgoländer Wasserschutzpolizei meldete sich. Die »Mooie Dame« war eingetroffen. Man hatte die Besatzung informiert, dass sie bis zum Eintreffen der Kriminalpolizei vom Festland nicht auslaufen dürfe.

»Das wollten sie nicht einsehen«, berichtete der Helgoländer. »Sie müssen unbedingt weiter, da sie das Boot am Wochenende abgeben müssen. Am Montag beginnt für die drei Männer wieder der Arbeitsalltag. Sie können ihren Arbeitgebern nicht erklären, dass die deutsche Polizei sie festgehalten hat. ›Warum überhaupt?‹, war ihre nächste Frage, die wir nicht beantwortet haben. Sie haben sich bereit erklärt, dass wir ihr Schiff durchsuchen dürfen. Freiwillig. Keine Drogen. Kein Schmuggel. Und eines seerechtlichen Vergehens sind sie sich auch nicht bewusst.«

Große Jäger bedankte sich bei dem Kollegen.

»Gute Arbeit«, lobte er ihn und erklärte Heidi Krempl, dass er am nächsten Morgen von Garding aus nach Büsum fahren müsse, um dort das Schiff nach Helgoland zu besteigen.

NEUN

Die Straße nach Büsum über das Eidersperrwerk führte nicht durch Schleswig-Holstein. So schien es jedenfalls. Sie war neu asphaltiert und in einem ausgezeichneten Zustand. Ihr fehlten die für das Land typischen Flickstellen. Der ehemalige Ministerpräsident und sein Verkehrsminister waren offenbar begeisterte Anhänger der Patchwork-Technik gewesen. Die beschauliche Hebbel-Stadt Wesselburen und ein paar verschlafene Dörfer lagen noch auf dem Weg, bevor Große Jäger das liebenswerte Seebad Büsum erreichte. Der Parkplatz für die Fähre lag direkt am Schiffsliegeplatz. Nicht nur beim Ansteuern des durch Flatterband markierten Parkplatzes, auch bei der Passage und auf dem Schiff erwiesen sich Reederei und Mitarbeiter als Leute, die beim »Begrüßen« die Handfläche stets nach oben hielten.

Der bald fünfzigjährige Steamer zeichnete sich durch einen gemütlichen, in die Jahre gekommenen Charme aus. Vom Sturm des Vortags war die See noch sehr bewegt. Beim Aufsuchen der Nasszellen knirschten die Schotten wie in Katastrophenfilmen. Der üble Geruch im Entsorgungsraum ließ die Landratten das ungute Gefühl bei diesem Seegang vergessen. Dazu trug auch das Besatzungsmitglied bei, das mit dem »Kleingeldteller« die Zugänge zu diesen Räumen bewachte, während seine Kollegin im Bistro ungefragt das Wechselgeld behielt.

Nach einer in jeder Hinsicht bewegten Überfahrt erreichten sie Helgoland. Nur wenige Passagiere betrachteten das Ausbooten als Abenteuer. Immer wenn das Börteboot bei der noch sehr heftigen Dünung an der offenen Luke der Fähre auftauchte, packten kräftige Hände den nächsten Passagier und hievten ihn in das kleine Boot. Schließlich war auch das überstanden, und die frische Luft auf der Hochseeinsel mit dem gesunden Klima vertrieb auch beim Letzten das leichte Grün aus dem Antlitz.

Große Jäger checkte zunächst im Hotel an der Landungsbrücke ein, verstaute seine Habseligkeiten im modern ausgestatteten Zimmer und suchte die Polizeistation auf. Sein Weg
führte ihn an den in Reihe liegenden Hotelkomplexen vorbei.
Es folgten die nicht nur als Fotomotiv begehrten farbenfrohen
Hummerbuden, bis er die in einem unscheinbaren Gebäude
mit grünen Eternitplatten untergebrachte Polizeistation erreichte. Auf Helgoland waren der Wasserschutzpolizei auch
die allgemeinpolizeilichen Aufgaben übertragen. Während er
nach dem Klingeln kurz warten musste, schmunzelte er über
den Bollerwagen, der vor der Tür stand. Er konnte nicht erkennen, ob man ihn durch die Kamera zuvor beäugt hatte.
Schließlich öffnete ein Uniformierter die Tür und begrüßte
ihn mit einem festen Händedruck.
»Moin. Hansen«, sagte der Wasserschutzpolizist. Als er
Große Jägers auf den Bollerwagen gerichteten Blick bemerkte,
sagte er lächelnd: »Ein wichtiges Requisit auf der Insel. Autos
sind hier verboten. Die einträglichsten Berufe auf Helgoland
haben die Kaufleute für zollfreie Ware und die Spediteure.«
Große Jäger waren die zahlreichen Elektrokarren aufgefallen, die wie emsige Ameisen hin und her fuhren. Hansen
setzte sich seine Mütze auf, zog sich die Uniformjacke über
und begleitete Große Jäger zum Nordosthafen.
»Da drüben liegt die Düne.« Hansen zeigte auf die kleine
Nachbarinsel. »Ein Naturparadies. Dort trifft man Kegelrob-
ben. Es gibt Badestrände. Und – ganz wichtig – dort ist unser
Flughafen.«
Unterwegs erklärte er Große Jäger die Besonderheiten
der Insel: Es gab keine Mehrwertsteuer, Helgoland gehörte
zollmäßig nicht zur EU. Dennoch waren die Zeiten vorbei,
in denen man vom »Fuselfelsen« sprach. Urlauber erfreuten
sich am gesunden staubfreien Klima. Für Allergiker war Helgoland das Paradies schlechthin. Aber auch Wissenschaftler
und Interessenten an der Ausbeutung der Bodenschätze hatten
die Insel für sich entdeckt, nicht zuletzt war sie ein beliebter
Anlaufpunkt für Segler.
Die Sportboote lagen dicht an dicht. Nicht alle fanden Platz

am Steg. So hatten oft mehrere Schiffe nebeneinander festgemacht und lagen im Packen.

Hauptmeister Hansen umrundete das Hafenbecken, das durch Molen gegen die offene See geschützt war. Nur eine kleine Durchfahrt öffnete den Zugang.

Hansen führte Große Jäger an der Slipanlage vorbei zur Nordwestseite, die nur durch eine niedrige Mauer vom »Mare frisicum«, dem Meerwasser-Schwimmbad, getrennt war. »Es lässt sich nicht vermeiden, dass sich im Sommer mancher über diese Mauer Zugang zum Schwimmbad verschafft und die Kasse umgeht«, erklärte Hansen und zeigte auf in Winkeln angelegte Mauern auf dem Gelände. »Die dienen dem Windschutz.«

Eine metallene Brücke führte von der Kaimauer auf einen schwankenden Steg hinab.

»Der ist beweglich, weil er sich dem Wasserstand anpassen muss«, sagte Hansen und turnte auf dem leicht schwankenden Steg herum, als sei er auf Planken geboren. Große Jäger folgte ihm bedächtig und bemühte sich, das Gleichgewicht zu halten. Vorsichtig sah er sich um, hinauf zum Oberland. Schließlich hatte er die »Mooie Dame« entdeckt.

»Da liegt sie«, sagte Große Jäger und wollte auf das Schiff klettern.

Hansen hielt ihn zurück. »Das macht man nicht. Man ruft erst, ob man an Bord kommen darf.«

»Wir sind die Polizei«, erwiderte Große Jäger.

»Wollen Sie das Boot entern oder die Leute befragen?« Hansen rief laut: »Hallo? ›Mooie Dame‹?«

»Hreit da so laut?« Ein blonder Wuschelkopf erschien im Niedergang. Dann folgte ein verkatert aussehendes Gesicht. »Ah, politie. Het is hoog tijd.«

»Können wir Deutsch miteinander reden?«, fragte der Wasserschutzpolizist. »Oder Englisch?«

Der Holländer lachte. »Sind die Moffen immer noch auf Eroberungstour? Alles ist uns untertan?« Mühsam kam er an Deck. »Kommt rüber«, forderte er die beiden Polizisten auf und ließ sich in der Plicht auf eine gepolsterte Bank fallen. »Können wir nun weiter? Warum haltet ihr uns hier fest?«

Hansen zeigte auf Große Jäger. »Der Kollege ist von der Kripo vom Festland.«

»Kripo? Was ist los?«

Große Jäger erklärte, dass die Holländer vor zwei Wochen mit ihrem Schiff in Langeneß festgemacht hatten. »Nach diesem Wochenende haben wir dort eine Leiche aus dem Wasser gefischt.«

Der Blonde war erschrocken. »Oh Schiet«, sagte er.

»Wie heißen Sie überhaupt?«, wollte Große Jäger wissen. »Sind Sie der Skipper?«

Der Blonde nickte. »Ja. Ich heiße Wim ter Smitten.«

»Und Ihre Kameraden?«

Ter Smitten rülpste unvermittelt und schaffte es erst mitten im Vorgang, seine Hand vor den Mund zu halten. »Oh Schiet«, merkte er nochmals an. Dann zeigte er mit dem Daumen in Richtung Niedergang. »Luuk und Thijs.«

»Haben die auch Zunamen?«

»Luuk Landgraaf und Thijs Verdongen.«

»Dann holen Sie bitte die beiden an Deck. Und bringen Sie Ihre Personalausweise mit.«

»Die – was?«

»Persoonsbewijs«, erklärte Große Jäger.

Ter Smitten wankte mehr, als dass er ging, in den Niedergang zur Kajüte. Er musste offenbar Überredungskunst aufbieten, um seine Mitstreiter dazu zu bewegen, ebenfalls ans Tageslicht zu kommen. Man hätte die drei Segler als verwegen bezeichnen können, wären nicht die Spuren einer durchzechten Nacht allzu deutlich erkennbar gewesen.

»Zollfreier Einkauf auf Helgoland?«, fragte Große Jäger.

Ter Smitten nickte und schien dabei festzustellen, dass diese Bewegung Kopfschmerzen auslöste.

Hansen prüfte die drei Personaldokumente der Holländer. Er notierte sich die Namen und die Ausweisnummern. Dann sagte er zu Große Jäger: »Passt.«

»Weshalb halten Sie uns hier mitten im Atlantik auf diesem Felsen fest?«, wollte Landgraaf wissen und stieß Verdongen an, dem die Augenlider zugefallen waren. »Niet slapen.«

Ter Smitten wiederholte auf Niederländisch, was der Oberkommissar kurz erklärt hatte.

»Wir befragen jetzt alle Segler, die zur fraglichen Zeit in dem Gebiet unterwegs waren.«

»Wir haben damit nichts zu tun«, behauptete ter Smitten.

»Sie haben die Frau möglicherweise gesehen.«

»Wir nicht.« Ter Smitten sagte es mit Überzeugung.

Große Jäger zeigte ihm ein Bild von Berrit Muchow auf dem Handy.

»Oh Schiet«, entfuhr es dem Holländer. Kurz entschlossen nahm er dem Oberkommissar das Handy ab und hielt es seinen Kameraden vors Gesicht.

»De geile vrouw«, grunzte Landgraaf und rieb sich das Kinn.

»Sie kennen die Frau.« Es war eine Feststellung, die Große Jäger traf.

»Oh Mann – ja«, bestätigte ter Smitten und rieb sich automatisch zwischen den Beinen. »Die war ganz schön heiß.«

»Sie haben mit ihr gesprochen?«

»Gesprochen?« Ter Smitten lachte laut auf. »Das heißt doch auch auf Deutsch anders, oder?«

»Die Frau war bei Ihnen an Bord.«

»Ja«, bestätigte der Holländer.

»Und Sie haben zusammen Alkohol getrunken?«

»Auch.«

»Aus Ihrer Bemerkung schließe ich, dass da noch mehr war?«

»Oh Schiet.« Der Skipper sah hilfesuchend seine beiden Kameraden an. Die wichen seinem Blick aus und schwiegen.

»Es hat sexuelle Kontakte gegeben«, umschrieb es der Oberkommissar.

»Kontakte?« Ter Smitten spuckte es förmlich aus. »Die war ja nicht mehr ganz jung.«

»Sechsundfünfzig«, erklärte Große Jäger in Richtung des Wasserschutzpolizisten.

Ter Smitten nickte geistesabwesend. »Zwanzig Jahre älter wie wir.«

»Als wir«, sagte Große Jäger leise.

»Die hat wohl lange keinen Mann mehr gehabt. So etwas Wildes – o nee.«

»Sie haben mit ihr geschlafen. Wer von Ihnen?«

Ter Smitten sah Große Jäger verständnislos an. »Wer? Alle drei.«

»Nacheinander?«

»Ach was. Es war kalt und windig. Deshalb sind wir nach unten in den Salon gegangen. Wir haben einen Schluck Rum getrunken. Dann hat sie losgelegt.«

»Die Frau?«

»Wir waren erstaunt. Plötzlich hat sie Thijs an die Hose gepackt.«

Große Jäger sah zu Verdongen hinüber. Dem war das Kinn auf die Brust gefallen. Er schlief.

Ter Smitten lachte laut auf. »Der wusste gar nicht, wie ihm geschah.« Er stieß Landgraaf mit dem Ellenbogen in die Seite. »Wir haben zuvor noch nie gesehen, dass Thijs einen roten Kopf bekommen hat.«

»Hat er sich gewehrt?«

»Der war zu überrascht. Sie hat ja nicht nur kurz hingefasst, sondern ihre Hand auch bewegt. Na – Sie wissen schon.«

»War die Frau betrunken?«

»Sie hatte wohl schon einen Schluck getrunken. Bei uns Seglern heißt es Einlaufbier. Aber betrunken? Geen – äh … nein. Die wusste genau, was sie tat.«

Das passte überhaupt nicht zum Bild, das man ihnen bisher von Berrit Muchow vermittelt hatte, dachte Große Jäger. Ob die Holländer die Wahrheit verdrehten? Es mochte sein, dass Berrit Muchow zu ihnen aufs Schiff gekommen war. Bei ihren Fragen hatten die Polizisten auch gehört, dass es in Hörnum zum Streit mit zwei deutschen Paaren aus Wedel gekommen war, weil die munteren Niederländer es offenbar nicht bei Verbalien gegenüber den Frauen vom anderen Boot belassen hatten. Die drei hatten auch angekündigt, der Mädchen wegen nach Dänemark zu fahren. Es kursierte immer noch die Mär, dass skandinavische Frauen leicht zu haben und einem schnellen Abenteuer nicht abgeneigt waren. War Berrit Muchow als Seglerkameradin zu den Holländern aufs Boot gekommen, in dem Glauben, die drei Männer würden ihr nichts tun? Große Jäger musterte die Männer der Reihe nach. Wie Chorknaben sahen sie nicht aus. Und der Alkohol floss bei ihnen offenbar in Strömen. Das enthemmte. Man konnte ihm heute alles auftischen. Berrit Muchow war nicht mehr in der Lage, die Gegenrede zu führen. Große Jäger hatte seine Zweifel am Wahrheitsgehalt der Geschichte der Flying Dutchmen.

»Was geschah dann?«, forderte Große Jäger den Skipper zum Weitersprechen auf.

Ter Smitten schluckte heftig. Es war ihm sichtlich unangenehm, die Ereignisse in Worte zu fassen. »Also … ähm … na ja. Thijs ist auch nur ein Mann. So hat sich … na ja … Sie wissen schon.«

»Er hat eine Erektion bekommen«, half Große Jäger aus.

Ter Smitten bestätigte es durch stummes Nicken.

Der Oberkommissar fuhr mit seiner Hand durch die Luft. »Das hat ihn so animiert, dass er seinerseits handgreiflich geworden ist.«

»Nein. Doch nicht bei einer alten Frau. Die könnte doch seine Mutter sein.«

»Sie haben vorhin angedeutet, dass da noch mehr war.«

»Ja … ähm … Wie soll ich das sagen?«, stammelte ter Smitten und suchte nach den passenden Worten. »Die Frau wurde ganz wild. Die war richtig heiß. Sie hat … na ja … ihm die Hose geöffnet.«

»Und die anderen beiden sind nicht eingeschritten?« Große Jäger war überrascht.

Jetzt zeigte sich ein Grinsen auf ter Smittens Gesicht.

»Warum denn? Sie hat das doch freiwillig gemacht.«

»Sie hat Verdongen also mittels Masturbation sexuell zufriedengestellt.«

»Das habe ich nicht verstanden«, warf ter Smitten ein. »Sie hat ihm einen …«

»Ist gut«, unterbrach ihn der Oberkommissar. »Wir wissen, was gemeint ist.«

Er hatte den Eindruck, als ob bei dem Holländer bei der Erinnerung an das Geschehen ein Leuchten in den Augen erscheinen würde. Das passte nur schwerlich zu einer Phantasiegeschichte.

»Wir anderen … mit uns hat sie das auch getan.«

»Ohne dass Sie die Frau dazu gezwungen haben?«

»Bestimmt nicht. Das war noch nicht alles. Sie hat dann ihre Kleidung abgelegt. Ich bin nicht das erste Mal mit einer Frau zusammen gewesen. Aber die – in ihrem Alter …« Der Holländer stieß einen kleinen Pfiff aus. »Da vergisst du alles. So sexy. Ein Klasseweib. Rundum. Sie hat sich auf den Tisch im Salon gelegt und dann …« Ter Smitten bewegte beide Hände.

»Alle drei. Muss ich das im Detail erzählen?«

»Es reicht«, beschloss Große Jäger.

»Sag es doch«, mischte sich Landgraf ein. »Es ist richtig. Wir waren nicht abgeneigt, auf unserer Segeltour Frauenbekanntschaften zu machen. Beim Segeln ist vieles einfacher. Gleichgesinnte. Entspannte Atmosphäre. Da passiert so etwas. Das, was an Land nicht vorkommen würde. Aber wie die über uns hergefallen ist, das war unbeschreiblich.« Er beugte sich vor und senkte die Stimme, als wäre das, was er zu sagen hatte, ein Geheimnis. »Die hat uns drei zur selben Zeit … jeder auf eine andere Art und Weise …«

»Ihre Aussagen müssen wir noch zu Protokoll nehmen«, sagte Große Jäger und sah den Wasserschutzpolizisten an. Hansen zuckte resigniert mit den Schultern. »Und weil es Ihnen so gut gefallen hat, haben Sie die Frau von Langeneß aus mitgenommen. Das wollte sie aber nicht. Dann ist es zum Streit gekommen, und dabei ist sie über Bord gegangen.«

»Nein. So war das nicht. Nachdem wir alle … Als alles vorbei war, ist sie wieder von Bord.«

»Wohin?«

»Keine Ahnung. War ja dunkel.«

»Ende Mai ist es bei uns im Norden bis …«, sagte Große Jäger und stockte dann.

»Wir unterscheiden zwischen der bürgerlichen und der nautischen Dämmerung«, half Hansen aus. »Ende Mai«, er hielt

den Daumen hoch, kniff ein Auge zu und peilte darüber weg, »dürfte es um etwa dreiundzwanzig Uhr dunkel sein.«
»So lange ist die Frau bei Ihnen gewesen?«
»Wenn es nach uns gegangen wäre … Wir wären mit ihr bis ans Ende der Welt gesegelt«, erklärte ter Smitten und bekam einen eigentümlichen Glanz in die Augen.
»Mit welchem Schiff ist die Frau nach Langeneß gekommen?«
»Keine Ahnung.«
»Ist sie eventuell gar nicht mit einem Segler, sondern mit der Fähre gefahren?«, fragte Große Jäger.
Landgraaf schüttelte heftig den Kopf. »Bestimmt nicht. Die hatte ihre Ausrüstung dabei. Das tragen nur Segler.«
»Mit dem Segelanzug war sie bei Ihnen an Bord?«
»Nein. Da hatte sie Jeans und Pullover an.«
Landgraaf beschrieb die Kleidung. Er stockte mehrfach, als Große Jäger ihn aufforderte, auch die Unterwäsche zu beschreiben. Dabei sah er ter Smitten fragend an. Der bestätigte es durch stilles Nicken. Verdongen hatte vom ganzen Gespräch nichts mitbekommen. Jetzt gab er leise Schnarchgeräusche von sich.
»Der Kollege«, dabei zeigte Große Jäger auf Hansen, »wird von Ihnen noch eine DNA-Probe mitnehmen. Sind Sie damit einverstanden?«
Die Holländer hatten keine Einwände.

Die beiden Polizisten kehrten über die Kurpromenade zum Platz vor dem Musikpavillon zurück. In Sichtweite befand sich die Büste von Hoffmann von Fallersleben, der auf Helgoland »Das Lied der Deutschen« geschrieben hatte, dessen dritte Strophe heute die deutsche Nationalhymne darstellte. Unterwegs schlug der Wasserschutzpolizist vor, dass sie am Abend ein Bier zusammen trinken sollten. Große Jäger willigte ein. Sie verabredeten sich für zwanzig Uhr am Ende der Landungsbrücke, bei »Hoffmann«, wie Hansen das Denkmal kurz beschrieb. Dann trennten sie sich, und Große Jäger ging zu seinem Hotel auf dem Unterland in direkter Nachbarschaft.

Von seinem Hotelzimmer aus rief er bei der Kriminaltechnik in Kiel an und erkundigte sich nach der Kleidung, die Berrit Muchow bei ihrem Auffinden getragen hatte. »Mich interessiert, was sie unter dem Segelanzug trug.« Der Kriminaltechniker las alle Kleidungsstücke vor. Große Jäger bat um eine Beschreibung der Bilder.

»Danke. Das entspricht dem, was uns Zeugen geschildert haben.«

»Zeugen?« Der Kieler ließ ein Lachen hören. »Zur Unterwäsche? War das Opfer Tabledancerin?« Dann wurde er ernst. »Oder liegt ein Missbrauch vor? Aber dann würde der Täter das nicht so akribisch beschreiben. Andererseits laufen jede Menge Perverse herum.«

Warum hatte Berrit Muchow nach den – angeblichen – wilden Abenteuern nicht geduscht oder sich umgezogen?, fragte sich Große Jäger, als sie das Schiff der drei verlassen hatten. Sie war doch eine Frau. Die taten so etwas.

Da stimmte etwas nicht. Konnte es wahr sein, was die Holländer erzählt hatten? Es klang unglaublich. Wenn man Berrit Muchow, die arglos zu den Holländern aufs Boot gegangen war, gegen ihren Willen Gewalt angetan hatte, wäre eine solche Reaktion denkbar. Missbrauchsopfer reagierten auf sehr unterschiedliche Weise. Es kam vor, dass sie unter die Dusche gingen und sich die Haut vom Leib schrubbten, um das Unreine abzuwaschen. Andere verkrochen sich, weil sie das Geschehen nicht fassen konnten.

Es kam oft vor, dass der Schock so tief saß, dass es Tage dauerte, bis die Opfer darüber sprechen konnten und die Polizei informierten. Manchmal schwiegen sie aus Scham auch für immer. Immer wieder geschah es, dass den Opfern auch indirekt suggeriert wurde, sie seien an ihrem Schicksal selbst schuld, weil sie vor der Tat durch ihr Auftreten und Verhalten angeblich eine gewisse Bereitschaft zu sexuellen Handlungen signalisiert hatten. Berrit Muchow war immerhin freiwillig auf das Schiff der drei Männer gegangen.

Schwachsinn!, schimpfte Große Jäger im Selbstgespräch. Für ihn klang die Erzählung ter Smittens und die angeblich von der Frau ausgehende Orgie unglaubwürdig. Aber wie sollte das Gegenteil bewiesen werden?

Er beschloss, zu Abend zu essen. Früher, als Helgoland noch das Image des Fuselfelsens hatte, war die Insel von Tagestouristen überlaufen gewesen. Wer mit Glück einen Tisch in einem Restaurant erkämpft hatte, sah sich oft mit unfreundlichem Personal konfrontiert, das zur Eile mahnte, weil hinter den Stühlen schon die nächsten Gäste warteten. Es galt, in der kurzen Zeit, die die Passagiere der Butterdampferflotte auf Helgoland waren, möglichst viele im eigenen Restaurant durchzuschleusen. Freundlichkeit oder Qualität waren zweitrangig. Die Gäste würden aufgrund der Abgeschiedenheit der Insel kaum Stammgäste werden. Das hatte sich grundlegend gewandelt.

Große Jäger spazierte am Südstrand entlang. Auch wenn die zahlreichen Tagesgäste inzwischen abgereist waren, bummelten noch erstaunlich viele Menschen am Wasser entlang. Er beschloss, in der »Bunten Kuh« zu Abend zu essen. Die Außengastronomie war komplett belegt, sodass er in das urige Innere des Restaurants ausweichen musste. Auch hier herrschte lebhafter Betrieb. Eine große Kuh stand als Blickfang vor dem Lokal. An der Hauswand zierte eine hölzerne Meerjungfrau die Fassade. Darunter fand sich der Straßenname »Promille Weg«, obwohl die steile Straße, die die einzige Verbindung für Fahrzeuge zum Oberland war, sinnigerweise »Invasorenpfad« hieß. An ihr lag auch Helgolands Krankenhaus.

Die Wahl aus der reichhaltigen Speisekarte fiel ihm schwer. Er entschloss sich, die regionale Spezialität »Knieper« zu wählen, und war mit den Scheren des Taschenkrebses sehr zufrieden.

Nach dem Essen schlenderte er zum verabredeten Treffpunkt. Er sah in die Einkaufsstraße Lung Wai hinein, dann den Südstrand entlang und Richtung Kurpromenade. Nirgendwo konnte er den Wasserschutzpolizisten entdecken. Immer öfter sah er auf die Uhr. Zwischendurch rief er Heidi Krempl an und erkundigte sich nach den Neuigkeiten ihres Alltags.

»Und du?«, wollte sie wissen.

»Ich bin mit einem Kollegen zum Bier verabredet. Aber er hat mich anscheinend versetzt«, sagte er enttäuscht und suchte nach einer halben Stunde vergeblichen Wartens allein eine Bierstube auf. Zuvor war er den jetzt kaum noch frequentierten Lung Wai entlanggelaufen, hatte in die Schaufenster der Geschäfte geblickt und war erstaunt, welche Vielfalt an besten schottischen Whiskys hier zu moderaten Preisen angeboten wurde. Er hatte am Ende der Straße gewendet und einen Blick in den in den Fels gehauenen Zugang zum einzigen öffentlichen Verkehrsmittel Helgolands geworfen, sah man von der Dünenfähre ab: den Fahrstuhl. Wer keine Hunderter- oder Zehnerkarte erwerben wollte, war mit sechzig Cent für die Einzelfahrt dabei.

Sein Schiff ging erst um sechzehn Uhr ab Helgoland, auch wenn das Einschiffen schon eine Stunde früher begann. Er genoss es, ohne Hektik den Morgen verbringen zu können. Der Entschleunigung diente auch das angebotene späte Frühstück. Danach suchte er die Polizeistation auf. Ein junger Polizeimeister tat Dienst. »Ein junge Beamter tute Dienst«, hätte Cornilsen jetzt in seinem verdrehten Deutsch behauptet.

Christoph war unvergessen. Noch immer saß der Stachel über den Mord an ihm in Große Jägers Herzen. Aber man konnte die Zeit nicht zurückdrehen, das Geschehene nicht ungeschehen machen. Gegenwart und Zukunft galt es zu gestalten. Und dabei begleiteten ihn andere Menschen. Mommsen, ein langjährig vertrauter Kollege – ach was: Freund –, der sich vom »Kind«, wie er ihn früher nannte, zum Dienststellenleiter emporgearbeitet hatte. Zu Recht. Und als Christophs Erbe – sozusagen – war Cornilsen ihnen zugewachsen. Das mit dem Erbe, befand Große Jäger, war gar nicht so weit hergeholt. Der junge Niebüller mit dänischen Wurzeln war noch von Christoph ins Team geholt worden. Damals, als sie den unerfreulichen Fall des auf der Biike verbrannten Musikers aufklären mussten.

»Was kann ich für Sie tun?«, wollte der Uniformierte wissen.

»Ich suche den Kollegen Hansen.«

»Kann ich Ihnen weiterhelfen?«

Große Jäger gab sich als Polizeibeamter zu erkennen und erklärte, dass er am Vortag mit Hansen auf dem Schiff der Holländer gewesen war.

»Ach, Sie waren das. Haben Sie es noch nicht gehört?«

Der Oberkommissar verneinte es.

»Hansen war danach noch einmal allein zur ›Mooie Dame‹. Wir sind hier auf Helgoland nicht überbesetzt. Deshalb ist er ohne Begleitung los. Und dann ...«

»Erzählen Sie«, fuhr Große Jäger ungeduldig dazwischen.

»Dann sind die drei über ihn hergefallen und haben ihn übel zugerichtet. Man hat ihn zunächst in die Nordseeklinik Helgoland gebracht. Heute Morgen ist er mit dem SAR-Hubschrauber nach Wilhelmshaven verlegt worden.«

»Ist er schwer verletzt?«

»Ich weiß es nicht«, gestand der Polizeimeister mit dem Namenschild »Johannsen« auf der Brust und suchte auf dem Schreibtisch, bis er einen handgeschriebenen Zettel fand. »Ich kann mich nicht dafür verbürgen, aber hier steht: Nase gebrochen. Bruch der Augenhöhle. Schwere Gehirnerschütterung. Mehrere Rippenbrüche. Multiple Hämatome. Ob es auch innere Verletzungen gibt ... das war noch unklar.«

»Was wissen Sie über den Tathergang?«

»Nicht viel. Hansen konnte nur wenig erzählen. Er ist auf das Schiff und hat mit denen geredet. Als er die DNA nehmen wollte, hat ihm einer der Holländer unvermittelt einen Faustschlag ins Gesicht versetzt. Das muss unvorbereitet geschehen sein. Er ist zu Boden gegangen. Danach sind möglicherweise alle drei über ihn hergefallen.«

»Es ist erschreckend, wie viel Gewalt an Polizeibeamten und Rettungskräften verübt wird«, sagte Große Jäger. »Das Problem ist auch bei der Politik angekommen. Ein probates Mittel dagegen gibt es noch nicht.«

Johannsen bestätigte seine Einschätzung.

»Wo sind die Täter jetzt?«

»Sie haben Hansen nach der Tat auf die seeseitige Mole

geschleppt. Er muss dort längere Zeit gelegen haben, denn er wurde erst gegen zweiundzwanzig Uhr von ein paar Urlaubern entdeckt, die noch einen Abendspaziergang gemacht haben.«

»Wollen Sie behaupten, er hat dort fünf Stunden gelegen?«, fuhr Große Jäger den jungen Polizisten an.

»Ich will gar nichts behaupten«, erwiderte der eingeschüchtert. »Ich kann nur sagen, wie es war.«

Der Oberkommissar entschuldigte sich bei Johannsen. »In mir kocht die Wut über, wenn ich von solchen Taten höre. Es war nicht so gemeint. Also – was ist mit den Tätern?«

»Die haben vermutlich gleich nach der Tat Helgoland verlassen. Wir gehen davon aus, dass sie Richtung Heimat motoren. Das sind schätzungsweise einhundertzwanzig Seemeilen. Die Bavaria 38 Cruiser, ein solches Schiff war das, ist etwa acht Knoten schnell, natürlich abhängig vom eingebauten Motor, zu dem ich nichts weiß. Ich würde die Reisegeschwindigkeit auf sechs Knoten schätzen. Wie gesagt – alles unter Vorbehalt. Das heißt, sie brauchen bis zum Heimathafen etwa zwölf bis fünfzehn Stunden. Wenn sie gleich um siebzehn Uhr los sind, könnten sie bei optimalen Bedingungen am frühen Vormittag zu Hause sein. Wir haben noch gestern Abend unser zuständiges Revier in Brunsbüttel eingeschaltet. Die haben dafür gesorgt, dass alle relevanten Häfen in Ostfriesland und auf den Inseln in Kenntnis gesetzt wurden. Über Kiel wurde auch die niederländische Waterpolitie in Kenntnis gesetzt. Das ist alles, was wir wissen.«

»Mist«, fluchte Große Jäger und verließ die Polizeistation.

Die neuen Ereignisse stellten die gestrigen Behauptungen der Holländer in ein anderes Licht. Wenn Große Jäger bisher Zweifel an deren Schilderungen hatte, hielt er sie jetzt für gelogen. Aus irgendeinem Grund neigten die Männer zu Gewalt. Es war nicht auszuschließen, dass sie Berrit Muchow gegen ihren Willen missbraucht und dann zur Vertuschung dieser Straftat ins Wasser geworfen hatten. Es war müßig, darüber zu spekulieren, ob die Platzwunde am Kopf der Frau ein Versehen oder Vorsatz war. Wenn die drei den deutschen

Polizisten so hergerichtet hatten, würde Große Jäger ihnen auch zutrauen, die Frau niedergestreckt zu haben. Seine Überlegungen mündeten darin, dass man die Spurensicherung aufs Schiff schicken müsste, um nach einem Gegenstand zu suchen, der als Schlagwaffe benutzt worden war. Generell würde man Spuren von Berrit Muchow nachweisen können. Aber das hatten die Holländer ja schon eingestanden. Rätselhaft blieb, warum sie über Hansen hergefallen und ihn so zugerichtet haben. Einen triftigen Grund vermochte Große Jäger nicht zu erkennen.

Er rief Cornilsen in Husum an und berichtete von den Vorfällen.

»Das macht die Holländer zu unseren Verdächtigen Nummer eins«, meinte der Kommissar.

Große Jäger trug ihm auf, im Rahmen der Amtshilfe Erkundigungen über die drei Holländer einzuholen. Waren sie in ihrer Heimat als Gewalttäter bekannt?

»Tu ich machen«, sagte Cornilsen. »Ich habe aber auch etwas herausgefunden. Hubert Müller war Himmelfahrt tatsächlich auf Hooge. Er hat dort festgemacht. Man hat allerdings nicht registriert, ob er allein dort war. Müller ist am Freitag wieder losgesegelt. Er war in keinem anderen Hafen, ist aber erst am Sonntag wieder in Tönning eingelaufen.«

»Was hat er in der Zwischenzeit gemacht? Wo hat er sich verborgen? Und weshalb?«, fragte Große Jäger.

»Das muss er uns entweder selbst sagen, oder wir finden noch jemanden, der ihn unterwegs gesehen hat. Irgendwo zwischen den Halligen. Oder draußen auf der Nordsee. Aber wenn ich es richtig verstanden habe, versuchen die meisten Segler, nachts einen Hafen anzulaufen.«

Große Jäger ermunterte Cornilsen, hier weiterzusuchen.

»Außerdem hat sich das LKA gemeldet. Die neue DNA, also die aus der zweiten Probe, gehört Berrit Muchow. Die erste, zu der wir keine Übereinstimmung feststellen konnten, wurde ihrem Ehemann zugeordnet. Ohne jeden Zweifel. Warum hat er dich getäuscht und dir bei deiner ersten Nachfrage seine Zahnbürste statt die seiner Frau ausgehändigt? Er hat uns damit in die Irre geleitet. Wenn wir nicht nachgehakt hätten, wüssten wir heute noch nicht, wer die unbekannte Tote ist. Das macht Muchow verdächtig. Welche Gründe hätte er, seine Frau zu ermorden?«

»Das steht noch nicht einwandfrei fest. Aber so makellos, wie er es gern darstellen würde, war die Ehe wohl nicht. Wir haben keine Anhaltspunkte gefunden, dass das Paar sich gestritten hätte, aber Abnutzungserscheinungen können auch im Verborgenen blühen. Wir wissen, dass Muchow die Segelleidenschaft seiner Frau mächtig gegen den Strich ging. Darüber kann es schon zu Zerwürfnissen kommen. Wir haben auch noch nicht herausgefunden, welchem Hobby er nachgeht. Wenn er ein Couchpotato ist, war er sicher nicht begeistert, dass Berrit auf dem Wasser herumschwirrte.«

»Und wenn doch ein anderer Mann – oder eine andere Frau – eine Rolle spielt?«, fragte Cornilsen.

»Irgendjemand hätte es uns gesteckt«, war Große Jäger überzeugt. »So etwas bleibt nicht geheim. Vielleicht in einer Großstadt. Aber in einem überschaubaren Gemeinwesen wie Tönning …«

Er durchstreifte noch einmal Helgoland, voller Unruhe, weil er zum Nichtstun gezwungen war. Nur nebenbei nahm er die Reize der Insel wahr: den Klippenrundweg, der durch die Kleingärten führte. Wer hier eine Parzelle besaß, gehörte zu den Glücklichen. In einem geordneten Durcheinander bauten die Insulaner frisches Obst und Gemüse an. Im Unterschied zu manch uniformen Kleingärten mit genormten Hütten wirkte die Anlage durch eine bunte und phantasievolle Gestaltung. Der Weg führte oberhalb der Klippe entlang, gab den Blick auf den Sportplatz und die gegenüberliegende Helgoländer Düne frei. Eine Informationstafel wies auf ein gewaltiges Loch hin, kraterähnlich, das eine englische Fünftausend-Kilo-Bombe gerissen hatte.

Im Strom der Touristen mitschwimmend erreichte er schließlich den belagerten Aussichtpunkt, der den Blick auf die Lange Anna freigab, die allein stehende Felsnadel. Helgolands Wahrzeichen war über und über von Trottellummen bevölkert. Zuhauf waren mit langen Objektiven bewaffnete Vogelspotter auf der Jagd nach spektakulären Bildern.

Schließlich war der Zeitpunkt gekommen, dass er sich zu den Börtebooten am Hafen begeben und sich zu seinem Schiff übersetzen lassen konnte, das ihn zurück nach Büsum aufs Festland brachte. Er teilte unterwegs nicht die Bierseligkeit manch anderer Passagiere.

Einzig die kurze Information, die ihn nach der Rückkehr erreichte, dass die niederländische Wasserschutzpolizei die drei segelnden Schläger festgenommen hatte, hellte seine trübe Stimmung ein wenig auf.

ZEHN

Die Stimmung am Frühstückstisch war eingetrübt. Heidi Krempl hatte andere Erwartungen an ein gemeinsames Wochenende.

»Die Gewerkschaften haben lange für die Fünf-Tage-Woche gekämpft«, sagte sie. »Es wäre gut, wenn wir etwas gemeinsam unternehmen würden. Zu dritt.« Sie zeigte auf die Dachsbracke, die träge in ihrem Korb lag und döste. »Zu viert«, korrigierte sie sich. »Blödmann kommt mit.«

Große Jäger erinnerte sich, dass Christophs erste Ehe auch an seinen dienstlichen Verpflichtungen gescheitert war. Damals – ihr erster Fall zu Weihnachten. Gegen seine Überzeugung sagte er: »Für Beamte gibt es keine Gewerkschaft. Und wenn du Dienst hast, dann ...«

»Du hast ja recht«, gab Heidi zu. »Trotzdem ...«

Ihm war nicht entgangen, dass sie mit kritischem Blick beäugt wurden, wenn sie zusammen unterwegs waren. Sie waren ein ungleiches Paar. In Garding hatte man sich daran gewöhnt, auch wenn hinter vorgehaltener Hand getuschelt wurde. Es störte ihn nicht. Die Ärztin gab ihm genau das richtige Maß an Nähe, aber auch Freiheit.

»Ich beteilige mich an keiner Lotterie mehr«, hatte er einmal gesagt. »Man gewinnt nur einmal im Leben das große Los.«

»Ich räume ab«, hatte Heidi schließlich resigniert. »Check du deine Mails.«

Die brachten eine gute Nachricht. Die Niederländer hatten die Segler festgehalten und verhört. Zunächst hatten die drei alles abgestritten und behauptet, nichts von einem deutschen Polizisten zu wissen. Nachdem sie sich in Widersprüche verwickelt hatten, schlugen sie eine andere Taktik ein. Plötzlich war die Rede von Selbstverteidigung, nachdem der »Nazi« – so hätten sie es wörtlich gesagt – über einen von ihnen hergefallen sei. Der Uniformierte war von der Gestapo. Und der Stasi.

Alles gleichzeitig. Die niederländische Polizei war hartnäckig geblieben, auch wenn die Segler alles abstritten.

Zum Glück, dachte Große Jäger, waren die Grenzen in den Köpfen der Menschen in Europa zum großen Teil gefallen. Gute und Böse gab es auf beiden Seiten. Und Deutschland hatte sich nach der schlimmen Zeit der Nazidiktatur und dem davon ausgelösten Weltbrand wieder in die Riege der friedlichen Völker eingereiht.

Große Jäger baute mit Unterstützung von Heidis Sohn eine Verbindung über ein Notebook auf, da es ihm partout nicht gelingen wollte, auch nur ansatzweise einen Text über den Screen des Smartphones zu erfassen. Für Moritz war es eine Kleinigkeit. Dafür bedurfte es einer kleinen Diskussion, dass der Sechzehnjährige abzog und keine neugierigen Blicke mehr auf den Bildschirm warf.

Große Jäger las noch einmal den Bericht der Kieler Forensik zum DNA-Abgleich. Dann beschloss er, nach Tönning zu fahren.

In der Landrat-Bähr-Straße schien vor jedem Haus ein Bewohner den Garten zu versorgen oder die Straße zu fegen. Christoph hätte ihn jetzt belehrt, dass diese Behauptung maßlos übertrieben sei, und sie hätten sich darauf geeinigt, dass es vor jedem zweiten Haus der Fall war. Robert Muchow war nicht mit Außenarbeiten beschäftigt.

Aus den Augenwinkeln sah Große Jäger, als er vor dem Haus hielt und ausstieg, dass die Nachbarn mit ihrer Arbeit innehielten und ihn aufmerksam beobachteten. Natürlich wusste jeder um die Geschehnisse in der Eiderstadt. Das war überall Gesprächsthema. Und wenn Muchow Besuch bekam, konnte das eventuell die Gerüchteküche anheizen.

Große Jäger versuchte sich vorzustellen, wie die Bewohner der Straße zu rätseln begannen. Wer war der Mann? Ein Versicherungsvertreter? Jemand von der Zeitung? Ein Polizist? Nein! Das nicht. Die sahen anders aus.

Die Tür öffnete sich einen Spalt. Große Jäger registrierte, dass Muchow die Sicherheitskette vorgelegt hatte. Er äugte hinaus, erkannte den Beamten, schloss die Tür wieder und öffnete sie ganz. Fast hastig schlug er sie zu, sodass das Türblatt Große Jäger in die Hacken traf.

Muchow sah übernächtigt aus. Auf dem Pullunder zeichnete sich ein Kaffeefleck ab. Der Hemdkragen darunter war zerknüllt. »Was wollen Sie noch von mir?«, sagte er hastig.

»Ich möchte wissen, weshalb Sie uns zunächst auf eine falsche Fährte geschickt haben und uns Ihre eigene Zahnbürste statt die Ihrer Frau aushändigten. Haben Sie gehofft, wir könnten die bis dahin unbekannte Tote nicht identifizieren?«

»Was weiß ich, wie das funktioniert.«

»Das ist Allgemeinwissen. Haben Sie etwas zu verbergen?«

Muchow fuhr sich mit gespreizten Fingern durch die Haare.

»Ich habe meine Frau vermisst. Herrje noch mal. Ich bin zur Polizei, aber die hat nichts unternommen.«

»Weshalb haben Sie Ihrerseits zuvor nicht alles unternommen, um den Aufenthaltsort Ihrer Frau zu erkunden?«

»Ich … ich war völlig durcheinander. Das ist schließlich keine alltägliche Situation.«

»Berrit war schon öfter zum Segeln.«

Muchow drehte sich um und ging drei Schritte durch den engen Flur. An der geschlossenen Wohnzimmertür wandte er sich um und blieb vor Große Jäger stehen.

»Schon, aber immer nur stundenweise.«

»Weshalb haben Sie dieses Hobby nicht mit Ihrer Frau geteilt?«

»Ich hasse es«, gab Muchow unumwunden zu. »Welchen Sinn macht es, in einer schräg liegenden Nussschale über die Wellenkämme zu hüpfen und sich einen nassen Hintern zu holen? Und das ganze Drumherum stößt mich auch ab. Die tun so, als wären sie eine große Familie. Dabei versucht jeder, den anderen zu übertrumpfen. Da ist oft mehr Schein als Sein.«

»Sie meinen Hubert Müller?«

Der Sparkassenleiter hielt mitten in der Bewegung inne.

»Ich weiß um dessen Probleme.«

»Darüber kann und will ich nicht sprechen.«

»Sie haben ihm einen dringend benötigten Kredit für seinen Betrieb verweigert. Jetzt droht ihm das Aus.«

»Pah.« Muchow fuhr ärgerlich mit der Hand durch die Luft. »Das ist eine ganz spezielle Nummer. Nach der Wende kommt der mit nichts aus dem Osten hierher. Hat keine Mittel und versteht unser System nicht, glaubt aber, man könne sich hier bedingungslos als Großkapitalist aufspielen und den dicken Max markieren. Mit Segelyacht und so. Er hat nicht verstanden, dass man es sich erarbeiten muss und nicht von der Bank über Kredite geschenkt bekommt.«

»Sie hätten ihm einen Betriebsmittelkredit gewährt, wenn er sich nicht mit dem Kauf der Yacht und deren Finanzierung übernommen hätte?«

»Dazu sage ich nichts.«

»Was hat Sie veranlasst, so zu entscheiden? Der Neid darauf, dass Müller hier bei uns den Neuanfang gewagt hat? Oder war es Ihre Abneigung gegen seine Segelleidenschaft?«

Muchow kniff trotzig die Lippen zu einem schmalen Spalt zusammen. Es war ein deutliches Zeichen dafür, dass er nichts sagen wollte.

»Sie haben aber immer noch nicht die Frage beantwortet, weshalb Sie uns mit der falschen Zahnbürste in die Irre leiten wollten.«

Sekundenlang starrte Muchow Große Jäger in die Augen, ohne etwas wahrzunehmen. Als es ihm bewusst wurde, senkte er schnell den Kopf. »Das war ein Versehen in einer Stresssituation. Ich war völlig durcheinander. Ein Fehler. Es tut mir leid. Wer hätte mehr Interesse daran als ich, die Wahrheit zu erfahren?«

»Sie stehen im Verdacht, etwas vertuschen zu wollen.«

»Das ist doch absurd. Ich war im Stress.«

»Wo waren Sie an dem Wochenende, als Ihre Frau auf Langeneß war?«

»Auf Langeneß? Das habe ich nicht gewusst, sonst hätte ich doch nicht die Polizei aufgesucht.«

»Da waren Sie zwei Tage später, als Ihre Frau hätte zurück sein sollen. Also! Wo waren Sie?«

»Hier – zu Hause. Wo denn sonst?«

»Nicht auf Langeneß?«

»Was sollte ich dort?«

»Sehen, mit wem Ihre Frau unterwegs ist.«

»Ich hab doch nicht gewusst, dass sie dort war.« Es war ein wütender Aufschrei.

»Sie geben immer nur das zu, was wir herausgefunden haben. Es wäre an der Zeit, endlich mit offenen Karten zu spielen. Wer kann bezeugen, dass Sie zu Hause waren?«

»Bezeugen?« Muchow war so aufgebracht, dass ein feiner Speichelsprühregen aus seinem Mund kam. »Muss ich etwas beweisen?«

»Es wäre gut für Sie.«

»Ich war hier. Hier. Hier.« Um seine Worte zu unterstreichen, stampfte er mit dem Fuß auf.

»Kein Anruf? Kein Besuch? Waren Sie einkaufen?« Große Jäger zeigte über die Schulter nach draußen. »Oder im Garten, wie die Hälfte der Straße?«

»Nein! Außerdem war an dem Wochenende das Wetter nicht gut.« Das traf allerdings zu, dachte Große Jäger.

»Wir haben gehört, dass Ihre Frau gelegentlich mit Hubert Müller auf dessen Boot unterwegs war.«

»Na und?« Es war kaum hörbar.

»Hatte Berrit ein Verhältnis mit Müller?«

In Muchows Augen funkelte es böse. »Sind Sie verrückt? Mit dem dahergelaufenen Nichtsnutz?«

»Immerhin konnte er Ihrer Frau etwas bieten, das Sie nicht vorweisen konnten.«

»Bringen Sie keine Gerüchte in Umlauf, sonst …« Muchow ließ die Drohung offen.

»Ich meine – ein Segelboot. Hatten Sie den Verdacht, dort könnte etwas laufen zwischen den beiden? Das wäre ein triftiger Grund, Müller den Kredit zu versagen und ihn geschäftlich zu ruinieren.«

»Das hat er selbst gemacht mit dem blödsinnigen Kauf des Segelschiffs.«

»Mag sein, dass er dabei übers Ziel hinausgeschossen ist.

Aber vielleicht lag ihm etwas anderes auf dem Herzen, für das er auch bereit war, seine Existenz aufs Spiel zu setzen.«
»Nie!«, schrie Muchow. »Berrit hat so etwas nicht gemacht.«
»Und Sie? Haben Sie eine Affäre oder eine Geliebte?«
Der Sparkassenleiter holte tief Luft. »Ich bin eine geachtete Persönlichkeit in der Stadt. Glauben Sie, man würde mir meinen Posten lassen, wenn ich privat unzuverlässig wäre?«
»War Ihre Ehe intakt?«
»Ja. Selbstverständlich. Wir sind seit ewigen Zeiten verheiratet.«
»Da kann manches zur Gewohnheit werden und sich abschleifen.«
»Aber nicht bei uns.«
Große Jäger dachte an die Erzählungen der Holländer. Möglicherweise war Berrit Muchow bei ihnen an Bord gewesen. Das hielt Große Jäger sogar für sehr wahrscheinlich. Weshalb sollten die Männer lügen? Als sie aber nicht auf das Verlangen der drei einging, eskalierte die Situation.
»War Ihre Frau kommunikativ?«
Muchow sah ihn ratlos an. »Was meinen Sie damit?«
»Hat sie schnell Kontakt zu fremden Menschen gefunden? War sie vertrauensselig?«
»Berrit war nicht blauäugig. Sie war offen und konnte sich anderen Menschen zuwenden. Im Gespräch.« Dabei schwenkte Muchow seinen Zeigefinger.
»Eine letzte Frage. Wurde die Ehe bei Ihnen noch vollzogen?«
Der Sparkassenleiter hob eine Augenbraue in die Höhe. Dann zeigte er nach oben. »Wir waren verheiratet. Dieses hier war Berrits Zuhause.«
»So meine ich es nicht. Hatten Sie noch Sex miteinander?«
Muchows Gesicht überzog sich mit einer flammenden Röte. Große Jäger befürchtete, der Mann würde einen Herzanfall erleiden. Plötzlich schrie er aus Leibeskräften: »Raus!«, packte den Oberkommissar an beiden Schultern und schüttelte ihn heftig hin und her. »Sie Schwein«, ächzte der Mann. »Sie verdammtes Schwein.«

Große Jäger zog es vor, auf dem schnellsten Weg das Haus zu verlassen. Es reichte, wenn ein Kollege auf Helgoland in eine körperliche Auseinandersetzung geraten war. Er fürchtete sich nicht vor seinem Gegenüber und wäre ihm sicher überlegen gewesen. Aber er wollte jeder physischen Konfrontation aus dem Weg gehen. Muchow knallte hinter ihm die Haustür so heftig zu, dass Große Jäger befürchtete, der Glaseinsatz würde zerspringen. Alle Nachbarn hatten es mitbekommen. Es war ein Spießrutenlaufen unter den Augen der Leute bis zu seinem Auto.

Er wählte nicht den direkten Weg zurück nach Garding, sondern fuhr durch Tönning, bog nach Olversum ab und sah auch hier zahlreiche Menschen im Garten arbeiten oder die Straße fegen. Nur vor dem Haus der Familie Aufderheide war niemand zu sehen.

Sein Smart rollte so langsam über die Straße, dass er unterwegs sogar angehupt wurde. Ein Kombi mit Berliner Kennzeichen überholte riskant. Dabei zeigte ihm die Frau auf dem Beifahrersitz den ausgestreckten Mittelfinger, während die drei Kinder auf dem Rücksitz Faxen machten. Er wollte in Ruhe nachdenken und fuhr zwischen dem Eiderdeich und dem Kattinger Watt entlang. Das wild wirkende Naturschutzgebiet war die größte zusammenhängende Waldfläche in Nordfriesland. Das durfte man keinem Auswärtigen erzählen, dachte er unterwegs. In anderen Regionen war der Schulwald im Dorf größer.

»Aber nicht schöner«, murmelte er vor sich hin. Dann waren seine Gedanken wieder bei Berrit Muchow. Warum war es so schwer, etwas über die Frau in Erfahrung zu bringen? Jeder, den sie bisher befragt hatten, erzählte etwas anderes. Einzig ihre fast unnatürliche Begeisterung fürs Segeln wurde von allen bestätigt.

Pastor Seifert hatte sie als tüchtige und zuverlässige, integre Mitarbeiterin beschrieben. Interessant wäre, was ihre Freundin Kerrin Böckmann zu berichten wusste. Deren geschiedener Ehemann hatte behauptet, die beiden Frauen seien tief verfeindet gewesen, weil Kerrin annahm, Berrit habe ein Verhältnis mit dem Apotheker gehabt. Er wiederum schilderte seine Ex-Frau als lebensgierigen Vamp. Warum logen die Leute, die sie bisher befragt hatten? Zumindest einige. Aber wer sprach die Wahrheit?

Rätselhaft war auch, dass Große Jäger das Gefühl hatte, manche würden erst dann etwas zugeben, wenn man es ihnen als verifizierte Tatsache vorhielt. Sie hatten auch noch keine hundertprozentige Gewissheit, dass es nicht doch ein Unfall war, auch wenn vieles für Fremdverschulden sprach. Erwiesen war, dass Berrit Muchow über Himmelfahrt auf Langeneß war. Wie war sie dorthin gekommen? Wer war noch auf der Hallig gewesen?

Böckmann und seine Freunde. Ich werde irre, dachte er. Böckmann hieß der Apotheker. Böckmann war der bürgerliche Name von Udo Jürgens. Oder war es Bockelmann?

Wo hatte sich Müller aufgehalten? Und warum war er seit Montag untergetaucht? Und wie passten die wilden Holländer ins Bild?

Er schalt sich einen Narren, als er bemerkte, dass er wie in Trance gefahren war. Auf der Landesstraße über das Sperrwerk Richtung St. Peter-Ording herrschte lebhafter Verkehr. Jetzt hatte er den Ortseingang von Garding erreicht. Große Jäger trat heftig auf die Bremse und steuerte den Parkplatz des Supermarktes an. Er beschloss, Sekt zu kaufen und mit Heidis Hilfe zumindest für den Rest des Wochenendes den Fall zu vergessen.

ELF

Das Wetter war durchwachsen gewesen. Zwischendurch hatte es vereinzelt ein paar Schauer gegeben. Aber auch die Sonne hatte sich gezeigt. Das hatte der guten Stimmung, die an Eiderstedts Westspitze in Bad St. Peter-Ording herrschte, keinen Abbruch getan. Heidi Krempl hatte sich gewünscht, zu »promenieren«. Und wer dazu den idealen Ort vor der Haustür fand, konnte sich dem kaum widersetzen. Sie waren oft nur noch zu zweit unterwegs, weil Moritz Spazierengehen öde fand. Und mit Eis und Pommes war er schon lange nicht mehr zu locken. Chillen nannte er es, wenn er sich in sein Zimmer zurückzog und von dort via Internet mit seinen Freunden kommunizierte. Große Jäger wollte gar nicht wissen, wie das genau aussah.

Er hatte es geschafft, die Gedanken an den »Fall Muchow« zu verdrängen. Erst auf der Fahrt zum Dienst am Montagmorgen begannen die Gedanken wieder darum zu kreisen. In der Frühbesprechung forderte Mommsen ihn auf, den Sachstand vorzutragen.

»Viel ist das nicht«, merkte Hundt an. »Seid ihr in zwei Wochen noch nicht weitergekommen?«

»Die beiden haben schon ein ordentliches Stück bewältigt«, ergriff Hilke Hauck das Wort. »Die Erkenntnisse der Rechtsmedizin lassen noch die Möglichkeit eines Unfalls zu.«

»Dagegen spricht …« Hundt trug vor, dass sich in diesem Fall die Mitsegler gemeldet hätten. Seine Ausführungen klangen so, als wäre diese Erkenntnis eine Idee von ihm.

Mommsen mischte sich ein. »Das hat Herr Große Jäger schon vor längerer Zeit erklärt.«

»Hat er vergessen«, raunte Cornilsen leise und sah dabei zum Hauptkommissar hinüber.

»Die Bürger erwarten schnelle Erfolge und keine faulen Ausreden«, dozierte Hundt. »Sollte man nicht überlegen, ob eine andere Vorgehensweise zielführender wäre?«

»Ich halte den bisher eingeschlagenen Weg für richtig«, schloss Mommsen die Diskussion und fragte nach den nächsten Themen.

Nach der Besprechung löste sich die Runde auf, und die Beamten kehrten in ihre Büros zurück. Hundt zupfte Große Jäger am Ärmel und hielt ihn fest.

»Ich werde mit dem Kriminalrat reden. Die Sachbearbeitung für Todesfälle wäre bei mir viel besser aufgehoben. Bei euch kommt doch nichts Gescheites heraus.«

Große Jäger nickte zustimmend. Dann schlug er dem Hauptkommissar zu dessen Überraschung anerkennend auf die Schulter. »Du hast recht, Hundt. Dein Fachwissen ist über Husums Grenzen hinaus bekannt. Deshalb hat man dich auch aus München angefordert.«

»Aus München? Mich?«

»Richtig. Dort ist auf dem Zentralfriedhof ein Kleinflugzeug abgestürzt. Die Bayern haben sofort mit der Bergung begonnen. Bis jetzt sind es schon über tausend Tote, die sie gefunden haben.«

Hundt benötigte eine Weile, bis er es verstanden hatte.

»Du Arschloch«, rief er Große Jäger hinterher, der mit einem missglückten Pfeifen den Flur entlangging.

In seinem Büro blieb Große Jäger im Türrahmen stehen. »Los«, rief er Cornilsen zu. »Nimm gar nicht erst Platz. Wenn wir uns beeilen, schaffen wir noch die Fähre ab Schlüttsiel.«

Im Eiltempo liefen sie zum Parkplatz hinter dem Haus. »Ich fahre«, sagte der Oberkommissar kurzatmig, als er hinter Cornilsen die Treppe hinunterhastete.

Sie sprangen in den Opel Vectra, und Große Jäger gab Gas, als wäre der Leibhaftige hinter ihnen her. Er beauftragte Cornilsen, Erkundigungen einzuholen, wo die Kollegen von der Verkehrsüberwachung heute mit ihren Blitzgeräten stehen würden. Dann nickte er zufrieden.

»Stadtauswärts kurz vor dem Magisterhof in Schobüll und auf der B 5 in der Siebzigerzone bei Wester-Schnatebüll Richtung Norden. Das ist nicht auf unserer Strecke.« Dann wies er Cornilsen an, die »Hilligenlei« der Wyker Dampfschiffs-Reederei solle notfalls in Schlüttsiel auf sie warten.

Mit Belustigung stellte Große Jäger fest, wie Cornilsen unterwegs die Hände faltete und die Knöchel weiß hervortraten.

»Ist Oma eigentlich in der Kirche?«, fragte er.

»Warum?«, antwortete der Kommissar mit einer Gegenfrage.

»Dann bist du das doch auch. Hast du kein Gottvertrauen?«

»Gott vertraue ich schon, aber dir nicht. Außerdem hast du die falsche Religion.«

Große Jäger lachte laut auf, fluchte kurz, weil ein Mercedes SUV mit einem auswärtigen Kennzeichen ihn nach einem Überholvorgang nicht wieder in die Lücke hineinlassen wollte, und sagte: »Papst Benedikt hat kundgetan, dass nur meine Religion die richtige ist. Du bist ein Lutheraner, aber davon gibt es ja jede Menge Schattierungen.«

»Ich glaube an das Gute im Menschen«, protestierte Cornilsen. »Jedenfalls wird Oma Disteln und Kakteen auf dein Grab pflanzen, wenn du weiter so fährst.«

Schließlich erreichten sie Schlüttsiel. Der Oberkommissar schickte Cornilsen vorweg zur Fähre, während er den Parkschein löste und sich bemühte, hinterherzukommen. Er erklomm den Deich, stolperte auf der anderen Seite die Treppe hinunter und lief zum Anleger, an dem die betagte Fähre lag. Rechts im Hafenbecken hatten zwei andere Ausflugsdampfer festgemacht, die Touristen zu den Inseln und Halligen brachten oder die beliebten Fahrten zu den Seehundbänken unternahmen. Ein Stück weiter dümpelte eine Reihe Segelboote im Wasser.

Die »Hilligenlei« wartete. Sie hatte die Verladung der Versorgungsfahrzeuge und eines halben Dutzends Pkw abgeschlossen. Auf einem Anhänger lagen prall gefüllte Kartoffelsäcke, durch die Schlitze des Viehtransporters äugten Kühe ins Freie.

»Mok to«, rief ihm der Decksmann zu. »Morgen fahren wir wieder.«

»Klei mi an Mors«, erwiderte Große Jäger keuchend.

Der Fährmann grinste. »Eh, Schnaufi. Ich habe eine gute Nachricht für dich: Von hier ab ist alles barrierefrei.«

Ehe der Mann sich's versah, war er mit Handschellen gefesselt. Es dauerte einen Moment, bis er begriff, wie ihm geschah. Versteinert sah er auf die stählerne Acht.

»Eh. Was soll der Scheiß?«

»Wonach sieht es aus?«, erwiderte Große Jäger. »Nach einem Sexspiel? Ich verhafte dich wegen Klugscheißerei.« Er wartete ein paar Sekunden, bis er den Matrosen wieder befreite. »Und nun bring uns heil nach Langeneß.« Dann folgte er Cornilsen in den Gastronomiebereich.

Der Salon, dessen Bullaugen gerade oberhalb der Wasserlinie lagen, war eng und mit Tischen und Sitzbänken bestuhlt. Hinter einer Luke wartete ein freundlicher junger Mann auf die Bestellungen der Fahrgäste.

Die Fähre löste sich vom Anleger und schob sich aus dem kleinen, aber für die Halligwelt so wichtigen Hafen Schlüttsiel hinaus. Dann nahm sie Kurs auf Hooge, die erste Station.

Große Jäger hatte sich eine deftige Erbsensuppe und eine Flasche Bier mit dem berühmten »Plopp« bestellt, während Cornilsen sich bei Backfisch mit Kartoffelsalat und einer Cola vergnügte.

Am Nebentisch hatte eine Familie Platz genommen. Das kleine Mädchen war hibbelig und fragte alle fünf Minuten: »Wann sind wir da?«

»Das dauert noch ein bisschen«, antwortete der Vater. »Ist Schifffahren schön?«

Die Kleine schüttelte den Kopf. »Ist doof. Kann ich dein Handy haben?«

Der Vater versuchte, der Kleinen nahezubringen, dass es viel spannender wäre, sich die Umgebung anzusehen.

»Da gibt es doch nichts Interessantes«, sagte der größere Bruder in mauligem Ton. Er hatte den Ellenbogen auf die Tischplatte gestützt und seinen Kopf in die Handfläche gelegt. Dann quälte ihn ein Hustenanfall. »Ist öde«, stellte er fest. »Andere fahren dahin, wo was los ist. Spanien. Türkei. Und wir?«

Die Mutter versuchte, ihm über den Kopf zu fahren, aber er wich aus.

»Lass das.«

»Wir machen das für dich. Für deine Bronchien. Seeluft tut gut.«

»Nichts tut gut. Das ist doch alles verkackt hier. Die Scheiß-Insel. Da ist doch nichts los. Das ist nur was für Gruftis.«

Sie sprachen unverkennbar Hessisch.

»Das sind keine Inseln, sondern Halligen«, mischte sich Große Jäger ein. »Die sind auf der Welt einzigartig. Es gibt sie nur hier.«

»Na und?« Der Junge strafte Große Jäger mit einem bösen Blick ab.

»Wo kommt ihr her?«

»Aus der Nähe von Frankfurt«, sagte die Mutter.

»Wir haben hier Ebbe und Flut«, erklärte der Oberkommissar. »Zweimal am Tag verschwindet das Wasser und kommt anschließend wieder.« Er wandte sich an das kleine Mädchen. »Weißt du auch, warum?«

Sie sah ihre Mutter an, dann sagte sie schüchtern und ganz leise: »Weiß nicht.«

»Da sind früher Kinder gekommen, die gemault haben. Als die über den Deich gesehen haben, hat sich das Wasser so erschrocken, dass es geflüchtet ist. Und nun kommt es zweimal am Tag zurück, um zu sehen, ob die Kinder noch da sind.«

Die Kleine lachte schüchtern. »Stimmt nicht. Oder?« Sie sah mit einem Restzweifel ihre Mutter an.

»Doch«, bestätigte der Vater.

»Das ist ungemein spannend«, fuhr Große Jäger fort. »Man kann bei Ebbe auf dem Meeresgrund spazieren gehen und dabei ganz viel entdecken. Dabei muss man aber aufpassen. Es bleiben Rinnen übrig, die sich mit Wasser füllen. Das sind die sogenannten Priele. Wer sich nicht auskennt, sollte nicht allein ins Watt laufen. Das ist lebensgefährlich. Man kann ertrinken.«

Seine Gedanken schweiften kurz zu Berrit Muchow ab. Die kannte das Watt und seine Gefahren, war nicht zu Fuß unterwegs gewesen und trotzdem ertrunken. »Aquis submersus«

war eine Novelle von Theodor Storm, eine tragische Liebesgeschichte. Ob es in ihrem Fall einen solchen Hintergrund gab? Er wurde in seiner Gedankenkette durch das kleine Mädchen unterbrochen, das ihn anstupste und aufforderte: »Erzähl weiter.«

»Hast du schon einmal von Florida gehört? Auch dort gibt es Wattenmeere, die allerdings ganz anders aussehen als hier bei uns. Sie sind oft mit Mangroven bewachsen. Bei unserem Wattenmeer verfügt der Boden nur über ein geringes Gefälle. Man kann theoretisch weit hinauslaufen. Bei einem Kilometer fällt der Meeresboden ungefähr um einen Meter ab.«

»Wie weit ist das?« Die Frage galt dem Vater.

»Ungefähr von uns bis Tante Lisa.«

»Ganz schön.« Sie sah Große Jäger an. »Kann man da auch mit dem Auto fahren? Ich geh nicht gern zu Fuß zu Tante Lisa.«

»Das ist aber gesund – zumindest im Wattenmeer«, sagte der Oberkommissar. »Und interessant. Da gibt es Muscheln. Und Krebse.« Er beugte sich zum Mädchen hinüber. »Und so kleine geringelte Haufen. Das kommt von den Wattwürmern.«

»Sind das die Würmer?«

»Nein. Die sind unter der Erde. Die haben ein Maul, das so groß ist wie sie selbst. Damit schieben die den Sand vor sich in sich hinein. Aus dem Sand ziehen sie ihr Essen.«

»Die fressen Sand?«, fragte die Kleine ungläubig.

»So ähnlich«, vereinfachte es Große Jäger. »Und irgendwie muss der ja auch wieder hinaus. Dazu haben sie am hinteren Ende eine Öffnung.«

Die Kleine hielt sich die Hand vor den Mund und wisperte. »Ist das der Popo?«

»Du bist schlau«, lobte sie Große Jäger. »So streckt der Wattwurm immer wieder einmal seinen Popo an die Oberfläche und drückt den Sand hinaus, der in seinem Inneren ist. Es gibt Vögel, die Würmer fressen.«

»Ich weiß«, sagte die Kleine eifrig. »Regenwürmer. Das habe ich schon bei uns im Garten gesehen.«

»Und so ist es auch bei den Wattwürmern. Er muss sich

also beeilen, um sein Geschäft zügig zu erledigen. Sonst wird er gefressen. Darum ist der Wattwurm ein Schnellscheißer.« Die Kleine fing an zu kichern. Selbst der Bruder zeigte plötzlich Interesse. Die Eltern hatten zunächst einen empörten Blick gewechselt, fielen aber in die Fröhlichkeit ihrer Kinder ein.

»Papiiiiii«, zog das Mädchen den Namen unendlich in die Länge. »Gehen wir dahin? Wattwürmer suchen?«

Der Vater fuhr der Tochter liebevoll über den Kopf. »Ganz bestimmt. Und deinen Bruder nehmen wir auch mit.«

»Mal sehen«, antwortete der. Es klang wie ein Rückzugsgefecht von der totalen Ablehnung.

Große Jäger zeigte auf Cornilsen. »Er kann zaubern.«

»Ist das wahr?«, wollte die Kleine wissen.

Der Kommissar schien nicht begeistert zu sein, konnte sich aber um eine kleine Kostprobe seines Könnens nicht mehr drücken. Er zeigte den Trick mit dem Kugelschreiber, der abwechselnd in der linken oder der rechten Hand auftauchte, ließ eine Münze durch die Tischplatte wandern und erntete einen skeptischen Blick des Vaters, als er beide Hände der Mutter ergriff und ihr Komplimente für so gepflegte Finger machte. Als er sie nach längerem Betrachten wieder losließ, wollte er wissen, wie spät es sei. Erschrocken stellte die Mutter fest, dass sie ihre Armbanduhr vermisste. Cornilsen gab dem Vater die Schuld, der den Vorwurf irritiert von sich wies. Er konnte erst wieder entspannt mitlachen, als sich die Armbanduhr in seinem Nacken fand und Cornilsen sie von dort ans Tageslicht beförderte.

Kurz darauf erklang blechern über den Lautsprecher die Durchsage, dass die »Hilligenlei« in Kürze Hallig Hooge anlaufen werde.

»Kommt, wir müssen raus«, sagte der Vater. Die Familie nahm gern die guten Wünsche für einen schönen Urlaub entgegen und ging zum Wagendeck.

Die beiden Polizisten gingen auch an Deck und beobachteten die Autos, die auf Hooge die Fähre verließen. Beide Kinder winkten heftig, als ihr Wagen an Land rollte.

»Wir hätten das Auto mitnehmen sollen«, fiel Cornilsen ein. »Die Hallig ist fast zehn Kilometer lang. Und es gibt keine U-Bahn.«

»Die Fähre war ausgebucht.«

»Und nun?«

»Ich habe uns eine Fahrmöglichkeit besorgt.«

Cornilsen wollte wissen, ob das geschehen sei, als er Große Jäger beim Rauchen wähnte. Der Oberkommissar bestätigte es.

Die Fähre machte auf Hooge los und begab sich auf die halbstündige Überfahrt nach Langeneß. Große Jäger suchte den Decksmann auf, dem er vorhin die Handschellen angelegt hatte, und zeigte ihm ein Bild von Berrit Muchow.

»Kennst du die?«

Der Fährmann besah sich das Foto ausgiebig. »Nee. Aber die würde ich gern kennenlernen.«

Große Jäger wollte wissen, ob der Mann regelmäßig Dienst tat.

»Ja«, versicherte der Matrose. »Fast immer.«

Sie versuchten es bei anderen Besatzungsmitgliedern. Vergeblich. Niemand konnte sich an die Frau erinnern.

»Wir haben gelegentlich mehr als einen Passagier«, mokierte sich der zweite Decksmann. »Die Halligbewohner – ja, die kennt man. Aber Touris? Nix da.«

Es herrschte klare Sicht. Das Wasser kräuselte sich nur schwach. Es war nahezu ein Idyll. Große Jäger wunderte sich nicht, dass viele Menschen hier ihren Urlaub verbrachten. Dazu gehörte auch »Schiff fahren«. Diese ruhige Art der Fortbewegung faszinierte die Leute. Sicherlich, wenn auch auf andere Weise, begeisterte es die Segler. Das Wattenmeer war ein Paradies. Der klare Himmel. Der weite Horizont. Das unbeschreibliche Licht, das die Maler anlockte. Dazu die reine Seeluft. Wer hier leben durfte, wusste es zu schätzen. Nicht umsonst galten die Schleswig-Holsteiner als die glücklichsten Deutschen.

Er sah auf das sprudelnde Wasser hinter dem Schiff. Ob sie den Weg von Berrit Muchows totem Körper gekreuzt hatten?

Hier irgendwo war die Frau ins Wasser gestürzt und ertrunken. Wo genau – das konnte nur jemand sagen, der dabei gewesen war. Und den galt es zu finden.

Hinter ihnen wurde Hooge immer kleiner. Rechts lag die Hallig Gröde-Appelland. Auf zwei Warften in insgesamt fünf Häusern lebten hier neun Menschen. Damit war Gröde die kleinste selbstständige Gemeinde Deutschlands, bundesweit dadurch bekannt, dass sie stets als Erste das offizielle amtliche Ergebnis bei Wahlen meldete. Hooge war die meistbesuchte, wenn auch nicht die größte Hallig. Dort hatte man sich perfekt auf die Urlauber eingestellt und eine kleine touristische Infrastruktur geschaffen. Jetzt dampfte die »Hilligenlei« auf die Südwestspitze von Langeneß zu. Die Mehrheit der Fahrgäste und Autos hatte die Fähre auf Hooge verlassen. Zur Linken lag der Leuchtturm, gerade voraus die Rixwarf und der Anleger.

Die Fähre würde von hier aus noch Amrum ansteuern, bevor sie die Rückfahrt antrat.

Das Schiff vibrierte, es schien sich heftig zu schütteln, dann glitt es zwischen den Dalben hinein und stieß sanft an. Die Brücke wurde komplett heruntergesenkt, und das Deckspersonal gab die Abfahrt frei.

Cornilsen sah sich neugierig um und wollte wissen, wie es weitergehe.

»Ich habe den Pastor um Amtshilfe gebeten«, erklärte Große Jäger. »Polizei gibt es auf den Halligen nicht.«

»Die haben nicht einmal einen Arzt oder Apotheker«, fügte Cornilsen an. »Krank werden möchte ich hier nicht.«

»Das ist relativ gut organisiert. Es gibt die Halligretter, besonders ausgebildete Notfallsanitäter, außerdem die Hubschrauber und die Seenotrettungskreuzer.«

Sie hatten das Schiff über die Ladeklappe verlassen.

»Wo ist der Pastor?«, fragte Cornilsen.

»Da«, zeigte Große Jäger. Der Pastor war – eine Frau.

»Petersen«, stellte sie sich vor und begrüßte die beiden Polizisten mit einem zupackenden Händedruck. »Ich darf Ihnen behilflich sein«?

Große Jäger berichtete von ihrem Vorhaben.

»Ich habe davon gehört«, sagte die Pastorin mit ihrem unverkennbaren nordfriesischen Zungenschlag. »Dann man to.«

Sie ging schnurstracks zu einem älteren Opel Corsa, der auch schon bessere Tage gesehen hatte. Als sie Große Jägers Blick bemerkte, lächelte sie.

»Der ist noch nicht so alt, wie er aussieht. Das macht die salzige Luft. Und wöchentlich durch die Waschanlage ... das geht hier nicht. Sie werden erstaunt sein, dass ich noch keine zehntausend Kilometer damit zurückgelegt habe. Wohin auch? Von hier bis zur Kirchwarf sind es siebeneinhalb Kilometer. Die fahre ich nicht täglich. Wir haben nur die eine Straße auf der Hallig, immerhin eine Kreisstraße, wenn man von den Zuwegungen zu den Warfen absieht. Die Straße ist so schmal, dass es viele Ausweichstellen gibt. Man sieht bei uns ja schon mittags, wer einem abends begegnet. Und wann immer es möglich ist, nutze ich das Fahrrad.«

Auf dem schmalen Asphaltband waren die Tagesgäste, die mit der Fähre gekommen waren, zu Fuß unterwegs. Manche wurden von ihrem Gastgeber abgeholt. Andere nutzten die Pferdekutschen, mit denen findige Halliglüüd sich ein Zubrot verdienten.

»Warten Sie«, bat Große Jäger. »Ich möchte zunächst dort im Gasthaus auf der nächsten Warf nachfragen.«

»Dann sollten wir uns beeilen«, riet die Pastorin. »Das ist das nächste Gasthaus, vom Fähranleger gesehen. Manche Gäste schaffen es gerade bis dorthin. Wenn die einfallen, haben die im Gasthaus alle Hände voll zu tun.«

Schon jetzt herrschte dort eine angespannte Betriebsamkeit. Große Jäger betrat die Gaststube und befragte den Wirt und das Personal. Sie seien immer hier, wurde ihm versichert. Und wenn die Frau bei ihnen übernachtet hätte – das hätten sie gewusst. Auch zum Bild von Robert Muchow ernteten sie ein Schulterzucken.

Die Pastorin wollte wissen, wie lange die Frau auf Langeneß gewesen sein könnte.

»Das wissen wir nicht genau. Vielleicht zwei Tage.«

Sie zog die Stirn kraus. »Dann kommen Ferienwohnungen

oder Privatquartiere kaum in Betracht. Die vermieten gern über einen längeren Zeitraum. Der Aufwand mit Reinigung et cetera ist bei einem einwöchigen Aufenthalt nicht größer als bei einer Übernachtung. Wir können uns dann auf bestimmte Quartiere konzentrieren.«

Frau Petersen fuhr zunächst über die schmale Straße zum Hotel auf der Mayenswarf, dann zum Tourismusbüro auf der Ketelswarf, das zweckmäßigerweise gemeinsam mit dem Gemeindebüro bei der Bürgermeisterin der Hallig untergebracht war. Hier konnte man sich ebenso wenig an Berrit Muchow oder ihren Mann erinnern wie beim Kiosk auf der Rixwarf. Der Halligkaufmann hatte bereits vor geraumer Zeit sein Geschäft aufgegeben. Unterwegs kamen sie an der Kirchwarf vorbei.

»Dort wohne ich.« Die Pastorin zeigte auf die drei Häuser. Die reetgedeckte Kirche war nur durch die Rundbogenfenster und den kleinen, separat stehenden Glockenturm aus Holz erkennbar. Davor lag der kleine Friedhof, einer von zweien auf der Hallig, mit einer Handvoll Gräber.

Große Jäger war enttäuscht. »Nun leben hier nur knapp über einhundert Menschen. Da müssen Fremde doch auffallen. Die Einheimischen kennen sich doch alle.«

»Das trifft auch zu«, pflichtete ihm Cornilsen bei. »Aber während der Saison kommen täglich Hunderttausende hierher«, übertrieb er.

»Aber sie war keine Tagesausflüglerin«, widersprach Große Jäger. »Ihnen möchte ich erst einmal für Ihre Mühe danken«, wandte er sich an Pastorin Petersen. »Die Segler – die liegen doch auch beim Fähranleger bei der Rixwarf, oder?«

Die Frau nickte.

»Lassen Sie uns noch einmal mit den Leuten vom Gasthaus Hilligenley sprechen.«

Als sie auf die gleichnamige Warf zurückkehrten, war der große Ansturm der Tagesgäste vorüber.

Große Jäger bat Cornilsen noch einmal, das Bild von Berrit Muchow auf dem Tablet aufzurufen, und zeigte es erneut dem

Wirt und seinem Personal. »Das war Himmelfahrt«, erklärte er. »Wir gehen davon aus, dass die Frau zu einer Gruppe von Seglern gehörte.«

Der Wirt streckte sich. »Sagen Sie das doch gleich.« Er sah mit zusammengekniffenen Augen auf das Bild. »Können Sie das mal größer machen?«, bat er.

Cornilsen ließ seine Fingerspitzen darüber wandern. »Doch«, sagte der Wirt. »Die könnte es sein. Ich glaube, die war schon öfter hier. Wenn die mit den Seglern gekommen ist ... Den Namen kenn ich nicht. Aber irgendwie kommt die mir bekannt vor. Himmelfahrt – da war ordentlich was los.«

»Waren ein paar Holländer hier?«

»Oh Mann. Die haben Rabatz gemacht. Es hätte nicht viel gefehlt, und ich hätte sie vor die Tür gesetzt.«

»Hatten die Streit mit anderen Gästen?«

»Nicht direkt.« Er zeigte auf einen Tisch. »Da saßen Daniel Böckmann und seine ...«

»Moment«, unterbrach ihn Große Jäger. »Böckmann aus Tönning?«

»Ja. Der hat eine Apotheke in Heide am Markt.«

»Der ist öfter hier?«

»Was heißt oft? Stammgäste wie in der Eckkneipe einer Großstadt, das haben wir nicht, wenn man von den Einheimischen absieht. Aber Daniel – ja, der ist schon oft hier gewesen.«

»Er war aber nicht allein«, stellte Große Jäger fest.

»Nein. Die waren zu viert, soweit ich mich erinnern kann. Die haben hier gegessen. Zu viert?« Er sah sich nach einer der Bedienungen um. »Zu viert, Levke? Da war doch die Frau dabei. Lass noch mal sehen«, sagte er zu Cornilsen. Konzentriert betrachtete er das Bild. »Verdammi noch mal. So genau kann ich das nicht sagen, aber ich glaube zu achtzig Prozent, dass die mit denen unterwegs war.«

»Sind die zusammen gekommen?«

»Kann gut sein. Sie war jedenfalls nicht allein hier. Auch nicht, dass sie später dazugestoßen ist oder so. Doch! Die waren zusammen hier.«

»Und sind auch gemeinsam gegangen?«

Der Wirt fuhr sich mit der Hand über den Schädel. »Wenn ich das noch wüsste.« Erneut sah er seine Bedienung an. »Levke. Hast du kassiert?«

Das junge Mädchen nickte. »Die haben aber zusammen bezahlt. Der, der das große Wort führte ...«

»Böckmann«, unterbrach sie Große Jäger.

»Ich glaube, die anderen nannten ihn Daniel. Der hat alles zusammen bezahlt und zu den anderen gesagt: ›Wir rechnen das später auseinander.‹« Sie sah den Wirt hilfesuchend an. »Ich darf das vielleicht nicht sagen, aber der hatte so einen stechenden Blick. So richtig unangenehm. Ich fühlte mich nicht wohl dabei.«

»Ist er anzüglich geworden?«, wollte Große Jäger wissen.

»Nicht so wie die Holländer. Aber ich habe mitbekommen, wie er unterm Tisch immer den Oberschenkel der Frau tätschelte.« Ein leichter Rotschimmer überzog ihr Gesicht.

»Warum haben Sie das nicht gleich gesagt?«, brachte der Oberkommissar einen leichten Tadel an.

Sie warf ihrem Chef einen schüchternen Bick zu. »Ich war mir nicht sicher, ob ich so etwas erzählen darf.«

Der Wirt legte ihr sanft die Hand auf den Unterarm. »Ist gut, Levke. Du hast alles richtig gemacht.«

»Was ist dann passiert – ich meine, als die fünf bezahlt hatten?«

»Das weiß ich nicht mehr«, gestand Levke. »Das war ein bisschen Kuddelmuddel. Das sind noch welche zur Toilette gegangen. Plötzlich waren sie weg.«

Große Jäger bedankte sich. Dann sah er auf die Uhr. »Wir haben noch Zeit, bis die Fähre kommt«, sagte er und gab eine Bestellung auf. Die Pastorin war eingeladen.

Nach dem Imbiss lehnten sie das Angebot, zur Fähre gefahren zu werden, ab. Sie stellten sich ein wenig abseits, um ungestört die Ergebnisse des Tages zu besprechen, und stimmten darin überein, dass es für die Befragten schwierig war, sich im Detail zu erinnern.

»Die Bedienung war ein Glücksfall«, stellte Cornilsen fest.

»Aber vermutlich auch nur, weil die Holländer aufgefallen waren.«

»Und Böckmann schon mehrfach hier eingekehrt ist«, ergänzte Große Jäger. »Wir können davon ausgehen, dass Berrit Muchow mit einem Segelboot nach Langeneß gekommen ist.«

»Aber mit welchem?«

Der Oberkommissar kratzte sich die Bartstoppeln. »Das ist die Frage. Mit Sicherheit nicht mit der ›Mooie Dame‹. Auf die Niederländer sind sie erst auf Langeneß gestoßen.«

»Viele Möglichkeiten gibt es nicht. Schließen wir einmal den großen Unbekannten aus, bleiben nur noch die Böckmann-Crew oder Müller, der untergetaucht ist.«

»Oder ein anderer Segler aus der Region, wahrscheinlich aus Tönning. Aber davon hätten Böckmann, Aufderheide und seine Kameraden berichtet.«

»Ich habe das Gefühl, die Leute verschweigen uns etwas. Warum?«

»Vielleicht hängt es damit zusammen, dass wir auch nicht wissen, wie Berrit Muchow wieder von Langeneß weggekommen ist. Das könnte zu ihrem Mörder führen.« Große Jäger zeigte auf das Wasser hinaus. »Die ›Hilligenlei‹ kommt.«

»Wenn es sich um dieselbe Person – oder Personen – handelt, mit denen sie hierhergekommen ist, könnte man das Schweigen verstehen. Wenn sie die Hallig aber auf einem anderen Weg erreicht hat, als sie weggefahren ist, könnten uns der oder die Segler das doch wissen lassen. Ich verstehe nicht, weshalb man uns anlügt.«

»Das wirst du noch öfter in deiner Polizeilaufbahn feststellen«, tröstete Große Jäger seinen jungen Kollegen, bevor sie mit den anderen Wartenden die Fähre bestiegen. »Wir werden noch einmal mit Böckmann und den anderen ein ernstes Wort wechseln müssen. Und Müller suchen. Auf dessen Aussage bin ich auch gespannt.«

Die Rückfahrt verlief ereignislos. Im Zielhafen Schlüttsiel suchten sie noch einmal die dortige Gastronomie auf und befragten den Fahrer des wartenden Busses Richtung Bredstedt. Aber der schüttelte nur den Kopf.

»Mensch, wie soll ich das wissen? Ich kann nicht einmal sagen, ob ich an den Tagen überhaupt Dienst hatte. Da müsste ich nachsehen. Aber – nee. Das wird nichts. Ich guck mir doch nicht jeden Fahrgast an. Schon gar nicht, dass ich mir die Nase merke.«

Auch auf dem Parkplatz fand sich kein Hinweis auf ein Fahrzeug, das schon länger dort stand.

ZWÖLF

Ausgerechnet Hundt lief Große Jäger am nächsten Morgen als Erster über den Weg.

»Nennt man das Altersteilzeit?«, lästerte der Hauptkommissar. »Wenn du dich jetzt auf den Halligen vergnügst, statt ernsthaft an der Aufklärung des Falles zu arbeiten? Der Chef ist sicher gut, aber im Hinblick auf euch beide leider zu naiv. Vermutlich liegt es daran, dass du ihn in seinen ersten Dienstjahren mit der Flasche großgezogen hast. Hast du nicht ›Kind‹ zu ihm gesagt?«

»Kinder werden klüger, wenn sie älter werden. Hunde bleiben doof«, erwiderte Große Jäger und beeilte sich, in sein Büro zu kommen.

Wie häufig saß Cornilsen schon am Schreibtisch. »Von wegen senile Bettflucht«, meinte er grinsend. »Bei uns ist der Jüngere immer zuerst hier.«

»Du mich auch«, knurrte Große Jäger, ließ sich in seinen Stuhl fallen, beklagte sich, dass es keinen Kaffee gebe, und parkte seine Füße in der herausgezogenen Schreibtischschublade. »Was gibt es Neues?«

»Ich bin am Ball.«

»Wenn in deinem Zeugnis steht: ›Er war stets bemüht‹, reicht das nicht.«

»Ich kann nicht hexen.«

»Doch«, behauptete Große Jäger. »Das hast du zuletzt auf der Langeneß-Fähre bewiesen.«

»Wir können ausschließen, dass Berrit Muchow auf Langeneß übernachtet hat, ich meine, außerhalb eines Segelbootes. Ich habe beim Busunternehmen angerufen und gefragt, welcher Fahrer Himmelfahrt die Tour von Bredstedt zum Fährhafen Schlüttsiel gefahren ist. Es war derselbe, den wir gestern befragt haben. Die Tönninger Taxen haben für Himmelfahrt keinen Auftrag nach Schlüttsiel zu verzeichnen gehabt. Wenn sie mit dem Zug bis Bredstedt und von dort mit einer Taxe weitergefahren ist, werden wir es nicht erfahren. Das ist laut den Taxiunternehmen, bei denen ich angefragt habe, nicht mehr rekonstruierbar.« Cornilsen lehnte sich zurück und verschränkte die Hände hinter dem Nacken. »Es gäbe noch eine weitere theoretische Möglichkeit. Robert Muchow hat seine Frau zur Fähre gebracht.«

»Warum sollte er?« Große Jäger war nicht überzeugt. »Ausgerechnet der Ehemann, der eine ausgeprägte Aversion gegen das Segeln hat. Und wenn, dann hätte er gewusst, wo sich seine Frau aufhält. Es wäre unverständlich, dass er ein paar Tage später bei der Polizei vorstellig wird und ihr Verschwinden beklagt.« Plötzlich richtete sich der Oberkommissar ruckartig auf. »Es sei denn …«

»Genau«, fuhr Cornilsen dazwischen. »Wir vermuten, dass die Ehe nicht mehr so intakt war, wie Muchow es uns weismachen möchte.« Er klopfte auf die Schreibtischplatte. »Ich denke, wir sollten auch Informationen einholen, ob Berrit Muchow eine attraktive Lebensversicherung hatte, obwohl ich nicht glaube, dass es dem Ehemann darauf ankommt. Aber wenn er seine Frau nach Schlüttsiel fährt in dem Wissen, dass sie auf Langeneß zum Segeln verabredet ist, könnte er einen gedungenen Mörder dorthin bestellt haben.«

Große Jäger rieb sich die Augen.

»Sind wir blöde?«, fragte er. »Wir sind hier in Nordfriesland und nicht in einem hirnrissigen Mafiakrimi. Woher sollte einer wie Muchow Kontakt zur Unterwelt haben?«

»Die Tat sieht nicht wie der raffinierte Mord eines Profikillers aus«, gab Cornilsen zu. »Gerade deshalb sollten wir diese Möglichkeit aber nicht grundsätzlich ausschließen. Wie hieß der Barde noch einmal, bei dem der Gärtner immer der Mörder war?«

»Reinhard Mey«, erklärte Große Jäger.

»Sicher?« Cornilsen zuckte mit den Schultern. »Nie gehört. War vor meiner Zeit.«

»Frag Oma«, schlug Große Jäger vor.

»Also, der Gärtner war es nicht. Aber muss die Lösung immer gradlinig sein? Man hat uns suggeriert, dass Hubert Müller sich in der Gegend herumgetrieben haben soll. Genaues haben wir nicht in Erfahrung bringen können. Angeblich war Müller am Himmelfahrtstag auf Hooge. Dann ist er erst wieder am Sonntag in Tönning aufgetaucht.«

»Mach weiter.« Der Oberkommissar wedelte ungeduldig mit der Hand.

»Wenn man nicht segelt, sondern motort, ist es nicht weit von Hooge nach Langeneß. Müller kannte Berrit Muchow. Sie sind auch schon zusammen auf dem Wasser gewesen. Sie hätte folglich keine Scheu gehabt, zu ihm an Bord zu gehen. Müller ist dann mit ihr raus auf die See, und da ist etwas – um es neutral auszudrücken – passiert. Vielleicht war es nicht beabsichtigt. Eine Handlung im Affekt, da bei Müller die Nerven aufgrund seiner Gesamtsituation blank liegen. Das könnte erklären, weshalb er von Himmelfahrt bis Sonntag unsichtbar geblieben ist.«

»Gut, Hosenmatz«, sagte Große Jäger anerkennend. »Wir wissen aber auch, dass Müller auf den Kredit von der Uthlande-Sparkasse angewiesen ist. Wenn wir deine Theorie des Auftragsmörders aufgreifen, könnte Muchow seine Frau nach Schlüttsiel gefahren haben, damit sie auf Hooge oder Langeneß mit Müller zusammentrifft. Den hat Muchow damit geködert, dass er dem Kredit zustimmt, wenn Müller dafür die Ehefrau umbringt und es wie einen Unfall aussehen lässt. Da Müller kein eiskalter Verbrecher ist, plagen ihn die Gewissensbisse so sehr, dass er flüchtet.«

»Puuuh«, stöhnte Cornilsen. »Es ist nicht hilfreich, wenn du weitere Möglichkeiten ins Spiel bringst. Aber denkbar wäre auch das.«

»Die Fähre ab Schlüttsiel steuert zunächst Hooge an, dann Langeneß. Berrit Muchow könnte sie also schon auf Hooge verlassen haben, ist zu Müller aufs Schiff, und gemeinsam sind sie nach Langeneß rüber. Aus irgendeinem Grund ist sie dort von Bord gegangen und im Gasthaus auf Hilligenley gelandet. Dort stößt sie auf die Segelkameraden um Böckmann.«

»Und dann?«

»Tja – das ist die ungelöste Frage. Wenn sie allein ins Gasthaus gegangen ist, könnte sie es auch wieder allein oder mit den Holländern verlassen haben. Die haben nicht geleugnet, ihr begegnet zu sein.«

»Wir wissen, dass die nicht von Traurigkeit beseelt waren«, sagte Cornilsen. »Es ist eine heftige Story, die sie dir von Berrits Besuch auf der ›Mooie Dame‹ aufgetischt haben.«

»Das ist alles Theorie. Wir wären ein Stück weiter, wenn wir ihren Reiseweg nachvollziehen könnten. Und zwar realiter.«

»Was ist nach dem Gasthausbesuch geschehen?«, fragte Cornilsen in den Raum, ohne eine Antwort zu erwarten.

»Wenn wir uns nun geirrt haben und die Frau doch lebensfroher war, als man uns bisher weismachen wollte. Levke, die Bedienung im Gasthaus, hat von Tätscheleien durch Böckmann berichtet. Nehmen wir an, sie ist danach zu den Holländern aufs Boot. Wenn unsere Unterstellung zutrifft, dass Berrit Flirts nicht abgeneigt war, könnte es dafürsprechen, dass die Holländer vielleicht in Teilen recht hätten. Man war in fröhlicher Stimmung, eventuell auch durch den Alkoholgenuss lockerer als unter normalen Umständen. Das hat die drei von der ›Mooie Dame‹ glauben lassen, die Frau wäre an einem Abenteuer interessiert. Und als Berrit nicht weiter mitmachen wollte, hat man sie im Affekt getötet. Ein klassisches Motiv als Folge eines Sexualvergehens. Oder zumindest des Versuchs.«

Große Jäger schwieg einen Moment. »Wenn das zutreffen sollte, möchte ich nicht hören, wie an einigen Stammtischen argumentiert wird. Hinter vorgehaltener Hand werden manche sagen, die Frau habe selbst Schuld. Warum macht sie mit und reizt die Männer?«

»Das ist aber alles hypothetisch«, antwortete Cornilsen und prüfte sein Postfach. »Wie auf Kommando«, sagte er strahlend. »Wir haben Antwort aus den Niederlanden. Wenn die Zusammenarbeit über die Grenzen immer so reibungslos verlaufen würde, wäre Europa auf praktische Weise ein weiteres Stück zusammengerückt. Und … sogar auf Deutsch.« Er las den Text durch, dann fasste er kurz zusammen: »Von denen ist keiner vorbestraft. Fast nicht. Nur Landgraaf wegen Drogenmissbrauch in geringem Umfang. Und ter Smitten wegen Fahrens im betrunkenen Zustand. Er hat einen Unfall gebaut.

Mit Sachschaden. Daraus ergeben sich aber insgesamt keine Vorstrafen wegen Gewaltanwendungen oder Sexualdelikten.« »Das sind vielleicht ganz normale Menschen, die unauffällig im Leben stehen und ihrem Job nachgehen. Die verbinden eine Segeltour mit Abenteuer. Ich kann mir vorstellen, dass es auf der Nordsee rauer zugeht als im Segelparadies Ostsee. Die fühlen sich als richtige Kerle. Es scheint auch nicht unüblich zu sein, dass zu diesem Sport Alkohol gehört. Nicht auf See. Das ist zu gefährlich, wenn man verantwortungsvoll ist. Da wird ein Fehler nicht verziehen. Aber jeder hat schon von der Tradition des Einlaufbiers gehört. Und wenn man mit Gleichgesinnten abends im Hafen zusammentrifft, wird man das nicht bei Tee machen. Die Holländer haben in Hörnum die beiden deutschen Frauen angemacht. Und in List haben sie erzählt, dass sie nach Dänemark wollten, um Frauen aufzureißen. Das passt ins Bild.«

»Das steht aber im Widerspruch zu der Möglichkeit, dass der Ehemann und Hubert Müller für die Tat verantwortlich sind. Und was ist mit Kerrin Böckmann, die angeblich auch auf einem Boot unterwegs ist und nach Aussage ihres Ex-Mannes zur Todfeindin von Berrit mutierte?«

»Bleibt immer noch die Option, dass es noch einen Täter gibt, auf den wir noch nicht gestoßen sind«, sagte Große Jäger. »Versuchen wir noch einmal unser Glück und sprechen mit den Leuten von der ›Watt'n Nixe‹. Vorher möchte ich einmal Muchow besuchen und mich auch noch einmal erkundigen, ob Hubert Müller inzwischen reumütig wieder an den heimischen Herd zurückgekehrt ist.« Er rief in Witzwort an und musste lange warten, bis abgehoben wurde. »Frau Müller?«, fragte er nach, weil er den Teilnehmer nicht verstanden hatte, so leise war es gewesen.

Die Frau bestätigte es. Sie schluchzte. Ihre Stimme war belegt. Er nannte seinen Namen und fragte, ob der Ehemann inzwischen wieder zurückgekehrt sei.

»Nein«, sagte sie kaum verständlich. »Ich habe Angst. Wo ist Hubert? So etwas hat er noch nie gemacht. Sicher, die Lage war auch noch nie so ausweglos wie jetzt, auch wenn es früher immer wieder einmal Engpässe gegeben hat. Die Baubranche ist schwierig.«

»Hat Ihr Mann sich bei Ihnen gemeldet?«

»Nein. Nichts.« Dann war lange Zeit nur ihr Weinen zu hören.

Obwohl Große Jäger mehrfach »Frau Müller? Hallo? Hören Sie mich?« rief, antwortete sie nicht. Schließlich vernahm er, dass sie ausschnupfte. Danach kam wieder die leise Stimme aus dem Hörer.

»Ich weiß nicht mehr weiter. Unsere Arbeiter haben mir die Hölle heiß gemacht. Ich kann das ja verstehen. Die sind auch auf den Lohn angewiesen. Ich würde sofort mit ihnen teilen. Aber was denn? Ich habe versucht, ein wenig Geld abzuheben, aber der Automat hat meine Karte eingezogen.«

»Haben Sie mit Robert Muchow telefoniert? Er könnte Ihnen vielleicht helfen. Schließlich kennen Sie ihn gut.«

Sie ging nicht darauf ein.

Große Jäger wiederholte seine Frage.

»Der lässt sich am Telefon verleugnen«, sagte sie.

»Sie sollten eine Vermisstenanzeige aufgeben. Dann kann die Polizei tätig werden.«

Sie hauchte ein tonloses »Ja« ins Telefon, bevor sie auflegte.

»Ist es nicht verantwortungslos, sich einfach aus dem Staub zu machen und die Familie zurückzulassen, auch wenn die Situation ausweglos scheint?«, fragte Cornilsen auf dem Weg nach Tönning.

»Wir sollten vorsichtig mit unserem Urteil sein«, erwiderte Große Jäger.

»Und wenn Müller etwas mit Berrit Muchows Tod zu tun hat?«

»Das ist eine unserer Spuren«, sagte Große Jäger. »Das würde sein Untertauchen erklären, wenn es damit etwas zu tun hätte.«

In Tönning parkten sie auf dem Marktplatz. Durch die Fensterscheibe des Besprechungszimmers sahen sie Robert Muchow, der ihnen den Rücken zuwandte. Ihm gegenüber saß ein Paar mittleren Alters. Als sie die Sparkasse betraten, blickte die junge Angestellte von ihrer Arbeit am Schreibtisch auf.

Sie blieb sitzen und sagte:»Herr Muchow hat ein Kundengespräch. Das könnte noch eine Weile dauern.«

»Wir warten«, erklärte Große Jäger und stellte sich so hin, dass der Zweigstellenleiter sie sehen konnte.

Als der das nächste Mal aufsah und die Polizisten bemerkte, hielt er erschrocken mitten in der Bewegung inne. Sie konnten kein Wort des Gesprächs hören, aber es war unverkennbar, dass Muchow seine Ausführungen plötzlich abbrach. Er wurde kalkweiß. Seine Hand, die einen Kugelschreiber hielt, begann zu zittern, dass sie es durch das Glas bemerkten. Auch seinen Gesprächspartnern war es nicht verborgen geblieben. Sie drehten sich um und sahen interessiert in den Geschäftsraum der Sparkasse, um zu erfahren, was sich in ihrem Rücken ereignet hatte und Muchow völlig aus dem Konzept brachte.

Der Sparkassenleiter benötigte Zeit, um sich wieder zu fangen. Es gelang ihm nicht. Er wirkte fahrig und unkonzentriert. Immer wieder schweifte sein Blick von den Kunden ab und suchte die Beamten. Große Jäger hatte lässig die Hand zum Gruß erhoben und lehnte sich mit dem Rücken gegen den Tresen. Ungeniert starrte er in den gläsernen Besprechungsraum. Muchow hatte jegliche Kontrolle über sich verloren.

Als ihm schließlich auch das Schreibgerät aus den Händen fiel, brach er das Kundengespräch ab und klappte ohne jede Vorwarnung den Aktendeckel vor sich zu. An der Gestik des Paares war erkennbar, dass die beiden von der Entwicklung überrascht waren. Das stand ihnen auch ins Gesicht geschrieben, als sie seinem Beispiel folgten und sich von den Stühlen erhoben. Muchow öffnete ihnen die Tür.

»Das habe ich auch noch nicht erlebt«, sagte der Kunde zu seiner Begleiterin, als sie direkt zum Ausgang gingen und dabei die Beamten mit einem bösen Blick streiften.»Was ist in den gefahren?«

Der Gescholtene stand regungslos da und stützte sich am Tisch ab. Er starrte Große Jäger und Cornilsen an und reagierte auch nicht, als die Beamten die Tür schlossen und sich setzten. Erst als der Oberkommissar ihn dazu aufforderte, nahm er Platz.

»Wir sind es leid, dass Sie uns fortwährend Un- und Halbwahrheiten auftischen«, nutzte Große Jäger die Situation. »Warum haben Sie bei unserer ersten Befragung behauptet, Ihre Frau sei zur Tante nach Münster gefahren, obwohl sie zum Segeln war?«

»Das habe ich zu dem Zeitpunkt nicht gewusst«, kam es fast unhörbar über Muchows Lippen.

»Sie hat sich unter anderem auf Langeneß aufgehalten. An dem Ort war sie nicht das erste Mal. Richtig?«

Muchow nickte schwach.

»Gerade das verlängerte Wochenende um Himmelfahrt wird gern zu einer mehrtägigen Segeltour in die Halligwelt genutzt. Es hat schon Tradition. Auch, dass dabei kräftig gefeiert wird.«

Erneut bestätigte es Muchow durch ein Kopfnicken.

»Weshalb haben Sie die Geschichte mit Münster erfunden?«

Der Sparkassenleiter wich Große Jägers Blick aus und schwieg.

»Halten wir es als Tatsache fest, dass Sie es gewusst haben.«

Der ausbleibende Widerspruch war eindeutig eine Zustimmung.

»Sie haben Ihre Frau Himmelfahrt mitsamt der Segelausrüstung nach Schlüttsiel gefahren«, behauptete Große Jäger.

Zunächst nickte Muchow. Dann schienen ihm die Worte bewusst zu werden.

»Nein«, sagte er hastig und verschluckte sich dabei. »Das habe ich nicht.«

»Wo waren Sie?«

»Zu Hause.«

»Zeugen?«

Er zog hilflos die Schultern in die Höhe.

»Was haben Sie gemacht?«

»Ich war verärgert«, gestand er ein. »Wir hatten oft Streit wegen der Segelei. Ständig war sie unterwegs, zumindest im

Sommer. Und wenn es das Wetter nicht zuließ, hielt sie sich im Yachtclub oder bei irgendwelchen Veranstaltungen ihrer sogenannten Segelfreunde auf. Sie hatte nichts anderes mehr im Sinn. Segeln – immer nur Segeln.«

»Darunter hat Ihre Ehe gelitten?«

»Ehe gelitten?«, wiederholte Muchow. »Die fand doch nur noch für die Öffentlichkeit statt. Wir waren nicht mehr als eine Wohngemeinschaft.«

»Wollten Sie sich trennen?«

»Nein!« Er schrie es fast heraus. »Das hätte für uns beide das Ende bedeutet. Ich wäre gesellschaftlich und beruflich ruiniert gewesen.«

»Was haben private Dinge mit Ihrer Position in der Sparkasse zu tun?«

»Sie haben keine Ahnung«, keuchte Muchow. »Dieses ist eine Kleinstadt. Da funktioniert es nicht, dass man sich scheiden lässt. Nicht, wenn man eine Stellung wie ich bekleidet.«

»Wenn Ihre Ehe – nach Ihren Worten – nicht mehr stattfand, wurde sie auch nicht mehr vollzogen.«

Muchow stierte Große Jäger an. Dann verzog er die Mundwinkel zu einem verunglückten Grinsen. »Sie meinen, ob wir noch miteinander geschlafen haben?« Nachdem Große Jäger zustimmend genickt hatte, fuhr er fort: »Es gibt mehr im Leben als die Befriedigung niederer Instinkte.«

»Hat Berrit das auch so gesehen?«

»Hören Sie …«, brüllte Muchow plötzlich los. »Selbst wenn wir uns im Alltag von einem Paar zu guten Freunden gewandelt haben, gibt es Ihnen noch lange nicht das Recht, in dieser Weise über meine Frau zu sprechen. Berrit war anständig. In jeder Beziehung. Nur ihr Segeltick … Aber sonst war sie ohne jeden Makel. Ein großartiger und liebenswerter Mensch.« Wie zufällig zupfte er an seinem Oberhemd. »Sehen Sie. Auch dafür hat sie gesorgt. Ich habe keine Vorstellung, wie es ohne sie weitergehen soll.«

»Gibt es in Ihrem Leben eine andere Frau?«, fragte Große Jäger vorsichtig.

»Was habe ich Ihnen die ganze Zeit erzählt?« Die Adern an

Muchows Schläfen, die der Volksmund gern als Zornesadern bezeichnete, schwollen an. »Was wollen Sie mir unterstellen?«

»Wir möchten nur die Wahrheit hören. Endlich einmal.«

»Natürlich habe ich keine anderen Beziehungen. Weder in der Vergangenheit noch jetzt.«

»Und Berrit? Schließlich war sie oft auf Segelbooten unterwegs. Mit Männern.«

»Da ging es um Sport. Auch wenn der uns die gemeinsame Zeit geraubt hat«, fügte Muchow leise an. »Sie hat im Pastorat gearbeitet. Das ist kein Job wie ... wie ...« Er fuchtelte mit seinen Händen in der Luft herum, fand aber nicht die passenden Worte. »Warum sollte sie sich mit anderen Männern treffen? Sie hatte bei uns alles, was sie begehrte.«

Große Jäger unterließ es, seine Zweifel zu artikulieren. Muchow hatte eingeräumt, dass sich das Eheleben nur noch auf platonischer Ebene abspielte. Noch war sich die Polizei nicht sicher, ob die Erzählungen der Holländer über den Abend mit Berrit Muchow einer überbordenden Phantasie entsprungen waren. Der Oberkommissar konnte sich vorstellen, dass die Frau nur zu gern bei passender Gelegenheit dem tristen Käfig des Sparkassenlebens entfloh.

Die Segler waren eine muntere Truppe. Und die Kellnerin auf Langeneß hatte berichtet, dass »Daniel«, Apotheker Böckmann aus Heide, seine Hand auf Berrits Oberschenkel platziert hatte. Soweit die Bedienung es richtig einschätzte, hatte Berrit sich nicht dagegen gewehrt. Ganz bestimmt spielte auch der Alkoholkonsum eine nicht unerhebliche Rolle. Der Apotheker hatte seine Ex-Frau bezichtigt, ein munteres Leben neben der Ehe geführt zu haben. Laut Böckmann sollte wiederum Berrit Muchow seine Ehefrau gegen ihn aufgebracht haben. Er hatte auf Berrit ebenso geschimpft wie auf Kerrin Böckmann. Und jetzt tätschelte er ihren Oberschenkel. Wie passte das zusammen? Große Jäger seufzte, als er daran dachte, dass partnerschaftliche Konflikte sich bei Rosamunde Pilcher pünktlich nach neunzig Minuten im Nichts auflösten. Hier war es anders.

»Hat sich Hubert Müller in der Zwischenzeit bei Ihnen gemeldet?«, wechselte Große Jäger abrupt das Thema.

»Müller – aus Witzwort? Wie kommen Sie auf den?«, zeigte sich Muchow überrascht.

»Wir haben erfahren, dass Ihre Frau öfter mit Müller auf dessen Boot unterwegs war. Ist das ein Grund, weshalb Sie dem Mann den dringend benötigten Kredit versagt haben?«

»Diese Flachpfeife und Berrit ... Lächerlich. Müller ist ein Nichts, ein Versager. Der hat doch nichts auf die Reihe gebracht.« Muchow schnappte nach Luft. »Der agiert wie die Balletttänzer, die sich zur Betonung ihrer Männlichkeit eine Hasenpfote in die zu enge Hose stopfen. Bei ihm ist der Phallus eine Esse-850-L-Yacht, speziell für Segler in Flachwasser-Revieren konstruiert. Der Kiel ist nur einen Meter fünfzig tief, hat aber mehr Ballastanteil. Das Boot hat ein etwas kürzeres Aluminium-Rigg und eine Selbstwendefock. Mich wundert, dass Müller die preiswerte Version mit dem Alurigg für etwas über siebzigtausend Euro gewählt hat. Wenn jemand pleite ist, sollte er sich doch auch die fünfzehntausend mehr für den Kohlefasermast leisten können.« Muchow schnaubte verächtlich. »Das ist aber noch nicht alles. Sie brauchen noch einen Satz Groß-, Fock- und Gennaker-Segel, den Sie nicht unter zehntausend bekommen, nicht zu vergessen die Einbaumaschine für etwa fünfzehntausend.«

»Dafür, dass Sie dem Segelsport kritisch gegenüberstehen, kennen Sie sich aber verdammt gut aus«, stellte Große Jäger fest.

»Man kann doch informiert sein, auch wenn man der Idiotie, es auf dem Wasser treiben zu müssen, nichts abgewinnen kann. Und der Müller ist der König der Taugenichtse.«

Warum echauffiert er sich so?, dachte Große Jäger. Für einen Banker sollte es normal sein, emotionslos die Kreditwürdigkeit eines Kunden zu prüfen. Es war nicht ungewöhnlich, dass man zum Ergebnis kam, dem Kunden kein Geld zu geben. Dahinter verbargen sich sachliche Gründe, die durch Zahlen zu belegen waren. Große Jäger war überrascht über die Worte, mit denen der Sparkassenmann den Bankkunden disqualifizierte. Das waren keine Argumente, die durch Fakten untermauert wurden. Nicht so, wie Muchow es als Begründung vortrug. Er sprach Muchow darauf an.

»Müller war unfähig, ein Unternehmen zu führen. Er hat auf allen Gebieten versagt. Auch menschlich«, erklärte Muchow.

»Sachlich kann man Ihre Meinung zu Müller sicher mit Fakten belegen. Aber was verstehen Sie unter ›alle Gebiete‹?«

»Sagte ich schon: menschlich.«

»Indem er sich an Ihre Frau herangemacht hat, nachdem Sie ihn nicht mehr unterstützen wollten?«

Muchow holte mehrfach tief Luft, als würde ihm der Atem knapp werden. »Müller hat nichts mit Berrit gehabt. Für so etwas wäre der viel zu blöde gewesen.«

»Sie haben wirklich keine Rache an ihm geübt?«

»Nein! Verdammt noch mal.« Der Mann schlug mit der geballten Faust auf den Tisch.

Große Jäger spreizte die Finger der rechten Hand und bewegte diese mehrfach sanft auf und ab. »Ganz ruhig«, sagte er dazu. »Zu unseren Ermittlungen gehört auch die Frage nach einer Lebensversicherung und den Vermögensverhältnissen.«

»Zugewinngemeinschaft«, erwiderte Muchow knapp.

»Das heißt, weder Sie noch Ihre Frau besitzen eigene Vermögenswerte, abgesehen von persönlichen Gegenständen im normalen Rahmen wie Schmuck.«

»So ist es.«

»Und eine Lebensversicherung?«

»Ich bin immer der Verdiener in der Ehe gewesen. Deshalb war es wichtig, auf mein Leben eine höhere Versicherung abzuschließen, damit Berrit im schlimmsten Fall versorgt gewesen wäre. Wir haben damals beim Kauf des Hauses auch eine Lebensversicherung für sie abgeschlossen.«

»In welcher Höhe?«

»Aktuell sind es knapp über dreißigtausend Euro.«

»Haben Sie Schulden?«

»Ich?« Muchow lachte auf. »Ich bin Banker. Was meinen Sie, wie man auf Leute wie mich achtet. Ich meine, seitens der Geschäftsführung. Wirtschaftliche Probleme haben wir nicht. Das Haus ist fast bezahlt. Der kleine Rest ist günstig finanziert. Der Haushalt ist eingerichtet. Kinder sind uns versagt

geblieben. Es gibt also keine größeren Investitionen. Ganz im Gegenteil. Ich bin vom Fach. Wir haben uns ein kleines Polster zurückgelegt. Und unser Lebensstil war auch angemessen.«
»Sie haben sich keine teure Yacht geleistet wie Hubert Müller«, merkte Große Jäger an.
»Ach, Scheiße.« Muchow verlor die Kontrolle. »Den soll der Teufel holen. Wenn ich erfahren sollte, dass der Loser am Tod von Berrit die Schuld trägt, dann ...«
»Was, dann?«, hakte Große Jäger nach. Als er keine Antwort erhielt, ergänzte er: »Wirtschaftlich haben Sie ihn umgebracht.«
»Das war Selbstmord«, rief Muchow dazwischen. »Er hat selbst Schuld.«
Es war nicht mehr möglich, ein vernünftiges Wort mit dem Mann zu wechseln. Muchow schien plötzlich apathisch. Er zeigte auch keinerlei Reaktion, sondern blieb stumm sitzen, den Kopf in die Hände gestützt, die Ellenbogen auf der Tischplatte liegend, als die Beamten gingen, verfolgt vom ratlosen Blick der jungen Angestellten.
Cornilsen wollte zum Auto gehen, aber Große Jäger überquerte den Marktplatz und steuerte das Café auf der gegenüberliegenden Seite an. Er ließ sich dabei Zeit für eine Zigarettenlänge. An den Tischen in der Ecke saß der ältere Mann, den sie hier schon öfter inmitten einer Schar Frauen gesehen hatten.
»Ob der hier wohnt?«, raunte Cornilsen ihm zu, als sie an der Ausgabe auf ihre Getränke und den Kuchen warteten. Dann suchten sie sich einen freien Platz in Fensternähe.
»Der Mann hat ein merkwürdiges Verhalten gezeigt«, sagte Große Jäger und vermied es, einen Namen zu nennen. »Er war völlig von der Rolle. Was mag ihn so am Boden zerstört haben? Seine Veränderung ist erst eingetreten, als er uns bemerkt hat.«
»Wir haben es hier nicht mit abgebrühten Verbrechern zu tun, die eiskalt sind. Falls er etwas mit dem Tod seiner Frau zu tun hat, quält ihn das schlechte Gewissen. Erfahrungsgemäß ...«
Große Jäger verschluckte sich an einem Bissen von seinem Kuchen und erregte mit seinem Hustenanfall die Aufmerk-

samkeit der anderen Gäste. Es dauerte eine Weile, bis er wieder Luft bekam.

Cornilsen hatte ihm interessiert zugesehen und meinte: »Schade.«

»Was, schade?«, krächzte der Oberkommissar.

»Dass du wieder Luft bekommst. Ich hätte sonst deinen Dienstposten geerbt.«

»Irrtum«, korrigierte ihn Große Jäger. »Auf den wäre der blöde Hundt gerückt.«

»Ohhhh!« Cornilsen schlug die Hände vors Gesicht. »Unter diesen Umständen hätte ich selbst bei dir Mund-zu-Mund-Beatmung gemacht. Aber was hat dich zum Lachanfall animiert, der die Atemnot ausgelöst hat?«

»Dein ›erfahrungsgemäß‹. Woher stammen deine empirischen Erkenntnisse?«

»Das sind nicht *meine*. Ich habe an der Fachhochschule in Altenholz davon gehört.«

»Soso. Die Zeiten wandeln sich. Heute bekommt man so etwas im geheizten Hörsaal geliefert. Jemand wie Christoph hat seinen Kommissarslehrgang auf der Straße absolviert. Wenn der ›erfahrungsgemäß‹ gesagt hätte, hätte er dieses Wissen durch das Ablatschen von drei Paar Sohlen erworben.« Große Jäger streckte die Hand aus und tätschelte Cornilsen. »Ist okay, Hosenmatz. Du bist gar nicht so schlecht, obwohl du aus Niebüll stammst.«

Cornilsen schüttelte verwundert den Kopf. »Du bist ein Genie«, gab er zurück. »Ich kenne außer dich niemand, der Lob und Verriss in einem Satz unterbringen kann.«

»›Außer dir‹ heißt das«, berichtigte ihn Große Jäger. »Kann man in Niebüll eigentlich Abitur machen? Wahrscheinlich in den beiden Wahlpflichtfächern Walgesang auf Friesisch und Ausdruckstanz.«

»Und deine Familie ist während deiner Schulzeit verarmt«, erwiderte Cornilsen. »Die Bestechungsgelder an der Schule waren einfach zu hoch.«

Beide verfielen in ein herzhaftes Gelächter. Als sie sich beruhigt hatten, nahm Cornilsen den Faden wieder auf.

»Erfahrungsgemäß«, begann er und legte eine kleine Pause ein, »lastet der Druck auf dem Täter so schwer, dass er irgendwann darunter zusammenbricht und gesteht. Ist *er* auf dem Weg dorthin?«

»Ich weiß es nicht«, antwortete Große Jäger nach kurzem Nachdenken. »Durch seinen Beruf hat er sich bestimmt eine gewisse Kaltschnäuzigkeit erworben. Ich glaube nicht, dass es ihm schlaflose Nächte bereitet hat, wenn er Kreditwünsche oder Überziehungen abgelehnt hat. Wir können auch damit umgehen, wenn unsere Arbeit dazu führt, dass Menschen unter Umständen für längere Zeit ins Zuchthaus kommen.« Er hob die Hand und gebot Cornilsen, zu schweigen. »Ich weiß. Das Zuchthaus gibt es schon lange nicht mehr. Zurück zu unserem Fall. Genauso spannend ist die Frage, weshalb er von einer abgrundtiefen Abneigung, man kann es fast schon Hass nennen, gegen den Handwerker aus Witzwort getrieben wird. Es ist offensichtlich, dass die beruflich getroffenen Entscheidungen nicht professionell fundiert sind.« Er kniff die Augen zusammen und musterte Cornilsen. »Ich habe dazu eine Idee. Und du?«

»Der Witzworter hatte ein Verhältnis mit seiner Frau. Das darf der Ehemann aber nicht eingestehen. Es wäre ein Motiv, und wir würden ihn mit höchster Priorität als möglichen Täter in Betracht ziehen. Vielleicht ist es den beiden auch gelungen, das Verhältnis unter dem Deckel zu halten. Es kann nicht im Interesse des Witwers liegen, dass man sich in Tönning im Nachhinein darüber das Maul zerreißt. Er hat schon recht. Das würde seine berufliche Reputation arg ankratzen. Weiterhin kommt gekränkte Eitelkeit hinzu. Welcher Ehemann läuft schon gern gehörnt durch die Stadt? Das wären gleich mehrere gute Gründe, Berrit aus dem Weg zu schaffen. Finanzielle Gründe halte ich dagegen für ausgeschlossen. Ich glaube, in Sachen seiner wirtschaftlichen Verhältnisse hat er die Wahrheit gesagt. Die nicht übertrieben hohe Lebensversicherung scheint als Tatmotiv vernachlässigbar zu sein.«

»Gut.« Große Jäger fuhr sich mit der Handfläche über die Bartstoppeln, sodass ein deutliches Kratzen zu hören war.

»Grüß mal deine Oma ganz herzlich von mir. Die hat dir offenbar viele gute Dinge beigebracht.«

»Na denn dann«, erwiderte ein sichtlich zufriedener Cornilsen.

Vom Auto aus nahm Große Jäger Kontakt zur Zentrale der Uthlande-Sparkasse auf. Das relativ kleine Institut betrieb nur eine Handvoll Zweigstellen an der nordfriesischen Küste und war vor allem auf den Inseln vertreten. »Uthlande« oder »Utlande« war niederdeutsch oder altdänisch und stand für »Außenlande«. Damit waren die der Küste vorgelagerten Außenlande wie die Inseln, Halligen und Marschen Nordfrieslands gemeint. Die Zentrale befand sich in Wyk auf Föhr. Leider hatte sich die »große« Sparkasse aus der Fläche zurückgezogen und die Geschäftsstellen geschlossen, und sie unterhielt zum Beispiel auf Pellworm nicht einmal mehr einen Geldautomaten. Für nicht technikaffine ältere Menschen bedeutete das ein Problem.

Große Jäger ließ sich mit Herrn Griepenkerl verbinden. Den Vorstand hatte er persönlich beim Überfall auf die Zweigstelle der Uthlande-Sparkasse auf Nordstrand kennengelernt, jenem unheilvollen Ereignis, bei dem Christoph als zufällig anwesender Kunde als Geisel genommen worden war.

Griepenkerl konnte sich an Große Jäger erinnern und versicherte, dass er sonst keine Auskunft am Telefon gegeben hätte.

»Und nicht nur am Telefon nicht«, sagte Griepenkerl norddeutsch prägnant.

Große Jäger wollte wissen, welche Rolle Robert Muchow in der Sparkasse einnahm.

»Er ist schon lange bei unserem Institut beschäftigt«, bestätigte Griepenkerl, »und gilt als zuverlässiger, erfahrener und kompetenter Mitarbeiter. Herr Muchow besitzt das uneingeschränkte Vertrauen der Geschäftsleitung. Es hat zu keiner Zeit auch nur einen Hauch des Zweifels an ihm gegeben.«

»Werden seine fachlichen Entscheidungen überprüft?«

»Herr Muchow ist ein sehr erfahrener Mitarbeiter. Selbstverständlich erfüllt man alle Anforderungen der Bankenaufsicht und hat die Geschäfte im Blick. Das Vier-Augen-Prinzip bedeutet aber kein Misstrauen gegenüber dem Zweigstellenleiter. Hier in der Zentrale steht man hinter jeder Entscheidung Herrn Muchows.«

»Gilt das auch für die Ablehnung des Kredits an Hubert Müller aus Witzwort?«, fragte Große Jäger.

»Ich bedaure«, antwortete Griepenkerl, »aber zu einem einzelnen Fall wie dem genannten können und wollen wir nichts sagen. Nehmen Sie den Sachverhalt als gegeben hin.«

»Es wäre für uns aber von eminenter Bedeutung, ob ein anderer Entscheidungsträger Ihrer Sparkasse den Kreditantrag möglicherweise anders beurteilt hätte.«

»Es ist, wie es ist.« Griepenkerl blieb kompromisslos bei seiner Weigerung, die Frage zu beantworten, und versicherte zum Abschluss, gern weitere Fragen der Polizei zu beantworten – »im Rahmen der Möglichkeiten«.

Cornilsen hatte über die Lautsprecherfunktion mitgehört. »Ein Mann ohne Fehl und Tadel«, konstatierte er. »Aber wir haben nicht erfahren, ob Muchow aus persönlicher Rache so gehandelt hat.«

»Lass uns zum Hafen fahren und sehen, ob Müller dort aufgetaucht ist«, schlug Große Jäger vor.

Sie fanden einen Parkplatz direkt bei den Liegeplätzen des Yachtclubs Nordereider. Auf zwei Booten waren Leute mit kleineren Arbeiten beschäftigt.

»Moin«, rief ihnen Große Jäger vom Steg aus zu. »Polizei«, erklärte er, nachdem sie den Beamten ihre Aufmerksamkeit zugewandt hatten. »Haben Sie Ihren Kollegen Müller in den letzten Tagen gesehen?«

Der hager wirkende Mann mit dem zerfurchten Gesicht stemmte die Hände in die Hüften.

»Es ist schlimm, was mit Berrit Muchow passiert ist. Der Unfall lässt uns nicht kalt. Aber was hat das mit Müller zu tun? In unserem Club haben sich segelsportbegeisterte Menschen zusammengefunden, um einer wunderbaren Freizeitbeschäftigung nachzugehen. Segler sind manchmal rau, aber das müssen sie auch sein, besonders in diesem Revier. Es ist nicht immer Schönwetter, und man muss sich da draußen der Natur stellen. Das geht nur im Team. Das wissen hier alle. Deshalb kann sich auch jeder auf den anderen verlassen. Uns allen ist nicht verborgen geblieben, mit welcher Intention Sie durch Tönning ziehen und merkwürdige Fragen stellen. Das stört den Frieden in unserem Club. Das sind alles anständige und honorige Leute. Da passen dumme Gerüchte, die Sie streuen, nicht hinein.«

»Da würde Berrit Muchow möglichweise widersprechen, wenn sie könnte«, sagte Große Jäger und unterstrich seine Worte, indem er mit dem Zeigefinger zum Himmel wies. »Wie war das nun mit Hubert Müller? Ist er in den letzten Tagen hier gewesen? Mitten am Tag treffen wir Leute wie Sie, die offenbar viel Zeit haben, sich um ihre Boote zu kümmern. Sind das alles Rentner oder Millionäre?«

»Dummschnacker«, rief ihnen der Mann verärgert zu und wandte sich ab.

»Mokst wohl seggen«, stimmte ihm der zweite Mann auf dem benachbarten Schiff zu, der dem Dialog stumm gefolgt war und jetzt demonstrativ im Niedergang verschwand.

Sie gingen zu Müllers Boot und kletterten hinauf. Nichts schien sich seit ihrem letzten Besuch verändert zu haben. Fast nichts. Cornilsen entdeckte, dass der Zugang zur verschlossenen Kajüte durch ein Pfandsiegel gesichert worden war.

»Der Vollstreckungsbeamte des Finanzamts Nordfriesland war hier«, stellte Große Jäger fest. »Die Schlinge um Müllers Hals zieht sich zu.«

»Hoffentlich nicht gleich in mehrfacher Hinsicht«, ergänzte Cornilsen, bevor sie nach Husum zurückfuhren.

Zwei Stunden später meldete sich Seeler von der Polizeistation Tönning und berichtete, dass Frau Müller bei ihm eine Vermisstenanzeige aufgegeben habe.

»Gut«, sagte Große Jäger und leitete die Fahndung nach Hubert Müller ein.

Er beantragte auch eine Überwachung von Handy und Kreditkarte. Außerdem hatte er arrangiert, dass sie sich wieder einmal nach langer Zeit in ihrem Stammlokal »Glücklich am Meer« trafen.

Die Wirtin war erfreut, die Freunde – ja, das waren sie schon seit Langem – bei sich in Schobüll begrüßen zu dürfen, und hatte ihnen einen Tisch am Fenster frei gehalten. »Oder wollt ihr draußen sitzen?«

Die Jahreszeit wäre eigentlich geeignet gewesen für einen Abend unter freiem Himmel. Dagegen sprach das einheitliche Grau. Tagsüber hatte es immer wieder einmal geregnet. Große Jäger hatte geschmunzelt, als er die Meteorologen von »gelegentlicher leichter Schauerneigung« sprechen hörte. Ihm saßen oft Menschen gegenüber, die von einem »gelegentlichen leichten Hang zum Kriminellen« beseelt waren.

Die Wirtin ließ es zu, dass er aus dem Sitzen heraus seinen Arm um ihre Hüfte legte und sie allein für das Angebot auf der Karte lobte.

»Leider ist mein Fassungsvermögen begrenzt. Sonst würde ich mich rauf und runter essen.«

Es fiel ihm schwer, sich für etwas zu entscheiden. Schließlich hatten alle ihre Essens- und Getränkewünsche aufgegeben. Dann fragte Große Jäger, wie der gemeinsame Auftritt von Cornilsen und Karlchen anlässlich der Pellwormer Osterwiesen verlaufen sei.

»Ostern? Das ist doch Historie«, entgegnete Karlchen, der wie immer in einem schrillen Outfit erschienen war.

Die dunkellilafarbene Jeans saß hauteng, das kanariengelbe Hemd und der locker gebundene hell leuchtende orangefarbene Schal zogen die Aufmerksamkeit der Leute auf ihn. Wer ihn nicht kannte, ahnte nicht, dass er erfolgreich als Animateur von Veranstaltung zu Veranstaltung zog und inzwischen auch größere Hallen füllte. Seine Vorliebe für die Arbeit mit Kindern war aber geblieben.

Noch weniger vermuteten die Menschen, dass er seit ewigen Zeiten der Lebenspartner Mommsens war. Der Kriminalrat mit seinem seriösen Erscheinungsbild und dem passenden Auftreten zog in der Öffentlichkeit immer wieder die verstohlenen Blicke der Weiblichkeit auf sich. Und wenn die Damen mit einem unhörbaren Seufzer feststellten, dass der Generationenunterschied zwischen ihnen und Mommsen doch zu groß sei, wünschten sie sich den Kriminalrat im Geheimen als Schwiegersohn.

Cornilsen berichtete von der Veranstaltung auf der rührigen Nordseeinsel, bei der zehntausend bunte Eier im Stroh versteckt wurden und die Kinder der Einheimischen und Feriengäste sich in der Halle ans Suchen machten.

»Dieses Event hat inzwischen überregionale Aufmerksamkeit geweckt«, fuhr Cornilsen fort. »Es wird dafür sogar eine Extrafähre zum Festland eingesetzt. Die Pellwormer mit ihrem umtriebigen Tourismus-Service hoffen natürlich, dass eine Reihe der Besucher auch bei ihnen übernachtet und nicht nur die stillen Attraktionen der Insel, sondern auch die Gastfreundschaft der Einheimischen kennen- und schätzen lernt. Ist es Fluch oder Segen«, schloss Cornilsen, »dass Pellworm ein wenig im Schatten von Sylt, Föhr und Amrum steht? Es war jedenfalls eine tolle Veranstaltung. Und Karlchen … der reißt alle mit. Auch meine Oma wäre von ihm begeistert, wenn die Anreise tief in den Süden nach Pellworm nicht so beschwerlich wäre.«

Karlchen winkte ab. »Er hier«, dabei klopfte er Cornilsen auf die Schulter, »hat nicht ge-, sondern alle Anwesenden verzaubert.«

Die Wirtin hatte die Getränke gebracht. »Oh, zeig mal was«, forderte sie Cornilsen auf.

Der zierte sich zunächst, bis er schließlich doch einen Teelöffel von einem zum anderen wandern ließ und ihn mal aus dem Kragen, aus dem Ärmel oder hinterm Ohr des verblüfften Mediums wieder zum Vorschein brachte.

»Die sind abgezählt«, drohte Große Jäger. »Nicht dass hinterher das Besteck fehlt.«

»Einbuchten kannst du deinen Kollegen nicht«, stellte Karlchen fest. »Der klaut mühelos die Gitterstäbe vom Knast.«

Die Wirtin sah nach der kleinen Vorstellung in die Runde. »Wo ist eigentlich Anna? Die habe ich ewig nicht mehr gesehen.«

174

Mit der Frage wanderten alle Augenpaare zu Große Jäger. Der hüstelte.

»Ich habe sie angesprochen und sogar erreicht. Das ist nicht ganz einfach. Sie hat leider keine Zeit.«

»Ich habe gehört, sie hat das Haus auf Nordstrand verkauft?«, fragte die Wirtin.

»Ja«, antwortete Große Jäger einsilbig.

»Und nun?«, ließ die Wirtin nicht locker.

»Sie wohnt jetzt in Husum.«

»Wo denn da?«

Der Oberkommissar tat, als hätte er die Frage nicht gehört.

»Sie ist zu Dr. Hinrichsen gezogen«, mischte sich Cornilsen ein.

»In die Praxis? Gibt es dort eine Einliegerwohnung?«, blieb die Wirtin hartnäckig.

»Nein, sie wohnt bei ihm zu Hause.«

»Oh.« Die Frau hielt sich erschrocken die Hand vor den Mund.

»Ich kann das nicht nachvollziehen«, sagte Große Jäger und klang eine Spur verärgert. »Sie war doch glücklich mit Christoph. Und dann so etwas.«

»So traurig uns die damaligen Ereignisse alle gemacht haben«, sagte die Wirtin mit leiser Stimme, »aber das Leben geht doch weiter.«

»Auf den Dörfern in Dänemark wird bei einer Beerdigung von den Mitbürgern, die den Verstorbenen kannten, der Danebrog auf halbmast gesetzt. Dort hat jeder einen Fahnenmast im Vorgarten. Ertönt von der Kirche die Totenglocke und jeder weiß, der Leichnam ist beigesetzt, zieht man die Flagge in die Höhe als Zeichen dafür, dass das Leben weitergeht«, erklärte Cornilsen.

»Siehste.« Große Jäger wischte mit der Hand durch die Luft. »Deshalb ist Dänemark auch kein Weltreich. Und Oma reist nur so weit, dass sie die Kirchturmspitze nicht aus den Augen verliert.«

Das Schweigen der anderen bekundete, dass sie Große Jägers Ansicht nicht unbedingt teilten.

»Das ist wie in unserem aktuellen Fall«, sagte er, nachdem die Wirtin sich zurückgezogen hatte. »Robert Muchow behauptet immer wieder, dass seine Frau treu war, abgesehen von ihrer maßlosen Leidenschaft für den Segelsport. Auch wenn sie oft mit anderen unterwegs war, zu zweit mit einem Segelkameraden, ist dort nie etwas passiert. Wie viel Glauben darf man dem schenken, wenn selbst Anna …?« Er ließ den Satz unvollendet.

»Das kannst du nicht vergleichen«, erwiderte Karlchen.

»Doch«, behauptete der Oberkommissar. »Wir haben haarsträubende Geschichten von den Holländern gehört. Und das, ohne dass wir sie dazu animieren mussten. Wenn auch nur ein Fünkchen Wahrheit daran ist, muss Berrit Muchow ein Vamp gewesen sein.«

»Dagegen spricht aber alles, was wir aus anderen Quellen gehört haben«, widersprach Cornilsen. »Und die sind für mich glaubwürdiger als die durchgeknallten Holländer. Was ist, wenn die sich mit ihrem zugesoffenen Kopf eine Story ausgedacht haben, die sie gern erlebt hätten? Wenn die so alkoholisiert waren, dass nur einer von ihnen seine Wunschgedanken formuliert hat, haben die anderen es als Wahrheit übernommen. Die steigern sich darin so weit, dass sie selbst glauben, es erlebt zu haben.«

»Das ist denkbar«, warf Mommsen ein. »Ich kenne die Geschichte einer Frau, die vor langer Zeit mit einem Club, Gesang, Boßeln oder irgendetwas anderem, unterwegs war. Man hat dabei offenbar auch kräftig dem Alkohol zugesprochen. Einer der männlichen Teilnehmer schwärmt noch heute von der einvernehmlichen Liebesnacht mit ihr, obwohl sie es bestreitet. Sie sagt, dazu wäre in Anbetracht der vorhergehenden Feier niemand mehr in der Lage gewesen. Sie einbezogen.«

»Du meinst, ähnlich könnte es bei den Holländern gewesen sein?«, fragte Große Jäger.

»Es ist unsere Aufgabe, das herauszufinden«, erwiderte Mommsen und ergänzte entschieden: »So. Nun ist Feierabend.« Er erhob sein Rotweinglas. »Prost.«

»Skål«, übertönte Cornilsen die anderen.

Wie üblich saß Cornilsen schon an seinem Arbeitsplatz, als
Große Jäger die Tür mit dem Fuß aufstieß, ihr einen leichten
Tritt gab, dass sie gegen die Wand knallte, und sie beim Zu-
rückpendeln mit dem Knie stoppte. Zwischen seinen Lippen
wanderte die Zunge bedächtig hin und her, während sein Blick
starr auf die beiden Kaffeebecher gerichtet war, die er balan-
cierte. Er stellte einen vor Cornilsen hin und trug den zweiten
zu seinem Schreibtisch.

»Moin.« Cornilsen sah abwechselnd auf das dampfende
Heißgetränk und zu seinem Kollegen gegenüber. »Was ist mit
dir los?«

»Nachdem du gestern Abend nach dem dritten Bier nur mit
Mühe daran zu hindern warst, auf dem Tisch im Restaurant
Lambada zu tanzen, und Mommsen gefragt hast, ob er als Kriminalrat die Berechtigung zur sofortigen Eheschließung hat,
dachte ich, ein heißer Kaffee würde dir guttun.«

Cornilsen fing laut an zu lachen. »Ich und Bier? Ich habe
nichts anderes als Cola getrunken. Bier … Mein Erinnerungs-
vermögen sagt mir, dass sich daran ausschließlich ein gewisser
Oberkommissar versucht hat.«

»Dann wird es Zeit, dass du dich an den Kaffee gewöhnst.
Wo gibt es so etwas, dass ein Husumer Kriminalbeamter Cola
trinkt?«

»Das passt doch hervorragend zum Fast Food, an dem sich
ein leitender Beamter dieser Dienststelle nicht satt essen kann.
Was ist übrigens Lambda? Hat der Tanz etwas mit dem Aus-
puff zu tun?«

»Lambda, Lambda. Kerlemann. Ich sprach von Lambada.
Der Tanz war Kult. Du hättest mich damals sehen sollen. Ich
bin immer mit einem Aktenkoffer in die Disco, weil ich sonst
die Einladungen der Girls nicht hätte nach Hause tragen können, die man mir auf der Tanzfläche zugesteckt hat. Ich war
der Lambadakönig der nördlichen Halbkugel.«

Große Jäger hatte Befürchtungen, der Arbeitstag würde nutzlos vergehen, bevor Cornilsen seinen Lachanfall beenden konnte. Er drehte sich auf seinem Bürostuhl um und sah auf den leeren Schreibtisch in seinem Rücken.

»Ich habe selten an deinen Entscheidungen gezweifelt, Christoph«, sagte er mit vorwurfsvoll klingender Stimme, »aber den verrückten Halbdänen aus Niebüll zu engagieren … Ich weiß nicht so recht.« Dann wurde er ernst. »Wo auch immer du jetzt steckst – nimm Anna ihre Entscheidung nicht übel. Es ist mit Sicherheit nicht gegen dich gerichtet. Frauen sind nun einmal so.«

Große Jäger hielt erstaunt inne, als ihm Christoph antwortete: »Das Leben geht weiter, Wilderich. Anna hat ein Anrecht darauf, Geborgenheit zu erfahren. Ihre Arbeit in der Arztpraxis hat ihr stets viel bedeutet. Da ist es naheliegend, dass sie mit Dr. Hinrichsen … nun ja …« Es fehlten die richtigen Worte.

Es hatte ein paar Herzschläge gedauert, bis Große Jäger begriff, dass ihm Cornilsen mit verstellter Stimme geantwortet hatte. Wenn man die Augen schloss und der Phantasie ein wenig Raum gab, war die Stimmenimitation sogar relativ gut gelungen. Der Oberkommissar drehte sich um.

»Du Lumpenhund«, fluchte er und grinste dabei. »Du kannst nicht nur zaubern, sondern auch Stimmen imitieren. Weshalb ist einer mit deinen Talenten Polizist geworden?«

Cornilsen breitete die Arme aus. »Weil hier sonst nichts Gescheites laufen würde. Du wüsstest zum Beispiel nicht, dass es Neuigkeiten von Hubert Müller gibt.«

»Ist er wieder aufgetaucht?«, wollte Große Jäger wissen.

»Nur indirekt.«

»Sein Handy?«

Cornilsen sah auf seinen Bildschirm. »Das war zum letzten Mal vor eineinhalb Wochen eingeloggt. Und zwar im Segeberger Forst.«

»Segeberger Forst«, wiederholte Große Jäger. »Merkwürdig. Was wollte er da? Kläre doch einmal, ob die Müllers irgendeine Beziehung zu der Region haben. Verwandte. Freunde. Geschäftliche Kontakte.«

»Es wird noch mysteriöser«, fuhr Cornilsen fort. »Die Giro-cards für das Geschäfts- und das Privatkonto sind gesperrt. Müller hat aber noch eine Visa-Kreditkarte. Über die konnte er noch bis zum vereinbarten Limit verfügen. Davon hat er auch Gebrauch gemacht und Bargeld abgehoben. Immer in kleineren Beträgen so um einhundert oder zweihundert Euro. Insgesamt achthundert Euro. Er hat die Karte aber auch zum Tanken, für Hotelübernachtungen und Restaurantbesuche eingesetzt.«

»Wissen wir, wo?«

»Die Anfrage läuft«, erwiderte Cornilsen.

»Also ist er auf der Flucht«, stellte Große Jäger fest. »Wir brauchen ein Bewegungsbild von ihm.« Er zeigte auf den Tele-fonhörer, als sich der Apparat meldete. »Für dich«, behauptete er.

Cornilsen hob ab, hörte einen Moment zu und sagte dann: »Ich verbinde Sie mit dem Ermittlungsleiter.« Dann reichte er den Apparat über den Schreibtisch.

»Große Jäger.«

»Lütke Rehfisch«, meldete sich eine feste Männerstimme.

»Kleiner Rehfisch? Wollen Sie mich verarschen?«, brauste der Oberkommissar auf.

»Das wollte ich auch gerade fragen. Gibt es bei der Husu-mer Polizei auch einen kleinen Jäger?« Der Teilnehmer lachte kurz auf. »Westfale?«, fragt er dann. Als Große Jäger es bestä-tigte, sagte der andere: »Ich auch. Velen.«

»Nottuln«, nannte Große Jäger seinen Geburtsort. »Sorry. Man ist es nicht gewohnt, einem Menschen mit einem vernünf-tigen Namen zu begegnen. Hier tragen alle exotische Namen wie Hansen, Petersen oder Christiansen, manche heißen auch Cornilsen und so.« Dabei streckte er seinem Gegenüber die Zunge heraus. »Wenn man einmal etwas Normales wie Lütke und nicht etwas wie Große und Zusatz hört, ist man irritiert. Was kann ich für Sie tun?«

»Nichts«, erwiderte Lütke Rehfisch. »Ich kann etwas für Sie tun, Kollege. Ich bin vom EPICC.«

»Ist das so etwas wie der Boßelverein vom Elisabeth-So-phien-Koog?«

»Hier würde es Klootstockschießen heißen«, antwortete Lütke Rehfisch. »Nein. Das steht für Euregionales Polizei-Informations-Cooperations-Centrum in Heerlen. Wir sind hier Mitarbeiter aus den Niederlanden, Belgien und Deutschland und verfolgen das Ziel, die grenznachbarschaftliche Zusammenarbeit und den Informationsaustausch zu verbessern. Meistens haben wir es mit den Kollegen aus Nordrhein-Westfalen und Niedersachsen zu tun. Hoofdinspecteur Wouwerman aus Dokkum hat uns einen Vorgang zugeleitet. Ein Zwischenbericht. Es geht um drei niederländische Segler.«

»Die wir gern selbst vernommen hätten«, unterbrach ihn Große Jäger.

»Ihr habt Zweifel an der Objektivität der Niederländer? Keine Sorge. Die sind sportlich und fair. Gegenüber Verdächtigen, aber auch im Sinne der Rechtsfindung. Wenn ich es richtig verstehe, geht es um zwei verschiedene Fälle. Sie sollen sich im Hafen von Langeneß ... Das ist doch so eine kleine Hallig? Also, da soll eine Frau zu ihnen aufs Schiff gekommen sein. Die haben die drei Niederländer dort am Hafen kennengelernt. Wie es bei Seglern nicht ungewöhnlich ist. Man hat miteinander gesprochen, ein wenig gescherzt und geflirtet, und dann ist die Frau mit an Bord der ›Mooie Dame‹ gegangen. So steht es hier. Man hat zusammen getrunken. Dann kam es zu einvernehmlichem Geschlechtsverkehr. Mit allen dreien. Gleichzeitig und jeweils in Gegenwart der anderen Crewmitglieder. Einzelheiten will Hoofdinspecteur Wouwerman gesondert bereitstellen.«

»Diesen Teil der Geschichte kennen wir auch«, bestätigte Große Jäger.

»Die Niederländer haben immer wieder betont, dass die Frau sehr freizügig und – wie soll man das verstehen? – großzügig gewesen sein soll. Sie leugnen nicht, dass es ein sehr ausschweifender Abend war. Aber alles fand freiwillig und ohne Zwang stand – behaupten sie.«

»So weit haben sie es uns gegenüber auch ausgesagt. Die Frau wurde später ertrunken im Seegebiet bei der Hallig Langeneß aufgefunden. Wir ermitteln jetzt, von welchem Schiff sie ins Wasser gefallen ist. Und unter welchen Umständen.«

»Die Niederländer bleiben bei ihrer Aussage, dass die Frau in der Nacht zum Freitag ihr Schiff wieder verlassen hat. Eine genaue Uhrzeit können sie nicht nennen, da alle Beteiligten alkoholisiert waren und auch eingeschlafen sind. Als sie wieder wach wurden, war die Frau verschwunden.«

»Das ist eine andere Situation«, gab Große Jäger zu bedenken. »Die drei sagen demnach nicht aus, dass Berrit Muchow von Bord gegangen ist. Sie war – angeblich – nicht mehr da.«

»Das hat Wouwerman auch stutzig werden lassen. Er hatte den gleichen Gedanken wie Sie und deshalb nachgehakt«, bestätigte Lütke Rehfisch. »Aber die Leute blieben bei ihrer Aussage. Deshalb können sie auch keine konkrete Zeitangabe machen.«

»Entweder stimmt es, oder die Holländer haben sich eine gute Geschichte zurechtgelegt«, dachte Große Jäger laut nach.

»Ich fürchte, an dieser Stelle nicht weiter behilflich sein zu können«, meinte Lütke Rehfisch. »Kommen wir zum zweiten Teil. Es geht um den tätlichen Übergriff auf einen Polizeibeamten auf Helgoland.«

»Dem haben die Holländer übel mitgespielt.«

»Nur für das Protokoll: Wir sprechen von niederländischen Staatsbürgern, nicht von *Holländern*«, stellte Lütke Rehfisch fest.

»Ausdrücklich *außerhalb* des Protokolls«, erwiderte Große Jäger. »Ich meine Kaasköppe.«

»Die Polizei von Dokkum aus der Provinz Friesland, also *Friesen* und keine *Holländer*, hat die Männer in die Mangel genommen. Bei einem Angriff auf einen Kollegen versteht man auch bei unseren Nachbarn keinen Spaß. Die drei haben den Übergriff auf den Wasserschutzpolizisten eingeräumt und von einer ›unglücklichen Konstellation‹ gesprochen. Es tue ihnen leid, und sie bedauerten es, aber – der Polizist habe selbst Schuld gehabt. Er habe sie provoziert.«

»Ich kenne Hauptmeister Hansen von der Station Helgoland persönlich. Er ist ein ruhiger und besonnener Beamter. Die drei Holländer haben in meiner Gegenwart alles gesagt. Es ging nur darum, noch einmal das Protokoll unterschreiben zu lassen. Hansen hatte keine Veranlassung, aggressiv aufzutreten. Es war eine reine Formalität. Sonst wäre er kaum allein zur ›Mooie Dame‹ zurückgekehrt.«

»Mehr habe ich nicht vorliegen«, schloss Lütke Rehfisch. »Falls sich noch weitere Fragen auftun, lass es mich wissen. Von Westfale zu Westfale. 'nen Hegel, wer das gemacht hat.«

»Na denn dann. Tun wir das machen«, sagte Große Jäger zum Abschied.

»Was war das jetzt für ein Dialekt?«, wollte Lütke Rehfisch wissen.

»Niebüllisch«, erklärte der Oberkommissar und zeigte Cornilsen eine lange Nase.

»Unsere nächsten beiden Programmpunkte sind: Wir fahren noch einmal nach Tönning«, beschloss Große Jäger.

»Das ist ein Punkt«, merkte Cornilsen an.

»Genau. Der zweite. Als Erstes muss ich eine Zigarette rauchen.« Er inhalierte tief den Rauch des Glimmstängels, bevor er es zuließ, dass sie in den Mercedes C190 einstiegen.

»Was ist in den Innenminister gefahren?«, fragte Große Jäger unterwegs und streichelte das Armaturenbrett. »Ein Mercedes. Das kenne ich nur von den Fernsehkommissaren.«

»Das haben wir uns redlich verdient«, sagte Cornilsen. »In Nordrhein-Westfalen fährt der grüne Umweltminister einen über vierhundert PS starken Tesla. Dafür hat der Polizist auf Pellworm ein Dienstfahrrad.«

»Die Holländer bleiben bei ihrer Aussage von der wilden Nacht mit Berrit Muchow. Ich will keine Vorurteile schüren, aber die Frau war mindestens zwanzig Jahre älter als jeder der Männer. Sie hätte die Mutter jedes einzelnen sein können.«

»Es gibt ältere Männer, die jedem jungen Mädchen hinterhersehen, auch wenn die Sehkraft es kaum noch zulässt. Andererseits werden Frauen geächtet, wenn sie … wenn sie …«, radebrechte Cornilsen.

»Wenn sie ihre Erfahrungen an jüngere Männer weitergeben«, half Große Jäger aus.

»Genau.« Cornilsen war dankbar für die Hilfe. »Aber in

unserem Fall würde es allem widersprechen, was wir bisher über Berrit Muchow gehört haben. Irgendetwas passt da nicht zusammen.«

»Wir sind die Tischler der Strafjustiz«, sagte Große Jäger. »Wir müssen so lange feilen und sägen, bis alles zueinandergefügt werden kann.«

»Na denn dann«, seufzte Cornilsen und steuerte automatisch den Tönninger Marktplatz an.

»Heute wollen wir zum Hafen«, erklärte Große Jäger.

»Nicht zu Muchow in die Sparkasse?«

»Nein.«

Sie fanden einen Parkplatz unweit des historischen Packhauses, das in der Vorweihnachtszeit zum größten Adventskalender der Welt wurde. Hier lagen die Boote des Tönninger Yachtclubs. Auf der gegenüberliegenden Hafenseite zeichnete sich das Panorama der schönen gemütlichen Häuser mit den sehenswerten Türen und Vorgärten ab.

Heute schienen die Menschen anderen Beschäftigungen nachzugehen, als nach ihren Booten zu sehen. Lediglich auf einem Boot war eine Frau damit beschäftigt, das Schiff zum Auslaufen klarzumachen.

»Moin«, rief Große Jäger ihr zu.

Sie sah sich suchend um und schirmte die Sonneneinstrahlung mit einer an die Stirn gelegten Hand ab.

»Wollen Sie aufs Wasser?«

»Schönes Wetter heute«, sagte sie mit einer angenehmen tiefen Stimme.

Große Jäger zeigte auf das Boot, das kleiner war als andere hier liegende Schiffe. »Ist das Ihrs?«

Die Frau hatte eine sportliche Figur. Die Jeans betonte ebenso wie der eng sitzende Pullover ihre weiblichen Reize. Das Gesicht war braun gebrannt, auch wenn beim Näherkommen erkennbar war, dass sich die Erfahrungen eines Lebens in Form von Falten um die Augenwinkel eingegraben hatten. Sie schüttelte den Kopf. Dabei bewegte sich die nussbraune Pagenfrisur und gab glitzernde Ohrstecker frei.

»Nein. Warum?«

Große Jäger stand jetzt direkt vor dem Boot.»Wir sind von der Polizei.«

Das Mienenspiel der Frau veränderte sich schlagartig.»Wegen Berrit? Schlimm. Wir sind alle ganz traurig. Keiner begreift es, wie das geschehen konnte.«

»Sie kannten Frau Muchow?«

Sie nickte nachdenklich.»Ja. Sie war meine Freundin.« Sie zeigte auf das Schiff.»Wir sind oft aufs Wasser raus. Mit diesem Schiff.«

»Wessen Boot ist das?«

»Das gehört Leander, dem Vorsitzenden unseres Yachtclubs.«

»Dr. Fehlandt«, sagte Große Jäger.

»Ja. Heute ist Mittwoch. Ich bereite alles vor. Wenn er nach Praxisschluss kommt, können wir gleich los.« Sie sah prüfend zum Himmel.»Heute ist tolles Segelwetter. Wir wollen bis zum Sperrwerk.«

»Nur Sie beide?«

»Manchmal ist Berrit mit gewesen. Da Dr. Fehlandt selten Zeit hat, dürfen wir sein Boot nutzen.«

»Sie sind die Partnerin von Dr. Fehlandt?«

»Ich?« Sie ließ ein kehliges Lachen hören.»Nein. Bewahre. Wir sind gute Freunde, aber ohne jeden Hintergedanken.«

»Darf ich nach Ihrem Namen fragen?«

»Linde Drews. Ich wohne hier in Tönning. Gleich um die Ecke.«

»Sie sagten, Sie waren mit Berrit befreundet?«

»Ja«, antwortete sie mit einem melancholischen Unterton. »Seit fast dreißig Jahren.«

»Wir haben gehört, Berrit sei mit Kerrin Böckmann befreundet gewesen.«

»Berrit, Kerrin, ich und noch ein paar andere Mädchen … Wir waren ein fröhlicher Haufen. Bis Kerrin in den Rosenkrieg mit Daniel schlitterte. Ihr Ex. Hat 'ne Apotheke in Heide.«

»War Berrit der Grund für das Zerwürfnis?«

Linde Drews fuhr sich mit der Hand über die Stirn, um die nicht vorhandenen Locken wegzuwischen.

»I wo. Kerrin hat behauptet, Berrit hätte ihr den Mann ausgespannt. Der hat es bestritten. ›Die ist viel zu alt für mich‹, hat er Berrit sogar schlechtgemacht. Die Ärmste ist zwischen die Fronten geraten.«

»Und wenn ein Fünkchen Wahrheit dabei ist?«

Linde Drews wippte auf den Zehenspitzen auf und ab. »Kann ich mir nicht vorstellen. Ich glaube eher, dass Kerrin das in Umlauf gebracht hat, um von sich selbst abzulenken.«

»Wohnt sie noch in Tönning?«

»Ja. Zumindest offiziell. Meistens ist sie aber unterwegs.« Sie hob beide Hände und legte sie vor der ansprechenden Brust über Kreuz. »Fragen Sie mich nicht, wohin und mit wem.«

»Zum Segeln?«

»Ich will mich nicht an dem Klatsch beteiligen, der so gern in Umlauf gebracht wird. Wer es auf Kerrin abgesehen hat, muss schon etwas bieten können. Ein repräsentatives Boot, ein gewisses Ansehen im sozialen Umfeld. Er muss in jedem Fall die Frage ›Darf es etwas mehr sein?‹ ohne Zögern mit ›Ja‹ beantworten.«

»Kennen Sie ihren derzeitigen Gönner?«

»Nein. Tut mir leid.« Linde Drews war dicht herangekommen und hielt sich mit einer Hand am Ruder fest. Sie sah sich um, ob jemand ihr Gespräch belauschen konnte. Leise fügte sie an: »Merkwürdig war das schon. Kerrin war nie ein Kind von Traurigkeit.«

»Sie meinen, sie ist schon während ihrer Ehe fremdgegangen?«

»In diesem Punkt hat sich das Ehepaar Böckmann gegenseitig nichts geschenkt. Daniel ist auch kein Kostverächter. Was der mitnehmen kann, das lässt er nicht an der Seite liegen.«

»Auch mit Berrit?«

Sie bewegte abwägend den Kopf. »Ich habe natürlich nie die Lampe gehalten. Aber Berrit? Kann ich mir nicht vorstellen. Sie war jedem ein guter Kamerad. Aber durch fremde Kojen toben? Nein. Bestimmt nicht. Das war bei Kerrin etwas anderes. Die hatte ein tolles Leben. Böckmann lebt bestimmt nicht von der Sozialhilfe. Eine Kreditkarte, viel Freizeit, ein schickes Haus, Putzfrau und weitere Annehmlichkeiten. Dazu die liebestollen Falter, die sie wie das Licht umschwärmten. Und nachdem Böckmann sie verstoßen hatte, stand sie plötzlich ohne bequemes soziales Netz da. Ich kann mir vorstellen, dass sie subjektiv selbst geglaubt hat, dass Berrit eine Mitschuld trage. Obwohl das natürlich Humbug ist.« Sie sah auf die Armbanduhr. »So! Ich muss mich jetzt sputen.«

»Sind Sie eigentlich liiert?«

Sie bedachte Große Jäger mit einem spöttischen Lächeln und ließ ihren Blick abschätzend vom grau melierten fettigen Haarschopf über den Dreitagebart bis zum Schmerbauch wandern. »Soll das ein Angebot sein?«

»Ich bin in besten Händen«, erwiderte der Oberkommissar auf die erkennbar nicht ernst gemeinte Frage.

»Ich auch. Aber mit sehr lockeren Zügeln. Sägebeil.« Zwei reizende Grübchen zeigten sich beim Lächeln auf ihren Wangen. »Richtig heißt er Peter Sagebiel. Ein Traum von einem Mann, auch wenn er kein Segler ist.« Sie betrachtete Cornilsen abschätzend. Der könnte mir schon eher gefallen, las Große Jäger daraus. »Es würde uns alle erleichtern, wenn Sie die Wahrheit über Berrits Unfall ans Licht bringen würden«, sagte sie und wandte sich ihren Arbeiten auf dem Boot zu.

»Unfall«, murmelte Große Jäger, als er mit Cornilsen zum Auto zurückkehrte.

Dort versuchte er, Kerrin Böckmann telefonisch zu erreichen. Es sprang aber sofort die Mobilbox an. Er hinterließ eine Nachricht und bat dringend um einen Rückruf.

»Ob die wirklich an Schwedens Küste herumschippert?«, fragte Cornilsen skeptisch.

»Das können wir nicht ausschließen. Wir fahren jetzt nach Husum zurück. Versuche du herauszufinden, mit wem Kerrin Böckmann alles angebandelt hat. Linde Drews erschien mir relativ glaubwürdig, obwohl wir in diesem Fall von allen Seiten angelogen werden.«

In der Dienststelle wartete die nächste Information auf sie. Cornilsen las den Bericht vor.

»Es wird immer mysteriöser. Uns liegt jetzt die Auskunft des Kreditkartenherausgebers vor. Danach hat Müller an verschiedenen Stationen getankt und Rast gemacht. Er scheint es aber nicht sonderlich eilig auf seinem Weg Richtung Süden gehabt zu haben. Hannover. Goslar. Dann ist er quergefahren nach Hameln. Von dort führt ihn der Weg zu einem Hotel in Bad Vilbel bei Frankfurt. In Karlstein am Main hat er getankt. Das nächste Mal hat er im Schwarzwald übernachtet und getankt. In Calw. Dann verliert sich seine Spur. Das ist aber noch nicht alles. Er hat auch mit Hilfe der Kreditkarte eingekauft. Und zwar im Internet. Dort hat er mehrfach Computer und Mobiltelefone bestellt und sie in die USA oder nach Irland schicken lassen. Die Bezahlung sollte über PayPal erfolgen. Die Kreditkartengesellschaft ist aber misstrauisch geworden und hat die Karte gesperrt.«

»Das macht doch keinen Sinn«, überlegte Große Jäger laut. »Wenn er, nachdem er von der Bargeldzufuhr abgeschnitten war, in Geschäften Unterhaltungselektronik oder Computer erstanden und sie anschließend gegen bar veräußert hätte – das wäre plausibel gewesen. Aber in England bestellen und nach Amerika schicken? Wir haben bisher keine Anhaltspunkte gefunden, dass er solche Verbindungen unterhält. Und eine solche Vorgehensweise bedarf schon einer gewissen kriminellen Energie. Gut. Ihm steht das Wasser bis zum Hals. Da geht es um das nackte Überleben. In einem solchen Fall werden alle moralischen Bedenken vergessen und über Bord geworfen. Trotzdem …« Er ließ den Satz unvollendet, stand auf und ging zu Mommsen. Dort berichtete er vom aktuellen Stand der Ermittlungen.

»Wir müssen herausfinden, wie Berrit Muchow nach Langeneß gekommen ist. Kannst du uns jeweils einen Durchsuchungsbeschluss für die Schiffe von Hubert Müller und Daniel Böckmann beschaffen?«

»Du hoffst, dort eventuell Spuren der Frau zu finden«, sagte Mommsen. »Für Müllers Boot dürfte es möglich sein. Das könnten wir mit dessen Verschwinden begründen. Außerdem gibt es die Aussage, dass er sich zur fraglichen Zeit im betreffenden Segelrevier aufgehalten hat. Wir haben auch noch keine Antwort auf die Frage, wo er in der Zeit von Freitag nach Himmelfahrt bis Sonntag war. Niemand will ihn gesehen haben. Es wäre gut, wenn wir seiner habhaft werden und ihn befragen könnten.«

»Mir juckt es in den Fingern. Ich würde ihn gern einer peinlichen Befragung unterziehen. Am liebsten im Lübecker Holstentor. Dort im Museum gibt es noch die Folterkammer zu besichtigen.«

Mommsen bewegte den Zeigefinger hin und her. »Du solltest mit deinen Äußerungen vorsichtiger sein. Ich weiß, wie du es meinst. Das gilt aber nicht für Dritte. Es wäre schade, wenn dir aufgrund solcher Formulierungen etwas ans Zeug geflickt würde.«

Der Oberkommissar fasste sich an die Nasenspitze. »Ich kenne einen Kollegen, der müsste demnach schon zum Kohlentrimmen auf einen Polizeidampfer auf der Sorge versetzt sein.«

Der Kriminalrat winkte ab. »Du meinst Lüder Lüders. Der darf das. Er segelt im Windschatten des Innenministers. Zumindest war das früher so.«

Große Jäger kratzte sich mit den Fingern die Bartstoppeln. Die Trauerränder unter den Nägeln unterschieden sich farblich kaum vom Schwarzgrau der Haare. »Wir haben auch noch die Option, dass Berrit Muchow mit Böckmanns Boot nach Langeneß gefahren ist. Möglicherweise hat Müller sie bis Hooge mitgenommen. Dort ist sie auf die ›Watt'n Nixe‹ des Apothekers umgestiegen.«

Mommsen wiegte den Kopf. »Das dürfte schwierig werden. Die Anhaltspunkte sind sehr vage. Du kannst dafür nichts als Vermutungen anbringen. Die Gerichte sind in diesen Punkten sehr vorsichtig. Die Unversehrtheit der Wohnung ist in Deutschland ein hohes Rechtsgut.«

»Tja«, stöhnte Große Jäger. »Man könnte meinen, die Mafia betreibt im Bundestag erstklassige Lobbyarbeit.« Er legte den Zeigefinger auf die Lippen. »Ist dir schon einmal aufgefallen, dass im Parlament kaum Abgeordnete sitzen, wenn dort über

Gesetze abgestimmt wird? Nur die erste Reihe ist besetzt. Nehmen wir an, zehn Prozent der Abgeordneten wären anwesend. Der Bundestag soll ein Querschnitt der Bevölkerung sein, sie repräsentieren. Wenn also etwa zehn Prozent der Deutschen schon einmal mit dem Gesetz in Konflikt gekommen sind, gilt das auch für das Parlament. Da wundert es mich nicht, wenn ausgerechnet das besagte Zehntel der Abgeordneten Gesetze beschließt, die uns jedes Ermittlungswerkzeug nehmen.«

Mommsen lachte laut auf. »Deine Phantasie. Setze sie lieber für die Jagd nach den Tätern ein.«

»Aye, aye, Sir. Und vergiss nicht: Wir brauchen Durchsuchungsbeschlüsse für beide Schiffe«, mahnte Große Jäger beim Gehen an.

»Hau bloß ab«, rief ihm Mommsen hinterher. »Und wenn du einem gewissen Kollegen auf dem Flur begegnest – belle ihn nicht an.«

Es blieb offen, wer Glück hatte: Hundt oder Große Jäger. Sie trafen sich nicht. Cornilsen war inzwischen weitergekommen und berichtete, dass sich der Hafenmeister aus Wittdün auf Amrum an ein fremdes Boot erinnerte, das dort Himmelfahrt gelegen habe. Oder war es einen Tag vorher? Er kannte weder das Schiff noch die Besatzung, wusste nur noch, dass es ein Paar war. Der Mann hatte silbernes Haar und trat sehr distinguiert auf.

»Hat er wirklich ›distinguiert‹ gesagt?«, fragte Große Jäger dazwischen.

»Natürlich nicht. Der ist Insulaner. Aus den Uthlanden. Er meinte, der sei wie ein lackierter Affe unterwegs gewesen. Und die Tussi – auch das war wörtlich – habe perfekt zu ihm gepasst. Sie sei förmlich in ihn hineingekrochen. Nur deshalb konnte sich der Mann an die beiden erinnern. Er hätte sich nicht gewundert, wenn die mitten auf dem Steg gebumst hätten. So! Das war wörtlich«, schloss Cornilsen.

»Er muss doch einen Namen haben. Und das Boot auch. Heimathafen? Kreditkarte? Es gibt die Kopie des Abrechnungsbelegs für die Liegegebühren.«

»Das ist dem Hafenmeister sichtlich peinlich. Er versichert, so etwas sei ihm noch nie passiert. Aber gerade zum Vatertag würde es sich im kleinen Yachthafen von Wittdün knubbeln. Dieses Boot ist nicht erfasst.«

»Na ja. Es passt auch nicht in unser Schema«, sagte Große Jäger. »Wir suchen kein Paar, auf das die Beschreibung passen würde.«

»Vielleicht ist es doch hilfreich«, widersprach Cornilsen. »Berrit Muchow scheint die Frau nicht gewesen zu sein. Ich habe mir aber ein Foto von Kerrin Böckmann besorgt. Das könnte hinkommen. Wenn die Berrit Muchow wirklich für das Scheitern ihrer so lukrativen Ehe verantwortlich macht, könnte das ein Motiv sein. Linde Drews hat die Böckmann als eine Frau beschrieben, die einen gewissen Hang zur Extravaganz zeigt. Der Parvenü an ihrer Seite würde ins Bild passen.«

»Hmh. Wir dürfen keine Möglichkeit ausschließen, auch wenn ich es für abwegig halte, dass die Böckmann aus Rache einen Liebhaber dazu angestiftet haben soll, einen gemeinschaftlichen Mord an Berrit Muchow zu begehen.«

»Es klang jedenfalls nicht so, als sei es Hubert Müller gewesen, der dort unterwegs war«, stellte Cornilsen fest und zeigte auf Große Jägers klingelndes Telefon.

»Vollmers, BKI Kiel«, meldete sich der Anrufer. »Wir haben gesehen, dass bei euch eine Vermisstenmeldung vorliegt.«

»Geht es etwas genauer?«, wollte Große Jäger wissen.

»Nun man sutsche. Wir sind schon fix am Ball. Einem Spaziergänger ist ein Fahrzeug auf einem Parkplatz an der B 206 nahe Bockhorn aufgefallen, das dort schon eine Weile stand. Bockhorn ist ein Ortsteil der Gemeinde Bark und liegt am Südrand des Segeberger Forstes. Die Streife vom Segeberger Revier hat sich einmal umgesehen und ist fündig geworden. Purer Zufall, dass sie die versteckt in einer Schonung liegende Leiche entdeckt haben. Die Zulassung des Fahrzeugs und die Beschreibung der Kleidung könnten auf Hubert Müller hinweisen. Zudem gibt es eine Vermisstenmeldung aus Husum.«

»Wie kommt der in den Segeberger Forst?«, fragte Große Jäger.

»Das habe ich ihn natürlich auch gefragt«, antwortete Vollmers brummig. »Aber er wollte partout nicht antworten. Wir haben die Spuren im Umkreis gesichert. Es sieht nicht so aus, als würde Fremdverschulden vorliegen.«

»Weist die Leiche keine Spuren auf?«

»Doch. Ich bin allerdings kein Biologe und kann nicht sagen, von welchem Tier die Fraßspuren stammen.«

»Ich meine, Anzeichen von Gewalteinwirkungen.«

»Äußerlich nicht erkennbar. Auch keine Schussverletzungen.«

»Hatte der Tote – ist es ein Mann? – Papiere bei sich?«

»Ja und nein. Ja – es ist ein Mann. Nein – er hatte keine Papiere bei sich. Auch keine Wertgegenstände. Kein Portemonnaie. Nicht einmal eine Armbanduhr.«

»Ein Raubmord?«

»Auf den ersten Blick spricht einiges dafür, auch wenn es – wie gesagt – keine äußeren Anzeichen gibt. Das wird die Rechtsmedizin in Kiel klären. Auf jeden Fall scheint er dort schon eine Weile zu liegen. Der Spaziergänger meinte, das Auto würde dort schon eine Woche stehen. Und der Zustand der Leiche spricht auch dafür.«

Große Jäger erwähnte, dass ein Bewegungsbild vorliege, das sich aus der Benutzung der Kreditkarte ergeben hatte. Demnach waren sie davon ausgegangen, dass Müller auf der Flucht quer durch Deutschland sei.

»Da wird sich jemand der Kreditkarte bedient haben. Tankstelle. Hotel. Wir erleben es immer wieder, dass es die Akzeptanzstellen bei der Entgegennahme von Kartenzahlungen nicht so genau nehmen. Im Augenblick ist es unsere Leiche. Ich werde veranlassen, dass wir Kopien der Überwachungskameras anfordern. Schickt ihr uns die Orte, an denen die Kreditkarte eingesetzt wurde?«

Große Jäger versprach es, und Cornilsen setzte sich an die Arbeit.

Dann meldete sich Mommsen und sagte, sie würden einen Durchsuchungsbeschluss für Müllers Boot bekommen. Erwartungsgemäß hatte der Richter es aber abgelehnt, auch einen für Böckmanns »Watt'n Nixe« auszustellen.

Große Jäger rief den Apotheker in seinem Geschäft in Heide an und fragte, ob die Spurensicherung mit seinem Einverständnis das Boot durchsuchen dürfe.

Böckmann wies das Ansinnen kategorisch ab. »Dazu gibt es keinen Anlass«, sagte er barsch. »Die Unversehrtheit der Wohnung ist ein hohes Rechtsgut. Und das soll auch so bleiben. Oder können Sie mir einen triftigen Grund nennen, weshalb Sie auf mein Schiff möchten?«

»Uns interessiert, ob sich Berrit Muchow dort aufgehalten hat.«

»Natürlich hat sie das. Berrit und tausend andere Leute. Deshalb müssen Sie nicht mein Schiff plündern. Das habe ich Ihnen auch so gesagt.«

»Ist Berrit mit Ihnen nach Langeneß gesegelt?«

Böckmann pustete vernehmlich ins Telefon. »Sie wissen doch, dass wir sie auf Langeneß getroffen haben.«

»Und dann?«

»Was weiß ich. Wenn ich eine Ahnung hätte, würde ich es Ihnen sagen. Fragen Sie doch Müller. Der kann Ihnen vielleicht eine Antwort geben. Ich war mit meinen drei Kameraden auf Vatertagstour. *Vatertag!* Berrit Muchow war zwar eine schon ältere Frau, aber kein Mann. Ich habe nie mit ihr geduscht, aber dessen bin ich mir ziemlich sicher.«

Kurz vor Feierabend erreichte sie noch die Meldung, dass am nächsten Morgen Berrit Muchow beigesetzt werden sollte. Eine Erdbestattung. Die Trauerfeier sollte um zehn Uhr in der St.-Laurentius-Kirche in Tönning stattfinden.

VIERZEHN

Große Jäger hatte das Haus als Letzter verlassen. Moritz war wie jeden Morgen als Erster aufgebrochen, um mit dem Zug nach St. Peter-Ording zum Nordseegymnasium zu fahren. Dann war Heidi Krempl in ihre Praxis gefahren. Nach den anfänglichen Schwierigkeiten durch das Mobbing ihres Vorgängers hatte sie sich als Ärztin in der kleinen Stadt fest etabliert und war hinreichend ausgelastet.

Große Jäger war um Viertel vor zehn aufgebrochen und nach Tönning gefahren. Er parkte vor der Kirche und warf einen Blick durch die Fenster in die Zweigstelle der Sparkasse. Dort stand ein ihm fremder jüngerer Mann am Tresen und bediente einen Kunden. Von der weiblichen Mitarbeiterin oder Robert Muchow war nichts zu entdecken.

An der Kirchentür von St. Laurentius empfing ihn ein Mann in einem anthrazitfarbenen Anzug mit schwarzer Krawatte und maß ihn mit einem abschätzenden Blick. »Hier findet eine Trauerfeier statt«, sagte er mit dem geschäftsmäßigen Ton des Bestatters.

»Ich weiß«, erwiderte Große Jäger und zwängte sich an dem Mann vorbei. Zunächst sah es so aus, als würde der sich ihm in den Weg stellen. Dann ließ er ihn passieren.

Das Kircheninnere mit seiner beeindruckenden Schlichtheit hätte Martin Luther begeistert. Das mächtige Gemälde an der hölzernen Decke war eine der bedeutendsten Barockmalereien des Landes. Der hohe Gemäldealtar im mit Marmorplatten ausgelegten Chor wurde durch einen Lettner vom Gemeinderaum getrennt.

Große Jäger warf einen Blick auf die prachtvolle Kanzel und die große Barockorgel in seinem Rücken.

Er war erstaunt, wie leer die Kirche war. Im Altarraum war der Sarg aus heller Eiche aufgebaut. Ein Rosenbukett zierte ihn. Vor dem Sarg stand ein großer Kranz, dessen Binde mit »Unvergessen – In Liebe – Robert« versehen war. Sonst gab es keine weiteren Gestecke oder Kränze. Robert Muchow saß allein in der ersten Bankreihe auf der rechten Seite. Von hinten waren nur ein Teil des Rückens sowie der weiße Kragen, der aus dem schwarzen Sakko herausragte, zu sehen. Sein Kopf mit den grauen Haaren und der kahlen Stelle am Hinterkopf war leicht nach vorn geneigt. Niemand teilte die Bank mit ihm. Das bedeutete auch, dass er keine Stütze in dieser schwierigen Stunde hatte. Zwei Reihen hinter ihm erkannte Große Jäger die junge Angestellte in einem dunkelblauen Kleid. Neben ihr saß Griepenkerl aus Wyk auf Föhr, der Vorstand der Uthlande-Sparkasse. Es war nicht ungewöhnlich, dass in solchen Situationen der Arbeitgeber an der Trauerfeier für einen nahen Angehörigen eines Mitarbeiters teilnahm. Sonst hatten sich im Kirchenrund nur vier ältere Frauen verloren. Große Jäger schätzte, dass es sich um Gemeindemitglieder handelte, die öfter zu Beerdigungen gingen. Oder zu Hochzeiten, dachte er bitter. Er war erstaunt, dass kein einziger Vertreter des Segelclubs anwesend war. Das war merkwürdig.

Er nahm in der letzten Reihe Platz. Dann setzte die Orgel ein, und Pastor Seifert betrat das Gotteshaus.

Große Jäger erschien es wie eine sehr stille Trauerfeier. Niemand sang die Lieder mit. Nur die Stimme des Pastors war zu vernehmen. Das galt auch für die Gebete. Muchow saß die ganze Zeit über unbeweglich mit gesenktem Haupt da. Auf den Oberkommissar wirkte es so, als wäre der Witwer abwesend. Nur einmal, als Pastor Seifert das Leben der Verstorbenen Revue passieren ließ und auch ihre besonderen Verdienste um die Gemeinde und ihren Einsatz im Kirchenbüro hervorhob, sah Muchow kurz auf. Weshalb war kein Vertreter des Gemeinderats anwesend? Schließlich war Berrit Muchow Angestellte der Pfarrei gewesen.

Während der Trauerfeier war in Große Jägers Rücken Bewegung entstanden. Als er einen Blick über die Schulter warf, sah er den Bestatter und zwei ebenfalls in anthrazitfarbene Anzüge gekleidete Männer. Als die Orgel ein letztes Mal einsetzte, traten die drei zum Altarraum vor und verneigten sich kurz vor dem Sarg. Der Bestatter nahm den Kranz an sich, während die beiden Männer das Tuch hochschlugen, eine Bremse lösten und das Gestell mit dem Sarg gemessenen Schrittes aus der Kirche herausrollten. Muchow folgte ihm. Sein Blick war abwesend. Der Witwer strauchelte leicht, fing sich aber wieder. Als er Große Jägers Bankreihe passierte, streifte den Oberkommissar ein kurzer Blick. Nichts rührte sich in Muchows versteinertem Gesicht. Große Jäger wartete, bis die anderen Teilnehmer der Feier die Kirche verlassen hatten. Die junge Angestellte schenkte ihm nur einen kurzen Blick. Griepenkerl erkannte ihn wieder und nickte ihm zu. Als der Oberkommissar ins Freie trat, waren die Leute vom Bestattungsinstitut gerade dabei, den Sarg in den Leichenwagen zu verladen.

»Was geschieht jetzt?«, fragte Große Jäger den Pastor, der die Aktion beobachtete.

»Wir fahren jetzt zum neuen Friedhof an der Herzog-Philipp-Allee. Dort wird der Sarg beigesetzt«, erklärte Seifert mit leiser Stimme.

»Mich erstaunt, dass Berrit Muchow von so wenigen Leuten auf ihrem letzten Weg begleitet wird.«

Der Geistliche antwortete nur mit einem Schulterzucken.

»Gibt es hinterher kein traditionelles Kaffeetrinken mit Beerdigungskuchen?«

»Ich muss jetzt weiter«, wich Pastor Seifert aus und wandte sich ab.

Große Jäger sah, dass auch die älteren Frauen in verschiedene Richtungen davongingen. Er beschloss, auf das Zeremoniell auf dem Friedhof zu verzichten, und fuhr nach Garding. Er wollte Torsten Aufderheide an dessen Arbeitsplatz in der Amtsverwaltung einen Besuch abstatten.

Der Beamte wirkte erschrocken, als Große Jäger nach einem Pro-forma-Anklopfen in dessen Büro stürmte und sich ohne Aufforderung auf dem Besucherstuhl niederließ. Statt einer Begrüßung tippte er sich an die Stirn. Aufderheide schien ihm das Mitglied aus Böckmanns Crew zu sein, das am wenigsten

Widerstand leisten und eher als die anderen etwas ausplaudern würde.

»Sie wissen, was ein Puzzle ist«, begann Große Jäger. »Ich habe nie verstanden, weshalb Menschen es sich antun, den Beutel mit mehreren tausend Einzelteilen auszuschütten und in der Masse nach zwei Teilen zu suchen, die zueinanderpassen könnten. Man geht dabei systematisch vor und kramt die vier Eckstücke heraus. Dann versucht man, den äußeren Rahmen zusammenzubasteln. Würden Sie das auch so machen?«

Aufderheide sah ihn verständnislos an. Erst als der Oberkommissar seine Frage wiederholt hatte, nickte er kaum merklich.

»Das ist eine gute Ausgangsbasis. Jetzt wissen Sie, wie Polizeiarbeit funktioniert. Hat man relativ zügig diese ersten Schritte geschafft, beginnt die mühselige Kleinarbeit. Wissen Sie, was dumm ist?«

Aufderheide leckte sich mit der Zunge über die Lippen.

»Wenn jemand bösartig ist, versteckt er einzelne Teile des Puzzles, und Sie suchen sich dumm und dösig. Und wenn Sie auch nach oftmaligem Umdrehen und Betrachten der tausend einzelnen Teilchen das passende Stück nicht finden, kommen Sie auf die Idee, unter den Tisch zu sehen. Vielleicht ist es heruntergefallen. Oder – noch schlimmer – jemand hat es dort versteckt. An diesem Punkt bin ich angekommen. Ich weiß genau, wie das Objekt meiner Suche aussieht, aber es ist nicht greifbar, weil es jemand vom Tisch genommen hat. Und derjenige waren Sie.«

Aufderheide wich seinem Blick aus. Der Adamsapfel begann wild auf und ab zu hüpfen. Der Mann hatte die Hände auf die Schreibtischplatte gelegt. Er faltete sie und presste sie so fest zusammen, dass die Knöchel weiß anliefen.

»Wir mögen es gar nicht gern, wenn wir an der Nase herumgeführt werden. Da stellt sich die Frage nach dem Grund. Was haben Sie und Ihre Segelkameraden zu verbergen? Sie haben Berrit Muchow am Himmelfahrtstag auf Langeneß getroffen. Wie ist sie dorthin gekommen?«

Aufderheide wollte antworten, aber die Stimme versagte

ihm. Große Jägers Vermutung, dass sein Gegenüber als Erster das Kartell des Schweigens durchbrechen würde, erwies sich als richtig.

»Los, Aufderheide, reden Sie.« Große Jäger ließ seinen Arm kreisen. »Wir sind beide Beamte und wissen, dass von unserem Berufsstand mehr erwartet wird. Niemand verlangt, dass wir Übermenschen sind. Aber unser Verhältnis zu Recht und Gesetz wird nach anderen Maßstäben bemessen als bei manchem Schlitzohr da draußen.«

»Wir sind am Himmelfahrtstag in Tönning losgesegelt. Aber das wissen Sie ja schon. Es ist richtig, dass wir auf Langeneß mit Berrit im Gasthaus waren. Wir haben etwas gegessen und auch getrunken.«

»Berrit auch?«

Aufderheide nickte.

»Und dann?

Der Mann sah auf seine Finger. Er löste das verkrampfte Ineinanderliegen und versteckte die Hände unter der Arbeitsplatte des Büromöbels, als er bemerkte, dass Große Jäger das Zittern der Finger nicht entgangen war.

»Dann ist Berrit verschwunden.«

»Wohin?«

»Keine Ahnung. Vermutlich auf das Schiff, mit dem sie gekommen ist.«

»Das Großartige beim Segeln ist doch, dass man auf See aufeinander angewiesen ist, sich jeder auf den Kameraden an seiner Seite verlassen muss, oder?«

»Ja«, hauchte Aufderheide.

»Das geht einem erfahrenen Segler in Fleisch und Blut über. Mit wem ist Berrit nach Langeneß gekommen?«

»An einem Tag wie Himmelfahrt ist dort viel los.«

»Sie kennen aber alle Boote aus Tönning. Und viele andere auch. In einem eng begrenzten Revier wie der Halligwelt begegnet man sich immer wieder.«

Aufderheide schwieg.

»Los. Das wollen Sie doch nicht bestreiten.«

»Das ist zutreffend«, bestätigte Aufderheide kaum hörbar.

»Welche Boote haben Sie auf Langeneß noch gesehen? Hubert Müllers?«

Es war ein hilfloses Achselzucken. »Ich habe nicht darauf geachtet.«

»Weshalb verschweigen Sie mir etwas?«

»Ich kann nur das bestätigen, was ich auch gesehen habe.«

»Sie haben im Gasthaus gesessen, und plötzlich tauchte Berrit Muchow auf. Waren Sie nicht überrascht?«

»Schon.«

»Da fragt man doch: ›He, wie bist du hierhergekommen?‹«

Aufderheide wand sich wie ein Aal. »Das war alles ganz anders. Da war ziemlich viel Trubel auf Hilligenley. Berrit hat sich zu uns gesetzt.«

»Und dann?«

»Sie hat mit uns gegessen und getrunken.«

»Viel?«

Aufderheide schüttelte vorsichtig den Kopf. »Weniger als wir Männer.«

»Sind Sie gemeinsam aufgebrochen?«

»Ja.«

»Lauter«, forderte Große Jäger ihn auf.

»Ja.«

»Es ist ein kurzer Fußweg bis zum Seglerhafen. Den sind Sie zusammen gegangen?«

Auch das bestätigte Aufderheide.

»Und dort?«

»Steenbock fragte, ob Berrit noch mit an Bord der ›Watt'n Nixe‹ kommen wolle, um noch ein wenig zu feiern.«

»Ich denke, Himmelfahrt betrinken sich die Männer ohne Frauen.«

»Ja – schon. Aber das war doch etwas anderes.«

»Wo ist Berrit hingegangen?«

»Ich weiß es nicht«, klagte Aufderheide in fast weinerlichem Tonfall.

»Das hat Sie auch nicht interessiert?«

»Sie ist ja mit irgendjemand nach Langeneß gekommen. Zu denen wird sie an Bord zurückgekehrt sein.«

»Wenn ich mit einer Crew Langeneß ansteuere – nach einem Tagestörn –, dann gehe ich auch mit meiner Mannschaft zusammen ins Gasthaus. Ist es nicht seltsam, dass ich mich davonschleiche und das Restaurant allein aufsuche? Wo sind Berrits Begleiter geblieben?«

»Ich weiß es nicht«, sagte Aufderheide wiederholt und war froh, als sich der Oberkommissar erhob und drohend ankündigte: »Das war nicht das letzte Mal, dass wir miteinander gesprochen haben.«

Dann fuhr Große Jäger nach Husum zurück und berichtete Cornilsen von dem Gespräch.

»Es könnte eine Erklärung dafür geben, dass die Frau allein ins Gasthaus gegangen ist. Ihr Boot, mit dem sie nach Langeneß gekommen ist, traf später ein. An Bord gab es Streit. Deshalb ist sie zornig davongelaufen und hat ihre Clubmitglieder gesucht. Die ›Watt'n Nixe‹ kannte sie. So wusste sie, dass Böckmann und ein paar andere Tönninger auch auf Langeneß waren. Dort gibt es keine Alternativen. So steuerte sie direkt Hilligenley an.«

»So habe ich es mir auch gedacht«, sagte Große Jäger. »Das könnte erklären, weshalb Aufderheide und seine Leute nicht gesehen haben, mit wem Berrit angekommen ist. Aufgrund des Streits, den wir annehmen, ist sie nicht auf ihr Schiff zurückgekehrt, sondern zu den Holländern gegangen. Die haben nicht geleugnet, dass die Frau bei ihnen war. Aber was ist dann geschehen? Ist Berrit Muchow bei den Holländern an Bord geblieben, und gab es tatsächlich die Orgie, von denen die Flying Dutchmen berichtet haben? Oder hat sie vielleicht stattgefunden, aber Berrit Muchow hat nicht freiwillig mitgemacht? Es wäre nicht das erste Mal, dass jemand ermordet wird, um damit eine andere Straftat zu vertuschen. Gerade bei Sexualdelikten ist das häufiger anzutreffen.«

»Und weshalb hat sich niemand von dem Schiff bei uns gemeldet, mit dem Berrit nach Langeneß gekommen ist?«, fragte Cornilsen.

»Möglicherweise gibt es triftige Gründe«, sagte Große Jäger.

»Und wenn es Müller war, werden wir es unter Umständen nie erfahren.«

Große Jäger verdrehte die Augen, als er im Display sah, dass ihn der Rechtmediziner aus Kiel zu erreichen versuchte. »Kennen Sie das Märchen von Dornröschen?«, fragte der Oberkommissar statt einer Begrüßung.

»Sie wollen wissen, ob ich es schon einmal mit Wachküssen bei meinen Leichen probiert habe? Klaro. Klappt aber nicht jedes Mal. Der Tod darf vor nicht allzu langer Zeit eingetreten sein.«

»Bei Dornröschen waren es hundert Jahre. Oder?«

»Das ist Ihr Jahrgang. Außerdem geht es hier nicht um eine Prinzessin, sondern um den Toten aus dem Segeberger Forst.«

»Hubert Müller.«

»Genau. Wenn man davon absieht, dass der Tod an sich nicht schön ist, hat Hubsie es optimal getroffen. Da gibt es Schlimmeres. Können Sie sich an Marilyn Monroe erinnern?«

»Oh ja. Als ich ihren Annäherungsversuchen widerstand, hat sie sich an John F. Kennedy herangemacht.«

»Dann waren Sie der Grund, weshalb sich Marilyn damals umgebracht hat? Sie hat die Reise ins Nirwana mit Nembutal angetreten. Der Wirkstoff heißt Pentobarbital und wurde in Kombination mit Chloralhydrat angewandt. Pentobarbital ist als Natriumsalz sehr gut wasserlöslich und wird in der Tiermedizin häufig zum Einschläfern von Bello und Co. verwendet. Was wissen Sie über den Toten? War er so animalisch, dass er mit einem solchen Mittel zur Wolke sieben emporgeflogen ist? Was zum Einschläfern von Viechern taugt, ist auch für den Menschen geeignet. Die amerikanischen Behörden verwenden die Substanz in ihrer sogenannten Todesspritze, und auch die schweizerischen Sterbehelfer von ›Exit‹ oder ›Dignitas‹ setzen auf Pentobarbital. Um sicherzugehen, sollte man schon mindestens zehn Gramm Substanz in einer wässrigen Lösung einkalkulieren. Damit das Opfer nicht erbricht, empfiehlt es sich, vorher ein Mittel gegen Übelkeit wie Metoclopramid oder Ondansetron zu geben. Das Opfer schläft ein – und tschüss!

Der Tod tritt nach spätestens einer halben Stunde im Schlaf durch Atemstillstand ein. Allerdings habe ich nichts gefunden, das Hubsie Müller veranlasst hätte, sich selbst ins Jenseits zu befördern. Ich meine – organisch.«

»Es könnte das leere Portemonnaie gewesen sein. Haben Sie den Toten gründlich obduziert?«

»Wie immer. Bei mir hat sich noch nie einer beklagt.«

»Haben Sie dabei Müllers schlechtes Gewissen gefunden? Wenn Sie darüber eine Aussage treffen könnten, wäre unser zweiter Fall, den wir hier bearbeiten, erledigt.«

»Ach, wissen Sie«, sagte Dr. Diether gedehnt, »ich will keinen politischen Ärger. Man spricht heute oft davon, dass Arbeitsplätze erhalten bleiben müssen. Wenn ich jetzt noch die Aufgaben der Westküstenpolizei mit übernehme, dann gibt es bei Ihnen vor Ort nur noch Schafhirten. Über linksdrehendes beziehungsweise rechtsdrehendes Pentobarbital und das Racemat lasse ich mich jetzt nicht aus. Ich gehe davon aus, dass Sie links- oder rechtsherum schon in der Tanzstunde nicht begriffen haben. Mein Gaschromatograph hat die Substanz beim Drogenscreening übrigens sofort erkannt.«

»Wo bekommt man das Präparat?«

»Die Frage bezüglich des Medikamentencocktails ist relativ einfach zu beantworten. Die Substanz unterliegt in Deutschland dem Betäubungsmittelgesetz und ist somit nachweispflichtig. Aber Sterbehilfevereine haben Zugriff darauf. Gehen Sie in die Schweiz. Oder nach Holland. Da werden Sie auch fündig.«

»Kann dem Toten die Substanz eingeflößt worden sein?«

»Ich war nicht auf der Party dabei, als er es getrunken hat, halte es aber für unwahrscheinlich. Da es sonst keine Anzeichen für Einwirkungen durch Dritte gibt, ist die Wahrscheinlichkeit, dass ein Suizid vorliegt, relativ groß.«

»Dagegen spricht, dass man den Toten in einer abgelegenen Schonung gefunden hat. Wer sich einen Sundowner wie den von Ihnen beschriebenen gönnt, erledigt das ganz kommodig in einem Bett.«

»Vielleicht in der Mehrzahl der Fälle. Aber die alten Eskimos haben sich auch auf eine Eisscholle gesetzt und sich davontreiben lassen, wenn es zu Ende ging. Eine gute Lösung. Es spart die enormen Kosten der Beerdigung, die vom Erbe abgehen.«

»Das klappt heute nicht mehr«, warf Große Jäger ein. »Bei der globalen Erderwärmung kommen Sie mit der Eisscholle nicht sehr weit. Außerdem laufen Sie Gefahr, dass kurz hinterm Ufer ein Kreuzfahrtschiff lauert und Sie rettet. Da hat Hubsie umsichtiger gehandelt. Eine merkwürdige Art, sich aus dem Leben zu schleichen.

»Ich weiß«, unterbrach ihn Dr. Diether. »Man schleppt sich mit einem solchen Drink nicht kilometerweit durch die Einöde. Mir liegt hier aber eine Notiz vor, die Sie vielleicht noch nicht erhalten haben. Man hat nicht weit vom Fundort der Leiche entfernt eine Thermoskanne gefunden. Darin war offensichtlich Rotwein enthalten. Fragen Sie doch bei Frau Dr. Braun nach, ob es einen Zusammenhang gibt.«

»Wie kommt man an das Zeug, wenn man nicht in die Schweiz fährt und auch sonst keine Verbindungen hat?«

»Die einfachste Methode ist es, es selbst zu brauen. Aber dann müssten Sie schon ein guter Chemiker mit einem prima ausgestatteten Labor sein. Oder Sie kennen einen selbstständigen Apotheker. Ein Angehöriger dieses Berufsstandes kann über den pharmazeutischen Großhandel alles bestellen, was das Herz begehrt. Dies gilt auch für die Wirkstoffe aus Arzneimitteln, die längst in Deutschland nicht mehr zugelassen sind. Das ist für den Pharmazeuten aber kein Problem, da in der Apotheke sowieso eine sogenannte BTM-Kartei geführt wird. Ältere Apotheken haben darüber hinaus häufig solche alten Schätzchen noch im Bestand. Die werden einfach mitgeschleppt, weil die Vernichtung aufwendig und kostenpflichtig wäre. Zudem gibt es da noch einen Trick: Bei Betäubungsmitteln, die zu Rezepturzwecken, also Eigenherstellung, in der Apotheke verwendet werden, entsteht immer ein gewisser Wiegeverlust. Damit das nicht auffällt beziehungsweise umständlich gegenüber der Bundesopiumstelle begründet werden muss, wird einfach die nachbestellte Substanz immer wieder ins selbe Lagergefäß draufgekippt. Da können im Laufe der Jahrzehnte schon einige Gramm an Schwarzbestand zusammenkommen.«

»Sie sind ein Genie«, sagte Große Jäger.

»Weiß ich«, erwiderte Dr. Diether gelassen. »Auch wenn ich im Moment nicht verstehe, wie Sie zu dieser Erkenntnis gekommen sind.«

»Die Apotheke – da gibt es eine Verbindung.«

»Was wünscht man einem Jäger, auch wenn ich glaube, dass das ›Große‹ ein wenig übertrieben ist? Waidmannsheil.«

»Wir machen Jobsharing«, erwiderte der Oberkommissar. »Ich jage das Wild. Wenn wir es gestellt haben, brechen Sie es auf.«

»Ihre Aphorismen sind mir doch ein wenig zu gewagt«, gestand der Kieler Rechtsmediziner. »Was soll nun mit Hubsie geschehen? Holt ihn jemand ab? Oder sollen wir ihn als Einwurfeinschreiben an Ihre Adresse schicken? Wenn er noch länger in unserer Kühlkammer liegt, erkältet er sich womöglich noch. Das kann der Gesundheit abträglich werden.«

»Haben Sie es einmal bei eBay versucht?«, riet Große Jäger.

»Gute Idee. Wenn ich wieder einmal ein kreatives Gespräch führen möchte … ich habe ja Ihre Durchwahl. Bis neulich«, verabschiedete sich Dr. Diether.

Cornilsen, der mitgehört hatte, streckte den Daumen in die Höhe und wollte etwas anmerken, aber Große Jäger gebot ihm, zu schweigen, und rief die Kriminaltechnik des Landeskriminalamts an. Es dauerte eine Weile, bis er die Leiterin direkt am Apparat hatte.

»Herr Jäger«, sagte die Wissenschaftlerin spitz, »wir haben hier viele sehr kompetente Mitarbeiterinnen und Mitarbeiter, die Ihnen gern Auskunft erteilen, auch wenn jeder von ihnen über Gebühr mit Arbeit belastet ist.«

»Ich wollte ja auch mit einem von denen sprechen, aber Christoph Johannes hat gesagt, ich soll Sie direkt anrufen.«

»Hauptkommissar Johannes?« Für eine Weile war es still in der Leitung. »Wollen Sie mich veräppeln? Der Kollege ist doch tot.«

»Schon, aber ich pflege immer noch einen spirituellen Kontakt zu ihm.«

»Herr Jäger! Ist mit Ihnen alles in Ordnung?«, fragte Frau Dr. Braun skeptisch.

»Alles bestens«, versicherte Große Jäger und trug seine Frage vor, ob man im Segeberger Forst noch mehr forensisches Material gefunden habe.

»Machen Sie Ihre Arbeit nicht?«

»Doch, aber dort waren die Kieler Kollegen vor Ort. Hier an der Westküste sind wir ein wenig abgehängt und warten vergeblich auf das schnelle Internet. Deshalb hat uns die Information noch nicht erreicht.«

»Na – ich weiß nicht so recht. Es liegt wohl eher an der langen Leitung, die Sie haben. Ich sehe einmal nach.«

Nach fünf Minuten meldete sich Frau Dr. Braun wieder. »Die Spurensicherung hat unweit des Fundorts eine Thermoskanne gefunden. Aus der hat der Tote getrunken. Wir haben nicht nur seine Fingerabdrücke identifizieren können, sondern auch DNA-Spuren am Ausguss sichergestellt, die von ihm stammen. In der Kanne befanden sich Reste von Rotwein, in dem Pentobarbital aufgelöst war. Alles andere müssen Sie bei der Rechtsmedizin erfragen.«

»Herzlichen Dank«, sagte Große Jäger. »Das soll ich Ihnen auch vom Kollegen Christoph Johannes ausrichten.« Dann legte er schnell auf, bevor Frau Dr. Braun reagieren konnte.

»Und?« Er sah über den Schreibtisch Cornilsen an.

»Klarer Fall. Selbstmord. Müller stand das Wasser bis zum Hals. Und im Unterschied zum Segelboot gibt es im realen Leben keine Lenzpumpe in einer solchen Situation. Und das Mittel zur Flucht aus dem Dilemma – da wissen wir, von wem er es haben könnte. Aber warum?«

»Das ist eine gute Frage, die wir noch klären müssen. Hilft man sich unter Segelfreunden bis zum bitteren Ende?«

Cornilsen legte die Stirn in Falten. »Müller war finanziell am Ende. Aber war es nur das? Oder war er dem Druck nicht mehr gewachsen, den der Tod Berrit Muchows auf ihn ausübte?«

»Das werden wir auf andere Weise herausfinden müssen«, stellte Große Jäger fest und freute sich, dass sich Thomas Vollmers von der Kieler Bezirkskriminalinspektion meldete.

»Im Zuge der Amtshilfe haben die Polizeidienststellen in anderen Bundesländern die Aufzeichnungen der Überwachungskameras sichergestellt. Aufgrund dessen hat man den Benutzer der Kreditkarte in Calw identifizieren können. Thomas Höhne heißt der Mann, und er ist bereits einschlägig wegen Betrugs vorbestraft. Die Baden-Württemberger haben ihn bundesweit zur Fahndung ausgeschrieben.«

»Und wie ist er an Müllers Kreditkarte gekommen?«, fragte Große Jäger.

»Wäre ich allwissend, würde ich eine Sekte gründen«, erwiderte Vollmers unwirsch. »Höhne trägt zwar meinen Vornamen, das ist aber auch schon alles, was wir gemeinsam haben. Er hat gestanden, die Karten übers Internet zu beziehen. Ich kann mir nicht vorstellen, dass Müller vor seinem Selbstmord seine Kreditkarte, das Portemonnaie und andere Wertgegenstände dort angeboten hat. Es ist eine gewagte These, aber vielleicht hat jemand die Leiche vor uns gefunden. Anstatt es der Polizei zu melden, hat er sich der Wertgegenstände und Papiere bedient. So etwas soll es geben. Es gibt natürlich noch die Variante, dass jemand beim Selbstmord assistierte und sich die Gegenstände mit oder ohne Einwilligung Müllers angeeignet hat. Wir sind noch am Ball. Aber es dürfte schwierig werden.«

Das sah Große Jäger auch so.

Es gab Tage, an denen nach längeren Durststrecken Erfolgsmeldungen hereinpurzelten. Die nächste kam aus Freudenstadt.

»Gescheitle«, nannte der Polizist seinen Namen.

»Oder so ähnlich«, murmelte Große Jäger und hielt die Sprechmuschel dabei verdeckt. Es war nicht die Leitungsqualität, sondern der Dialekt des Schwarzwälders, der eine reibungslose Verständigung schwierig werden ließ. Immer wieder musste Große Jäger nachfragen. »Steht eigentlich noch an euren Lokomotiven, dass ihr alles könnt außer Hochdeutsch?«, fragte er zwischendurch.

Gescheitle ließ sich nicht aus der Ruhe bringen. Geduldig wiederholte er seinen Bericht auf Anforderung.

»Schast mi an Mors klei'n«, flocht Große Jäger zwischendurch ein und vermied es, den Spruch ins Hochdeutsche zu übersetzen. »Sprecht ihr immer so?«, wollte er von Gescheitle wissen. »Oder nur, um die Abhörexperten der NSA zu verwirren? Das ist Datenschutz pur.«

Es war mühsam, aber schließlich hatte er alles verstanden und fasste es für Cornilsen zusammen.

»Der Polizei in Freudenstadt ist der Betrüger Thomas Höhne ins Netz gegangen. Man hat ihn in einem Hotel festgenommen. Höhne ist mit gestohlenen und falschen Kreditkarten durch Deutschland gereist. Als man ihm nachwies, dass er auch im Norden unterwegs war, hat er es zugegeben. Er will die Kreditkarte über einen seiner Kontakte gekauft haben. Es gibt im Darknet eine Institution, bei der man falsche und gestohlene Kreditkarten kaufen kann – hat Höhne behauptet. Die Bezahlung erfolgt anonym in Bitcoins. Weißt du, wie das mit den Bitcoins funktioniert?«

Cornilsen verdrehte die Augen. »Oh neee nä. Wo lebst du denn? Wahrscheinlich zahlst du deine Zeche in Husums Neustadt noch mit Kaurimuscheln.«

Der Oberkommissar tippte sich an die Stirn. »Bezahlen? Welcher erfolgreiche Polizist macht so etwas?« Er reckte sich, dass der Bürostuhl gequält quietschte. Mit hinter dem Nacken verschränkten Händen sah er Cornilsen herausfordernd an. »Weshalb muss ich die ganze Arbeit eigentlich allein erledigen? Du kannst doch angeblich zaubern.«

Cornilsen ließ die Hände hinter der Schreibtischkante verschwinden. Als sie wieder auftauchten, hielt er ein aufgefächertes Kartenspiel. Während sich seine Hände und Arme kreisförmig vor dem Oberkörper bewegten, tanzten die Karten um seine Finger. Große Jäger sah fasziniert zu, wie die Karten zwischen den leicht gespreizten Fingern erschienen, hinter der Handfläche wieder verschwanden und im selben Moment aus dem Ärmel der anderen Hand rutschten.

»Wie machst du das?«, fragt er verblüfft.

Cornilsen lachte. »Das siehst du doch.«

Nein, sagte sich der Oberkommissar. Für solche Tricks bedurfte es langer Übung. Aber nicht nur das allein. Man musste auch über das nötige Geschick verfügen. »Das ist brotlose Kunst«, maulte Große Jäger. »Kannst du nicht etwas Brauchbares zaubern?«

»Doch«, behauptete Cornilsen und ließ den Kartenstapel auf das Telefon fallen, und zwar so, dass jede einzelne Karte wie abgeschossen auf das Mobilteil herabregnete. Er war fast fertig, als sich der Apparat meldete. Für einen Moment sah Große Jäger seinen Kollegen ungläubig an, dann drückte er auf die Lautsprechertaste.

Klaus Jürgensen meldete sich.

»Wobei störe ich euch? Kaffeepause?«

»Beim Kartenspielen.«

»Hö, hö«, dröhnte der Flensburger aus dem Lausprecher. »Guter Spruch. Wir haben inzwischen den Fall vorangetrieben. Das Boot von diesem Müller ... Habt ihr euch darauf einmal umgesehen?«

»Ein Pfandsiegel des Finanzamts hat uns den Zugang versperrt«, erklärte Große Jäger grinsend.

»Als ob dich so etwas hindern würde«, erwiderte Jürgensen. »Wenn man nicht gerade auf einer Luxusyacht unterwegs ist, findet man auf den Segelbooten häufig Schlafsäcke. *Schlafsäcke!* Nicht Schnarchsäcke, so wie du einer bist. Deshalb waren wir überrascht, als wir in der Koje von Müllers Boot Bettlaken vorfanden.«

»Und das ist ungewöhnlich?«

»Du willst an der Küste wohnen? Lass dich ins Gebirge versetzen«, schlug Jürgensen vor. »Zum Beispiel in die Harburger Berge. Wir fanden also Bettlaken mit verräterischen Spuren.«

»Blut kann es nicht gewesen sein«, sagte Große Jäger. »Wir haben auf dein ästhetisches Empfinden Rücksicht genommen und an der Westküste eine Anordnung erlassen, dass Tötungsdelikte unblutig zu vollziehen sind.«

»Na ja.« Jürgensen nieste. »Ich bin mir nicht sicher, ob Blut unangenehmer ist als die Reste einer wilden Liebesnacht, von der das Bettlaken Zeugnis ablegte.«

»Hättest du etwas gesagt, Klaus, hätten wir es vorher in die Wäsche gegeben.«

»Wir haben zahleiche Spermaspuren gefunden, die alle von derselben Person stammen.«

»Hubert Müller«, riet Große Jäger.

Jürgensen bestätigte es. »Man kann ihm aber ex post nicht vorwerfen, er sei ein hemmungsloses Sexmonster gewesen. Er hat es nur mit einer einzigen Frau getrieben.«

»Sicher?

Jürgensen prustete entrüstet. »Wenn es eine zweite gegeben hätte ... Wir hätten es entdeckt.«

»Wir sollten schnellstmöglich versuchen, deren Identität festzustellen«, sagte Große Jäger.

»Eine gute Idee«, stimmte der Flensburger zu. »Es gibt aber noch eine andere Möglichkeit. Ihr fragt mich.«

»Du wirst uns bestätigen, dass es sich dabei um Berrit Muchow handelt.«

Für mehrere Sekunden blieb die Leitung stumm.

»Weshalb müssen wir an die vermaledeite Einöde der Nordseeküste reisen, wenn ihr alles besser wisst?«

»Was sind wir ohne dich?«, antwortete Große Jäger. »Als Dank lade ich dich zu Blutwurst mit Rosinen ein, serviert auf dem Obduktionstisch von Dr. Diether.«

»Barbaren. Ich sag es doch«, verabschiedete sich Jürgensen.

»Das ist der Beweis für unsere Annahme, dass Berrit Muchow Himmelfahrt mit Müller zunächst nach Hooge und im weiteren Verlauf nach Langeneß gesegelt ist«, sagte Cornilsen. »Die Frau hatte ein Verhältnis mit Müller. Die Spurenlage dürfte eindeutig sein. Das erklärt auch, weshalb Robert Muchow Müller in den Ruin getrieben hat, indem er ihm den Kredit verweigerte. Muchow muss von der Beziehung zwischen den beiden gewusst haben. Aber warum hat er es uns gegenüber nicht zugegeben?«

»Welcher Ehemann gesteht schon gern, dass ihm Hörner aufgesetzt wurden?«, erwiderte Große Jäger. »Muchow hat uns glaubhaft versichert, dass seine berufliche Position mit einem untadeligen Ruf im Privatleben einhergeht. Auch im 21. Jahrhundert hätte er Frau und Job verloren. Ehemalige Bundeskanzler können sich von der vierten Ehefrau trennen, aber Sparkassenleitern in Kleinstädten bleibt das versagt.«

»Sind die Eiderstedter solche Moralapostel?«, fragte Cornilsen.

»Darüber haben wir nicht zu befinden. Berrit hatte also ein Verhältnis mit Müller. Dabei steckt sie in einer Zwickmühle. Muchow bietet ihr eine bürgerliche Existenz. Ansehen. Ein gepflegtes Zuhause. Einfamilienhaus. Einen bescheidenen Wohlstand. Nur ihre Segelleidenschaft kann und will er nicht befriedigen. Das findet sie bei ihrem Clubkameraden Hubert Müller, dessen Frau sich wiederum ebenfalls nicht für den weißen Sport erwärmen kann. Ob die Ehe der Muchows noch vollzogen wurde … Das wissen wir nicht. Muchow hat angedeutet, dass das nicht mehr der Fall war. Möglicherweise will Müller mehr. Die Frau fesselt ihn. Sie ist zwar kein Vamp und auch nicht mehr ganz jung, aber irgendetwas reizt ihn an Berrit. Er will sie ganz gewinnen. Und er weiß, worauf sie abfährt.«

»Aufs Segeln.«

»Richtig. Berrit war aber auch mit anderen Clubmitgliedern auf dem Wasser unterwegs. Wenn ein Mann eine Frau für sich gewinnen will, behängt er sie – klischeehaft – mit Brillanten.«

»Aha. Müller hat versucht, Berrit mit dem Kauf einer teuren Segelyacht zu betören. Dabei hat er sich übernommen. Sind wir eigentlich noch im richtigen Film? Oder ist das Rosamunde Pilcher?«

»Bei der gibt es keine Toten«, warf Große Jäger ein. »Die beiden verabreden sich Himmelfahrt zu einer Segeltour. Zuerst Hooge. Dann Langeneß. Unterwegs kommt es zum Streit. Das würde auch erklären, weshalb Berrit allein ins Gasthaus geht und dort auf Böckmann und seine Crew von der ›Watt'n Nixe‹ stößt. Sie isst mit denen. Und sie trinken etwas. Dann kehren alle fünf zu den Liegeplätzen der Boote zurück. Dort trennen sie sich. Böckmann, Aufderheide, Steenbock und Geldmacher gehen auf ihr Schiff.«

»Und Berrit Muchow?«

»Tja.« Große Jäger kratzte sich nachdenklich den Schädel. »Eigentlich müsste sie auf Müllers Boot zurück, wenn sie sich nicht die Blöße geben und Böckmann und seinen Leuten von ihrem Streit berichten will. Und dann kommen die Holländer ins Spiel. Wir haben gehört, dass die im Hinblick auf Frauenbekanntschaften nicht zimperlich sind. Sie sind in verschiedenen Häfen angeeckt, weil sie sich in eindeutiger Absicht an Frauen herangemacht haben, obwohl die in Begleitung unterwegs waren. Berrit ist solo. Das kommt ihnen gelegen. Und wenn die Frau gerade so viel getrunken hat, um die unterste Schwelle an Hemmungen zu überwinden, geht sie mit auf das holländische Schiff. Das dürfen wir fast als gesichert annehmen. Aber warum tischen uns die Dutchmen die Story von einer wilden Orgie auf? Ist die Phantasie mit ihnen durchgegangen? Wir haben stets gehört, dass Berrit einen unzweifelhaften Ruf genossen hat.«

»Außerdem war sie fast sechzig«, gab Cornilsen zu bedenken. »Was ist dann geschehen? Wollten die Holländer Berrit zu etwas zwingen, das sie ablehnte? Dabei kam es zu Handgreiflichkeiten, in deren Verlauf die Frau über Bord ging. Hat sie gedroht, die Männer anzuzeigen, nachdem man ihr sexuelle Gewalt angetan hat? Ist die mit den Holländern mitgesegelt, da sie wieder von Langeneß wegkommen musste? Mit Müller hatte es Streit gegeben. Also brauchte sie eine andere Fahrgelegenheit. Und mit Böckmann und seinen Leuten wollte sie nicht mitfahren.«

»Oder sie ist nach dem Besuch auf dem holländischen Schiff zu Müller zurückgekehrt. Der war noch saurer, weil sie allein ins Gasthaus gegangen ist und anschließend noch bei den Holländern zum Feiern war. Müller mag sich gedacht haben, dass sie der Grund war, dass er in diese ausweglose Situation geraten war. Menschen haben schon aus geringeren Motiven heraus getötet.«

»Und da Müller kein eiskalter Mörder ist, belastet ihn das

Ganze so sehr, dass er dem nicht mehr gewachsen ist und Selbstmord begeht.«

»Und wer ist ihm dabei behilflich? Wer verschafft ihm den tödlichen Medikamentencocktail?«

»Jemand, der Zugriff auf diese Dinge hat. Ein Apotheker«, sagte Cornilsen.»Aber warum?«

»Das sollte er uns erklären«, schlug Große Jäger vor. Er rief in der Heider Wulf-Isebrand-Apotheke an und erfuhr, dass der»Chef« nicht im Hause sei. Mehr Glück hatte Große Jäger auf dem Handy. Die Fahrgeräusche verrieten, dass Böckmann mit dem Auto unterwegs war.

»Wir haben dringenden Gesprächsbedarf«, begann der Oberkommissar.

»Den scheinen Sie immer zu haben«, erwiderte Böckmann. Seine Stimme klang leicht und entspannt.

»Mich interessiert, wie Hubert Müller an den speziellen Medikamentencocktail gekommen ist.«

»Welchen?«

»Den Sie ihm zusammengebraut haben.«

Böckmann lachte spöttisch auf.»Ich bin mir bewusst, dass ich ein guter Apotheker bin. In diesem Fall weiß ich aber nicht, worüber Sie sprechen. Hubert Müller – klar, den kenne ich. Er hat auch manchmal Medikamente über meine Apotheke bezogen. Ich kann Ihnen nicht sagen, welche. Dafür ist das Geschäft zu groß. Und die Mehrheit der Kunden wird von meinen Mitarbeitern bedient.«

»Die mischen auch tödliche Cocktails?«

Böckmann ließ sich nicht aus der Ruhe bringen.»Es liegt in der Eigenverantwortung des Patienten, wie er mit den Arzneien umgeht. Auch rezeptfreie Mittel können tödlich wirken. Wollen Sie jetzt zur Jagd auf Bayer und Co. blasen? Nicht nur Arzneien können tödlich sein. Fast jedes andere Mittel auch.«

»Ich spreche von einer Spezialmischung.«

»Verraten Sie mir die Rezeptur?«

»Gern. Dazu würde ich Sie zu uns nach Husum auf die Dienststelle bitten.«

»Husum? Das liegt ein wenig abseits.«

»Für uns sollte Ihnen kein Weg zu weit sein.«

»Meine Zeit ist eng getaktet. Übrigens hat mich Aufderheide angerufen und mir von Ihrem Überfall auf ihn berichtet. Ich mache Ihnen ein Angebot. Wir haben vor, morgen mit meinem Schiff nach Langeneß zu segeln. Übers Wochenende. Kommen Sie doch mit. Sie könnten auf diesem Weg die Geschehnisse noch einmal rekonstruieren. So macht man es bei Ihnen doch, oder?«

»Was soll ich rekonstruieren? Haben Sie etwas mit Berrit Muchows Verschwinden zu tun?«

Erneut lachte Böckmann auf. »Würde ich Ihnen dann die Mitfahrgelegenheit anbieten? Sie können live miterleben, wie es an Bord eines Schiffes zugeht, wie man miteinander umgeht, aufeinander angewiesen ist. Wir wären in dem Revier unterwegs, in dem der Unfall passiert ist. Sehen Sie es sich vor Ort an.«

»Wir beide?«

»Bewahre. Sie haben wirklich keine Ahnung vom Segeln. Die anderen drei kommen auch mit. Wir segeln mit derselben Crew, die Himmelfahrt unterwegs war. Allerdings werden wir auf diesem Törn weder den Holländern noch Müller begegnen.«

»Warum nicht Müller?«

»Weil sein Schiff vom Finanzamt an die Kette gelegt wurde«, sagte Böckmann. »Er ist in manchen Dingen merkwürdig, naiv und weltfremd. Aber das traut er sich nicht.«

»Immerhin war er mutig genug, mit der Frau des Sparkassenleiters unterwegs zu sein.«

»Na und? Wir haben eine Reihe von Mitgliedern ohne eigenes Boot. Aufderheide zum Beispiel. Wollen Sie ihm unterstellen, er sei homosexuell, nur weil er bei mir mitsegelt? Genau das wollen Sie Berrit unterjubeln. Sie hat nie einen Hehl daraus gemacht, dass ihr das Bewegen auf dem Wasser viel Spaß macht. Segeln war ihre große Leidenschaft. Das hat ihr vertrockneter Ehemann aber nie begriffen. Der Kerl ist einfach zu blöde. Also – was ist? Übers Wochenende nach Langeneß?«

»Okay«, sagte Große Jäger kurz entschlossen.

»Waren Sie schon einmal Segeln?«

Der Oberkommissar verneinte es.

»Gut. Dann vorab ein paar Unabdingbarkeiten. Ohne die läuft da nichts. An Bord gibt es keine Demokratie. Es gilt das Wort des Skippers. Ganz allein. Er ist schließlich für die Sicherheit auf dem Schiff verantwortlich. Zweitens: Jeder muss mit anpacken. Auch der Gast. Können Sie mit GPS navigieren?«

»Nein.«

»Dann werden Sie wie alle richtigen Seeleute als Backschafter anfangen. Kaffee kochen, Essen machen und so weiter. Wir sind außerdem kein Fünf-Sterne-Kreuzfahrer. Der First-Class-Kabinensteward hat am Wochenende frei. Bringen Sie also einen Schlafsack mit. Und möglichst wenig persönliche Dinge. Platz ist rar an Bord. Vor der Abfahrt hat jeder ein paar Dinge zu erledigen. Sie auch. Und auf dem Wasser ist man auf sich gestellt. So weit klar?«

»Das ist eine Menge«, sagte Große Jäger.

»Wie gut, dass Sie es einsehen. Wer einmal mit draußen war, begreift, dass manche Phantasien über das Bordleben falsch sind. Gut. Dann sehen wir uns morgen früh um halb acht im Tönninger Hafen. Sie können dann ja auch das Bootsinnere in Augenschein nehmen, nachdem ich Ihnen die Zustimmung zur Durchsuchung versagt hatte. An zwei langen Tagen auf See finden Sie dazu genug Gelegenheit.«

Cornilsen wiegte nachdenklich den Kopf, als der Oberkommissar ihm von der Einladung erzählte.

»Ist das eine gute Idee? Man ist auf einem Schiff auf sich allein gestellt. Selbst in Sichtweite der Küste. Im Unterschied zu dir war Berrit Muchow eine erfahrene Seglerin und ist über Bord gegangen. Wenn der Verantwortliche Glück gehabt hätte, wäre es als bedauerlicher Unfall durchgegangen. Außerdem sind wir uns sicher, dass Böckmann den tödlichen Drink für Hubert Müller gemixt hat.«

»Die vier könnten aber ein Schlüssel für weitere Ermittlungen sein«, überlegte Große Jäger. »Außerdem hat Böckmann recht. Wenn man die Atmosphäre an Bord eines Schiffes hautnah miterlebt, versteht man vielleicht mehr von dem, was dort draußen im Watt abgelaufen sein könnte. Der Törn findet übers Wochenende statt. Und ich stelle keinen Antrag auf Erstattung der Auslagen.«

»Du wirst jedenfalls keine schöne Wasserleiche abgeben«, sagte Cornilsen resignierend.

Große Jäger strich sich über den Schmerbauch. »Doch«, behauptete er. »Bei meiner Statur kann ich gar nicht absaufen.« Cornilsen prustete. »Na denn dann.«

FÜNFZEHN

Heidi Krempl wunderte sich, dass Große Jäger für seine Verhältnisse früh aufstand. Er hatte ihr am Vorabend von seiner Segelexkursion berichtet. Heidi hatte sich skeptisch gezeigt. »Du teilst deine Einschätzung mit dem Hosenmatz«, erwiderte er.

Dann war er nach Tönning aufgebrochen. Er fand eine Abstellmöglichkeit für seinen Smart auf dem Parkstreifen an der Schleusenstraße, direkt am Hafenbecken. Sein kritischer Blick galt dem Schild mit dem Verweis auf den »Parkschein«. Sie würden erst in zwei Tagen zurückkehren. So lange galt das Ticket nicht. Kurz entschlossen holte er das mobile Blaulicht hervor und legte es aufs Armaturenbrett. Das sollte ausreichen, um ihn vor einem Strafmandat zu bewahren.

Die »Watt'n Nixe« lag am Steg des Yachtclubs Nordereider nahe der Weißen Brücke. Ein Schild verbot Unberechtigten den Zutritt zum Steg, der in das Hafenbecken hinausführte. Am Ende schloss sich ein anderer Steg quer dazu an. Beide zusammen ergaben den Buchstaben »T«. Große Jäger ging die schwankenden Planken hinab und blieb vor dem Schiff stehen. Steenbock war mit irgendwelchen Arbeiten an Deck beschäftigt, sah auf und musterte ihn stumm.

»Moin«, rief Große Jäger.

Steenbock antwortete nicht. Stattdessen sagte er laut: »Er ist da.«

Kurz darauf tauchte Böckmanns Kopf aus dem Niedergang auf. »Ah. Ich war mir nicht sicher, ob Sie kneifen. Willkommen an Bord«, forderte er Große Jäger auf, das Schiff zu betreten. Das war für Ungeübte schwieriger als erwartet. Der Apotheker ließ ein breites Grinsen sehen, als er Große Jägers unbeholfene Schritte verfolgte. Dann begrüßte er ihn mit einem festen Händedruck. »Regel eins«, sagte er dabei, »an Deck duzt man sich grundsätzlich. Ich bin Daniel.«

»Erich«, verkürzte Große Jäger seinen Vornamen. Nichtwestfalen hatten schon genug Probleme, den im Münsterland geläufigen Familiennamen zu verstehen. Mit einem »Wilderich« kamen Norddeutsche überhaupt nicht klar. Die fanden Frerk, Momme, Tönne, Ingwer und Ähnliches normal.

»Das ist Ingbert.«

Böckmann zeigte auf Steenbock. Der Architekt verzichtete auf einen Handschlag. Er erachtete es nicht einmal für erforderlich, einen Laut von sich zu geben. In diesem Moment kam Geldmacher den Steg hinunter. Er trug einen Seesack über der Schulter.

»Ah, der Moses ist da«, sagte er gut gelaunt und streckte seine Hand vor. »Ich bin Reinhard.«

»Erich.«

»Schon mal draußen gewesen?«

Große Jäger schüttelte den Kopf.

Geldmacher lachte. »Na, dann werden wir unseren Spaß haben. Wir alle.«

»Wo ist Aufderheide?«, fragte Große Jäger. »Ich denke, Sie …«

»Wir duzen uns an Bord«, fiel ihm Böckmann ins Wort. »Ich denke, ihr wolltet in genau der Besetzung auslaufen wie am Himmelfahrtstag.«

»Ich habe gestern mit ihm telefoniert«, erklärte Böckmann. »Er wollte nicht mit.«

»Hat er einen Grund genannt?«

»Seine Sache«, erwiderte Böckmann wortkarg.

»So war das nicht gedacht«, monierte Große Jäger.

Böckmann stemmte die Fäuste in die Hüften und lachte. »Willst du jetzt ermitteln wie der Kommissar in den Anfängen des Schwarz-Weiß-Fernsehens? Oder wie Hercules Pierrot? Die haben auch immer alle Beteiligten um sich herum versammelt, sind von Person zu Person gegangen und haben schließlich den Täter als Letzten herausgepickt.«

»Glaubst du, dass ich den Verantwortlichen unter deinen Freunden finde?«, antwortete Große Jäger mit einer Gegenfrage.

Der Apotheker lachte lauthals auf. »Mein Schiff ist nicht das kleinste und sehr komfortabel. Aber um alle Verdächtigen zu transportieren, reicht es nicht aus.«

»Vorerst genügt es, wenn Aufderheide erscheint.«

»Gehören wir doch zum Kreis der Verdächtigen?« In Böckmanns Stimme lauerte ein fragender Unterton.

»Aufderheide! Den Rest klären wir später.« Böckmann kramte sein Mobiltelefon hervor und rief auf der Gardinger Amtsverwaltung an.

»Moin. Böckmann hier. Ich wollte Herrn Aufderheide sprechen. – Nicht da? – Ah. Gut. Danke. Dann weiß ich Bescheid.« Er beendete das Telefonat und sah Große Jäger ratlos an. »Komisch. Torsten ist nicht im Amt. Er hat heute Urlaub genommen und gesagt, er will zum Segeln.«

Böckmann wählte erneut eine gespeicherte Nummer. Nach einem kurzen Moment meldete sich der Teilnehmer.

»Hallo, Daniela. Hier ist Daniel.« Er grinste zurück, als Große Jäger bei der Ähnlichkeit der Namen lächelte, und hielt kurz die Hand übers Mikrofon. »Frau Aufderheide«, erklärte er. »Ich suche Torsten. Er wollte um halb acht im Hafen sein. Wir wollen raus. Wo steckt er?«

Große Jäger konnte die Antwort nicht mithören.

»Blödsinn«, sagte Böckmann ärgerlich. »Er soll zusehen, dass er herkommt. Ich habe Medikamente dabei. Sag ihm, ich lasse keine Ausrede gelten. Er kann sich das Rasieren und Duschen sparen. Und Frühstück gibt's bei uns. Also – keine Sprüche. In zehn Minuten tanzt er hier an.« Dann legte er auf, ohne die Antwort abzuwarten. Zu Große Jäger gewandt erklärte er: »Aufderheide hat einen Magen-Darm-Infekt. Wenn der erst einmal draußen auf dem Wasser ist, hat er den vergessen.« Aus zusammengekniffenen Augen musterte er Große Jäger. »Wie seefest bist du?«

»Das wird sich herausstellen.«

»Okay.« Böckmann zog eine Einkaufsliste hervor. »Du fährst jetzt los und besorgst diese Dinge. Trage zusätzlich das ein, was du für dich benötigst. Ich weiß nicht, was du trinkst. Das Essen ist notiert. Etwas anderes gibt es nicht. Es werden keine Extrawürste gebraten. So! Sieh zu, dass du wieder zurückkommst. Segeln findet draußen auf der Nordsee statt und nicht am Liegeplatz im Hafen. Noch etwas: Du legst das Geld für den Einkauf erst einmal aus. Abgerechnet wird am Ende der Tour. Es kommen noch weitere Kosten hinzu. Liegegebühren, Hafengebühren, Treibstoff und so weiter. Alles klar?« Er wartete die Antwort nicht ab, sondern drehte sich zu den anderen beiden um. »Reinhard. Ingbert. Wie weit seid ihr?« Große Jäger machte sich auf den Weg zum Discounter und zum Supermarkt. Auf seiner Einkaufsliste fanden sich Positionen wie Bier, Rum, Mineralwasser, Apfelschorle, Kaffee, Kondensmilch, Zucker, Salzgebäck, Schokolade. Er sollte außerdem Würstchen im Glas, Senf, Hühnersuppe und Balkaneintopf in Dosen besorgen. Dazu gab es noch Wünsche nach Aufschnitt, Brötchen und Butter.

Als er nach einer Stunde zurückkehrte und die Einkäufe mit Geldmachers Hilfe an Bord schleppte, vermisste er Böckmann.

»Der ist nach Olversum gefahren und holt Aufderheide«, erklärte Geldmacher und zeigte Große Jäger, wo die Vorräte verstaut werden sollten.

Verderbliche Lebensmittel kamen in den kleinen Kühlschrank in der Pantry. Die anderen Sachen fanden in irgendwelchen Nischen Platz, nachdem sie die Getränke und Konserven in den Backskisten untergebracht hatten. Das war der Stauraum unter den hochgeklappten Sitzbänken des Freiraumes am Heck des Schiffes, an dem sich auch das Ruder befand und wo sich die Besatzung während der Tour aufhielt. Geldmacher hatte diesen Bereich als »Plicht« bezeichnet.

»Der Designer einer Yacht muss ein Genie sein«, erzählte Geldmacher. »Man benötigt Platz. Deshalb wird jede Ablagemöglichkeit genutzt. Wir nennen es Schwalbennester. In die offenen kommen Seenotsignalmittel, Winschkurbel, Nebelhorn, Scheinwerfer und andere Dinge, die man schnell zur Hand haben muss.« Dann hatte er eine winzige Tür geöffnet, die zu einem Verlies unter dem Niedergang führte. »Das Einzelzimmer für Gäste.« Geldmacher lachte herzhaft auf. »Wir nennen es Hundekoje.«

»Böckmann soll zusehen, dass er an Laden kommt«, fluchte

Steenbock und sah auf die Uhr.»Was soll der Scheiß? Wir wollen auslaufen.«

Es dauerte eine weitere halbe Stunde, bis der Apotheker mit Aufderheide zurückkehrte. Der Beamte aus der Amtsverwaltung war leichenblass. Ihm schien es wirklich nicht gut zu gehen.

»Der wird schon wieder«, erklärte Böckmann.»In irgendeiner Ecke muss noch Pfefferminztee sein.« Er zeigte auf Große Jäger.»Geh mal suchen. Dann setzt du ihn auf. Und koch Kaffee. Aber einen ordentlichen.«

Das war eine unmissverständliche Anweisung. Kaffee kochen, dachte Große Jäger und sah zum bewölkten Himmel.»Christoph«, murmelte er leise vor sich hin.»Ich – und Kaffee kochen. Wenn du jetzt lachst, sind wir geschiedene Leute. Und wenn Böckmann *das* irgendjemand auf der Husumer Dienststelle erzählt, bringe ich ihn eigenhändig um.«

Große Jäger tauchte in den Salon ab, wie die Kajüte genannt wurde. Eine Sitzbank in U-Form und ein fest verschraubter Tisch sowie die Pantry auf der anderen Rumpfseite bildeten die Einrichtung. Er öffnete die Schranktüren, fand Becher, Kaffeepulver und die Kaffeemaschine und setzte sie in Gang, nachdem er eine Weile nach dem Filterpapier hatte suchen müssen. Er zuckte mit den Schultern, als er auch die Beutel mit dem Pfefferminztee fand.

Während das Wasser durch den Filter lief, sah er sich um. Im Bug des Schiffes befand sich eine Koje. Oder sagte man »Kajüte« dazu? Es war eng. Und wer hier zusammen schlief, musste miteinander vertraut sein. Dennoch war dieser Platz großzügiger als die beiden engen Kammern im Heck. Die Teilnehmer des Törns hatten dort ihre Reisetaschen und Schlafsäcke untergebracht. Er öffnete auch die Tür zum kleinen mit Kunststoff ausgeschlagenen Sanitärbereich. Dort befanden sich die Toilette und ein Miniwaschbecken. Es gab auch eine Dusche in Form eines Duschkopfes, der den ganzen Raum flutete.

»Für solche Urlaube muss man den nötigen Enthusiasmus aufbringen«, grummelte er für sich selbst. Es unterschied sich doch erheblich von dem, was er über die sagenumwobenen

Luxusyachten der Multimilliardäre gehört hatte, auch wenn selbst dieses Boot für Normalverdiener wie ihn unerschwinglich war. Wie hatte sich Berrit Muchow dieses Vergnügen leisten können? Ihr Ehemann hatte ihr diese Reisen sicher nicht finanziert. Und Böckmann hatte angedeutet, dass zumindest zu den laufenden Kosten jeder Teilnehmer sein Scherflein beitragen musste.

Während der kurzen Durchsuchung hatte er Ausschau nach Hinweisen gehalten, die auf eine Frau als Passagier hingedeutet hätten. Nichts. Vielleicht hätte die Spurensicherung etwas gefunden. Mit bloßem Auge war nichts zu erkennen.

Draußen hörte er die vier Männer rufen. Dann sprang der Diesel an. Das Schiff vibrierte. Er sah aus dem Fenster Aufderheide, der die Leinen löste. Langsam tuckerte die »Watt'n Nixe« an den anderen Schiffen vorbei, während Geldmacher damit beschäftigt war, die Fender einzuholen und Steenbock mit Aufderheide die Leinen aufschoss.

Sie hatten den historischen Tönninger Hafen verlassen und steuerten auf nördlicher Seite der Eider zu, als Große Jäger mit der Thermoskanne und den Kaffeebechern wieder an Deck auftauchte.

»Mit Motor?«, fragte er Böckmann, der am Ruder stand.

»Aus dem Hafen raus und bis hinters Sperrwerk. Wir haben Nordwest bei drei bis vier. Da würde uns das Kreuzen auf der Eider zu viel Zeit kosten. Die Fahrrinne ist dafür auch relativ schmal. Wir müssen uns zunächst nahe der Eiderstedter Seite halten. Ein Stück weiter wechselt die Fahrrinne nach drüben, nach Dithmarschen. So breit die Eider auch scheint – für uns ist nur eine relativ schmale Fahrrinne nutzbar.«

Große Jäger reichte ihm einen Kaffeebecher. Der Apotheker nahm ihn wortlos entgegen und trank einen Schluck. Dann verzog er das Gesicht.

»Deine Talente müssen woanders schlummern. Kaffee kochen kannst du jedenfalls nicht.«

Auch Geldmacher hatte getrunken. »Pfui Spinne. Kannst du wenigstens aufklaren?« Als er Große Jägers ratlosen Blick sah, schob er hinterher: »Aufräumen. Sauber machen. Na. Bis

Sonntag werden wir die Gelegenheit nutzen, es dir beizubringen.«

»Berrit hat besseren Kaffee gekocht?«, fragte der Oberkommissar.

Geldmacher wollte antworten, aber Böckmann war schneller. Schlagartig hatte sich seine Miene verändert. »Soll das ein Dauerverhör werden?«

»Ach«, versuchte Geldmacher ihn zu beschwichtigen. »Erich weiß doch, dass Berrit gelegentlich mit auf dem Boot war. Klar, dass sie Kaffee gekocht hat. Das hat aber nichts mit der klassischen Rollenverteilung zu tun. Torsten spielt oft den Smutje. Es macht ihm Spaß. Und er ist echt gut im Kochen.«

»Reinhard, übernimm mal«, sagte Böckmann und übergab das Ruder an Geldmacher. Dann verschwand er in der Kajüte und tauchte kurz darauf mit einer Schwimmweste wieder auf.

»Die legst du jetzt an«, sagte Böckmann entschieden. Große Jäger musterte ihn ungläubig. »Warum denn?«

»Weil ich es sage. Keine Diskussion. Du hast keine Segelerfahrung. Solche Leute gehen bei schnellen Manövern über Bord. Es reicht ein Wellengang wie heute, da findest du den Kopf in den Kämmen nicht wieder.«

»Wie trägt man die Schwimmweste?«

»Nach der neuen SOLAS, das steht für ›Safety of Life at Sea‹, heißt es ›Rettungsweste‹«, belehrte ihn Böckmann. »Erfahrene Segler haben ihre eigene. Diese hier habe ich für Gäste an Bord.«

»Hatte Berrit auch eine?«

»Hörst du nicht zu? Das ist kein modisches Accessoire, sondern überlebenswichtig. Als Skipper bestehe ich darauf, dass die Leute an Bord meines Schiffes eine Rettungsweste tragen. Sicherheit hat absolute Priorität. Die Rettungsweste sollte alle zwei Jahre vom TÜV abgenommen werden.«

Große Jäger sah auf das Wasser, das sich nur leicht kräuselte. Die Kämme begannen zu brechen. Ein leicht glasiger Schaum bildete sich. Vereinzelt gab es kleine weiße Schaumköpfe.

»Das Meer ist wie ein Brett. Und ihr habt auch nicht so ein Ding um.«

»Wir sind noch nicht auf See. Übrigens: Wir sagen nicht, wir sind auf dem Meer. Hier ist noch die Eider. Und hinterm Sperrwerk legen wir auch unsere Westen an.«

Große Jäger zog die Stirn kraus. »Wie windig soll es draußen werden?«

»Im Laufe des Tages soll es auffrischen.«

Große Jäger besah sich die Weste. »Warum hat die keine Signalfarbe?«

»Reflektoren sind wirkungsvoller«, erklärte Böckmann. »Die Trillerpfeife ist wichtig. Wenn du über Bord gehst, machst du davon regen Gebrauch. Wir können dich unter Umständen nicht sehen, aber hören.« Er sah Große Jäger von oben bis unten an. »Sie ist vielleicht ein bisschen zu knapp für dein Gewicht bemessen. Aber besser als nichts. Bist du Raucher?«

Große Jäger nickte.

»Dann ist es gut, dass die Weste eine Patrone hat. Damit bläst sie sich selbst auf. Du wirst es kaum schaffen. Die Weste hat einen integrierten Lifebelt. Das ist praktisch, weil bei schwerem Wetter beides getragen werden soll.«

Böckmann half Große Jäger, das Geschirr anzulegen. Die Gurte wurden unter den Achseln und unter dem Schritt durchgeführt und am Körper befestigt.

»An diesem Ring«, erklärte Böckmann, »wird die Sorgleine mit einem Haken befestigt. Das andere Ende wird an einem Schiffsteil eingehakt. Damit wird verhindert, dass jemand über Bord fällt oder beim Klettern in der Takelage abstürzt.«

»Sorgleine?«, fragte Große Jäger.

»Das war früher ein kurzer Tampen. Heute ist es ein Gurt aus Nylon oder ähnlichem Material mit zwei oder drei Karabinerhaken. Das erlaubt das Wechseln des Einpickpunktes, ohne dass du die Sicherung komplett lösen musst. Aus Sicherheitsgründen darf die Sorgleine nicht länger als zwei Meter sein.«

»Ich bin überrascht, welche Sicherheitsmaßnahmen an Bord herrschen«, sagte Große Jäger.

»Vielleicht sieht es manch anderer Freizeitskipper lässiger. Bei mir geht Sicherheit vor.«

»Ich kann mich nicht davon lösen, dass ich in einem Mordfall ermittle. Berrit Muchow ist ertrunken. Sie ist ganz offensichtlich von einem Segelschiff gefallen. Es gab keine Hinweise darauf, dass sie eine Rettungsweste trug. Oder einen Lifebelt.«

»Dann finde den Skipper, der verantwortungslos genug ist, seine Crewmitglieder ohne Sicherheitsmaßnahmen zu befördern. Bei mir gibt es so etwas nicht. Grundsätzlich nicht«, schob Böckmann entschieden hinterher.

Log er? Das würde man prüfen können, überlegte Große Jäger. Andere Segler aus Tönning, aber auch im Wattenmeer, würden es bestätigen. Falls das zutraf, war es ein entlastendes Argument für Böckmann und seine Mitsegler. Die Polizei müsste sich dann umhören, welche Segelkameraden leichtfertiger unterwegs waren. Wie hielt es Hubert Müller mit der Sicherheit?

Für einen Moment genoss er das ruhige Tuckern auf dem Wasser. Böckmann hatte wieder das Ruder übernommen und steuerte die »Watt'n Nixe« fast südlich in Richtung des Dithmarscher Ufers. Geldmacher hatte sich neben Große Jäger gesetzt.

»Schön, was?«, sagte er und sah über die glitzernde Wasserfläche.

Hinter den Deichen lagen hier keine Ortschaften mehr. Es mochte vereinzelt ein Gehöft geben, das sich aber hinter dem Deich duckte und von hier nicht zu erkennen war. Nordfriesland und seine Schwester Dithmarschen waren dünn besiedelte Regionen. Wer hier wohnte, konnte ungestraft die Lautsprecherboxen aufdrehen. Das galt aber auch nur bedingt, dachte er bitter. Der dunkelhäutige Jazzmusiker an der dänischen Grenze hatte im Biikefeuer sterben müssen, weil dem Nachbarn die Musik nicht gefiel.

Steenbock hatte sich zu Böckmann gestellt. Sie unterhielten sich leise über jemanden, dessen Namen Große Jäger auch schon einmal gehört hatte und der nach Steenbocks Auffassung eine absolute Niete als Kommunalpolitiker war. Ansonsten hatte ihn der Architekt, seit er an Bord war, mit Missachtung gestraft. Nimm's leicht, würde Christoph jetzt sagen, fiel Große Jäger ein. Dich kann man einfach nicht übersehen.

Aufderheide hatte sich sofort mit seinem Pfefferminztee

in den Salon zurückgezogen und blieb unsichtbar. Ihm war anzumerken, dass ihm die Reise missfiel und er gegen seinen Willen an Bord war.

Große Jäger griff zum Mobiltelefon und rief Cornilsen in Husum an. Hier gab es noch Empfang. Er war sich nicht sicher, ob das draußen auf See auch zutraf.

»Na? Schon seekrank?«, lästerte Cornilsen.

»Ich? Die See ist so glatt, wie du dein Kinn auch nach mehrmaligem Rasieren nie hinbekommst. Wenn es darauf ankommt, packe ich Neptun bei den Hörnern und reite auf ihm daselbst über die Monsterwellen. Was hast du herausgefunden, während ich hier schwer arbeite?«

»Hmh«, ließ Cornilsen hören. »An Bord muss jeder zupacken. Welche Aufgabe fällt dir zu?«

»Ich berate den Kapitän.«

Cornilsen lachte laut auf. »Tühnbüdel. Sicher bist du der Backschafter und musst Kaffee kochen.«

»Kannst du dir vorstellen, dass ich Kaffee koche?«, fragte der Oberkommissar entrüstet zurück.

»Nee. Eigentlich nicht. Der würde auch nicht schmecken. Zur Sache: Von Höhne, der im Schwarzwald mit Müllers Kreditkarte gefasst wurde, gibt es nichts Neues. Er schweigt sich eisern aus.«

»Trägt der Kollege aus dem Schwarzwald seinen Namen zu Unrecht?«, flocht Große Jäger ein.

»Du meinst, weil er Gescheitle heißt?«

»Der Name muss nicht unbedingt Rückschlüsse auf andere Fähigkeiten zulassen.«

Cornilsen lachte laut auf. »In diesem Punkt bist du ja der Experte. *Große Jäger!* Ich glaube aber, dass die Frage nach der Kreditkarte ein Nebenkriegsschauplatz ist. Thomas Höhne hat nichts mit unseren beiden Toten zu tun. Dafür sind die Niederländer weitergekommen. Die dortigen Kollegen haben sich noch einmal die drei fliegenden Holländer vorgenommen. Es muss ein Verhör der besonderen Art gewesen sein.«

»Haben ter Smitten, Landgraaf und Verdongen gesungen?«, wollte Große Jäger wissen.

»Aber wie«, bestätigte Cornilsen. »Die drei haben ihre Visitenkarte abgegeben und werden schon jetzt als Solisten in den Gefangenenchor ihres Heimatgefängnisses aufgenommen. Sie haben ein volles Geständnis abgelegt.«

»Zu Berrit Muchow?«, fuhr Große Jäger ungeduldig dazwischen.

»Zum Übergriff auf unseren Helgoländer Kollegen, Hauptmeister Hansen. Sie leugnen nicht mehr, ihn grundlos zusammengeschlagen zu haben, machen aber mildernde Umstände aufgrund des Alkoholkonsums geltend. Trotzdem sollte es ihnen eine empfindliche Strafe einbringen.«

»Und was ist mit Berrit Muchow?«

»Das ist leider der Schwachpunkt. Alle drei haben erneut angeben, dass die Frau bei ihnen an Bord war. Sie haben auch wiederholt, dass Berrit Muchow sich sexuell sehr freizügig gezeigt haben soll. Die Holländer behaupten, sie wären von der Frau provoziert worden. Fast wörtlich hieß es, dass die Lebensfreuden jeglicher Art nicht abgeneigten Männer noch nie einem so scharfen Luder begegnet sind. Weiterhin behaupten sie, dass Berrit nach der Sexorgie wieder von Bord der ›Mooie Dame‹ gegangen ist.«

»Das macht doch alles keinen Sinn«, überlegte Große Jäger laut. Er konnte es nicht weiter ausführen, da ihn Böckmann, Geldmacher und Steenbock ungeniert beobachteten und jedes seiner Worte registrierten. Aber Cornilsen verstand ihn trotzdem.

»Ist die NSA mit an Bord? Oder Erdoğans Lauschimane?«

»Zutreffend«, sagte Große Jäger ausweichend.

»Das widerspricht allem, was wir bisher über Berrit Muchow gehört haben«, sagte Cornilsen. »Andererseits sagte dein Skipper, dass Kerrin Böckmann behauptete, Berrit Muchow hätte sich an ihren Mann herangemacht.«

»Aber ...«, setzte Große Jäger an.

»Schon verstanden«, unterbrach ihn Cornilsen. »Das hat Böckmann behauptet. Der sagt aber seinen Kunden auch, dass die Arzneien aus seiner Apotheke helfen. Wir haben also Beweise dafür, dass er lügt.«

225

»So etwas lässt du lieber aus dem Protokoll raus«, schlug der Oberkommissar vor. »Du weißt, was zu tun ist?«

»Klar. Hast du eigentlich genug Spucktüten dabei?«

Die drei Mithörer sahen ihn irritiert an, als er antwortete: »Für Kollegenmord gibt es mildernde Umstände.« Dann legte er auf.

Böckmann hatte ihr Kommen über den Kanal vierzehn des Funks dem Sperrwerk angekündigt. Sie waren jetzt eineinhalb Stunden unterwegs. Die Schleusentore öffneten sich. Der Skipper steuerte die »Watt'n Nixe« langsam in die Kammer. Geldmacher und Aufderheide, den Steenbock aus dem Salon an Deck gerufen hatte, machten das Schiff fest. Große Jäger fand es bezeichnend, dass es ganz offensichtlich eine Hackordnung an Bord gab. Böckmann führte das Kommando. Und Steenbock vermied es, die aus seiner Sicht niederen Arbeiten zu verrichten. Dafür waren Geldmacher und Aufderheide zuständig.

Sie waren bei ablaufendem Wasser in Tönning gestartet. Noch war der Wasserstand in der Eider höher. Eine Glocke läutete als Signal für die Fußgänger, dass die Brücke gleich hochgehen würde. Den Autofahrern wurde es durch eine rote Ampel angezeigt. Zusätzlich gab es Schranken. Dann ging die Brücke hoch. Hinter ihnen schloss sich das Tor, und der Schleusenwärter ließ das Wasser aus der Kammer in die Nordsee ab.

Danach öffneten sich die äußeren Tore der Schleusenkammern, und das grüne Licht zeigte an, dass die Ausfahrt freigegeben war.

Böckmann wünschte dem Tower über Funk »eine gute Wache«, und beim Ausfahren winkte die Besatzung zum Dank für das Schleusen.

»Ein Ritual, das viele nicht einhalten«, beklagte sich Geldmacher.

Böckmann steuerte das Schiff noch eine gute Seemeile mit Motorkraft hinaus, bis er befahl, die Segel zu setzen. Die Schutzhülle um die Segel hatten die Männer schon im Hafen entfernt. Sie nahmen die Zeisige ab, mit denen es am Baum gesichert war. Mit Muskelkraft hievten Aufderheide und Geldmacher das Großsegel in die Höhe, die Fock bewältigte Aufderheide allein. Für einen Moment genoss Große Jäger das beeindruckende Bild der beiden Segel, die sich im Wind aufbauschten. Inzwischen hatten auch Böckmann, Steenbock und Geldmacher ihre Rettungswesten angelegt.

Böckmanns Augen bekamen einen eigenartigen Glanz. Es schien, als würde sich sein Blick hinter dem Horizont verlieren.

»Wir einheimischen Segler wissen, welch ein großartiges Geschenk uns die Natur mit dem Wattenmeer gemacht hat. Die meisten Menschen ahnen nicht, welche Vielfalt im Wattenmeer herrscht. Nimm zum Beispiel die Brandgänse. Sie sind auffällig und unverwechselbar. Obendrein hübsch. Nicht nur du beschäftigst dich mit ungelösten Fragen. Ist sie eine Gans? Oder eine Ente? Der lange Hals und die gleichartige Färbung von Gans und Gänserich sprechen für die Gans. Das Paarungsverhalten, sie sind nur eine Brutsaison zusammen statt einer Dauerehe wie bei den Gänsen, das bunte Gefieder und dass sie nicht Vegetarier wie die Gänse sind, spricht für die Ente.«

Große Jäger kratzte sich die Bartstoppeln. »Du kennst dich verdammt gut aus. Wo würdest du Berrit Muchow einordnen? Ente oder Gans?«

Böckmann sah wieder in die Weite des Watts hinaus. »Ich verstehe deine Frage nicht. Berrit war keine Vegetarierin?«

»Das meine ich auch nicht. Meine Frage zielte nach der lebenslangen Treue zum Partner wie bei den Gänsen. Oder gehörte sie in dieser Hinsicht eher zu den Enten?«

Böckmann schüttelte energisch den Kopf. »Das ist ein saublöder Vergleich«, sagte er verärgert. »Unterstelle ihr nichts. Auch nicht posthum. Ich kenne Berrit als wunderbare Kameradin. Und das darfst du wörtlich nehmen.«

»Sie war immerhin oft ohne Ehemann auf Segelbooten unterwegs.«

Böckmann wartete lange mit der Antwort. »Menschen treffen sich wie die Tiere. Bleiben wir bei den Brandgänsen. Man schätzt, es sind etwa zweihunderttausend, sie halten Anfang August ihr großes Meeting im südlichen Teil vor Dithmarschen ab. Sie sind während der Mauser flugunfähig. Dort in Süddithmarschen haben sie keine Feinde zu befürchten.« Er wandte ruckartig den Kopf Große Jäger zu. »Ist das nicht großartig? Das restliche Jahr findest du die Brandgänse an der ganzen Küste. In allen schlickigen Zonen. Sie fressen dort Wattschnecken.«

»Fressen und gefressen werden«, erwiderte der Oberkommissar. »Das ist die raue Wirklichkeit der Natur.«

Böckmann nickte versonnen. »Die Menschen sind auch ein Teil der Natur, auch wenn wir es nicht mehr wahrhaben wollen. Als Apotheker weiß ich, dass viele Patienten Wunder von ihren Ärzten oder den Medikamenten erwarten. Aber wir können nicht zaubern und müssen uns letztlich doch der Natur beugen. Das gilt auch für unseren Sport. Erfahrung, Know-how und gutes Material sind hilfreich. Trotzdem sollte man nie den Respekt vor den Naturgewalten verlieren. Wasser und Wind sind stärker und verzeihen es nicht, wenn man sie unterschätzt.«

»Hat Berrit Muchow trotz ihrer großen Erfahrung als Seglerin die Gefahren falsch eingeschätzt?«

»Wie soll ich diese Frage beantworten? Ich war nicht dabei. Stelle die Frage den Leuten, die mit Berrit unterwegs waren.«

»Hubert Müller?«

»Zum Beispiel. Oder den Holländern, mit denen Berrit auf Langeneß losgezogen ist.«

»Hast du noch mehr Vorschläge?«, fragte Große Jäger mit spöttischem Unterton.

Böckmann schwieg eine Weile. »Kerrin, meine Ex, war früher oft mit Berrit auf dem Wasser, bis sie Berrit für das Scheitern unserer Ehe verantwortlich machte. Völlig zu Unrecht«, betonte der Apotheker. »Das war schon fast krankhaft, wie sie Berrit verfolgte.« Böckmann drehte sich zu Große Jäger um und sah ihm lange in die Augen. »Dabei war Kerrin selbst ein richtiges Luder. Sie hat mit jedem zweiten Tönninger Kerl rumgemacht.«

»Nenne mir ein paar Namen«, forderte ihn der Oberkommissar auf.

»Nein«, sagte Böckmann entschlossen. »Will ich nicht. Das Thema ist abgehakt. Mir reicht es, dass sie mir so viele Hörner aufgesetzt hat. Ich bin zum Gespött in Tönning geworden. ›Der hat doch genug Viagra in seiner Apotheke. Wieso kann er seine eigene Alte nicht zufriedenstellen?‹«, sagte er mit affektiert verstellter Stimme. »Aber mit Berrit war nichts. Das hat die alte Hexe aber nicht hören wollen. Mich würde es nicht wundern, wenn sie Berrit unter dem Vorwand einer Aussprache mit aufs Wasser gelockt hätte und dann …«, ließ er das Ende des Satzes offen.

Weshalb war Kerrin Böckmann nicht erreichbar?, überlegte Große Jäger. Wenn die beiden Frauen so verfeindet waren, wie Böckmann es behauptete, stellte sich die Frage, weshalb sie kurz vor Berrits Verschwinden miteinander telefoniert hatten. War etwas dran an der Hypothese des Apothekers, und seine Ex-Frau hatte Berrit wirklich ins Wattenmeer gelockt?

Böckmann wischte sich mit der flachen Hand über die Augen. »Wenn die Menschen solch soziale Wesen wie die Brandgänse wären, wäre dein Berufsstand überflüssig«, wechselte er abrupt das Thema. »Die Tiere legen ihre Nester mit etwa zehn Eiern in Höhlen an. Daran mangelt es aber oft in unserer Region. So findest du nicht selten Gemeinschaftsnester mit bis zu fünfzig Eiern. Die Küken werden an geeignete Ufer geführt und von mehreren Paaren gemeinsam aufgezogen. Wie in einem Kindergarten.«

»Wir sind gar nicht so weit von den Brandgänsen entfernt«, sagte Große Jäger. »Ich habe das Gefühl, dass auch in diesem Fall etwas gemeinsam ausgebrütet wurde. Nur waren es keine Küken, sondern eine Teufelei.«

Böckmann kurbelte hastig am Ruder.

»Ich muss mich ums Boot kümmern«, sagte der Apotheker.

Die »Watt'n Nixe« hatte sich in eine leichte Schräglage begeben und glitt über den Wellen dahin.

Aufderheide hatte sich sofort wieder unter Deck verzogen. Plötzlich war die See rauer als auf der Eider. Große Jäger spürte, wie sich das Schiff gegen die Wellen stemmte und gerüttelt wurde. Böckmann musste es bemerkt haben. »Wird dir jetzt schon schlecht?« Er zeigte zum Ufer. »Wir fahren noch unter Land. Da drüben liegt Eiderstedt. Bis ans Ufer sind es fünf Kilometer. Kannst du schwimmen?« Große Jäger verzichtete auf eine Antwort.

»Ich will dir keine Bange machen. Wenn wir oben an der Westspitze um die Ecke biegen, drückt es uns von der Seite. Wir haben Nordwest. Windstärke fünf. Das macht dir an Land nicht viel aus. In Nordfriesland ist das fast normal. Aber hier draußen herrschen andere Gesetzmäßigkeiten. Der Meteorologe nennt es ›frischer Wind‹. Die Touristen aus dem Binnenland sprechen von stürmischem Wind. Das trifft natürlich nicht zu. Der Wind bläst mit zwanzig Knoten. Das entspricht etwa siebenunddreißig Stundenkilometern. Das ist fast gar nichts.« Er zeigte aufs Wasser. »Du erkennst es an den mäßigen Wellen in der ausgeprägten langen Form und den weißen Schaumköpfen mit vereinzelter Gischt.«

Große Jäger hielt sich fest, als ein erneuter Ruck durch das Boot ging. Böckmann kommentierte es mit einem kehligen Lachen.

»Verstehst du jetzt, weshalb ich darauf bestehe, dass die Leute an Bord die Rettungsweste tragen? Natürlich gibt es Hasardeure, die das für überflüssig halten.«

»Himmelfahrt, als Berrit über Bord ging, herrschten ähnliche Windverhältnisse«, sagte Große Jäger.

»Weiß nicht mehr genau«, erwiderte Böckmann einsilbig. »Kann sein. Im Mai ist noch kein Sommer.«

Jetzt blies der Wind noch heftiger. Inzwischen hatten sie die Spitze Eiderstedts erreicht, und Böckmann drehte nach Norden bei. Rechts lagen die langen Sandstrände von St. Peter-Ording. Deutlich erhob sich der Böhler Ziegelsteinleuchtturm über die Küstenlinie. Für Große Jägers Empfindung machten sie gute Fahrt. Die Segel waren aufgeblasen, auch wenn Böckmann einen Zickzackkurs steuerte.

»Der Wind kommt seitlich von vorn. Wir müssen kreuzen. Das kostet Zeit«, erklärte der Apotheker.

Der Himmel war grau. Nur vereinzelt blitzte es blau durch die Wolkendecke. Das hielt die Menschen aber nicht davon ab, den Traumstrand vor dem Seebad zu bevölkern. Sie schienen in Scharen zu den Pfahlbauten und am Wassersaum zu wandern. Für längere Zeit herrschte Ruhe. Niemand sprach. Steenbock hatte sich in der Plicht breitgemacht, die Arme ausgebreitet und auf die Lehne gelegt. Der Kopf lag hinten auf dem Polster auf. Die Sonnenbrille verhinderte, dass zu erkennen war, ob er die Augen geschlossen hatte. Geldmacher hatte sich eine Dose Bier geholt, sie aufgerissen und sich in Große Jägers Nähe niedergelassen. Mit dem Kopf nickte er in Böckmanns Richtung.

»Daniel ist ein Verrückter, wenn es ums Segeln geht. Hast du den Film ›Moby Dick‹ mit Gregory Peck gesehen? Die Szene ist unvergessen, in der Käpt'n Ahab wie ein Wahnsinniger den Wal jagt. Daniel hat ein bisschen was von diesem Fanatismus.«

»Er scheint mir aber auch besonnen zu sein. Dafür spricht seine Sorgfalt, dass alles sicher an Bord ist.«

»Stimmt«, bestätigte Geldmacher einsilbig.

»Und wie konnte es trotzdem geschehen, dass Berrit Muchow über Bord ging?«

Geldmacher bedachte ihn mit einem langen Blick. »Arschloch«, sagte er unfreundlich, erhob sich und verschwand im Niedergang.

Böckmann schien den Dialog nicht mitbekommen zu haben. »Deutschlands meistbenutztes Postkartenmotiv«, sagte er und zeigte auf den rot-weißen Leuchtturm mit den beiden weißen Häusern links und rechts, der im Deichvorland von Westerhever stand. Dann verfolgten seine Augen einen Vogel. »Haematopus ostralegus«, sagte er. Als er Große Jägers fragenden Blick bemerkte, ergänzte er: »Der Halligstorch.«

»Häh?«, antwortete der Oberkommissar. »Das ist doch ein Austernfischer.«

Böckmann schlug ihm jovial auf die Schulter. »Genau. Kein Watvogel ist an der Küste so weit verbreitet wie er. Der Austernfischer ist ganzjährig bei uns anwesend. Er hat sich an den

Menschen gewöhnt und ist nicht scheu. Durch seine kontrastreiche Färbung und seine Größe fällt er besonders ins Auge. Er brütet in Küstennähe. Man geht davon aus, dass eine halbe Million von ihnen überwintern. Fast fünfzigtausend Brutpaare machen unser Wattenmeer zum bedeutendsten Lebensraum für den Austernfischer in Europa.«

Böckmann stutzte. »Interessiert dich das eigentlich? Wenn man hier lebt, sollte man auch etwas von seiner Umgebung kennen. Wir Menschen sehen oftmals nur uns selbst.« Er winkte ab. »Spare dir deinen Kommentar, dass wir dabei auch an Berrit denken sollten. Natürlich wäre die noch gern unter den Lebenden.«

»Würde sie mit zur Crew gehören? Heute? Hier an Bord? So wie am Vatertag?«

»Berrit war gern im Watt unterwegs. Deshalb habe ich dich eingeladen, damit du auch dieses Feeling spürst. Man kann es nicht erzählen, sondern muss es erleben. Aber zu deiner Frage: Nein! Himmelfahrt, wie man im Süden sagt, ist bei uns an der Küste Vatertag. Da ist es gute alte Tradition, dass die Männer unter sich sind. Okay. Auch der Alkohol gehört dazu. Später. Im Hafen. An Bord dulde ich kein Besäufnis. Allein aus Sicherheitsgründen.«

»Mit wem war Berrit dann unterwegs? Wie ist sie nach Langeneß gekommen und irgendwo zwischen Langeneß und Hooge über Bord gegangen?«

Böckmann stieß Große Jäger die Spitze seines Zeigefingers in die Magengrube.

»Das herauszufinden ist dein Job. Ich bringe uns derweil heil zum Anleger nach Langeneß.«

Große Jägers stille Hoffnung, sie würden hinter Eiderstedt in den Heverstrom abbiegen und die restliche Strecke ein wenig geschützter zwischen Pellworm und Nordstrand entlangsegeln, erfüllte sich nicht. Böckmann wählte den direkten Weg nach Langeneß.

Ob ein Magenbitter hilfreich wäre?, überlegte der Oberkommissar, dem das für seine Begriffe heftige Geschaukel allmählich die Magennerven sensibilisierte. Hätte jemand in diesem Moment gefragt, ob er Appetit auf Labskaus habe, wäre er unfreundlich geworden.

»Ich muss mal meinen Kaffee wegbringen«, sagte er. Böckmann hielt ihn am Ärmel fest. »Nur den Kaffee? Oder auch das Abendessen?«

»Nur Kaffee.«

»Dann stell dich an die Bordwand. Aber an Lee, das ist …«

»Ich weiß«, unterbrach ihn Große Jäger. »Die windabgewandte Seite.«

Böckmann grinste. »Genau. Sonst ist dein Kaffee ein Exportartikel, der umgehend zurückkommt.«

Nachdem Große Jäger sich erleichtert hatte, wies ihn Böckmann an, er solle sich um den Imbiss kümmern. »Ein paar belegte Brötchen für alle. Die haben wir uns verdient. Und koch neuen Kaffee. Aber gib dir diesmal mehr Mühe als bei deinem ersten Versuch. Das war nix.«

»Aye, aye«, knurrte Große Jäger und verschwand in den Niedergang.

Geldmacher und Aufderheide saßen am Tisch im Salon. Geldmacher hatte eine weitere Bierdose geöffnet, während sein Kumpel stumpfsinnig in den Becher mit dem Pfefferminztee starrte und das Trinkgefäß in den Händen drehte. Sie mussten sich leise unterhalten haben. Als Große Jäger auftauchte, erstarb das Gespräch abrupt.

Geldmacher schenke ihm einen bösen Blick. Dann erhob er sich und ging an Deck. Große Jäger rätselte, weshalb der zunächst so jovial auftretende Handwerksmeister schlagartig eine fast feindselige Haltung ihm gegenüber eingenommen hatte, als er seine Verwunderung darüber geäußert hatte, dass Berrit Muchow trotz Böckmanns Perfektionismus in Sachen Sicherheit über Bord gehen konnte.

Aufderheide saß mit dem Rücken zur Bordwand. Er stand auf und versuchte, sich zwischen Sitzbank und Tisch hindurchzuzwängen. Er wollte Geldmacher an Deck folgen. Weshalb ging er Große Jäger aus dem Weg? Als er an ihm vorbeiging, packte Große Jäger ihn am Handgelenk und hielt ihn mit einem eisernen Griff fest.

»Stopp. Torsten, was geht hier vor? Weshalb stiehlst du dich davon, wenn ich auftauche?«

Aufderheide sah ihn kurz an, senkte aber sofort wieder den Blick. Er versuchte, sich aus dem Griff Große Jägers zu befreien. Doch der Oberkommissar hielt ihn fest.

»Mir geht es nicht gut«, sagte Aufderheide leise. »Der Magen.«

»Ist dir etwas auf den Magen geschlagen?«

»Ein Infekt. Wahrscheinlich von den Kindern. Deshalb wollte ich nicht mit.«

»Berrit als Frau hätte gewusst, mit welchen Hausmitteln man den behandelt hätte. Aber Daniel als Apotheker kennt sicher auch Mittel dagegen.«

»Was wollen Sie?«

Große Jäger fiel auf, dass Aufderheide ihn siezte.

»Weshalb verschweigt ihr mir, dass Berrit an Bord war?«

»Berrit ... an Bord?« Aufderheide war noch blasser geworden.

Große Jäger starrte ihn aus leicht zusammengekniffenen Augen an. Auch wenn Aufderheide seinem Blick weiter auswich, musste er es bemerkt haben. Der junge Mann war sichtlich nervös.

»Ja – damals an Himmelfahrt, als ihr alle auf Langeneß wart.«

»Fragen Sie doch die anderen«, wich Aufderheide aus. »Ich bin doch nur ein kleines Licht.«

Große Jäger nickte versonnen. »Böckmann und Steenbock spielen in einer anderen Liga. Gesellschaftlich. Und nach eigener Einschätzung. Geldmacher – nomen est omen – hat es mit seinem kleinen Unternehmen zu etwas gebracht, während Müller in diesem Punkt ein Versager war.« Er legte eine kleine Kunstpause ein. »Geldmacher mit seiner Fensterfabrikation und Steenbock als Architekt ... Da könnte es einen Zusammenhang geben. Aber du? Ein kleiner Beamter auf der Amtsverwaltung?« Plötzlich hatte er eine Idee. »Ah – da ist der Zusammenhang. Du bist doch Fachbereichsleiter Bauen – Hochbau – Tiefbau. In dieser Funktion bist du für Steenbock interessant.«

»Was soll das heißen?«, fragte Aufderheide kurzatmig.
»Wollen Sie mir etwas unterstellen?«

»Segeln ist ein teures Vergnügen. Und Böckmann ist nicht
das Sozialamt. Drei kleine Kinder, die Ehefrau ist nicht berufstätig. Ein Haus. Und mit den Bezügen eines Beamten kann
man keine großen Sprünge machen. Also! Wie läuft das? Soll
ich einmal einen Kollegen darauf ansetzen, deine Finanzen zu
durchleuchten?«

»Da ist nichts«, kam es stoßweise aus Aufderheide heraus.
»Böckmann ist nicht so, wie Sie ihn einschätzen. Er verlangt
von mir nicht das volle Segelgeld. Im Yachtclub geht es kameradschaftlich zu.«

»Und Steenbock ist einer deiner Förderer? Ein Sponsor?«
Aufderheide schwieg. Große Jäger hielt ihn nicht mehr fest.
Dennoch spürte er, wie der Beamte vor Anspannung leicht
vibrierte.

»Wie war das mit Berrit? Ihr Ehemann hasst Segeln. Er hätte
ihr diese Ausflüge nie finanziert. Und von ihrem Halbtagsein-
kommen war das nicht bezahlbar.«

»Berrit ... also ... auch sie musste nicht voll bezahlen.«

»Nicht mit Geld«, sagte Große Jäger scharf. »Hat sie dadurch bezahlt, dass sie eine Frau war?«

Aufderheide sah ihn entgeistert an. Er hatte den Mund leicht
geöffnet. Die Nasenflügel bebten. Sekundenlang verharrte er
wie erstarrt. Dann machte er einen seitlichen Ausfallschritt und
stürmte den Niedergang hinauf. Unterwegs kam er ins Stol-
pern und schlug mit dem Schienbein gegen die Stufenkante.
Das musste schmerzhaft gewesen sein. Aber Aufderheide war
sofort wieder aufgesprungen. Jeder Schmerz wurde von dem
Impuls unterdrückt, Große Jägers Nähe zu entfliehen.

Was war, wenn Berrit Muchow doch zwei Gesichter hatte?
Wenn die phantasievoll klingenden Erzählungen der Holländer über das vermeintliche Sexabenteuer an Bord ihres Schiffes
doch nicht frei erfunden waren? Die drei Männer hatten sich
selbst in der Erinnerung überschlagen und Berrit eine außer-
gewöhnlich progressive Haltung in sexueller Hinsicht nach-
gesagt. An jenem Abend sollen die Aktionen von der Frau

ausgegangen sein. Große Jäger fiel es schwer, das zu glauben. Die Frau hatte trotz aller offenkundigen Gleichförmigkeit in ihrer Ehe mit dem Biedermann Robert Muchow eine gewisse gesellschaftliche Stellung in der Kleinstadt zu wahren. Da kam man durch Freizügigkeit schnell ins Gerede. Außerdem musste sie Rücksicht auf ihre Tätigkeit als Pfarrsekretärin nehmen. Pastor Seifert hätte sich nicht begeistert gezeigt, wenn seiner Mitarbeiterin ein schlechter Ruf vorausgeeilt wäre. Außerdem hatte sie ein Alter erreicht, in dem Frauen noch nicht jenseits von Gut und Böse waren, aber mit Sicherheit nicht jeder Versuchung erlagen.

Andererseits deutete manches auf ein sexuelles Verhältnis zwischen Berrit Muchow und Hubert Müller hin. Müller hätte damit nicht nur eine gewisse Rache gegenüber dem Sparkassenleiter ausüben, sondern das intime Verhältnis auch zur eigenen Befriedigung auskosten können. Mit dem Kauf der Yacht, der ihm letztlich wirtschaftlich das Genick gebrochen hatte, hatte er sich übernommen. Berrit Muchow ins Bett zu bekommen schien ihm vorher schon gelungen zu sein. Konnte es sein, dass er die Frau wirklich liebte und deshalb das Boot gekauft hatte? Angelika Müller hatte beim Besuch der Polizei wörtlich gesagt, dass Berrit fürs Segeln alles geben würde.

Große Jäger schüttelte den Kopf. Berrit hätte sich nie von ihrem Ehemann getrennt, um mit dem wirtschaftlichen Hasardeur Müller ein neues Leben zu beginnen, zumal der nicht nur seine gescheiterte berufliche Existenz, sondern familiäre Altlasten in die neue Verbindung mit eingebracht hätte.

Wenn – *wenn!* – sich tatsächlich ein Funken Wahrheit hinter den Anschuldigungen verbarg, konnte sich auch Böckmanns Behauptung, seine Ex-Frau habe Berrit wegen deren angeblichem Verhältnis zu ihm gehasst, als wahr erweisen. Kerrin Böckmann hatten sie immer noch nicht ausfindig gemacht. Und es hielt sich das Gerücht, dass sie mit einem bisher unbekannten Mann unterwegs war. Auf einem Segelboot. Der Polizei war es bisher nicht gelungen, alle am Himmelfahrtstag im Wattenmeer segelnden Schiffe zu identifizieren. War Kerrin Böckmann darunter? Und hatte sie doch Rache dafür genommen, dass ihre ehemals beste Freundin ein Verhältnis mit dem Apotheker eingegangen war? Im Unterschied zu manch anderem Mann hatte Böckmann auch ein annähernd zu Berrit Muchow passendes Alter. Warum log Robert Muchow? Er musste doch gewusst haben, dass Berrit zum Segeln war. Für Große Jäger gab es nur eine Erklärung dafür. Muchow hatte sich geschämt. Kein Mann akzeptiert es, wenn ihm Hörner aufgesetzt werden. Und wenn seine Frau hinter vorgehaltener Hand auch noch den Ruf genießt, ein in vielerlei Hinsicht ungewöhnlich aktives Sexualleben zu betreiben, kommt am Tresen auch noch der Spott hinzu, dass er ihr nicht das bieten kann, was sie einfordert oder gar »braucht«. So hat Muchow aus seiner Sicht versucht, ihre Abwesenheit anders zu erklären, und die Geschichte mit der alten Tante in Münster erfunden. Man kann sich auch in etwas hineinsteigern und in der Stadt bei passenden Gelegenheiten verbreiten, dass Berrit nur mit honorigen Tönninger Bürgern zum Segeln war. Und denen kam es recht. Warum sollte Böckmann mit einer Affäre hausieren gehen? Und dass von den vier Männern Böckmann Berrits Lover war, davon war Große Jäger überzeugt. Die anderen drei waren Alibis. Wer mochte schon glauben, dass an Bord eines Schiffes, in dem alles sehr eng war und man sprichwörtlich aufeinanderhockte, etwas geschah, wenn vier Männer und eine ältere Frau unterwegs waren?

In diesem ganzen undurchsichtig erscheinenden Beziehungsgeflecht machte es auch Sinn, wenn Müller schließlich nicht mehr weiterwusste und nur noch im Selbstmord einen Ausweg sah. Hatte er Berrit getötet, um sich aus der – vielleicht auch sexuellen – Abhängigkeit zu befreien? Oder war es ein Unfall im Streit? In seiner Not hatte sich Müller an seinen Segelkameraden Böckmann gewandt. Und der fachkundige Apotheker hatte ihm geholfen.

»Wo bleibt der Kaffee? Und die Brötchen?«, riss ihn Böckmanns Stimme aus seinen Gedanken.

Große Jäger setzte Kaffee auf. Dieses Mal füllte er deutlich mehr Kaffeepulver in die Filtertüte. Pfefferminztee kochte er keinen. Sollte Aufderheide auch Kaffee trinken. Dann wusste der Beamte, woher sein Herzrasen stammte. Als Nächstes machte Große Jäger sich daran, Brötchen aufzuschneiden, mit Butter zu beschmieren und zu belegen. Es war kein einfaches Unterfangen. Das Boot schlingerte, und er hatte Mühe, die Bewegungen durch tänzelnde Schritte auszugleichen. Als er grobe Leberwurst auf die Brötchenhälften strich, überkam ihn beim Geruch in Verbindung mit dem Schaukeln eine leichte Übelkeit. Nein, ich werde nicht seekrank, machte er sich selbst Mut und musste sich im nächsten Moment erneut mit einer Hand an der Arbeitsfläche der Pantry abstützen.

Schließlich hatte er es geschafft und trug zunächst die Thermoskanne den Niedergang empor. Die frische Seeluft tat gut. Er hielt Böckmann, der immer noch am Ruder stand, die Kanne hin. Der Skipper zeigte auf seinen Becher.

»Schenk ein«, sagte er im Befehlston.

Anschließend füllte Große Jäger Steenbocks Becher. Der Architekt hielt es nicht für notwendig, sich dafür zu bedanken. Geldmacher hielt seine Bierdose in der Hand und ignorierte ihn. Große Jäger schien für den Handwerksmeister Luft zu sein. Aufderheide hatte sich ganz tief in eine Ecke gedrückt und starrte wie gebannt zum Horizont. Offensichtlich war Große Jäger in der kurzen Zeit seiner Anwesenheit auf der »Watt'n Nixe« zur Persona non grata geworden.

Erneut wurde das Boot von einer Welle erfasst und durchgeschüttelt. Große Jäger hielt sich an der Reling fest. Er versuchte, nicht an den Druck in seinem Magen zu denken. Welcher sonderbare Virus Aufderheide auch befallen haben mochte, seine aufkeimende Übelkeit schickte Neptun. Böckmann hatte es bemerkt.

»Es gibt Dinge, die nicht für jeden geeignet sind.«

»Man hört, dass auch altgediente Kapitäne von der Seekrankheit befallen werden.«

»Seekrankheit.« Böckmann ließ ein schallendes Lachen hören. »Mensch, Erich! Wir haben Windstärke fünf, in Böen vielleicht sechs. Das ist gar nichts. Ihr Landbullen spottet doch oft über eure Kollegen vom Wasserschutz und nennt sie Entenpolizei. Die machen den gleichen Job wie ihr, nur dass sie auch bei Windstärke zehn auf schwankenden Planken aufs Wasser müssen.«

»Ich verstehe jetzt, weshalb die Seeleute so oft einen Rum trinken. Das ist gegen das flaue Gefühl im Magen.«

»Nix da.« Böckmann schwenkte den Zeigefinger hin und her. »Bei mir an Bord wird nicht gesoffen. Die Sicherheit hat Vorrang.«

Den Eindruck konnte man gewinnen, dachte Große Jäger. Nicht nur er, auch die anderen vier trugen ihre Rettungsweste, wenn sie den Salon verließen. War das eine für ihn organisierte Demonstration? Wollte man ihm vorgaukeln, dass bei den an Bord der »Watt'n Nixe« praktizierten Sicherheitsmaßnahmen niemand aus Versehen über Bord gehen konnte? Sollte ihm suggeriert werden, dass Berrit Muchow von einem anderen Schiff gefallen sein musste? Vom Schiff der Holländer? Von Hubert Müllers Boot? Oder von Kerrin Böckmanns Segler, den sie immer noch nicht ausfindig gemacht hatten?

»Was ist mit Reinhard?«, fragte Große Jäger. »Der hängt förmlich an der Bierdose.«

Böckmann wiegte den Kopf. »Das gefällt mir auch nicht. Aber versuch mal, einem alten Bären das Tanzen abzugewöhnen.«

»Hat Geldmacher ein Alkoholproblem?«

»Bin ich sein Pressesprecher?«, erwiderte Böckmann knapp. »Das vielleicht nicht, aber ein belesener Mitbürger. Erfolgreich. Und sicherlich auch ein guter Apotheker.«

»Das könnte man sagen.« Böckmann zeigte sich selbstbewusst.

»Der Beruf hat sich auch gewandelt«, behauptete Große Jäger. »Heute verkauft man als Apotheker doch nur noch fertig konditionierte Arzneimittel. Das Wissen besteht darin, das richtige Fach zu finden.«

Böckmann lachte erneut hell auf. »So stellt es sich der kleine Fritz – oder besser: der kleine Erich – vor. Pharmazie ist immer noch eines der schwierigsten Studienfächer. Die Bandbreite ist enorm, und viele Fächer werden angesprochen.«

»In alten Apotheken sah man früher Tiegel und Reagenzgläser. Und mittendrin die Apothekerwaage. Heute kommt doch alles von der Pharmaindustrie.«

»Von wegen. Viele Behandler verschreiben noch individuelle Mixturen. Hast du eine Ahnung.«

»Doch – stimmt«, sagte Große Jäger mehr zu sich selbst. »Die Rechtsmedizin hat analysiert, dass der Medikamentencocktail, mit dem sich Hubert Müller ins Jenseits befördert hat, professionell zusammengemixt war. Man hat in Kiel anerkennend den Hut gezogen vor so viel Know-how.«

Große Jäger bemerkte das leichte Flattern der Augenlider und das Zucken der Mundwinkel. Und nur dem geschulten Beobachter entging es nicht, wie sich für den Bruchteil einer Sekunde eine Körperspannung in Böckmann aufbaute. Der Laie würde es mit der Phrase »Er warf sich in die Brust« umschreiben. Ich bin kein Psychologe, dachte Große Jäger. Mein Hörsaal ist das Leben, der Alltag. Unwillkürlich grinste er, als ihm einfiel, dass er auch Wirtschaftswissenschaften studierte. In Husum. In der Neustadt. An den dortigen Tresen.

»Ich gebe das Lob der Kieler gern an dich weiter.«

Böckmann spitzte die Lippen. Für einen Moment sah es aus, als wollte er Danke sagen.

»Auch wenn es unter die Schweigepflicht fällt … Ich habe Müller etwas zur Beruhigung gegeben. Das war für mich unter Segelkameraden selbstverständlich. Das kann ich aber verantworten in Anbetracht der Lage, in der er sich befand. Das hat doch jeder gesehen – Müller war am Ende.«

»Und warum haben ihm die Leute, die das bemerkt haben, nicht geholfen? Hätte man dem Suizid zuvorkommen können?«

Böckmann zuckte mit den Schultern. »Ein Pharmazeut ist kein Psychologe. Und *so* gut kannte ich Müller auch nicht. Er war meines Wissens bei Dr. Fehlandt in Behandlung.«

»Eurem Clubpräsidenten?«

Der Skipper nicke.

»Könnte der ihm ein solches Rezept ausgestellt haben?«

Böckmann dachte kurz nach. »Den Sachverstand hätte er als Arzt. Vorstellen kann ich es mir allerdings nicht. Niemand stellt ein solches Rezept aus. Das müsste irgendwo eingelöst werden. Da würden in der Apotheke sofort alle Alarmglocken schrillen.«

»Und wenn die Alarmanlage abgeschaltet wird?«

»Hmh.« Böckmann war abgelenkt, weil er seinen Mitseglern ein paar Kommandos zurief und der Baum verholt wurde. Dann kurbelte er am Ruder, und die »Watt'n Nixe« änderte die Fahrrichtung. Das ging so abrupt, dass Große Jäger ins Straucheln kam.

»Ich sagte ja – Segeln kann gefährlich sein.« Nach einer Weile nahm Böckmann den Gesprächsfaden wieder auf. »Woraus bestand der Medikamentencocktail?«

Große Jäger zählte es auf.

»Hach – Apotheken unterliegen einer strengen Kontrolle. Die Zutaten unterliegen dem Betäubungsmittelgesetz und werden streng kontrolliert. Das würde auffallen.«

Große Jäger hielt ihm entgegen, was Dr. Diether berichtet hatte. »Es gibt Wiegedifferenzen. Da kann im Laufe der Zeit einiges zusammenkommen. Da schafft sich manche Apotheke etwas beiseite.«

»Lächerlich. Willst du unterstellen, dass mein Berufsstand kriminell ist?«

»Ich würde nicht alle Apotheken verunglimpfen wollen. Aber schwarze Schafe gibt es überall.«

»Denkbar. Aber meine Apotheke gehört mit Sicherheit nicht dazu.«

Das werden wir herausfinden, dachte Große Jäger. Nach meiner Rückkehr werde ich versuchen, dass wir einen Durchsuchungsbeschluss bekommen. Außerdem ist die Kriminaltechnik am Ball. Wenn wir den Behälter finden, aus dem Müller den Cocktail zu sich genommen hat, werden wir dessen Herkunft aus deiner Apotheke nachweisen können. Er hütete sich, seine Gedanken laut auszusprechen. Böckmann sollte keine Gelegenheit finden, die Spuren vorher zu beseitigen. Dennoch wollte er die leichte Verunsicherung nutzen, die den Skipper erfasst hatte.

»Es gibt Anzeichen dafür, dass du durch die Beihilfe zu

Müllers Selbstmord die Schuld an Berrits Tod auf ihn lenken wolltest. Müller war dem Druck, der auf ihm lastete, nicht mehr gewachsen.«

»Deine Phantasie geht mit dir durch. Ich habe meine eigenen Probleme. Wie jeder«, schob Böckmann schnell hinterher. »Müller hat sich selbst in die missliche Lage hineinmanövriert. Weshalb sollte ich ihm beim Suizid helfen? Ich habe nichts zu verbergen.«

»Nicht, dass Berrit auf der ›Watt'n Nixe‹ mitgesegelt ist?«

»Das ist kein Verbrechen.«

Wenn Berrit Muchow wirklich ein etwas lockeres Leben geführt haben sollte und eingeweihte Kreise darüber informiert waren, würde es negative Schlagzeilen für den Yachtclub Nordereider geben. Der Club bestand aber aus den Mitgliedern. Auf Böckmann, Steenbock und den Präsidenten, Dr. Fehlandt, würde das Auswirkungen haben. Hatte Müllers Hausarzt Dr. Fehlandt eventuell nachgeholfen, um das »Problem Müller« aus der Welt zu schaffen, nachdem es zuvor den »Unfall Berrit« gegeben hatte?

Große Jäger zog sein Handy hervor und wollte mit Cornilsen sprechen.

»Vergiss es«, winkte Böckmann ab. »Kein Empfang. Hier draußen bist du ganz allein.«

»Man ist nie ganz allein.«

Böckmann lachte. »Vor Gericht und auf hoher See bist du in Gottes Hand.«

»Oder in der des Skippers und seiner Leute«, erwiderte Große Jäger.

Der Apotheker antwortete mit einer vielsagenden Handbewegung. Es mochte alles bedeuten. Zustimmung. Oder aber eine Warnung. Es war merkwürdig, wie sich die Stimmung an Bord gewandelt hatte. Aufderheide wich ihm aus. Steenbock zeigte sich arrogant und fühlte sich überlegen. Aber Geldmacher griff ihn jetzt offen an, nachdem er sich noch beim Ablegen jovial gezeigt hatte. Auch Böckmann war angepickt. Cornilsens Warnung, ein Segeltörn könnte auch Gefahren bergen, hielt Große Jäger für überzogen. Man könnte es aber als Mobbing bezeichnen, dem er jetzt ausgesetzt war. Weshalb hatte Böckmann ihm die Mitfahrt angeboten? Steenbock schien nicht damit einverstanden gewesen zu sein. Und Aufderheide hatte sich verweigern wollen. Böckmann hatte ihn regelrecht zur Mitreise gezwungen.

Der Apotheker streckte die Hand aus. »Dahinten liegt Amrum. Das querab ist Pellworm, daneben Hooge. Zwischen der Hallig und uns haben wir die drei Hochsände, die vorgelagert sind. Sie brechen die Wellen. Dieser Bereich des Wattenmeers ist von Menschen völlig unbeeinflusst. Dort kommt nie jemand hin, auch wenn sich auf Norderoogsand seit Beginn des Jahrtausends bis zu vier Meter hohe Dünen entwickelt haben. Manche sprechen deshalb schon von einer Insel. Wenn man dort jemanden aussetzt, kann er sich wie Robinson Crusoe fühlen. Aber nicht lange. Es gibt dort nichts, was das Überleben ermöglichen würde. Das gilt auch für den kleineren Japund den größeren Süderoogsand. Durch Sandabtrag im Westen und Ablagerungen im Osten wandern die Sände langsam Richtung Küste. Es ist eine Frage der Zeit.« Er musterte Große Jäger nachdenklich. »Wir werden es kaum noch erleben, auch wenn wir alle eine unterschiedliche Lebenserwartung haben.«

Wenn man wollte, konnte man es als Drohung auffassen. Als Große Jäger nicht reagierte, fuhr Böckmann fort: »Halichoerus grypus. Die Kegelrobbe. Das ist das größte in Deutschland vorkommende Raubtier. Sie können bis zu zwanzig Minuten unter Wasser bleiben und erreichen dabei eine Tauchtiefe von bis zu einhundertvierzig Metern. Zu ihrer Jagdbeute gehören Dorsche, Heringe, Lachse, Makrelen und Schollen. Sie verschmähen aber Schweinswale, junge Seehunde und Jungtiere der eigenen Art nicht. Du siehst, es geht in der Welt … in der Natur rau zu«, verbesserte sich Böckmann. Es war kein Versprecher, sondern eine gekonnt formulierte Ansage.

»Was hat das mit den Sänden zu tun?«

»Die werden von den Robben bevölkert. Man sollte ihnen nicht zu nahe kommen. Wer meint, die Tiere wären träge Kolosse, irrt. Wir Menschen haben keine Chance, ihnen und ihrer Geschwindigkeit zu entkommen.«

»Wer beabsichtigt, mit den Robben um die Wette zu laufen?«

»Unvorsichtige Touristen auf Helgolands Düne. Oder ausgesetzte Schiffbrüchige auf einem der Hochsände.« Böckmann wandte sich ab und tat, als müsste er sich um das Schiff kümmern.

Große Jäger tauchte in den Niedergang ab. Alle anderen waren oben an Deck. Behutsam begann er, die Kojen zu durchsuchen, und sah in die Seesäcke und Reisetaschen der vier Mitsegler hinein. Er fand nichts Außergewöhnliches. Keine Waffe, keine als Waffe nutzbaren Gegenstände, wenn man von den Messern absah, die für die Küche oder den Segelbetrieb benötigt wurden. Zu guter Letzt drückte er auch den Griff der Hundekoje herunter. Darin war es eng und dunkel. Nur das diffuse Licht aus dem Salon fiel in die Abseite. Der Raum schien für die Lagerung von allerhand aktuell nicht benötigten Utensilien genutzt zu werden. Darunter fand sich auch eine weitere Rettungsweste mit integriertem Lifebelt. Böckmann hatte gesagt, dass viele Segelschiffe Gästewesten an Bord hätten. Eine davon trug er. Die zweite Gästeweste schien auch gebraucht zu sein. Und kleiner. Er strich sich über den Schmerbauch. Nicht jeder benötigte Rettungsmittel in seinem Format. Er hob sie an und bemerkte auf der Innenseite des Schalkragens einen mit einem wasserfesten Stift eingetragenen Namen. Plötzlich erstarrte er.

Große Jäger hob die Weste aus der Hundekoje heraus. Ungläubig sah er auf den Namenszug. Es war unfassbar. »BM«, stand dort. Die Initialen von Berrit Muchow. Sie hatten sich gewundert, dass man die Frau ohne Schwimmweste, wie er es laienhaft nannte, aufgefunden hatte. Wie kam ihre Rettungsweste an Bord der »Watt'n Nixe?« Das mussten ihm die vier Männer erklären. Er wollte an Deck gehen, als er von oben Steenbocks Stimme hörte.

»Ich verstehe nicht, weshalb du den Dicken mitgenommen hast.«

Beim »Dicken« schoss es ihm ärgerlich ins Herz. Steenbock war ihm von der ersten Begegnung an unsympathisch gewesen. Aber das beruhte offensichtlich auf Gegenseitigkeit. Er hielt den Architekten für arrogant und überzogen selbstbewusst. Er schien mit Verachtung auf andere Menschen herabzublicken. Im Unterschied zu Steenbock zeigte Böckmann hier an Bord ein ganz anderes Gesicht als an Land. Auch er strotzte vor Selbstbewusstsein, bemühte sich aber, kumpelhaft zu wirken. Große Jäger sah es als selbstverständlich an, dass einer an Bord das Kommando haben musste. Er verstand nichts vom Segeln, aber man konnte draußen auf dem Wasser nicht über diese oder jene mögliche Maßnahme diskutieren. Und Böckmann wurde von allen als Skipper anerkannt. Das war sicher nicht nur der Tatsache geschuldet, dass er der Eigner war.

»Es ist gut, dass wir ihn mitgenommen haben. Er ist eine Landratte. Hier an Bord kann er live miterleben, wie es auf See ist. Hier herrschen andere Gesetzmäßigkeiten. Das wird er auch begreifen, obwohl ich ihn nicht für die größte Leuchte halte.«

»Wer bei der Kripo gelandet ist, muss eine gewisse Grundintelligenz mitbringen«, gab Steenbock zu bedenken.

»Ja – schon«, antwortete Böckmann. »Du hast recht. Basisintelligenz. Wenn er aber mehr als die aufzuweisen hätte, wäre er nicht Beamter geworden, sondern hätte eine qualifizierte Position wie du oder ich erreicht. Nimm Aufderheide. Der bleibt auch immer im zweiten Glied. Der ist doch froh, dass er bei uns am Rande mitmachen darf.«

»So richtig passt er nicht in unsere Runde«, erwiderte Steenbock und ließ es ein wenig nasal klingen.

»Du votierst doch nicht gegen seine Anwesenheit, weil er dir im Geheimen als Schuhputzer dient. Aufderheide erkauft sich die Mitfahrt durch sein devotes Verhalten und dadurch, dass er wie ein Schiffsjunge agiert.«

»Für den muss es doch ein erhabenes Gefühl sein, dass wir jetzt mit dem dicken Polizisten einen noch Dümmeren als Moses an Bord haben.«

»Ihr seid abgehoben«, mischte sich jetzt Geldmacher ein. »Ich bin auch kein Akademiker.«

»Ach, Reinhard. Wir wollen mit dir ja auch nicht über Plato und die Philosophie des klassischen Griechenlands diskutieren.

Aber die beiden Figuren … die sind doch ein anderes Kaliber. Du stellst dich als selbstständiger Unternehmer immer wieder neu den Herausforderungen des Alltags. Aber die zwei … die leben doch von unseren Brosamen«, sagte Steenbock.

»Und Berrit? Die war schließlich auch nur … hups … Sekretärin im Pfarrbüro«, erwiderte Geldmacher mit schwerer Zunge.

Steenbock lachte auf. »Du kannst doch Berrit nicht mit den beiden Figuren vergleichen. Aber das muss ich dir nicht erklären. Schließlich bist du nicht schwul.«

»Psst«, mahnte Böckmann. »Man könnte uns hören.«

Dann herrschte Stille oben auf dem Deck.

Große Jäger legte die Rettungsweste wieder in die Hundekoje. Dann kletterte er bewusst polternd den Niedergang empor.

»Ach, der«, kommentierte Steenbock.

»Der Arsch«, fügte Geldmacher mit leicht belegter Stimme an. Wie gewohnt hielt er eine Bierdose in der Hand.

Große Jäger fiel auf, dass Böckmann ihn dieses Mal nicht zur Ordnung rief. Er sah sich um. »Wo ist Torsten?«, fragte er.

»In der Sonne«, erwiderte Geldmacher. Dann rülpste er leicht. »Ist gut so. Der kriegt sonst nicht viel davon ab. Und seine Alte auch nicht. Ist 'ne blasse Erscheinung.«

»Wer? Aufderheide oder seine Frau?«, fragte Große Jäger.

»Beide. Hups.« Pflichtschuldig hielt sich Geldmacher die Hand vor den Mund. »Der kann getrost zum Segeln gehen. An seine Olle geht keiner ran.«

»Das war bei Berrit anders?«

»Berrit? Mann. Da musstest du dir vom Automaten eine Nummer ziehen, wenn du an die ranwolltest.«

»Reinhard!«, fauchte ihn Böckmann an. »Nun reicht es. Du bist besoffen.«

Geldmacher sah ihn aus glasigen Augen an. »Na und? Kein schlechter Zu… hups … Zustand.«

Große Jäger setzte sich neben den Handwerksmeister und legte ihm andeutungsweise eine Hand um die Schulter.

»Macht doch nichts, Reinhard. Ausnahmsweise darf man

auch mal lebensfroh sein. Wie bei eurer Vatertagstour. Das hat doch Tradition.«

»Darauf kannst du einen lassen«, lallte Geldmacher.

»Und wenn ihr vier strammen Burschen unterwegs wart, war Berrit eine tolle Reisebegleitung.«

»Oh Mann, die …«

»Reinhard!«, fuhr Böckmann dazwischen. »Du bist betrunken.«

»Diese Scheißsauferei«, mischte sich Steenbock ein.

Geldmacher hob die Bierdose leicht an, als würde er dem Architekten zuprosten wollen. »Alle haben ihre kleinen Laster«, sagte er.

»Und welches hat Ingbert Steenbock?«, fragte Große Jäger mit nahezu einfühlsamer Stimme.

»Frag ihn doch selbst«, erwiderte Geldmacher. »Ich trinke lieber ein Bier. Das kann ich allein machen. Für sein Hobby braucht er immer …« Weiter kam er nicht. Steenbock hatte ihm die Bierdose aus der Hand geschlagen.

»Bist du besoffen?«, fauchte Geldmacher den Architekten an.

»Du bist betrunken.« Steenbock wandte sich an Große Jäger. »Der Suff hat ihm den Brägen weich gemacht. Der ist doch nicht mehr zurechnungsfähig und weiß nicht, was er sagt.«

Große Jäger ignorierte Böckmann und Steenbock, die einen schnellen Blick wechselten.

»Musste man sich bei Berrit Mut antrinken?«

Geldmacher sah ihn verständnislos an. Dann hatte er es kapiert. »Mut antrinken? Du musstest zusehen, dass du aus ihrer Reichweite kamst … gekommen bist. Wenn die heiß war, dann …«

Steenbock war hinzugekommen. Er packte Geldmacher am Kragen und versuchte, ihn in die Höhe zu ziehen. »Alter, du laberst Stuss. Deine ausufernden Phantasien sind vom Alkoholdunst umwabert. Es ist besser, wenn du dich eine Weile langmachst. Komm, tauch nach unten ab.«

»Nimm deine Pfoten weg«, blaffte ihn Geldmacher an. Dann tätschelte er Große Jägers Unterarm. »Weißt du«, lallte er, »dass Berrit in den Wechseljahren war? Sie hat oft die Männer gewechselt.«

»Ehrlich?«, tat Große Jäger überrascht.

Geldmacher nickte. »Ja. Das musst du dir vorstellen wie bei den Hunden. Wenn die Dackeldame läufig ist, riechen das alle Rüden im weiten Umkreis. Und die beiden hier«, er versuchte auf Steenbock und Böckmann zu zeigen, »sind die wildesten Rüden.«

Erneut versuchte Steenbock, den Handwerker in die Höhe zu zerren. Dieses Mal griff sich Große Jäger den Unterarm des Architekten und umklammerte ihn mit einem eisernen Griff.

»Reinhard fühlt sich wohl an der frischen Luft.«

Steenbock sah ihn wütend an. Es arbeitete ihn ihm, wie seine Mimik offenlegte. Sollte er sich gegen Große Jägers Festhalten wehren? Er entschied sich dagegen.

»Das Gehirn dieses Säufers ist aufgeweicht. Er ist nicht mehr Herr seiner Sinne. Los, Daniel. Reinhard muss in die Koje.«

Böckmann zögerte. Abwechselnd sah er die drei Männer an. Dann schien er sich entschlossen zu haben. »Ich trage hier die Verantwortung. Reinhard geht es nicht gut. Er braucht etwas Ruhe. Los, Ingbert, bring ihn unter Deck.«

»Moment«, protestierte Große Jäger. »Reinhard hat ein paar kleine Biere getrunken. Aber er ist noch klar bei Verstand.«

»Siehst du.« Geldmacher hatte den Zeigefinger in Richtung Böckmann ausgestreckt. »Sei doch stolz, Daniel, dass du so ein geiler Bock bist.« Er suchte Augenkontakt zu Große Jäger. »Dem laufen doch die Weiber hinterher. Massenweise. Die Hälfte der Tönninger Frauen hatten schon etwas mit ihm. Und die andere Hälfte hätte es gern. Hups.«

»Kompliment«, meinte Große Jäger zum Apotheker gewandt. »Du warst es, der über die Dörfer gezogen ist. Es stimmt nicht, was du deiner Ex-Frau angedichtet hast. Mit deiner Schmutzkampagne gegen sie wolltest du von deinen Verfehlungen ablenken.«

»Das ist ungeheuerlich«, sagte Böckmann atemlos. »Sie werden Ihre unhaltbaren Anwürfe augenblicklich zurücknehmen. Sonst … sonst …« Plötzlich siezte er Große Jäger wieder.

»Was, sonst? Laufe ich Gefahr, über Bord gespült zu werden?«

»Nee, nee«, fuhr Geldmacher dazwischen. »Wir wollen fair bleiben. Seine Ex hat gelegentlich einmal Männerbekanntschaften gehabt, aber erst in der Endphase der Ehe und nie ausufernd. Das war, als er sie nicht mehr angefasst hat.«

»Reinhard, wenn du nicht augenblicklich schweigst, wird das Konsequenzen für dich haben«, drohte Böckmann.

»Wollt ihr ihn an meiner Stelle auf einem der Hochsände aussetzen? Oder uns beide?«

Böckmann schnappte nach Luft wie ein Fisch auf dem Trockenen.

»Ich habe dir gleich gesagt, dass es ein Fehler ist, den Idioten mitzunehmen«, goss Steenbock Öl ins Feuer.

Große Jäger legte Geldmacher vertraulich den Arm um die Schultern. »Unter uns, Kumpel. Wer von den beiden war Berrits Lover?«

Der Handwerker sah aus zusammengekniffenen Augen auf Große Jägers Hand. Dann lachte er glucksend. »Na – alle.«

»Du willst doch nicht sagen …«, setzte der Oberkommissar an.

Geldmacher nickte beflissen. »Doch. Ehrlich. Hups.«

»Alle beide?«

»Nicht nur die.«

»Also habt ihr Berrit Gewalt angetan?«

»Bist du doof geblieben?«, antwortete Geldmacher. »Die war doch scharf wie ein ungesalzenes Radieschen.«

»Schluss jetzt. Kein Wort mehr«, befahl Böckmann mit schneidender Stimme.

»Doch«, widersprach Große Jäger ruhig. »Mich interessiert die ganze Geschichte.«

»Also«, begann Geldmacher, unterbrach sich und nahm einen Schluck aus der Bierdose. Dann hob er die Schultern in die Höhe. »Leer«, stellte er fest. »Böckmanns Weiber waren jünger, vielleicht auch attraktiver. Aber niemand ist so rangegangen wie Berrit. Das war eine ganz Scharfe. Wenn bei der die Hor… Hor…«

»Hormone«, half Große Jäger nach.

»Genau die. Wenn die in Wallung gerieten, gab es für sie kein Halten mehr.«

»Steenbock und Böckmann, die hätten sich doch jede Menge Frauen an Land ziehen können. Jeder von denen. Die wären auch bereit gewesen, einen flotten Dreier zu machen.«

»Ich habe keine Ahnung von deren Sexualleben«, gestand Geldmacher.

»Dann halt jetzt endlich die Fresse«, schrie ihn Steenbock wütend an.

Geldmacher wollte aufstehen. In diesem Moment schaukelte das Schiff, und er fiel wieder auf die Bank zurück. Vermutlich war seine mangelnde Standfestigkeit auch auf den Alkoholgenuss zurückzuführen.

»Das ist etwas anderes«, setzte Geldmacher erneut an. »Berrit – das war sagenhaft. So etwas Wildes hast du noch nie gesehen. Sie war keine Schönheit. Na ja, für ihr Alter noch ganz okay, aber man sah ihr die Jahre an. Aber im Bett ... da war sie eine Granate.«

»Das ist alles nicht verwertbar, weil es pure Phantasie ist«, sagte Böckmann, den die ihn auszeichnende Gelassenheit allmählich verließ. »Der Mann ist total betrunken.«

»Das warst ... warst du doch auch, wenn du ... du ...« Geldmacher rempelte Große Jäger vertraulich mit der Schulter an. »Wir waren alle nicht mehr nüchtern, wenn wir mit Berrit rumgemacht haben.«

»Das habt ihr an Land gemacht? Oder auf dem Schiff?«

Der Handwerksmeister nutzte die Hand mit der Bierdose als Zeigestock. »Was die mit Berrit an Land gemacht haben ... Keine Ahnung. Ich glaube es aber nicht. Die Post ging immer nur auf dem Schiff ab. An Land ... hups ... da war sie immer die Brave. Aber sobald die Schwanken plankten ...« Er hielt inne und zog die Stirn kraus. »Das war nix. Also wenn die Planken schwankten, dann ging ein Ruck durch das Mädchen.«

»Du meinst, Berrit hat sich dann zum Vamp verwandelt?«

»Zum was? Wenn die an Bord war, dann ... mein lieber Scholli.«

»Erzähl mal«, sagte Große Jäger kumpelhaft.

»Sind Sie ein geiler Voyeur?«, mischte sich Steenbock ein.

»Läuft wohl nichts mehr zu Hause.«

»Hör nicht auf den«, antwortete Geldmacher. »Wenn Berrit mitgesegelt ist, dann ist sie reihum von Koje zu Koje gegangen. Zu jedem von uns.«

»Das ist nicht wahr?«, sagte Große Jäger.

»Doch – eeeehrlich.«

»Und das jede Nacht, wenn ihr im Hafen wart?«

Geldmacher nickte. Dann hob er den Zeigefinger und zog das untere rechte Augenlid herab. »Manchmal auch schon unterwegs. Am Tag.«

»Sie hat alle vier in der Koje besucht?«

»Manchmal. Meistens aber Steenbock und Böckmann. Aufderheide und ich waren nicht so oft dran.«

»War das auch Himmelfahrt so?«

»Der ist nicht mehr ganz dicht«, fluchte Steenbock laut und machte eine Wischbewegung vor der Stirn. »Dem hat's das Hirn weggeblasen.«

Geldmacher kicherte. »Geblasen. Jawooohl. Das hat sie auch. Und zwar ihm da.« Er zeigte auf den Architekten. »Der Vatertagsausflug war immer besonders heiß. Das war fast ein Rut... hups ... Ritual. Da haben alle darauf gewartet. Berrit hat sich im Salon die Kleidung vom Leib gerissen. Sie hat es genossen, dass die Kerle sie anstarrten, dass allen die Nähte platzten.«

»Habt ihr sie dazu gezwungen?«

Geldmacher schüttelte den Kopf. »I wo. Er da«, sein Nicken ging in Richtung Böckmann, »ist eigentlich ganz vernünftig. Zuerst war er damit nicht einverstanden. Aber Berrit war wie im Rausch. Wie von Sinnen. Da kommt kein Kerl mit, so heiß war die.«

»Wie ging es dann weiter?«

»Reinhard!« Steenbock schrie so laut, dass Große Jäger meinte, man könne es bis zur Hallig Hooge hören.

»Mann, war das eine aufregende Nummer. Ich bin ja kein Kind von Traurigkeit, aber so was ... Steenbock und Böckmann haben Berrit auf den Tisch im Salon gelegt.«

»Das ist entwürdigend, was der Alte erzählt«, mischte sich der Apotheker ein.

Doch Große Jäger gebot ihm zu schweigen. »Das hätten Sie sich früher überlegen müssen.«

»Niemand hat Berrit zu irgendetwas gezwungen«, warf der Skipper ein.

»Hab ich auch nicht gesagt«, fuhr Geldmacher fort. »Sie auch nicht. Sie wollte das so. Meine Fresse.« Er fuhr sich mit dem Handrücken über den Mund. »Also da unten, im Salon ... Berrit hat sich auf den Tisch gelegt. Und Böckmann hat es ihr dann besorgt.«

»Und die anderen sind so lange an Deck gegangen?«

»Hörst du mir nicht zu? Während Böckmann sie richtig gevögelt hat, hat sie oben Steenbock einen geblasen. Hat ihm den Bill Clinton gemacht.«

»Oh mein Gott«, stöhnte der Architekt und wandte sich entsetzt ab.

»Berrit hat es also gleichzeitig mit den beiden getrieben.«

»Wieso mit den beiden?« Geldmacher grinste schief. »Mich hat das doch nicht kaltgelassen. Mir hat sie mit der Hand ...«

Große Jäger winkte ab. »Ist gut, Reinhard. Und wo hat Aufderheide sich inzwischen verkrochen?«

»Torsten? Der hat das mit dem Handy gefilmt.«

»Was ist mit den Aufnahmen geschehen?«

»Die waren rein privat. Ich weiß nicht, was die anderen damit gemacht haben. Ich habe meine wieder gelöscht. Was meinst du, wie schnell ich in der Hölle gelandet wäre, wenn meine Frau das gesehen hätte?«

»Habt ihr eure Aufnahmen noch?«, wandte sich Große Jäger an Steenbock und Böckmann.

Beide ließen die Frage unbeantwortet. Der Oberkommissar schloss daraus, dass die heiklen Aufnahmen noch existierten.

»Das sind für euch sicher keine angenehmen Bilder, aber wenn es so ist, wie Reinhard erzählt hat, dienen sie euch als Entlastung. Es entkräftet den Verdacht, dass Berrit Opfer eines Sexualdelikts geworden ist.« Große Jäger drehte sich zu Geld-

macher um. »Der Torsten Aufderheide ... hat der nur gefilmt?
Ich meine, den muss das Ganze doch auch animiert haben.«
»Und wie«, lallte Geldmacher. »Unter seiner Jeans ... Das
sah vielleicht aus. Dagegen wäre Rasputin neidisch geworden.«
»Der hat sich nicht mit dem Filmen zufriedengegeben?«
Geldmacher zuckte mit den Schultern.

Böckmann räusperte sich mehrfach, bis er sprechen konnte.
»Also ... Das war sicher kein Ruhmesblatt. Aber alles ist
freiwillig geschehen. Und was erwachsene Menschen in Selbst-
bestimmung treiben, darüber sind wir niemandem Rechen-
schaft schuldig.«

»Es geht um den Tod von Berrit Muchow. Und darüber
müssen wir sprechen«, sagte Große Jäger.

»Das eine hat doch nichts mit dem anderen zu tun«, vertei-
digte sich Böckmann schwach. »Gut. Wir hatten alle unseren
Spaß. Berrit am meisten.« Er tippte sich an die Stirn. »Warum
hätten wir davon absehen sollen?«

»War es auf jeder Reise so?«

Böckmann wiegte den Kopf.

»Auf den Vatertagstouren war es am wildesten«, mischte
sich Geldmacher ein. »Wenn Berrit sonst an Bord kam, na ja.
Das ... äh ... das war eigentlich immer der Fall. Deshalb ist sie
ja mitgekommen. Aber die Sache mit dem Tisch, also wenn alle
mitgemacht haben. Äh ... gleichzeitig. Das war immer nur an
Himmelfahrt der Fall.«

»In jedem Jahr?«, wollte Große Jäger wissen.

Geldmacher presste die Lippen fest zusammen und nickte.

Große Jäger stand auf und beugte sich in den Niedergang.
»Aufderheide. Raufkommen. Aber fix«, rief er.

Kurz darauf tauchte der Kopf des Beamten auf. Aufderheide
schien noch blasser geworden zu sein. Sein Gesicht wirkte wie
gekalkt. Leichenblass.

»Er weiß alles«, sagte Böckmann in Richtung Aufderheide.

Der taumelte ein wenig und hielt sich am Schot fest, um
nicht in den Salon zurückzufallen.

»Setzen Sie sich«, forderte Große Jäger ihn auf. Er hatte
beschlossen, zum Sie zurückzukehren.

»Berrit war auch an diesem Vatertag mit an Bord.« Es war keine Frage, sondern eine Feststellung. Niemand widersprach. »Sie ist mit der ›Watt'n Nixe‹ von Tönning nach Langeneß gekommen. Weshalb haben Sie es geleugnet?« Die Frage galt Böckmann.

Der Apotheker war ein wenig in sich zusammengesunken. »Das haben wir immer so gemacht. Wir waren übereingekommen, nichts zu sagen. In Berrits Interesse. Es durfte doch niemand in Tönning wissen. Das Gerede. Auch Muchow durfte nichts erfahren. Deshalb hat Berrit die Geschichte mit ihrer Tante erzählt. Dem Pastor. Und ihrem Mann.«

»War das jedes Mal so, wenn sie mitgesegelt ist?«

»Das lange Wochenende an Himmelfahrt war etwas Besonderes. In jeder Hinsicht«, gab Böckmann kleinlaut zu. »Berrit war vorher schon zweimal mit uns auf Vatertagstour.«

»Sonst ist sie aber auch mit draußen auf dem Wasser gewesen?«

Böckmann nickte stumm.

»Und dabei kam es zu einvernehmlichen sexuellen Handlungen?«

Erneutes Nicken.

»Jedes Mal?«

»Fast jedes Mal.«

»Auch Gruppensex?«

Diesmal bewegte Böckmann den Kopf horizontal.

»Aber mit wechselnden Partnern?«

»Ja.« Es war so leise gesprochen, dass Große Jäger es kaum verstand.

»Lauter!«

»Ja. Es waren aber nicht immer alle vier dabei. Das traf eigentlich nur Himmelfahrt zu.«

»Was ist auf der diesjährigen Vatertagstour geschehen?« Große Jäger hatte Aufderheide angesprochen. Der sah ihn aus ängstlichen Augen an. Die Mundwinkel zuckten wild. Aber es kam kein Ton über seine Lippen.

»Los, Steenbock. Reden Sie«, schnauzte Große Jäger den Architekten an. Der sackte in sich zusammen.

»Wir haben Berrit mit an Bord genommen. So wie Sie. Nur dass das versteckt geschah. Böckmann hat schon erklärt, weshalb.«

»Dann sind Sie nach Langeneß gesegelt.«

Steenbock nickte.

»Kam es unterwegs zu sexuellen Handlungen?«

Erneutes Nicken. Ganz schwach.

»Alle?«

»Nein.«

»Wer?«

»Nur Böckmann und ich. Aber nicht zusammen. Jeder war allein mit Berrit unter Deck.«

»Lassen Sie sich nicht jedes Wort einzeln herauslocken.«

Große Jäger warf einen Blick auf Geldmacher. Dessen Kopf war zur Seite gefallen. Die Augen waren geschlossen. Der Mann war eingeschlafen.

»Das war's.«

»Blödsinn.«

Böckmann räusperte sich. »Wir haben dann Langeneß angelaufen. Die Männer sind zum Gasthaus gegangen. Zum Essen.«

»Allein?«

»Berrit wollte sich noch etwas frisch machen. Sie ist nachgekommen.«

Das stimmte mit den Zeugenaussagen überein.

»Wir haben gegessen und auch etwas getrunken. Wie Segler es tun.«

»Und Sie haben Berrit das Knie getätschelt.«

»Das stimmt ni…« Böckmann brach ab. Er fühlte sich überrumpelt. »Das war kameradschaftlich.«

»Was geschah nach dem Verlassen des Gasthauses?«

Steenbock und Böckmann wechselten einen raschen Blick.

»Da lagen die Holländer am Anleger. Die haben blöde rumgequatscht. Berrit ist darauf eingegangen. Sie war nicht davon abzuhalten, zu denen an Bord zu gehen.«

Das hatten die drei niederländischen Segler nicht bestritten. Bei der Vernehmung auf Helgoland hatten sie von ausschweifenden Sexualkontakten mit der Frau gesprochen. Gesprochen? Geschwärmt! Große Jäger war nach den Aussagen der Männer an Bord der »Watt'n Nixe« davon überzeugt, dass es sich so zugetragen hatte, wie die Holländer es beschrieben hatten.

»Und was ist dann passiert?« Er sah nacheinander die drei Männer an, während Geldmacher Schnarchtöne von sich gab. Die anderen wichen seinem forschenden Blick aus.

»Was ist mit Berrit passiert? Warum liegt ihre Rettungsweste unten in der Hundekoje?«

Während des ganzen Verhörs waren sie weitergesegelt. Sie hatten den Japsand passiert und bogen Richtung Osten ab. Links voraus lag Amrum. Es mochten vielleicht fünf Kilometer Luftlinie bis Wittdün sein, dessen Silhouette sich gegen den Horizont abzeichnete. Fünf Kilometer. Eine Entfernung, die auch ein geübter Schwimmer nur schwer bewältigen konnte. Nicht nur das Wasser war zu kalt. Auch die Strömung war zu stark.

»Ich sagte schon, Berrit war mit uns nach Langeneß gekommen«, erklärte Böckmann. »Dann ist sie zu den Holländern. Ohne Rettungsweste. Wir lagen ja in Langeneß am Anleger. Da trägt man keine Rettungsweste.«

»Was geschah, als Berrit zurückkehrte?«

Ein langes Schweigen folgte.

»Los. Reden Sie!«

Von Böckmann war die Selbstsicherheit gewichen. »Keine Ahnung. Wir sind davon ausgegangen, dass sie am nächsten Morgen mit den Holländern raus ist.«

»Das hat Sie nicht verwundert?«

»Doch. Aber wir konnten nichts sagen, weil wir Berrit sonst verraten hätten. Das geschah doch zu ihrem Schutz. Vor ihrem wilden Ehemann. Irgendwie wäre sie schon wieder nach Hause gekommen.«

»Hat es Sie nicht stutzig gemacht, dass Sie nach dem langen Wochenende verschwunden war?«

»Das haben wir zunächst gar nicht mitbekommen. Irgendwann kursierte die Nachricht in Tönning.«

»Vom Fund der Wasserleiche?«

»Das war später. Ich dachte, Berrit ist kurz entschlossen mit den Holländern mitgesegelt. Ein Segelschiff und Männer – eine Mischung, die auf Berrit wie ein Aphrodisiakum wirkte. Sie war dann wie von Sinnen.«

»Haben Sie beim Bekanntwerden des Leichenfunds nicht an Berrit gedacht?«

Böckmann schlug die Augen nieder. Sein Adamsapfel hüpfte auf und ab.

»Da war es zu spät. Wir hatten uns in eine böse Lage hineinmanövriert – nur um Berrit zu schützen und ihr Geheimnis zu wahren –, aus der es kein Entrinnen mehr gab. Glauben Sie mir. Wir haben darunter gelitten wie Hunde. Sehen Sie sich Aufderheide an. Der hat es bis heute nicht verkraftet.«

Der Angesprochene atmete tief durch. Es klang wie ein Befreiungsseufzer.

Durch leises Murmeln bestätigte Steenbock den Bericht. Dabei vermied er es ebenso wie Aufderheide, Große Jäger anzusehen. Alle vier wurden abgelenkt durch einen lauten Schnarcher von Geldmacher. Große Jäger stieß ihn leicht an. Der Schlafende blieb davon unbeeindruckt. Große Jäger rüttelte kräftiger an Geldmachers Schulter. Es kostete Geldmacher viel Überwindung, die Augen zu schmalen Schlitzen zu öffnen. Orientierungslos blinzelte er herum.

»Was? Wo bin ich?«, stammelte er.

»Hier. Unter Freunden. Wir machen einen Segeltörn nach Langeneß.«

Geldmacher fuhr sich schlaftrunken mit der Hand durchs Gesicht. »Ach so.«

»Wie damals. Himmelfahrt. Erinnerst du dich?«

»Ich will schlafen«, sagte Geldmacher geistesabwesend.

Große Jäger rüttelte ihn erneut.

»Berrit wäre später sauer auf dich, wenn du hier einpennst.«

»Berrit? Die war nie sauer. Nur einmal, nach Langeneß.«

Dann fielen ihm wieder die Augenlider zu. Er wirkte ungnädig, als Große Jäger ihn erneut weckte.

»War das, als ihr wieder von Langeneß losgesegelt seid?«

Geldmacher nickte müde.

»Da war Berrit mit an Bord?«

Erneutes Nicken.

»Suffkopf. Der bringt etwas durcheinander. Berrit ist mit den Holländern weg«, rief Steenbock dazwischen.

Geldmacher ballte die Faust. »Sag nicht Suffkopf zu mir. Du bist ein geiler Bock. Mit und ohne Weiber spitz im Kopf.« Steenbock machte auf dem schwankenden Schiff einen Schritt auf Geldmacher zu. Er nahm eine drohende Haltung ein.

»Willst du was?« Geldmacher ballte die Fäuste. »Der Typ lügt, wenn er den Mund aufmacht.« Er drehte sich halb zu Große Jäger um. »Das ist nicht wahr – das mit den Holländern. S-tiiimmt. Berrit war bei denen nach dem Abendessen. Die beiden, ich meine Steenbock und Böck... hups ...mann waren ganz schön sauer. ›Geh mal los‹, hat Böckmann Aufderheide zu den Käsköppen rübergeschickt. ›Guck mal, was die machen.‹ Als Torsten wieder zurückkam, war Steenbock stinksauer. Berrit hat es mit den drei Holländern ganz wild getrieben.« Geldmacher wedelte mit der Hand in der Luft herum. »Hat Aufderheide erzählt. Irgendwann muss Berrit wieder zurückgekommen sein auf unser Schiff. Habe ich aber nicht mitbekommen.«

»Weil du Schwein besoffen in deiner Koje gelegen hast«, schrie Steenbock.

»Moment«, mischte sich Große Jäger ein. »Damit bestätigen Sie, dass Berrit Muchow wieder zur ›Watt'n Nixe‹ zurückgekehrt ist.«

»Idiot«, fluchte Böckmann und zeigte Steenbock einen Vogel.

»Das musst du gerade sagen«, erwiderte der Architekt aufgebracht. »Du bist doch nachts herumgestiefelt und hast geflucht, weil du keinen mehr wegstecken konntest. Berrit hat gesagt, es ginge nicht mehr. Sie sei total wund.«

Der stille Aufderheide hielt sich die Ohren zu. »Hört endlich auf«, brüllte er mit schriller Stimme. »Ich werde wahnsinnig. Ich kann das nicht mehr mit anhören.«

»Die Holländer sind also ohne Berrit abgesegelt?«, fragte Große Jäger Geldmacher.

Der rülpste ungeniert, bevor er fast militärisch »Jawohl!«
antwortete.

»Wann bist du wach geworden?«

Geldmacher zuckte mit den Schultern. »Null Ahnung, wie
spät das war. Ich bin mit dickem Kopf aus meiner Koje raus.
Berrit musste die Nacht auf der Bank im Salon schlafen. Keiner
wollte sie zu sich in die Koje lassen. ›Schlampe‹ und ›Nutte‹
hat Steenbock sie fortwährend beschimpft.«

»Du verlogenes Subjekt«, schrie Steenbock außer Sinnen
und stürzte sich auf Geldmacher, bevor Große Jäger es ver-
hindern konnte. Er packte den Handwerker, legte ihm seine
Arme um den Hals und begann wie ein Wahnsinniger, Geldmacher zu schütteln. Dann rutschten seine Hände nach oben,
und er drückte Geldmacher die Kehle zu. Das alles geschah in
Sekundenbruchteilen.

Große Jäger war aufgesprungen, strauchelte, als Böckmann
gegen den Wind eine Wende einlegte und schrie, dass Steenbock sofort aufhören sollte. Der Oberkommissar ruderte mit
den Armen in der Luft herum, bevor er sich wieder fing. Dann
warf er sich mit seinem ganzen Gewicht von hinten auf Steenbock.

»Aufhören«, brüllte Böckmann und versuchte, unterstützt
durch Aufderheide, Große Jäger zurückzuziehen. Der Angriff
kam überraschend. Jeder hing an einer Seite. Der Oberkommissar war für einen Moment fixiert.

»Schmeiß die Ratte über Bord«, schrie Steenbock. »Und ihn
hier auch.« Dabei schlug er Geldmacher mitten ins Gesicht.
»Alle beide.«

»So wie Berrit?«, keuchte Große Jäger.

»Halt's Maul«, fuhr ihn Böckmann an. Der Apotheker hatte
jede Zurückhaltung abgelegt.

Große Jäger spürte, wie Böckmann an ihm zerrte und versuchte, ihn Richtung Bordwand zu ziehen. Nur Aufderheide,
der an seinem anderen Arm hing, machte nicht mit. Während-
dessen begann Geldmacher zu röcheln, weil Steenbock ihm
weiter die Luft abschnürte.

»Sofort aufhören!«, rief Große Jäger.

Aber niemand hörte auf ihn. Die Situation drohte aus dem Ruder zu laufen. Mit Worten kam er nicht weiter. Große Jäger bekam ein Bein frei, riss es nach vorn, holte aus und trat mit der Hacke Böckmann voll gegen das Schienbein. Augenblicklich ließ der Zug am Arm des Oberkommissars nach.

»Verdammt!«

Der Schmerzensschrei übertönte das wilde Durcheinander. Böckmann zog instinktiv das Knie in die Höhe. Den kurzen Moment nutzte Große Jäger, um dem Apotheker einen Tritt gegen das andere Schienbein zu verpassen.

Der zweite Schmerzensschrei übertönte den Nachhall des ersten. Böckmann sackte zusammen. Er ging in die Knie, ließ Große Jäger los und umklammerte seine Beine.

Mit einem Ruck befreite sich Große Jäger aus der längst nicht mehr festen Umklammerung Aufderheides. Er stieß den Beamten von sich, dass der durch die halbe Plicht geschleudert wurde und auf die umlaufende Sitzbank fiel. Diesen Moment des Durcheinanders nutzte der Oberkommissar, um seine Dienstwaffe zu ziehen. Es war ein eingeübtes Ritual, dass er sie durchlud. Ohne zu zögern, gab er einen Warnschuss ab. Dann richtete er die Waffe auf Steenbock.

»Blattschuss«, sagte er. »Versprochen. Ich bin Schützenkönig in der Landespolizei.«

Der Architekt stierte ihn fassungslos an. Die auf ihn gerichtete Waffe, der Knall des vorangegangenen Schusses und Große Jägers entschlossenes Auftreten hatten ihn verunsichert. Langsam lösten sich seine Finger von Geldmachers Hals. Der Handwerker griff sich an den Kehlkopf und japste nach Luft. Er zog pfeifend den Sauerstoff in seine Lungen. Dann hustete er.

»Geht's?«, fragte Große Jäger, ohne die anderen drei aus den Augen zu lassen.

Geldmacher wollte antworten, bekam aber keinen Ton heraus. Ein schwaches Nicken bekundete aber, dass die Gefahr gebannt schien.

Große Jäger angelte nach den Handschellen, die er hinten am Hosenbund trug. Er konnte nicht von seiner Gewohnheit lassen, die gute alte stählerne Acht mit sich zu führen, obwohl die Einmalhandfesseln aus Kunststoff viel leichter zu tragen waren.

»Hier«, wedelte er mit den Handschellen in Aufderheides Richtung. »Leg sie den beiden Kampfhähnen an.« Er sah sich um und befahl, jeweils eine Hand Steenbocks und Böckmanns, die sie durch den Haltebügel oberhalb des Ruderstandes legen mussten, mit den Handfesseln zu fixieren.

Die beiden Genannten ließen es widerstandslos über sich ergehen.

»Kannst du mit dem Kahn umgehen?«, fragte er Geldmacher.

Der massierte sich die Schläfen. »Ja«, bestätigte er dann.

»Dann los. Ich habe auch eine gute Nachricht für dich. Du wirst nicht wegen Trunkenheit am Ruder belangt. Bring uns jetzt nach Langeneß.«

Große Jäger fixierte mit der Waffe Aufderheide, der sich mit angstgeweiteten Augen in die Ecke der Plicht drückte.

»Friedlich?«

Der Beamte nickte atemlos.

»Sonst ...«, drohte Große Jäger und beschrieb einen kleinen Kreis mit dem Lauf der Dienstpistole.

Steenbock und Böckmann waren der Aktion stumm gefolgt. Der Architekt stierte Große Jäger aus hasserfüllten Augen an. Wenn Blicke töten könnten, wäre Steenbock jetzt zum Mörder geworden. Dann nahm Große Jäger auf der Bank Platz und achtete darauf, genügend Abstand zwischen sich und Geldmacher sowie Aufderheide zu halten. Die Pistole hielt er in der Hand.

»Gut. Setzen wir unsere kleine Plauderei fort.« Er zeigte mit dem Pistolenlauf auf den Baum. »Aufderheide hat erzählt, dass ihr nach dem Auslaufen von Langeneß nicht gesegelt, sondern motort seid.«

Steenbock hatte sofort begriffen, worauf der Oberkommissar hinauswollte. »Blöder Idiot«, zischte er in Aufderheides Richtung.

»Die ›Watt'n Nixe‹ hat Langeneß also nicht unter Segeln,

sondern mit Motorkraft verlassen. Dann ist der Baum fest-gezurrt. Also kann Berrit nicht durch Zufall bei einem Segel-manöver von ihm getroffen worden sein. Es war folglich kein Unfall. Was ist da gelaufen?«

Alle schwiegen.

»Los, Reinhard«, forderte er Geldmacher auf.

Der Handwerker hatte den Platz am Ruder eingenom-men. Er sah stur geradeaus und vermied den Blickkontakt zu Große Jäger. Bevor er zu sprechen begann, leckte er sich mit der Zunge über die Lippen.

»Das war ein heilloses Durcheinander an Bord. Am Morgen nach der Abfahrt von Langeneß. Die Stimmung war im Eimer. Alle waren sauer. Jeder gegen jeden. Berrit war bewusst, was sie angerichtet hatte. Mannomann. Ich hätte nicht gedacht, dass Steenbock und Böckmann eifersüchtig sein können. Sie haben Berrit fertiggemacht. Mit Worten. Ihr gedroht, sie als Schlampe bloßzustellen.«

»Wie hat Berrit reagiert?«

»Sie hat alle beschimpft. Steenbock und Böckmann hat sie als geile Säue bezeichnet. ›Wenn ihr etwas von euch gebt, er-fährt ganz Tönning, dass es euch schon gekommen ist, wenn ihr nur daran gedacht habt, dass ich die Beine breitmachen soll‹, hat sie gesagt. Dann hat sie erzählt, wie phantastisch die Holländer in der Nacht waren. Die Männer hier an Bord … das seien alles Nieten. Stümper. Versager.«

»Hat sie nur die beiden angegriffen?«

Geldmacher tat, als hätte er die Frage nicht gehört.

»Reinhard. Was hat sie zu dir gesagt?«

»Das war nicht von Bedeutung«, versuchte es Geldmacher abzutun.

»Raus mit der Sprache. Dich hat sie doch auch beleidigt. Das war doch ein Rundumschlag.«

Geldmacher sah reihum seine drei Segelkameraden an. »Das war nicht schön, was sie von sich gegeben hat«, sagte er leise.

»Sie hat mich einen impotenten Lüstling genannt, der nur noch dank Böckmanns Viagra einen hochbekommt.«

»Stimmt das? Ich meine, das mit dem Potenzmittel.«

»Das war hilfreich. Böckmann hat es aus der Apotheke mitgebracht, sich aber jede einzelne Pille teuer bezahlen lassen. Was der für Viagra kassiert hat, damit konnte er locker die Yacht finanzieren.«

»Du warst sauer über Berrits Sprüche?«

»Logisch.«

»Nur Aufderheide, der Stille in eurer Runde, ist ungeschoren davongekommen?«

»Das hast du missverstanden. Torsten ist auch drangekommen. Wir alle, auch wenn Steenbock und Böckmann sich wie die Zuchtstiere verhalten haben.«

»Was war mit Aufderheide?« Ein kurzer Blick zeigte, dass der Erwähnte sich noch weiter in die Ecke drückte. Er wirkte wie ein kleines Kind, das meinte, durch Verstecken dem Sich-Schämen entgehen zu können.

»Berrit hat Aufderheide mit seiner Filmerei einen Voyeur genannt, der zu Hause einen Schnarchlappen im Bett hat. ›Lass meine Frau aus dem Spiel‹, hat er zurückgeschrien. Berrit hat gedroht, seiner Frau zu erzählen, was für ein Saukerl er ist. Zu Hause würde er den Biedermann spielen und hier an Bord seinen Schwanz nicht unter Kontrolle haben. Sie wollte wissen, ob er die Handyfilme seinen Kindern zur Sexualaufklärung zeigen würde.«

Aufderheide hatte die Hände über dem Kopf zusammengeschlagen. Sein ganzer Körper zuckte unter den Weinkrämpfen, die ihn befallen hatten.

»Weichei«, schimpfte Steenbock abfällig.

»Berrit war wie von Sinnen. Wir alle haben das nicht verstanden. Sie hat doch sonst alles freiwillig mitgemacht, ja – sie war die Antriebskraft. Sie war ganz wild darauf, auf das Sexuelle hier an Bord. Aber an diesem Tag ...«

»Was ist dann geschehen?«, wollte Große Jäger wissen.

»Als sie nicht aufhörte, Aufderheide mit Worten zu traktieren, ist der ausgerastet. Ehe jemand von uns reagieren konnte, hat er sie mit der Kurbel niedergeschlagen. Wir waren alle perplex. Böckmann versteht am meisten von Medizin. Er hat Berrit untersucht und gesagt: ›Die ist hin.‹«

»Stimmte das?«

»Ich weiß es nicht. Ich habe keine Ahnung davon.«

»Bis hierhin war alles im Affekt. Man hätte die Polizei informieren können.«

»Hätte … hätte …«, äffte Geldmacher den Oberkommissar nach. »Berrit war tot. Das hätte sie nicht wieder lebendig gemacht. Wir waren alle wie geplättet. Glaub mir das.«

»Also habt ihr beschlossen, sie über Bord zu werfen.«

Geldmacher nickte stumm.

»Wer hat das vorgeschlagen?«

»Böckmann.«

»Lügner«, schrie der Skipper dazwischen.

»Ach, halt's Maul«, antwortete Geldmacher. »Es ist schlimm genug, dass keiner von uns widersprochen hat. Ich auch nicht«, schob er mit trauriger Stimme hinterher. »Böckmann versteht am meisten vom Segeln. Er kennt auch das Revier am besten von uns allen. ›Wir haben ablaufendes Wasser‹, hat er gesagt, ›da verschwindet die Leiche auf Nimmerwiedersehen in der Nordsee.‹ Denkste. Scheiße. Hast ja gesehen. Niemand hat gedacht, dass die Leiche mit der Flut wieder angespült wird. Böckmann hat gesagt, wenn jemand herausfände, dass wir Berrit auf Langeneß getroffen haben, würden wir behaupten, sie sei mit den Holländern losgefahren. Auf deren Boot würde die Polizei genug Spuren von Berrit finden. Die Geschichte mit den Holländern würde man uns abnehmen.«

Das war ein teuflischer Plan gewesen, dachte Große Jäger. Tatsächlich hätte man die Holländer verdächtigt, insbesondere nachdem sie so freizügig vom sexuellen Abenteuer berichtet hatten. Wer hätte gedacht, dass Berrit Muchow ein so lustvolles Doppelleben führte?

Das Gericht würde die Schuldfrage klären müssen. Dank der Rechtsmedizin konnte aber nachgewiesen werden, dass Berrit Muchow ertrunken war. Sie war noch nicht tot gewesen, als Aufderheide sie niedergestreckt hatte. Böckmann hatte gegenüber den anderen behauptet, der Schlag habe sie getötet. Wenn der Apotheker die angebliche Leiche über Bord hatte werfen lassen, war es Mord.

Große Jäger sah zu den Wolken empor, die in unterschiedlichen Grautönen gefärbt durch den Wind landeinwärts getrieben wurden. »Christoph. Du kannst ruhig ein bisschen stolz auf uns sein. Wer sonst, wenn nicht wir Husumer, löst solche vertrackten Fälle«, murmelte er unhörbar. »Aber das hast du uns beigebracht. Hmh. Ich würde gerne wissen, ob es im Himmel auch Ganoven gibt. Hat Petrus dich jetzt auf die angesetzt?«

Sie hatten sich Langeneß genähert. »Halt mal«, forderte ihn Geldmacher auf und drückte ihm das Ruder in die Hand. »Wir müssen die Segel einholen.«

Große Jäger angelte sein Mobiltelefon hervor und stellte fest, dass er wieder Empfang hatte. Er rief Cornilsen an und beauftragte den Kollegen, die Wasserschutzpolizei nach Langeneß in Marsch zu setzen.

»Hast du sie?«, wollte der Kommissar wissen.

»Logisch. Alle vier.«

»Mit Geständnis?«

»In den ersten Jahren bei der Polizei hieß ich Jäger. Rate einmal, weshalb ich heute Große Jäger heiße.«

Dann warteten sie auf das Eintreffen des Polizeischiffes. Es dauerte eine Stunde, bis sich die »Sylt« neben sie legte und Hauptkommissar Kirchner, der Bootsführer, gar nicht erst versuchte, sein Erstaunen zu unterdrücken. Die »Sylt« nahm die vier Männer und Große Jäger an Bord und lief Husum an. Der Oberkommissar konnte sich nur bedingt an der ruhigen Fahrt durch die Zauberwelt des Weltnaturerbes Wattenmeer erfreuen.

In Husum erwartete ihn Cornilsen am Liegeplatz der »Sylt« an der Station der Wasserschutzpolizei. Der Kommissar hatte es auch organsiert, dass die vier Seglerfreunde von zwei Streifenwagen in Empfang genommen und zur Poggenburgstraße gebracht wurden. Er selbst fuhr Große Jäger nach Tönning, um das Auto abzuholen. Unterwegs berichtete Große Jäger von den Ereignissen an Bord der »Watt'n Nixe«.

»Das nenne ich ›Hand in Hand arbeiten‹«, fluchte Große

Jäger, als er das Strafmandat hinter der Windschutzscheibe seines Smarts entdeckte.

»Das gilt für alle«, dozierte Cornilsen. »Und ein *Firmenwagen* ist dein Smart wirklich nicht. Wusstest du nicht, dass dienstags und donnerstags das Amt Eiderstedt dafür zuständig ist? Aus Kapazitätsgründen können sie es nur an diesen beiden Tagen organisieren. An den restlichen Wochentagen werden die Kontrollen von einer Vierhundertfünfzig-Euro-Kraft der Stadt Tönning durchgeführt. Die kümmert sich um die Verfolgung aller Ordnungswidrigkeiten in der Stadt. Wenn es regnet oder das monatliche Stundenbudget erschöpft ist, kannst du folgenlos in Tönning parken. Aber nicht weitersagen.« Cornilsen grinste breit.

»Die Welt ist ungerecht«, erwiderte Große Jäger. »Im Lotto gewinne ich nie. Bei solchen Dingen gehöre ich aber immer zu den Auserwählten.«

Cornilsen räusperte sich. »Du sollst noch einmal zum Chef kommen. Er wartet in der Dienststelle auf dich.«

Der Oberkommissar sah auf die Uhr. »Jetzt doch? Ich rufe ihn an.«

»Nee. Er hat ausdrücklich gesagt, du sollst zu ihm kommen, er will es nicht telefonisch machen.«

»Was will er denn?«

»Keine Ahnung.« Cornilsen sah starr geradeaus.

»Komm. Du hast doch etwas läuten hören?«

»Ich weiß nur, dass du unbedingt heute noch zu Mommsen kommen sollst. Er wartet auf dich, auch wenn es später wird. Es ist wichtig, hat er gesagt.«

»So ein Scheiß. Das muss ich jetzt noch haben. Ich wette, der blöde Hundt hat sich wieder beschwert.« Große Jäger schnaufte verächtlich durch die Nase. »Los. Dann mach zu.«

Unterwegs fragte er, ob Cornilsen seine Waffe dabeihabe. Auf die Frage, weshalb er das wissen wolle, erklärte der Oberkommissar, dass er nach dem Gespräch mit dem Kriminalrat Hundt aufsuchen werde und …

»Weshalb nimmst du nicht deine?«, wollte Cornilsen wissen.

Große Jäger zog ein Augenlid herab. »Dann könnte man es mir nachweisen.«

Das Polizeigebäude war verwaist. Wochenende. Nur in der Wache im Erdgeschoss herrschte noch eine unaufgeregte Betriebsamkeit.

»Warte hier auf mich«, wies Große Jäger Cornilsen an, als sie an ihrem Büro vorbeikamen. Wutschnaubend dampfte er weiter zu Mommens Büro.

Es dauerte zwanzig Minuten, bis er zu seinem Arbeitsplatz zurückkehrte, sich wortlos in den Stuhl warf und die Schublade herauszog. Krachend parkte er seine Füße darin. Dann fingerte er eine Zigarette aus der zerknautschten Packung, zündete sie sich an und blies Cornilsen den Rauch ins Gesicht. Der verzog das Gesicht. »Das ist ekelhaft. Außerdem ist das Rauchen am Arbeitsplatz verboten.«

Große Jäger lachte auf und zeigte mit der Zigarette auf sein Gegenüber. »Ja. Für dich vielleicht, aber für mich nicht. Nicht mehr.«

Cornilsen sah ihn entsetzt an. »Was ist passiert? Stress mit Hundt? Hast du eine Verwarnung bekommen?«

Große Jäger schüttelte den Kopf.

»Bist du suspendiert?«

Erneutes Kopfschütteln.

In Cornilsen arbeitete es. »Hat man dich versetzt?«

»Neeeeiiin.«

Der Kommissar sah ihn ratlos an. »Was denn?«

»Man hat mich zum Hauptkommissar befördert. Die Ernennungsurkunde hat der Innenminister selbst unterschrieben«, strahlte Große Jäger.

»Na denn dann.«

Dichtung und Wahrheit

Mein Wohnort Nordstrand liegt inmitten des Weltnaturerbes Wattenmeer, einer einzigartigen und atemberaubenden Landschaft. »Unser« Wattenmeer erstreckt sich zwischen den nordfriesischen Inseln und den Halligen, die es auf der Welt nur hier gibt. In dieser Landschaft habe ich die Handlung des Romans angesiedelt. Örtlichkeiten, Einrichtungen und Institutionen, die in meinem Buch genannt werden, existieren zum Teil in der Realität. Das gilt auch für Funktionen, die ich meinen Figuren zugeordnet habe. Die fiktiven Figuren, insbesondere jene, die eine dieser Funktionen ausüben, die Handlung und alle genannten Ereignisse sind frei erfunden und haben keine realen Vorbilder. Das gilt auch für das Sozialverhalten meiner Romansegler.

Ich danke Otto Hansen, Nordstrand, der mir das schwierige Segelrevier erläutert hat und eigene Erlebnisse und durchlebte Gefahrenmomente schilderte.

Die Schilderung der Gebräuche an Bord, des Bordlebens, die Beschreibungen und Erläuterungen der Begrifflichkeiten verdanke ich Lisa Hinrichs vom Tönninger Yachtclub, die mit ihrer großen Begeisterung für den Segelsport fast ansteckend wirkte. Sie hat es mir auch ermöglicht, die Ausstattung auf dem Schiff in Augenschein zu nehmen. Herzlichen Dank.

Mein Dank gilt Oberkommissar Lars Carstens von der Wasserschutzpolizei-Station Helgoland für seine fachkundige Unterstützung sowie dem Landesbetrieb für Küstenschutz, Nationalpark und Meeresschutz Schleswig-Holstein. Uwe Knudsen war mit seinen Hinweisen ebenfalls behilflich.

Flottillenapotheker Dr. Petra Ufermann hat mir etwas über Medikamentencocktails, die in bestimmten Fällen benutzt werden, berichtet, mich aber auch darauf hingewiesen, dass dank moderner Analysemethoden Straftaten mit solchen Mitteln fast immer aufgedeckt werden. Ich habe trotz einiger Bedenken die Präparate mit Namen genannt, da ihre Verwendung bei Sterbehelfern gebräuchlich ist und es heutzutage nicht schwerfällt, sich Informationen über diese zu beschaffen. Zu medizinischen Fragen haben Dr. Christiane Bigalke und Dr. Ulrich Ruta ihr Expertenwissen beigesteuert. Wie bei jedem Buch haben mich meine Lektorin Dr. Marion Heister und Birthe tatkräftig unterstützt. Mein Dank gilt auch Innenminister Stefan Studt, der als Gast bei der Lesung in der Rendsburger Buchhandlung Liesegang vor dem gesamten Publikum auf meine Frage, ob er nach so vielen Jahren nicht etwas für Große Jäger unternehmen könne, versicherte, er werde sich persönlich dafür einsetzen. Wir haben es gelesen. Stefan Studt hat Wort gehalten.

Lust auf mehr? Laden Sie sich die »LChoice«-App runter, scannen Sie den QR-Code und bestellen Sie weitere Bücher direkt in Ihrer Buchhandlung.

Die Erfolgsserie des Bestsellerautors Hannes Nygaard:

Alle Titel sind auch als eBook erhältlich.

Hinterm Deich Krimis:

Tod in der Marsch
ISBN 978-3-89705-353-3

Vom Himmel hoch
ISBN 978-3-89705-379-3

Mordlicht
ISBN 978-3-89705-418-9

Tod an der Förde
ISBN 978-3-89705-468-4

Tod an der Förde
Hörbuch, gelesen von Charles Brauer
ISBN 978-3-89705-645-9

Todeshaus am Deich
ISBN 978-3-89705-485-1

Küstenfilz
ISBN 978-3-89705-509-4

Todesküste
ISBN 978-3-89705-560-5

Tod am Kanal
ISBN 978-3-89705-585-8

www.emons-verlag.de

Der Tote vom Kliff
ISBN 978-3-89705-623-7

Der Inselkönig
ISBN 978-3-89705-672-5

Sturmtief
ISBN 978-3-89705-720-3

Schwelbrand
ISBN 978-3-89705-795-1

Tod im Koog
ISBN 978-3-89705-855-2

Schwere Wetter
ISBN 978-3-89705-920-7

Nebelfront
ISBN 978-3-95451-026-9

Fahrt zur Hölle
ISBN 978-3-95451-096-2

Das Dorf in der Marsch
ISBN 978-3-95451-175-4

Schattenbombe
ISBN 978-3-95451-289-8

Flut der Angst
ISBN 978-3-95451-378-9

Biikebrennen
ISBN 978-3-95451-486-1

www.emons-verlag.de

Nordgier
ISBN 978-3-95451-689-6

Das einsame Haus
ISBN 978-3-95451-787-9

Stadt in Flammen
ISBN 978-3-95451-962-0

Nacht über den Deichen
ISBN 978-3-7408-0069-7

Im Schatten der Loge
ISBN 978-3-7408-0200-4

Niedersachsen Krimis:

Mord an der Leine
ISBN 978-3-89705-625-1

Niedersachsen Mafia
ISBN 978-3-89705-751-7

Das Finale
ISBN 978-3-89705-860-6

Auf Herz und Nieren
ISBN 978-3-95451-176-1

Kurzkrimis:

Eine Prise Angst
ISBN 978-3-89705-921-4

www.emons-verlag.de